TUDO QUE DEIXAMOS INACABADO

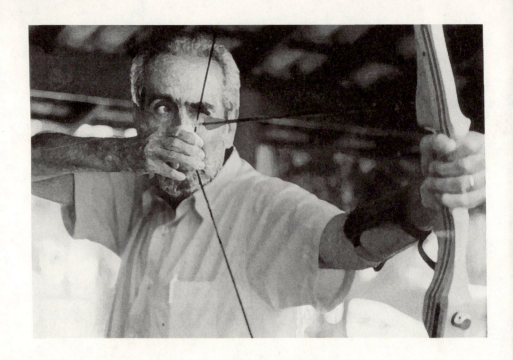

O Arqueiro

GERALDO JORDÃO PEREIRA (1938-2008) começou sua carreira aos 17 anos, quando foi trabalhar com seu pai, o célebre editor José Olympio, publicando obras marcantes como *O menino do dedo verde*, de Maurice Druon, e *Minha vida*, de Charles Chaplin.

Em 1976, fundou a Editora Salamandra com o propósito de formar uma nova geração de leitores e acabou criando um dos catálogos infantis mais premiados do Brasil. Em 1992, fugindo de sua linha editorial, lançou *Muitas vidas, muitos mestres*, de Brian Weiss, livro que deu origem à Editora Sextante.

Fã de histórias de suspense, Geraldo descobriu *O Código Da Vinci* antes mesmo de ele ser lançado nos Estados Unidos. A aposta em ficção, que não era o foco da Sextante, foi certeira: o título se transformou em um dos maiores fenômenos editoriais de todos os tempos.

Mas não foi só aos livros que se dedicou. Com seu desejo de ajudar o próximo, Geraldo desenvolveu diversos projetos sociais que se tornaram sua grande paixão.

Com a missão de publicar histórias empolgantes, tornar os livros cada vez mais acessíveis e despertar o amor pela leitura, a Editora Arqueiro é uma homenagem a esta figura extraordinária, capaz de enxergar mais além, mirar nas coisas verdadeiramente importantes e não perder o idealismo e a esperança diante dos desafios e contratempos da vida.

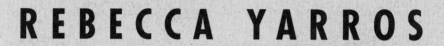

REBECCA YARROS

TUDO QUE DEIXAMOS INACABADO

Título original: *The Things We Leave Unfinished*
Copyright © 2021 por Rebecca Yarros

Publicado originalmente por Amara, um selo da Entangled Publishing, LLC.

Copyright da tradução © 2024 por Editora Arqueiro Ltda.
Publicado mediante acordo com Alliance Rights e Sandra Bruna Agência Literária, SL.

Todos os direitos reservados. Nenhuma parte deste livro pode ser utilizada ou reproduzida sob quaisquer meios existentes sem autorização por escrito dos editores.

coordenação editorial: Gabriel Machado
produção editorial: Ana Sarah Maciel
tradução: Alessandra Esteche
preparo de originais: Karen Alvares
revisão: Ana Grillo e Rachel Rimas
diagramação: Guilherme Lima e Natali Nabekura
capa: Renata Vidal
imagens de capa: Natalia Hubbert / Shutterstock (tag militar); mimomy / Shutterstock (cartas); KanKhem / Shutterstock (carta com lacre de coração); Iragraphics / Shutterstock (máquina de escrever, flores, livros, chave); Lisa Glanz / DesignCuts (fundo texturizado)
impressão e acabamento: Lis Gráfica e Editora Ltda.

CIP-BRASIL. CATALOGAÇÃO NA PUBLICAÇÃO
SINDICATO NACIONAL DOS EDITORES DE LIVROS, RJ

Y32t

Yarros, Rebecca
    Tudo que deixamos inacabado / Rebecca Yarros ; tradução Alessandra Esteche. - 1. ed. - São Paulo : Arqueiro, 2024.
    432 p. ; 23 cm.

Tradução de: The things we leave unfinished
ISBN 978-65-5565-620-6

1. Ficção americana. I. Esteche, Alessandra. II. Título.

24-87703
CDD: 813
CDU: 82-3(73)

Gabriela Faray Ferreira Lopes - Bibliotecária - CRB-7/6643

Todos os direitos reservados, no Brasil, por
Editora Arqueiro Ltda.
Rua Artur de Azevedo, 1.767 – Conj. 177 – Pinheiros
05404-014 – São Paulo – SP
Tel.: (11) 2894-4987
E-mail: atendimento@editoraarqueiro.com.br
www.editoraarqueiro.com.br

Para Jason

Para os dias em que os estilhaços sobem à superfície
e nos lembram de que, após cinco missões no exterior
e 22 anos fardados, a sorte é toda nossa, meu amor.

Nós somos o relâmpago que ilumina o céu.

CAPÍTULO 1

GEORGIA

Meu querido Jameson,
   Este não é o fim para nós. Meu coração estará sempre com você, não importa onde esteja. O tempo e a distância são apenas inconveniências para um amor como o nosso. Quer passem dias, meses ou até anos, continuarei esperando. Nós continuaremos esperando. Você vai me encontrar onde o riacho faz a curva envolvendo os álamos dançantes, como nós dois sonhamos, esperando pela pessoa que amamos. Estou morrendo por ter que deixá-lo, mas vou fazer isso por você. Vou garantir que estejamos em segurança. Vou esperar por você cada segundo, cada hora, cada dia, pelo resto da minha vida... e, se não for suficiente, pela eternidade, que é o tempo que vou te amar, Jameson.
   Volte para mim, meu amor.
   Scarlett

Georgia Ellsworth. Passei o polegar no cartão de crédito, desejando poder esfregá-lo com força suficiente para apagar as letras. Seis anos de casamento, e a única coisa que me restou foi um nome que nem era meu.

Em alguns minutos, eu não teria mais nem isso.

– Número 98? – chamou Juliet Sinclair, atrás da divisória de acrílico de seu guichê, como se eu não fosse a única pessoa no Departamento de Trânsito de Poplar Grove e não tivesse passado a última hora ali.

Havia aterrissado em Denver de manhã, dirigido a tarde toda e ainda nem passara em casa; esse era o nível do meu desespero para me livrar dos últimos resquícios de Damian em minha vida.

Eu tinha a esperança de que, tirando aquele nome, perder o marido e seis anos da minha vida fosse doer um pouquinho menos.

– Aqui.

Guardei o cartão e fui até o guichê.

– Seu número? – perguntou a funcionária, estendendo a mão com um sorrisinho de satisfação que não tinha mudado muito desde a escola.

– Eu sou a única pessoa aqui, Juliet.

A exaustão latejava em cada nervo do meu corpo. Se eu conseguisse vencer aquela etapa, poderia me aninhar na poltrona grande do escritório da Bisa e ignorar o mundo pelo resto da vida.

– As normas ditam...

– Ah, para, Juliet. – Sophie revirou os olhos e entrou no guichê de Juliet. – Já estou com os documentos da Georgia mesmo. Vá fazer um intervalo ou algo do tipo.

– Tá bom. – Juliet se afastou do balcão, deixando a cadeira livre para Sophie, que tinha se formado um ano antes de nós. – Foi um prazer, Georgia.

Ela abriu aquele sorriso enjoado de tão doce, olhando para mim.

– O prazer foi meu – falei, com o sorriso treinado que vinha me servindo de cola nos últimos anos, evitando que eu me despedaçasse enquanto todo o resto se desintegrava.

– Sinto muito por isso. – Sophie se encolheu, franzindo o nariz e ajeitando os óculos. – Ela... Bom, ela não mudou muito. Enfim, tudo parece estar em ordem.

Ela me devolveu os papéis que eu tinha recebido do advogado na tarde anterior, com meu documento de identificação novo, e eu guardei tudo no envelope. Era irônico que, enquanto minha vida desmoronava, a manifestação física da dissolução se mantivesse unida por um grampo perfeitamente posicionado a 45 graus.

– Não li o acordo nem nada – disse ela, com a voz suave.

– Saiu na *Celebridades*! – cantarolou Juliet ao fundo.

– Nem todo mundo lê revista lixo de fofoca! – retrucou Sophie, olhando para trás, e então sorrindo para mim com delicadeza. – Todo mundo aqui ficou muito orgulhoso por você ter mantido a cabeça erguida no decorrer... disso tudo.

– Obrigada, Sophie – respondi, engolindo o bolo na garganta.

A única coisa pior que o fracasso de um casamento após todos terem me alertado que eu estava entrando numa furada era ver meu sofrimento e minha humilhação publicados em todos os sites e revistas que serviam aos amantes de fofocas que devoram tragédias pessoais em nome de um prazer duvidoso. Manter a cabeça erguida e a boca fechada quando câmeras se projetavam na minha direção foi exatamente o que me rendeu o apelido de "Rainha do Gelo" naqueles seis meses, mas, se esse era o preço por manter o que restava da minha dignidade, eu aceitava pagar.

– E aí, posso dizer "bem-vinda de volta"? Ou está só de passagem?

Ela me entregou um papelzinho impresso que serviria como carteira de motorista temporária até que a nova chegasse pelo correio.

– Voltei para ficar.

Minha resposta poderia muito bem ter sido transmitida pelo rádio. Juliet se certificaria de que toda a população de Poplar Grove soubesse antes mesmo do jantar.

– Bom, então bem-vinda de volta! – Sophie abriu um sorriso largo. – Ouvi dizer que sua mãe também está na cidade.

Meu estômago se revirou.

– É mesmo? Eu... é... ainda não fui lá.

Ouvi dizer significava que tinham visto minha mãe em uma das duas mercearias da cidade ou no bar. A segunda possibilidade era muito mais provável que a primeira. Mas, pensando bem, talvez fosse uma boa...

Não termine essa frase.

Era melhor não pensar que minha mãe estava lá para me ajudar, pois eu poderia sofrer uma decepção esmagadora. Ela devia querer alguma coisa.

Pigarreei.

– E como vai seu pai? – perguntei.

– Ele está bem! Os médicos acham que tiraram tudo desta vez. – A expressão de Sophie se fechou. – Sinto muito pelo que aconteceu com você, Georgia. De verdade. Não consigo nem imaginar meu marido... – Ela balançou a cabeça. – Enfim, você não merecia aquilo.

– Obrigada. – Desviei o olhar e vi a aliança no dedo dela. – Mande um oi para o Dan.

– Pode deixar.

Saí para o sol da tarde, que coloria a Main Street com um brilho reconfortante e digno das imagens de Rockwell, e suspirei aliviada. Tinha meu nome de volta e a cidade continuava exatamente como eu lembrava. Famílias passeavam, aproveitando o clima do verão, e amigos conversavam no cenário pitoresco das Montanhas Rochosas. Poplar Grove tinha uma população menor que sua altitude, grande o bastante para demandar meia dúzia de semáforos e tão pequena que a privacidade era um bem raro. Ah, e tinha uma livraria excelente.

A Bisa havia cuidado disso.

Joguei os documentos no banco do carona do carro alugado e fiz uma pausa. Minha mãe devia estar em casa – nunca exigi que ela devolvesse a chave após o velório. De repente, a vontade de ir para casa passou. Aqueles últimos meses tinham sugado minha compaixão, minha força e até minha esperança. Eu não saberia lidar com minha mãe quando tudo o que me restava era a raiva.

Mas agora eu estava em casa, onde poderia recarregar as energias até me sentir plena de novo.

Recarregar. Era exatamente o que eu precisava fazer antes de encontrar minha mãe. Atravessei a rua em direção à Mesa de Cabeceira, a loja que a Bisa tinha ajudado a abrir com uma de suas amigas mais próximas. De acordo com o testamento, agora eu era a sócia comanditária. Eu era... tudo.

Senti um aperto no peito ao ver a placa de "Vende-se" onde antes era a pet shop do Sr. Navarro. Fazia um ano que a Bisa tinha me contado que ele havia falecido. Aquele imóvel na Main Street era excelente. Por que nenhum outro negócio o assumira? Será que Poplar Grove estava com dificuldades financeiras? Essa possibilidade atingiu meu estômago como leite azedo quando entrei na livraria.

A loja cheirava a pergaminho e chá, misturados a um toque de poeira e lar. Nunca consegui encontrar nada próximo àquele aroma acolhedor nas redes de livrarias enquanto morei em Nova York, e a tristeza ardeu em meus olhos assim que respirei lá dentro. Fazia seis meses que a Bisa tinha nos deixado, e eu sentia tanto sua falta que parecia que meu peito ia desmoronar com o buraco que ela havia deixado.

– Georgia? – A Sra. Rivera me olhou boquiaberta por um instante antes de abrir um sorriso largo atrás do balcão, equilibrando o telefone entre a orelha e o ombro. – Só um segundinho, Peggy.

– Oi, Sra. Rivera. – Sorri e acenei para seu rosto familiar e acolhedor. – Não desligue por minha causa. Só estou dando uma passadinha.

– Bom, é maravilhoso ver você! – Ela olhou para o telefone. – Não, não você, Peggy. Georgia acabou de entrar aqui! – Seus olhos castanhos calorosos voltaram a encontrar os meus. – É, *essa* Georgia.

Acenei mais uma vez enquanto elas continuavam a conversa, então fui até a seção de romances, onde a Bisa tinha várias prateleiras dedicadas aos livros que ela havia escrito. Peguei o último romance que ela publicou e o abri para ver seu rosto. Nós duas tínhamos os mesmos olhos azuis, mas ela desistiu de pintar o cabelo que um dia fora preto por volta do aniversário de 75 anos, um ano após minha mãe ter me largado à sua porta pela primeira vez.

A foto da Bisa era toda pérolas e blusa de seda, enquanto a mulher real era um macacão coberto de terra do jardim e um chapéu largo o bastante para cobrir toda a cidade, mas o sorriso era o mesmo. Peguei outro livro, mais antigo, só para ver outra versão daquele sorriso.

O sino da porta tocou e, em seguida, um homem falando ao celular começou a percorrer a seção de ficção logo atrás de mim.

– "Uma Jane Austen dos dias atuais" – sussurrei, lendo a citação da capa.

Nunca deixei de me surpreender com o fato de a Bisa ser a alma mais romântica que já conheci, embora tivesse passado a maior parte da vida sozinha, escrevendo livros sobre o amor, sentimento que viveu durante poucos anos de sua vida. Quando ela se casou com meu bisavô Brian, eles viveram apenas uma década juntos antes que o câncer o levasse. Talvez as mulheres da minha família fossem amaldiçoadas no amor.

– Mas que porcaria é essa? – perguntou o homem em voz alta.

Minhas sobrancelhas se ergueram de repente, e olhei para trás. Ele tinha nas mãos um livro de Noah Harrison, com duas pessoas naquela posição clássica de quase beijo na capa. Vai entender...

– Porque eu não estava olhando meus e-mails no meio dos Andes, então, pois é, essa é a primeira vez que vejo o último lançamento.

O cara praticamente fervia de raiva ao pegar outro livro de Harrison, segurando os dois lado a lado. Dois casais diferentes, mesma pose.

Eu com certeza ficaria com a minha escolha de leitura, ou com qualquer outro livro daquela seção.

– São iguaizinhas, esse é o problema. O que tinha de errado com a... Sim, tô puto! Passei dezoito horas viajando e, caso você tenha esquecido, encurtei minha viagem de pesquisa para estar aqui. Estou te dizendo que elas são *iguaizinhas*. Espera, vou provar. Moça?

– Pois não?

Eu me virei de leve e, quando ergui a cabeça, as duas capas estavam enfiadas na minha cara. *Sem noção.*

– Essas capas parecem iguais para você?

– Aham. Dá para confundir um com o outro.

Coloquei um dos livros da Bisa de volta na prateleira e sussurrei uma despedida mentalmente, como sempre fazia quando visitava um de seus livros numa livraria. Será que algum dia ficaria mais fácil suportar aquela saudade?

– Viu? Elas não deveriam ser iguais! – retrucou o cara.

Eu esperava que ele tivesse falado isso com a pobre alma do outro lado da linha, porque aquilo não acabaria bem se ele estivesse usando esse tom comigo.

– Bom, os livros dele também são todos iguais – murmurei. *Droga.* Escapou sem que eu tivesse tempo de me conter. Acho que meu filtro estava tão anestesiado quanto meus sentimentos. – Desculpa...

Eu me virei mais, levantando o olhar até encontrar duas sobrancelhas escuras erguidas em choque acima de dois olhos igualmente escuros. *Uau.*

Meu coração partido acelerou, como acontecia com todas as heroínas dos livros da Bisa. Ele era o homem mais lindo que eu já tinha visto – e olha que, como ex-esposa de um diretor de cinema, eu tinha alguma experiência nesse quesito.

Ah, não, não, não. Você é imune a homens bonitos, a parte lógica do meu cérebro alertou, mas eu estava ocupada demais olhando fixamente para ele para ouvir.

– Não são todos... – Ele me olhou, atordoado. – Já te ligo de volta.

Ele segurou os dois livros com uma das mãos e desligou e guardou o celular no bolso.

Parecia ter mais ou menos a minha idade – quase 30, talvez 30 e poucos –, com pelo menos 1,80 metro de altura e o cabelo preto, naquele estilo "acabei de acordar", que caía de forma natural sobre a pele bronzeada até alcançar as sobrancelhas pretas erguidas e os olhos castanhos impossivelmente escuros. O nariz era reto, os lábios entalhados em linhas exuberantes que só serviam para me lembrar quanto tempo fazia que eu não era beijada, e o queixo sombreado por uma barba leve por fazer. Ele tinha linhas angulosas e esculpidas e, pelo tônus dos músculos em seus antebraços, eu apostaria a loja que ele conhecia bem o interior de uma academia... e provavelmente de um quarto.

– Por acaso você acabou de dizer que todos os livros são iguais? – perguntou ele, bem devagar.

Olhei para ele, aturdida. *Ah, é. Os livros.* Mentalmente, dei um tapa em mim mesma por perder a linha de raciocínio por causa de um rostinho bonito. Fazia vinte minutos que eu tinha recuperado meu nome, e homens estavam fora de cogitação, pelo menos por um tempo. Além disso, ele nem era dali. Considerando as dezoito horas de viagem ou não, aquela calça sob medida gritava que era de grife, e as mangas da camisa branca de linho estavam dobradas bem ao estilo casual que não tem nada de casual. Os homens de Poplar Grove não estavam nem aí para calças de mil dólares ou sotaques nova-iorquinos.

– Bem por aí. Garoto encontra garota, eles se apaixonam, uma tragédia acontece, alguém morre. – Dei de ombros, orgulhosa por não sentir nenhum calor subindo até meu rosto para me delatar. – Acrescente um drama judicial, um pouco de sexo insatisfatório mas poético e talvez uma cena na praia, e pronto. Se esse for o seu gosto, qualquer um dos livros dele serve.

– Insatisfatório? – Aquelas sobrancelhas se uniram enquanto ele olhava de um livro para o outro, voltando então a me encarar. – Não é *sempre* que alguém morre.

Acho que ele leu um ou dois livros do Harrison.

– Tá, oitenta por cento do tempo. Você mesmo pode conferir – sugeri. – É por isso que ele está desse lado – falei, apontando para a placa que dizia ficção – e não deste. – Apontei para a placa que dizia livros de romance.

Ele ficou de queixo caído por uma fração de segundo.

– Ou quem sabe as histórias dele envolvam mais que só sexo e expectativas irreais.

A beleza dele diminuiu um pouquinho aos meus olhos quando ele acertou em cheio uma das minhas maiores implicâncias.

Fiquei arrepiada.

– Livros de romance não falam sobre expectativas irreais e sexo, e sim sobre amor e superação das adversidades por aquilo que pode ser considerado uma experiência universal.

Foi isso que aprendi com a Bisa e lendo milhares desses livros ao longo dos meus 28 anos.

– E, pelo que parece, sexo *satisfatório*. – Ele arqueou uma sobrancelha.

Torci para não ficar vermelha com o modo como seus lábios pareceram acariciar aquelas duas palavras.

– Ei, se você não gosta de sexo, ou se fica tão desconfortável diante de uma mulher que acolhe sua sexualidade, isso diz mais sobre você do que sobre o gênero, não acha? – Inclinei a cabeça para o lado. – Ou é o "felizes para sempre" que te incomoda?

– Sou a favor do sexo, e de mulheres que acolhem sua sexualidade, e do "felizes para sempre". – A voz dele saiu como um rosnado.

– Então esses livros aí não fazem mesmo seu estilo, porque a única coisa que eles abordam é a tristeza universal. Mas, se é disso que você gosta, divirta-se.

Isso porque eu queria deixar a Rainha do Gelo para trás. Ali estava eu, discutindo com um completo estranho numa livraria.

Ele balançou a cabeça.

– São histórias de amor. Diz bem aqui.

Ele ergueu uma das capas, que por acaso tinha um elogio da Bisa. *O* elogio. Aquele que a editora implorou à Bisa tantas vezes que ela finalmente acabou cedendo, e eles se contentaram com o que ela disse.

– "Ninguém escreve histórias de amor como Noah Harrison" – li com um sorrisinho nos lábios.

– Eu diria que Scarlett Stanton é bastante respeitada no ramo das histórias de amor, não? – Um sorrisinho sensual e mortal surgiu em seu rosto. – Se ela diz que é uma história de amor, então é uma história de amor.

Como alguém com uma beleza tão devastadora podia me irritar tanto?

– Eu diria que Scarlett Stanton foi sem dúvida a escritora de romances *mais* respeitada de sua geração.

Balancei a cabeça, guardei o outro livro da Bisa no lugar e me virei para me afastar antes que perdesse a cabeça por completo com aquele homem usando o nome dela como se a conhecesse.

– Então a recomendação dela é garantida, não é? Se um cara quiser ler uma história de amor. Ou você só aprova histórias de amor escritas por mulheres? – perguntou ele atrás de mim.

Sério mesmo? No final do corredor, eu me voltei para ele, o mau humor tomando conta quando o encarei.

– O que você não vê nesse elogio é o resto da citação.

– Como assim?

Duas linhas surgiram entre as sobrancelhas dele.

– Essa não é a citação original. – Olhei para o teto, tentando me lembrar das palavras exatas. – Como era mesmo... "Ninguém escreve uma ficção tão dolorosa e deprimente disfarçada de história de amor como Noah Harrison." Eles editaram para colocar na capa.

Acho que você foi longe demais. Quase consegui ouvir a voz da Bisa na minha cabeça.

– Como é que é?

Talvez por causa do ângulo com que a luz fluorescente atingiu seu rosto quando ele se mexeu, sua pele pareceu empalidecer.

– Olha só, isso acontece o tempo todo. – Soltei um suspiro. – Não sei se você percebeu, mas aqui em Poplar Grove todos nós conhecíamos Scarlett Stanton muito bem, e ela nunca foi de esconder as opiniões dela. – *Vai ver é genético.* – Se bem me lembro, ela disse que ele tinha um faro para a descrição e... um gosto pela aliteração. – Foi o que ela disse de mais gentil. – Não era da escrita em si que ela não gostava... só das histórias.

Um músculo saltou em sua mandíbula.

– Bom, eu gosto de aliterações nas minhas histórias de amor. – Ele passou por mim com ambos os livros, indo em direção ao caixa. – Obrigado pela recomendação, senhorita...

– Ellsworth – respondi de forma automática, estremecendo de leve quando o nome deixou meus lábios. *Já era.* – Aproveite seus livros, senhor...

– Morelli.

Assenti e me afastei, sentindo seu olhar me seguir porta afora enquanto a Sra. Rivera passava os livros para ele no caixa.

Lá se foi o pouco da paz que eu buscava. A pior parte daquela briguinha? Talvez ele tivesse razão, talvez os livros que a Bisa escrevia fossem mesmo irreais. O único "felizes para sempre" que eu conhecia era o da minha melhor amiga Hazel e, como fazia só cinco anos que ela estava casada, o veredito estava longe de ser definitivo.

Cinco minutos depois, entrei com o carro na nossa rua, passando pelo Chalé Grantham, a mais próxima das propriedades para aluguel que a Bisa possuía. Parecia vazia pela primeira vez desde... sempre. Como o chalé ficava a cerca de meia hora de Breckenridge, que era muito procurada por turistas, ele nunca ficava vazio por muito tempo.

Droga. Você não resolveu as coisas com a imobiliária. Devia ser uma das dezenas de mensagens de voz que não ouvi, ou talvez um dos mil e-mails que ignorei. Pelo menos o correio de voz já não aceitava mais mensagens, mas os e-mails continuavam a se acumular. Eu precisava me recompor. O resto do mundo não estava nem aí para o fato de que Damian tinha partido meu coração.

Parei na entrada da casa onde cresci e, então, estacionei. Já havia um carro alugado na ponta da entrada semicircular.

Minha mãe deve estar aqui. Aquela exaustão permanente cresceu, tomando conta de mim.

Deixei as malas para depois, mas peguei a bolsa antes de sair em direção à porta da frente da casa colonial de setenta anos de idade. *Cadê as flores?* Plantas perenes surgiam aqui e ali, todas um tanto ressecadas, mas não havia as manchas vibrantes de cores nos canteiros que costumavam margear a entrada naquela época do ano.

Durante aqueles últimos anos – quando ela esteve frágil demais para passar tanto tempo ajoelhada –, eu vinha de vez em quando ajudar a Bisa a plantar. Não que Damian sentisse minha falta... embora agora eu soubesse por quê.

– Oi? – chamei ao entrar.

Meu estômago se revirou com o cheiro rançoso de cinzas no ar. Ela estava *fumando* na casa da Bisa? O piso de madeira parecia não ver uma vassoura desde o inverno, e havia uma camada grossa de poeira no aparador da entrada. Bisa perderia a cabeça se visse a casa naquele estado. O que tinha acontecido com Lydia? Eu havia pedido ao contador da Bisa para manter os pagamentos à empregada.

As portas da sala de estar se abriram, e minha mãe surgiu, vestida com sua melhor roupa. Seu sorriso reluzente se desmanchou quando me viu, então voltou a se abrir.

– Gigi!

Ela abriu os braços e me deu aquele abraço de dois segundos, com direito a tapinha nas costas, que definia muito bem nosso relacionamento.

Meu Deus, eu detestava aquele apelido.

– Mãe? O que você está fazendo aqui? – perguntei com delicadeza, pois não queria que ela se descontrolasse.

Ela ficou tensa, então se afastou, e seu sorriso vacilou.

– Bom… na verdade eu estava esperando você, meu bem. Sabia que perder a Bisa foi um golpe e tanto e, agora que perdeu o marido também, imaginei que precisaria de um carinho. – Sua expressão irradiava empatia quando ela me olhou da cabeça aos pés, apertando meus ombros de leve, finalizando a análise com a sobrancelha erguida. – Você parece *mesmo* estar sofrendo. Sei que é difícil agora, mas juro que da próxima vez vai ser mais fácil.

– Não quero que tenha uma próxima vez – admiti em voz baixa.

– Ah, a gente nunca quer.

Ela me lançou um olhar suave que nunca tinha reservado a mim antes.

Meus ombros caíram, e as defesas robustas que eu tinha construído ao longo dos anos desmoronaram. Talvez minha mãe estivesse virando a página, começando um novo capítulo. Fazia anos que não passávamos um tempo juntas, e quem sabe finalmente tivéssemos chegado a um ponto em que poderíamos…

– Georgia? – perguntou um homem pela fresta das portas envidraçadas. – Ela chegou?

Minhas sobrancelhas subiram até o teto.

– Christopher, pode me dar um segundinho? Minha filha acabou de chegar.

Minha mãe abriu aquele sorriso de 1 milhão de dólares que tinha fisgado os quatro primeiros maridos, então pegou minha mão e me puxou em direção à cozinha antes que eu pudesse olhar para dentro da sala de estar.

– Mãe, o que está acontecendo? E nem vem mentir para mim.

Por favor, apenas… fale a verdade.

A expressão dela mudou na hora, me lembrando que sua capacidade de ajustar os planos de improviso só perdia para sua indisponibilidade emocional. Ela era especialista em ambas.

– Estou fechando um negócio – explicou ela devagar, como se estivesse pensando bem em cada palavra. – Nada com que você precise se preocupar, Gigi.

– Não me chama assim. Sabe que eu odeio.

Gigi era uma garotinha que passava tempo demais olhando as lanternas traseiras dos carros pela janela, e eu tinha crescido.

– Um negócio? – perguntei, semicerrando os olhos.

– Tudo aconteceu enquanto eu esperava que você viesse para casa. É tão difícil assim de acreditar? Me julgue por querer ser uma boa mãe.

Ela levantou o queixo e piscou várias vezes, os lábios formando um biquinho, como se eu a tivesse magoado.

Eu não ia cair nessa.

– Como ele sabia meu nome?

Alguma coisa não estava se encaixando.

– Todo mundo sabe seu nome, graças ao Damian. – Minha mãe engoliu em seco e deu um tapinha no coque loiro perfeito… seu tique quando mentia. – Sei que está magoada, mas acho que vocês podem voltar se fizermos as coisas direitinho.

Ela estava tentando me distrair. Passei por ela e entrei na sala, sorrindo.

Dois homens se levantaram de um salto. Ambos estavam de terno, mas o que tinha espiado pela porta aberta parecia uns vinte anos mais velho que o outro.

– Desculpem a grosseria. Meu nome é Georgia Ells… – *Droga*. Pigarreei. – Georgia Stanton.

– Georgia? – O homem mais velho ficou pálido. – Christopher Charles – disse ele devagar, olhando em direção à porta por onde minha mãe estava entrando.

Reconheci aquele nome. O homem que publicava os livros da Bisa. Ele era o diretor editorial do selo quando ela escreveu seu último livro, mais ou menos uma década antes, aos 91 anos.

– Adam Feinhold. É um prazer, Srta. Stanton – disse o outro, mais jovem.

Os dois olhavam de mim para minha mãe, pálidos.

– Agora que todos foram apresentados, Gigi, não está com sede? Vamos pegar uma bebida para você – falou minha mãe, vindo em minha direção com uma das mãos estendida.

Ignorei-a e me sentei na poltrona grande que ocupava o lugar mais importante da sala, afundando em seu conforto familiar.

– E o que exatamente o editor da minha bisavó veio fazer em Poplar Grove, Colorado?

– Eles estão aqui para fechar o contrato de um livro, é claro – explicou minha mãe, sentando-se com cuidado na beirada do sofá que ficava mais próximo de mim e ajeitando o vestido.

– Que livro? – perguntei diretamente a Christopher e Adam.

Minha mãe tinha muitos talentos, mas escrever não era um deles, e eu já tinha visto muitos contratos de livros sendo fechados para saber que editores não pegavam um avião por nada.

Christopher e Adam trocaram olhares confusos, então repeti a pergunta.

– Que. Livro?

– Acho que ainda não tem título – respondeu Christopher devagar.

Todos os músculos do meu corpo travaram. Que eu soubesse, havia apenas um livro que a Bisa não tinha intitulado ou vendido. *Minha mãe não ousaria... ou ousaria?*

O homem engoliu em seco, então olhou para minha mãe.

– Só viemos finalizar umas assinaturas e pegar o manuscrito. Você sabe que Scarlett não gostava muito de computadores, e não queríamos arriscar mandar algo tão precioso, como a única cópia original, pelas empresas de entrega.

– Que livro? – perguntei à minha mãe desta vez, meu estômago se revirando.

– O primeiro... e último. – A súplica em seu olhar era inconfundível, e detestei perceber que aquilo ainda conseguia partir meu coração. – Sobre o vovô Jameson.

Eu ia vomitar. Bem ali no tapete persa que a Bisa amava.

– Ele não foi finalizado.

– É claro que não, meu bem. Mas garanti que eles contratassem o melhor dos melhores para isso – explicou minha mãe com um tom meloso que não acalmou em nada meu enjoo. – Você não acha que a Bisa ia querer que suas últimas palavras fossem publicadas?

Então ela abriu *o sorriso* para mim. Aquele que parecia disposto e bem-intencionado para as pessoas de fora, mas que prometia uma retribuição em particular se eu ousasse envergonhá-la em público.

Ela me ensinou tão bem que retribuí com o mesmo sorriso.

– Bom, mãe, acho que, se a Bisa quisesse que o livro fosse publicado, ela teria terminado de escrevê-lo.

Como ela podia ser capaz de fazer aquilo? Negociar a publicação *daquele* livro pelas minhas costas?

– Discordo. – Minha mãe ergueu as sobrancelhas. – Ela dizia que aquele livro seria o legado dela, Gigi. Ela nunca conseguiu lidar com as emoções que envolviam concluir aquela história, e acho que é justo fazermos isso por ela. Não acha?

– Não. E, como sou a única beneficiária do testamento e executora do espólio literário dela, o que eu acho é a única coisa que importa.

Expus a verdade com o mínimo de emoção possível.

Ela deixou a máscara cair e olhou para mim, chocada.

– Georgia, é claro que você não negaria...

– Vocês duas se chamam Georgia? – perguntou Adam, com a voz cada vez mais aguda.

Fiquei aturdida quando as peças se encaixaram, então caí na risada.

– Que maravilha.

Ela não estava só fechando um contrato pelas minhas costas; estava se passando por mim.

– Gigi... – implorou minha mãe.

– Ela disse a vocês que se chama Georgia Stanton? – adivinhei, direcionando toda a minha atenção aos engravatados.

– Ellsworth, mas sim – afirmou Christopher, assentindo, e seu rosto foi ficando vermelho conforme ele entendia a situação.

– Mas não é. Ela é Ava Stanton-Thomas-Brown-O'Malley... ou ainda é Nelson? Não consigo lembrar se você mudou seu nome de volta.

Ergui as sobrancelhas, encarando minha mãe.

Ela se levantou de um salto, furiosa.

– Cozinha. Agora.

– Se puderem nos dar licença por um minutinho.

Abri um sorrisinho rápido para os editores enganados, então fui em direção à cozinha, porque queria ouvir aquela explicação.

– Você não vai estragar isso! – sibilou ela ao chegarmos ao cômodo onde a Bisa cozinhava todo sábado.

Havia pratos espalhados pelo balcão, e o cheiro de comida estragada pairava no ar.

– O que aconteceu com a Lydia? – perguntei, fazendo um gesto em direção à bagunça.

– Eu a demiti. Ela era intrometida.

Minha mãe deu de ombros.

– Há quanto tempo você está morando aqui?

– Desde o velório. Eu estava esperando você…

– Nem vem. Você demitiu a Lydia porque sabia que ela me contaria que você estava atrás do livro. – A raiva correu em minhas veias, e minha mandíbula se retesou. – Como pôde fazer isso?

Seus ombros caíram.

– Gigi…

– Eu odeio esse apelido desde que tinha 8 anos. Vou repetir: para de me chamar assim! – disparei. – Você achou mesmo que conseguiria fingir ser eu? Eles têm advogados, mãe! Uma hora você teria que mostrar documentos.

– Bom, estava funcionando até você chegar.

– E a Helen? – perguntei, bufando. – Me diga que não ofereceu o manuscrito sem a agente da Bisa…

– Eu ia envolver a Helen assim que eles fizessem uma oferta oficial. Juro. Eles só vieram buscar o livro para uma primeira leitura.

Balancei a cabeça, não conseguia acreditar na… eu nem sabia do que chamar aquilo.

Ela soltou um suspiro como se eu é que a tivesse magoado, e seus olhos se encheram de lágrimas.

– Me desculpa, Georgia, de verdade. Eu estava desesperada. Por favor, faça isso por mim. O adiantamento me ajudaria a resolver minha vida…

– Sério? – Meus olhos voaram em direção aos dela. – Isso é por dinheiro?

– Sério! – Ela bateu as mãos no granito. – Minha própria avó me excluiu do testamento por *sua* causa. Ela deixou *tudo* para você, e eu fiquei sem nada!

A culpa alfinetou pedaços desprotegidos do meu coração, os caquinhos que viviam em negação, sem nunca entender que nem todas as mães querem ser mães e que a minha estava entre as que não queriam. Bisa tinha excluído minha mãe do testamento, sim, mas não por minha causa.

– Não há nada para dar aqui, mãe. Ela não terminou o livro, e você sabe por quê. Ela disse que só escreveu para a família.

– Ela escreveu para o *meu* pai! E eu sou da família! Por favor, Georgia. – Ela fez um gesto indicando tudo ao nosso redor. – Você tem tudo isso. Me dê só *uma* coisinha, e juro que até divido com você.

– Não é pelo dinheiro.

Eu nem tinha lido o livro, e agora ela queria vender?

– Diz a garota que tem milhões.

Eu me agarrei à borda do balcão da cozinha e respirei fundo algumas vezes, tentando desacelerar meu coração, impor lógica a uma situação que não tinha nenhuma. Eu tinha estabilidade financeira? Sim. Mas os milhões da Bisa estavam destinados à caridade, como era o desejo dela, e minha mãe não era um caso de caridade.

Mas ela *era* a última pessoa viva da minha família.

– Por favor, meu bem. Apenas ouça o que eles estão oferecendo. É tudo o que peço. Não pode me dar pelo menos isso? – Sua voz saiu trêmula. – Tim me deixou. Estou… falida.

Sua confissão atingiu em cheio minha alma recém-divorciada.

Nossos olhos se encontraram, tons idênticos do que a Bisa chamava de *azul Stanton*. Ela era tudo que eu tinha, e não importava quantos anos ou terapeutas tivessem se passado, eu nunca conseguiria extirpar o desejo de agradá-la. De provar meu valor para ela.

Não imaginei que o dinheiro seria o catalisador desse sentimento.

Mas isso era uma demonstração do caráter *dela* – não do meu.

– Eu vou ouvir, mas só isso.

– É só o que peço. – Minha mãe assentiu com um sorriso de gratidão. – É verdade que fiquei por sua causa – sussurrou ela. – Acabei encontrando o livro por coincidência.

– Vamos. – *Antes que eu comece a acreditar em você.*

O tom dos homens era de leve desespero ao explicar os termos que tinham oferecido a minha mãe. Eu via em seus olhos o reconhecimento de que a mina de ouro que seria o último livro de Scarlett Stanton estava escorrendo por seus dedos, porque nunca fora deles de verdade.

– Vou ter que ligar para Helen. Tenho certeza de que vocês se lembram da agente da Bisa – falei quando eles terminaram. – E os direitos de adaptação estão fora de cogitação. Vocês sabem o que ela achava disso.

Bisa detestava adaptações cinematográficas.

O rosto de Christopher se contraiu.

– E onde está Ann Lowell? – perguntei. Ela fora editora da Bisa durante mais de vinte anos.

– Se aposentou ano passado – respondeu Christopher. – Adam é o melhor editor que temos na equipe e trouxe seu melhor autor para finalizar o que nos informaram que seria... cerca de um terço do livro? – Ele olhou para minha mãe.

Ela assentiu.

Ela leu? O gosto amargo da inveja tomou minha boca.

– Ele é o melhor – garantiu Adam com entusiasmo, olhando para o relógio. – Milhões de vendas, escrita fenomenal, aclamado pela crítica e, o melhor de tudo, um fã incondicional de Scarlett Stanton. Leu tudo que ela escreveu pelo menos duas vezes e reservou os próximos seis meses para este projeto, para que possamos lançar logo.

Ele tentou me tranquilizar com um sorriso.

Sem sucesso.

Semicerrei os olhos.

– Vocês contrataram um homem para terminar o livro da Bisa?

Adam engoliu em seco.

– Ele é o melhor, eu juro. E sua mãe quis entrevistá-lo para garantir que ele seria a escolha certa, então, na verdade, ele já está aqui.

Olhei para eles, surpresa com a meticulosidade da minha mãe e com a presença do escritor... *Não.*

– Eu nem consigo lembrar qual foi a última vez que ele teve que defender seu trabalho assim – disse Christopher com uma risada.

Meus pensamentos sofreram uma rasteira e caíram como uma fileira de dominós. *Impossível.*

– Ele está aqui agora? – perguntou minha mãe, olhando para a porta e ajeitando a saia.

– Acabou de chegar. – Adam apontou para o Apple Watch.

– Georgia, fique aí. Eu recebo nosso convidado.

Minha mãe se levantou de um salto e correu em direção à porta, deixando-nos em um silêncio constrangedor rompido apenas pelo tique-taque constante do relógio antigo.

– Conheci seu marido em um baile de gala ano passado – comentou Christopher com um sorriso tenso.

– Ex-marido – corrigi.

– Certo. – Ele estremeceu. – Achei o último filme dele superestimado.

Quase todos os filmes que Damian dirigiu – tirando o da Bisa – eram superestimados, mas eu não ia entrar nesse assunto.

Uma risada grave e retumbante veio da entrada, e senti um arrepio na nuca.

– Ele chegou! – anunciou minha mãe toda feliz, escancarando as portas de vidro.

Eu me levantei quando ele entrou com ela, e de algum jeito consegui manter o equilíbrio quando o vi.

Seu sorriso sedutor desapareceu, e ele me olhou como se tivesse visto um fantasma.

Meu estômago foi ao chão.

Christopher começou a apresentação:

– Georgia Stanton, este é…

– Noah Harrison – adivinhei.

Noah, o estranho da livraria, assentiu.

Eu não estava nem aí para a beleza quase pecaminosa daquele homem. Ele só colocaria as mãos no livro da Bisa passando por cima do meu cadáver.

CAPÍTULO 2
NOAH

Scarlett, minha Scarlett.

    Espero que só encontre isto quando já tiver percorrido metade do Atlântico – e estiver longe demais para que essa sua cabecinha linda e teimosa mude de ideia. Sei que concordamos, mas a ideia de passar meses sem você, ou até anos, acaba comigo. A única coisa que me mantém firme é saber que você estará segura. Esta noite, antes de sair da cama de fininho para escrever esta carta, tentei memorizar você por inteiro. O cheiro do seu cabelo e o toque da sua pele. A luz em seu sorriso e o modo como seus lábios formam um biquinho quando me provoca. Seus olhos – esses lindos olhos azuis – me deixam sempre de joelhos, e não vejo a hora de mirá-los sob o céu do Colorado. Você é forte, meu amor, e mais corajosa do que eu jamais seria. Jamais poderia suportar o que você está enfrentando agora. Eu te amo, Scarlett Stanton. Amei desde a primeira dança, e vou amar pelo resto da vida. Lembre-se disso enquanto o oceano nos separar. Dê um beijo em William por mim. Mantenha-o em segurança, abrace-o forte e, antes mesmo que possa sentir minha falta, estarei em casa com você, onde não haverá mais sirenes de ataque aéreo, nem bombardeios, nem missões, nem guerra... só nosso amor.

    Vejo você em breve,

    Jameson

Stanton. A mulher linda e irritante da livraria se chamava Georgia Stanton.

Pela primeira vez em anos, fiquei sem palavras.

Eu nunca tinha vivido aquele momento sobre o qual escrevi tantas vezes, o momento em que vemos um completo estranho pela primeira vez e simplesmente *sabemos*. Então ela se virou, segurando um livro da minha autora favorita, olhando para ele como se a obra contivesse a resposta para a tristeza em seus olhos, e de repente aquele momento era meu... até tudo ir pelos ares quando me dei conta do que ela estava dizendo.

Ninguém escreve uma ficção tão dolorosa e deprimente disfarçada de história de amor como Noah Harrison. A declaração ficou gravada no meu cérebro com toda a agonia de um ferro em brasa.

– Noah? – chamou Chris, apontando para o último assento vazio em uma cena que parecia uma intervenção.

– Claro – resmunguei, mas me virei em direção a Georgia. – É um prazer conhecer você oficialmente, Georgia.

Seu aperto de mão era caloroso, ao contrário de seus olhos azuis cristalinos e penetrantes. Não havia como negar aquele sentimento, aquela atração instantânea, mesmo sabendo quem ela era. Não consegui evitar. Suas palavras me deixaram sem reação na livraria, o que era raro, e ali estava eu, mais uma vez sem saber o que dizer.

Ela era deslumbrante – impecável, na verdade. Seu cabelo caía em ondas tão escuras que tinham um brilho quase azulado, e o contraste com a pele delicada de marfim invocava um milhão de referências à Branca de Neve. *Não para você, Morelli. Ela não quer nada com você.*

Mas *eu* queria. Tinha que conhecer aquela mulher; sentia isso em cada fibra do meu ser.

– Você comprou seus próprios livros? Sério? – perguntou ela, arqueando uma sobrancelha quando soltei sua mão.

Minha mandíbula se retesou. É claro que ela ia se lembrar logo disso.

– Por quê? Eu deveria ter colocado os livros de volta na prateleira para que você pensasse que sua opinião me influenciou?

– Parabéns pela firmeza. – O canto de seus lábios incrivelmente beijáveis se curvou. – Mas, se tivesse feito isso, talvez este momento fosse um pouco menos constrangedor.

– Depois de você dizer que todos os meus livros são iguais? Acho que não.

E que o sexo é insatisfatório. Eu só precisava de uma noite para mostrar a ela o quanto podia ser *satisfatório.*

– Mas é verdade.

Tenho que reconhecer, ela não cedeu. Acho que eu não era o único teimoso ali.

A outra mulher arquejou, e Chris e Adam balbuciaram alguma coisa, me lembrando que aquela não era uma visita social.

– Noah Harrison. – Cumprimentei a mulher mais velha com um aperto de mão, observando o rosto dela. Ela só podia ser… mãe da Georgia?

– Ava Stanton – respondeu ela, com um sorriso ofuscante de tão branco. – Sou mãe da Georgia.

– Embora elas passem fácil por irmãs – acrescentou Chris, com uma risadinha.

Segurei a vontade de revirar os olhos.

Georgia não, o que me fez conter um sorriso.

Todos nos sentamos, eu em frente a Georgia. Ela se recostou na poltrona e cruzou as pernas, conseguindo parecer ao mesmo tempo relaxada e majestosa com uma calça jeans e uma camisa preta bem ajustada.

Espera aí. Uma sensação de familiaridade formigou no fundo do meu cérebro. Eu já tinha visto aquela mulher em algum lugar, *não só na livraria.* Imagens dela em um evento de gala surgiram na minha mente. Será que já tínhamos nos encontrado?

– Então, Noah, por que não diz a Georgia, e a Ava, claro, por que elas deveriam confiar a você a obra-prima inacabada de Scarlett Stanton? – insistiu Chris.

Olhei para ele, aturdido.

– Como?

Eu estava ali para receber o manuscrito. Só isso. Essa tinha sido a única condição do meu sim imediato. Eu queria ser o primeiro a ler o manuscrito.

Adam pigarreou, me encarando com uma expressão suplicante.

Será que ele estava falando sério?

– Noah? – Ele lançou um olhar expressivo para as duas mulheres.

Pelo jeito sim. Fiquei dividido entre cair na gargalhada e bufar.

– Porque prometo não perder o manuscrito?

Minha voz ficou mais aguda no final da frase, transformando minha declaração óbvia em uma pergunta.

– Ah, que alívio – comentou Georgia.

Semicerrei os olhos.

– Noah, vamos dar uma palavrinha na entrada – sugeriu Adam.

– Vou pegar bebidas para todos! – ofereceu Ava, levantando-se depressa.

Georgia desviou o olhar enquanto eu seguia Adam, saindo pelas portas francesas da sala de estar para a entrada de teto abobadado.

A casa era modesta pelo que eu conhecia do patrimônio de Stanton, mas o trabalho artesanal em madeira nas sancas e no corrimão da escada curva revelava a qualidade da construção e o bom gosto da proprietária anterior. Assim como sua escrita impecável e cativante era elaborada sem ser desnecessariamente rebuscada, a casa era feminina sem cair na categoria "estampa floral do inferno". Era discreta e elegante... e lembrava Georgia, exceto pelo temperamento.

– Temos um problema.

Adam passou as mãos no cabelo loiro-escuro e me lançou um olhar que eu só tinha visto uma vez: quando encontraram um erro de digitação na capa de um dos meus livros que já estava em impressão.

– Sou todo ouvidos.

Cruzei os braços. Adam era um dos meus amigos mais próximos e tão sensato quanto era possível para um editor de Nova York, então, se ele achava que tínhamos um problema, era porque tínhamos mesmo.

– A mãe nos fez acreditar que ela era a filha – disparou Adam.

– Em que sentido?

Claro, as duas eram lindas, mas Ava era claramente uma ou duas décadas mais velha.

– No sentido de quem detém os direitos do livro.

Meu estômago ameaçou arremessar meu almoço para fora. Agora fazia sentido: a mãe queria que eu trabalhasse no livro... *não* Georgia. *Puta merda.*

– Quer dizer que o contrato que passei semanas negociando está prestes a desmoronar?

Respirei fundo. Eu não só tinha conseguido arrumar um tempo para aquele projeto, tinha cancelado minha *vida inteira* por ele, voltado do Peru por ele. Eu queria aquele maldito livro, e a ideia de que ele escaparia pelos meus dedos era inconcebível.

– Se não conseguir convencer Georgia Stanton de que você é o autor perfeito para finalizar o livro, é exatamente isso que vai acontecer.

– Cacete.

Eu amava desafios, passava o tempo livre estimulando minha mente e meu corpo ao limite com a escalada e a escrita, e aquele livro era meu Everest mental, algo que me tiraria da zona de conforto. Dominar a voz de outro autor, principalmente uma autora tão amada quanto Scarlett Stanton, não seria apenas uma conquista profissional: seria também um risco pessoal.

– É... – concordou Adam.

– Eu a conheci mais cedo. Ela odeia meus livros.

Isso não era um bom sinal.

– Deu para notar. Por favor, me diga que não foi o babaca de sempre? – Adam semicerrou um pouco os olhos.

– Ah... "babaca" é um termo relativo.

– Maravilha. – Seu tom exalava sarcasmo.

Passei a mão no cabelo, aflito, tentando pensar em algum jeito de convencer uma mulher que obviamente já tinha uma opinião formada sobre minha escrita desde muito antes de nos conhecermos.

Eu não conseguia lembrar a última vez que havia deixado de conseguir algo que queria muito me dedicando um pouco ou usando um pouco de charme, e não era do meu feitio desistir ou entregar a vitória de mão beijada.

– Que tal se eu te der uns minutinhos para pensar, e aí você volta com um milagre?

Adam deu um tapinha no meu ombro e me deixou ali na entrada enquanto Ava enrolava na cozinha.

Peguei o celular do bolso de trás da calça e liguei para a única pessoa que me daria um conselho imparcial.

– O que você quer, Noah? – A voz de Adrienne soou em meio à cacofonia de seus filhos ao fundo.

– Como eu convenço alguém que não gosta dos meus livros de que não sou um escritor de merda? – perguntei em voz baixa, me virando em direção à porta do escritório.

– É sério que você ligou só para me fazer alimentar seu ego?

– Tô falando sério.

– Você nunca deu a mínima para o que as pessoas pensam. O que está acontecendo? – A voz dela foi ficando mais suave.

– É muito complicado e tenho uns dois minutos para pensar numa resposta.

– Tá. Bom, primeiro, você não é um escritor de merda, e a adoração de milhões de leitores comprova isso.

O barulho no fundo diminuiu, como se ela tivesse fechado uma porta.

– Você tem que dizer isso, é minha irmã.

– E detestei pelo menos onze dos seus livros – respondeu ela num tom animado.

Abafei uma risada.

– Estranho, esse número é bem específico.

– Não tem nada de estranho. Posso te dizer exatamente quais foram...

– Você não está ajudando, Adrienne.

Analisei a pequena coleção de fotos sobre a mesa, misturada a diversos vasos de vidro. O que tinha formato de onda parecia ter sido moldado à mão e estava ao lado da foto de um garotinho, provavelmente tirada no final da década de 1940. Outra fotografia parecia ter sido tirada em um baile de debutante... de Ava, talvez? E outra de uma criança que só podia ser Georgia em um jardim. Mesmo criança, ela parecia séria e um pouco triste, como se o mundo já a tivesse decepcionado.

– Por algum motivo não acredito que dizer a Georgia Stanton que minha própria irmã não gosta dos meus livros vá adiantar alguma coisa.

– O que quero dizer é que detestei o enredo, não a escr... – Adrienne fez uma pausa. – Espera, você disse Georgia Stanton?

– Disse.

– Puta merda – resmungou ela.

– Devo ter só mais uns trinta segundos agora.

Cada batimento cardíaco era como uma contagem regressiva. Como a situação podia ter dado tão errado tão rápido?

– O que é que você está fazendo com a bisneta da Scarlett Stanton?

– Lembra da parte *complicada* da conversa? E como você sabe quem é Georgia Stanton?

– Como você *não* sabe?

Ava passou por ali quase dançando, levando uma bandejinha com o que pareciam copos de limonada. Abriu um sorriso para mim, então entrou pelas portas entreabertas.

Meu tempo estava acabando.

– Olha só, Scarlett Stanton deixou um manuscrito inacabado, e Georgia, que odeia meus livros, é quem vai escolher a pessoa que vai finalizar esse manuscrito.

Minha irmã arquejou.

– Diz alguma coisa.

– Tá bom, tá bom. – Ela ficou em silêncio, e quase consegui visualizar as engrenagens girando em sua mente veloz. – Diz para Georgia que Damian Ellsworth nunca vai poder dirigir, produzir ou chegar perto da história.

Minhas sobrancelhas se franziram.

– Isso não tem nada a ver com os direitos de adaptação.

De qualquer forma, o cara era um péssimo diretor. Eu já tinha recusado que ele dirigisse meus filmes em mais de uma ocasião.

– Ah, por favor, é um livro da Scarlett Stanton finalizado por *você*, vai ser um arraso.

Eu não discordaria disso. Scarlett não saía da lista de mais vendidos do *New York Times* havia quarenta anos.

– O que Damian Ellsworth tem a ver com as Stantons?

– Hum. Quer dizer que eu sei de algo que você não sabe. Que curioso… – comentou ela, parecendo refletir.

– Adrienne – falei, quase num rosnado.

– Me deixa curtir o momento – cantarolou ela.

– Eu vou perder o contrato.

– Colocando nesses termos… – Imaginei minha irmã revirando os olhos. – Ellsworth é ex-marido da Georgia, e o divórcio saiu esta semana. Ele estava dirigindo *A rainha do inverno*…

– O livro da Stanton? Sobre o cara preso em um casamento falido?

– Esse mesmo. Enfim, ele foi pego tendo um caso com a Paige Parker… Que ironia, né? As provas devem aparecer a qualquer momento. Você nunca olha as revistas de fofoca na fila do mercado? Faz seis meses que Georgia está na capa de todas. A imprensa a chama de Rainha do Gelo porque ela não demonstra muita emoção e, sabe, por causa do filme.

– Você está falando sério?

Era uma brincadeira inteligente, mas cruel, com a primeira esposa arrogante do livro, que, se não me falhava a memória, morria antes que os protagonistas encontrassem seu final feliz. *Isso é que é a vida imitar a arte.*

– É triste, para falar a verdade. – Ela divagou. – Ela sempre evitou a imprensa, mas agora… bom, está por toda parte.

– Ah, droga.

Cerrei os dentes. Nenhuma mulher merecia aquilo. Meu pai me ensinou que um homem vale tanto quanto sua palavra, e os votos de casamento são uma promessa. Eu não era casado por um motivo. Não fazia promessas que não pudesse cumprir e nunca tinha conhecido uma mulher pela qual estivesse disposto a abrir mão de todas as outras.

– Tá. Obrigado, Adrienne.

Fui até a porta da sala de estar.

– Boa sorte. Espera… Noah?

– Quê?

Parei com os dedos na maçaneta de bronze.

– Concorde com ela.

– Como?

– O cerne da questão aqui não é você, é a bisavó dela. Deixa seu ego enorme fora disso.

– Eu não tenho um…

– Tem, sim.

Bufei. Não é vergonha nenhuma saber que você é o melhor naquilo que faz, mas eu não costumava escrever livros de romance.

– Mais alguma coisa? – perguntei, sarcástico.

Só mesmo minha irmã para destacar cada defeitinho meu.

– Hummm. Fala para ela da mamãe.

– Não.

Isso não ia acontecer.

– Noah, tô te dizendo, as garotas adoram um cara que ama tanto a mãe a ponto de ler para ela. É assim que você vai conquistar a Georgia. Acredita em mim… Mas também não é para tentar ganhar na cantada.

– Não vou dar uma cantada…

Ela riu.

– Eu te conheço bem *demais*, e te amo, mas já vi fotos da Georgia Stanton, e ela é *muita* areia para o seu caminhãozinho.

Não dava para discordar disso.

– Bacana. Valeu, e também te amo. A gente se vê no próximo fim de semana.

– Nada exagerado!

– O que eu compro para minha sobrinha de aniversário é problema meu e dela. A gente se vê.

Desliguei e entrei na sala. Todos, menos Georgia, se viraram para mim, cheios de esperança.

Voltei para meu lugar sem pressa, parando para observar a foto que prendia a atenção de Georgia.

Era Scarlett Stanton, sentada a uma mesa enorme, os óculos empoleirados no nariz, escrevendo na mesma máquina de datilografia antiga em que criou todos os seus livros. Sentada com as costas apoiadas na lateral da mesa, lendo no chão, estava Georgia. Parecia ter uns 10 anos.

Ela era a detentora dos direitos do livro da bisavó… não sua mãe, que era neta de Scarlett, portanto ali havia dinâmicas familiares que iam muito além da minha compreensão.

Em vez de me sentar, fiquei atrás da cadeira que me fora destinada, segurando de leve as laterais do móvel, de costas para a lareira, analisando Georgia como faria com uma montanha que estivesse determinado a escalar, procurando a rota certa, o melhor caminho.

– É o seguinte – falei diretamente para ela, ignorando todos os demais. – Você não gosta dos meus livros.

Ela ergueu uma sobrancelha e inclinou um pouco a cabeça.

– Tudo bem, porque acontece que eu *amo* os livros de Scarlett Stanton. Todos eles. Cada um. Não odeio livros de romance, como você pensa. Li todos duas vezes, alguns deles mais que isso. Ela tinha uma voz única, uma escrita inacreditável, visceral, e um jeito de evocar a emoção que me bota no chinelo.

Dei de ombros.

– Até aí, concordamos – disse Georgia, mas não havia agressividade em seu tom.

– Ninguém se compara com sua bisavó nesse gênero, mas eu não confiaria o livro dela a mais ninguém, e conheço um bocado de escritores. Eu sou o autor de quem você precisa. Sou o autor que vai fazer justiça a esse livro. Todos os outros autores que estão no nível que esse livro demanda vão querer moldá-lo à sua maneira, ou deixar sua marca nele. Eu não – prometi.

– Você não? – Ela mudou de posição na poltrona.

– Se me permitir terminar esse livro, vai ser o livro *dela*. Vou trabalhar incansavelmente para que pareça que ela mesma escreveu a segunda metade. Você não vai saber dizer onde a escrita dela acaba e a minha começa.

– É um terço – corrigiu Ava.

– Faço o que for preciso.

Minha atenção não se desviou do olhar firme de Georgia. O que dera na cabeça de Ellsworth? Ela tinha uma beleza que chegava a doer, de parar o trânsito, com curvas sem fim e uma mente afiada que combinava com sua língua. Nenhum homem em sã consciência trairia uma mulher como aquela.

– Sei que tem dúvidas a meu respeito – insisti –, mas vou trabalhar até conquistar sua confiança.

Mantenha a cabeça nas questões profissionais.

– Porque você é *muito* bom – retrucou ela, com um tom que transbordava sarcasmo.

Reprimi um sorriso.

– Porque sou muito, muito bom.

Ela me analisou com atenção enquanto o relógio antigo marcava os segundos ao nosso lado, então balançou a cabeça.

– Não.

– Não?

Meus olhos faiscaram e minha mandíbula se retesou.

– Não. Esse livro é muito pessoal para minha família…

– É pessoal para mim também. – *Droga*. Talvez eu perca mesmo desta vez. Soltei a cadeira e esfreguei a nuca.

– Olha só, minha mãe sofreu um acidente de carro grave quando eu tinha 16 anos e… eu passei aquele verão ao lado da cama dela, lendo os livros da sua bisavó para ela. – Deixei de fora a informação de que aquilo era parte do castigo que meu pai me impôs. – Até as partes *satisfatórias*. – Meus lábios se curvaram para cima, acompanhando as sobrancelhas dela. – É algo pessoal.

Seu olhar mudou, se suavizando por um instante, até que ela ergueu o queixo.

– Você estaria disposto a tirar seu nome do livro?

Meu estômago se revirou. Caramba, ela estava indo direto na jugular, hein?

Segure seu ego. Adrienne sempre foi a mais racional de nós dois, mas seguir seu conselho naquele momento foi tão doloroso quanto passar minha alma por um ralador de queijo.

Seria o sonho de uma vida ter meu nome ao lado do de Scarlett Stanton? Com certeza. Mas era muito mais do que isso. Não era mentira: a mulher era um dos meus ídolos e ainda era a autora favorita da minha mãe… acima até de mim.

– Se tirar meu nome do manuscrito é o que preciso fazer para garantir que estou aqui pelo livro e não pelo crédito, eu aceito – respondi devagar, para que ela soubesse que estava sendo sincero.

Seus olhos brilharam de surpresa, e seus lábios se abriram.

– Tem certeza disso?

– Tenho.

Rangi os dentes uma. Duas vezes. Era como não documentar uma escalada, certo? Eu saberia, mesmo que mais ninguém soubesse. Pelo menos eu seria o primeiro a colocar as mãos no manuscrito, antes mesmo de Adam ou Chris.

– Mas eu gostaria de ter permissão para contar à minha família.

Uma ameaça de sorriso iluminou seu rosto, mas ela logo corrigiu a expressão.

– Se, e é apenas um *se*, eu concordar, exijo que a aprovação final do manuscrito seja minha.

Eu me agarrei com mais força à cadeira, enterrando os dedos no tecido.

Adam gaguejou.

Chris resmungou um palavrão.

A atenção de Ava saltava do rosto da filha para o meu, como se estivéssemos em uma partida de tênis.

Mesmo com tudo isso acontecendo, por algum motivo parecia que

Georgia e eu éramos as únicas pessoas ali. Havia uma energia entre nós dois, uma conexão. Senti isso na livraria, e agora parecia ainda mais forte. Se era o desafio, a atração, a possibilidade de ter o manuscrito, ou qualquer outra coisa, eu não tinha certeza, mas estava lá, como uma corrente elétrica.

– Certamente podemos falar sobre contribuições editoriais, mas a aprovação final do manuscrito consta no contrato dos últimos vinte livros de Noah – replicou Adam, com a voz suave, sabendo que era uma das minhas exigências.

Quando sabia para onde a história estava indo, eu deixava que os personagens me levassem, ainda que tivesse que enfrentar uma tormenta editorial.

Mas a história não era minha, era? Era o legado da bisavó dela.

– Tudo bem. Aceito ser o segundo no comando desse navio.

Isso ia contra todas as forças do meu ser, mas eu aceitaria.

Chris e Adam se entreolharam, boquiabertos.

– Desta vez – acrescentei, lançando um olhar para minha equipe editorial. Meu agente ia perder a cabeça se eu abrisse esse precedente.

Devagar, bem devagar, Georgia se recostou na poltrona.

– Primeiro, eu preciso ler, depois conversar com Helen… a agente da Bisa.

Por dentro, eu estava xingando, mas assenti. Eu já não seria o primeiro a pôr as mãos no manuscrito.

– Estou hospedado na Pousada Riacho Crepitante, vou deixar o endereço…

– Eu sei onde fica.

– Certo. Vou ficar até o fim da semana. Se chegarmos a um acordo antes disso, levo o manuscrito e as cartas comigo para Nova York e já começo a trabalhar.

Ainda bem que eu gostava de escalar, porque poderia praticar muito por ali enquanto ela decidia. Por mais que detestasse admitir, agora a questão estava além do meu controle.

– De acordo. – Ela assentiu. – E pode colocar seu nome no livro.

Meu coração deu um salto. Acho que acabei passando no teste.

Chris, Adam e Ava soltaram um suspiro coletivo de alívio.

Os olhos de Georgia se arregalaram, e sua cabeça chicoteou em direção à mãe.

– Espera.

Todos os músculos do meu corpo travaram.

– Que cartas? – perguntou ela.

CAPÍTULO 3

JULHO DE 1940

Middle Wallop, Inglaterra

Bom, ela deveria ter previsto aquele problema. O olhar de Scarlett vasculhou a plataforma, procurando uma última vez só para ter certeza, a irmã ao seu lado fazendo o mesmo. A estação de trem estava bem vazia para uma tarde de domingo, deixando claro que Mary tinha esquecido de buscá-las como havia prometido. Decepcionante, mas previsível.

– Ela vai chegar logo, com certeza – sugeriu Constance, abrindo um sorriso forçado. A irmã sempre fora a mais otimista das duas.

– Vamos dar uma olhada lá fora – sugeriu Scarlett, enlaçando o braço no de Constance, cada uma carregando uma mala pequena ao deixar a plataforma.

A licença fora de apenas dois dias, mas o tempo sempre se arrastava para Scarlett quando elas estavam em casa.

Era difícil conseguir uma licença na Força Aérea Auxiliar Feminina, principalmente para alguém da patente delas, mas, como sempre, o pai de Scarlett e Constance tinha mexido seus pauzinhos, o que não agradava nenhuma das duas. Ele fazia isso com frequência, como se as filhas fossem seus fantoches.

De certa forma, elas ainda eram.

Quando o barão e lady Wright requisitavam sua presença, as filhas deviam atender, fardadas ou não. Mas os pauzinhos eram os mesmos que ele tinha mexido para garantir que as filhas fossem designadas à mesma base, e por aquilo Scarlett era imensamente grata. Além disso, um fim de semana ouvindo a mãe tentar planejar sua vida valia a pena quando significava que Constance poderia encontrar Edward. A irmã tinha se apaixonado pelo filho de um amigo da família anos antes. Os três tinham crescido passando os verões juntos em Ashby, e Scarlett não poderia estar mais feliz pela irmã. Pelo menos uma delas seria feliz.

O quepe protegeu seus olhos do sol quando deixaram a estação, mas não havia muito a fazer em meio ao calor de fim de julho, principalmente vestindo a farda.

– Para falar a verdade, sempre tenho esperança de que ela vai ser um pouco mais pontual – destacou Constance em voz baixa enquanto as pessoas passavam por elas na calçada.

Constance talvez fosse tida como a mais reservada das duas, mas nunca deixava de falar o que pensava para Scarlett.

A mãe, por sua vez, achava que Constance simplesmente não tinha opiniões.

– Teve um baile ontem à noite. – Scarlett olhou para Constance e soltou um suspiro. – É bom irmos andando se quisermos dar entrada na base a tempo.

Não havia mais nada a fazer.

– Certo.

Elas seguraram firme a alça da mala que carregavam e começaram a longa caminhada em direção à base. Por sorte, tinham levado pouca coisa, porque ainda não tinham nem chegado à esquina e Scarlett já estava exausta, sentindo o peso da novidade que a mãe tinha contado.

– Não vou me casar com ele – anunciou, o queixo tremendo, enquanto avançavam pela calçada.

– Está se sentindo melhor agora? – perguntou Constance, erguendo as sobrancelhas escuras. – Passou o dia remoendo isso. Acho que foi a viagem de trem mais silenciosa que já fizemos.

– Não vou me casar com ele – repetiu Scarlett, demarcando cada palavra. Só de pensar nisso seu estômago se revirava.

Uma mulher mais velha que passou por elas lançou a Scarlett um olhar reprovador.

– É claro que não – respondeu Constance, mas as duas tinham plena consciência da verdade.

Naqueles anos, pela primeira vez eram donas do próprio nariz, e apenas porque estavam no meio de uma guerra. Do contrário, pela vontade dos pais, ela já teria sido entregue a quem pagasse mais.

– Ele é horrendo.

Ela balançou a cabeça. De todos os pedidos que os pais já tinham lhe feito no decorrer de seus vinte anos, aquele era o pior.

– É – concordou Constance. – Não acredito que ficou o fim de semana inteiro lá. Viu o tanto que ele comeu? E o pai é ainda pior. As rações existem por um motivo.

O tamanho dele não era exatamente uma preocupação para Scarlett, e sim o que ele fazia com todo aquele volume. Casar-se com Henry Wadsworth seria a morte para ela. Não porque ele era reconhecidamente mulherengo ou pelo constrangimento que seria para ela – isso era esperado. Mas nem mesmo sua mãe, experiente em lidar com escândalos, foi capaz de esconder Alice, a filha da empregada, a tempo para que ninguém visse os machucados no corpo da jovem naquela manhã.

O pai dela não só ignorou o abuso flagrante, como também fez Scarlett se sentar ao lado de Henry no café.

Não era de se admirar que ela não tivesse comido nada.

– Não me importo que tirem o maldito título deles, não vou me casar com ele.

Scarlett segurou a mala com mais força. Os pais não podiam obrigá-la, não legalmente. Mas usaram a palavra "dever", como se o fato de ela se casar com aquele ogro pudesse salvar o rei das mãos dos nazistas.

Seu amor pelo rei e pelo país era grande o bastante para que arriscasse sua vida pelo bem maior, mas a questão ali não era o rei ou o país.

Era dinheiro.

– Ele só quer o título. – Scarlett estava enfurecida quando elas saíram do vilarejo e pegaram a estrada que levava à Força Aérea Real de Middle Wallop. – Ele acha que pode comprar a entrada dele para a nobreza.

– E ele tem razão. – O nariz de Constance se franziu. – Mas ainda não fez o pedido, então pode ser que encontre outro título para comprar enquanto escala a montanha social com seu traseiro avantajado.

Scarlett riu ao pensar em Henry escalando qualquer coisa sem erguer as calças até a barriga, mas o som morreu tão rápido quanto surgiu.

– Nada disso parece importar agora, não é mesmo? Fazer planos para um tempo que talvez nunca chegue.

Primeiro elas teriam que sobreviver àquele período.

Constance balançou a cabeça, a luz do sol se refletindo em seus cachos escuros reluzentes.

– Não importa. Mas um dia vai importar muito.

– Ou talvez… não – contrapôs ela. – Talvez tudo seja diferente.

Scarlett olhou para o uniforme que vinha usando naquele último ano. Durante aquele período, quase tudo em sua vida tinha mudado. Por mais que estivesse com calor e desconfortável, não teria trocado o traje por nada.

– Como? – Constance cutucou seu ombro e abriu um sorriso. – Vamos. Conte uma de suas histórias.

– Agora?

Ela revirou os olhos, já sabendo que cederia. Não era capaz de negar nada a Constance.

– E tem hora melhor? – Constance apontou a estrada aberta e empoeirada à frente. – Temos pelo menos quarenta minutos para gastar.

– *Você* podia *me* contar uma história – sugeriu Scarlett, provocando a irmã.

– As suas são sempre muito melhores que as minhas.

– Não é verdade!

Antes que ela pudesse ceder, um carro diminuiu a velocidade ao se aproximar delas, dando a Scarlett tempo suficiente para observar a insígnia enquanto ele parava ao lado delas: COMANDO DE CAÇAS – GRUPO 11.

Um dos nossos.

– Posso oferecer uma carona às senhoritas? – perguntou o motorista.

Americano. Sua cabeça se virou em direção ao homem num impulso, as sobrancelhas arqueadas. Ela sabia que havia alguns americanos com o Esquadrão 609, mas nunca tinha encontrado um… *Ah, meu Deus.*

Ela cambaleou um pouco, discretamente, e Constance segurou seu cotovelo, impedindo que fizesse papel de boba.

Tome tento. Até parece que nunca viu um homem bonito.

Em sua defesa, "bonito" era pouco para descrever aquele homem. E não foi só o cabelo castanho-claro ou aquela única mecha caída em sua testa, implorando para ser penteada para trás, que a desequilibrou. Não foi nem o queixo esculpido ou a leve protuberância no nariz, provavelmente causada por uma fratura. O que a desequilibrou foi o sorriso que curvou os lábios dele e o brilho em seus olhos verde-musgo quando inclinou a cabeça para o lado... como se soubesse o que sua aparição estava fazendo com os batimentos cardíacos dela.

Ela respirou fundo, mas foi como se tivesse engolido um relâmpago, a eletricidade deixando sua boca seca e então dando uma cambalhota em seu estômago e acelerando seu coração.

– Não precisa, obrigada – deu um jeito de responder, obrigando-se a olhar para a frente.

Não podia colocar a irmã em um carro com um estranho, não importava o que a insígnia dissesse... certo? A última coisa de que precisava era perder o juízo por conta de algo tão passageiro quanto uma atração. Tinha visto isso acontecer com quase todas as mulheres com quem servia: a atração, então o afeto, depois o luto. Até mesmo Mary tinha perdido dois namorados do Esquadrão 609 naqueles últimos meses. Não, obrigada.

Constance a cutucou de leve com o cotovelo, mas se manteve em silêncio.

– Vamos, faltam cinco quilômetros até a estação e... o quê? Mais um até o alojamento feminino? – Ele se escorou no banco do carona, ainda acompanhando a velocidade delas. – Vocês estão derretendo.

Uma gota de suor escorreu pelo rosto de Constance, como se para confirmar o que ele tinha dito, e Scarlett hesitou.

– Vocês são duas, e eu sou só um. Caramba, podem sentar as duas no banco de trás se preferirem.

Até sua voz era atraente, grave e rouca como a areia grossa da praia.

Constance a cutucou mais uma vez.

– Ai!

Scarlett fechou a cara para Constance, mas então seu olhar se fixou nas olheiras da irmã, que tinha ficado com Edward até tarde. Ela soltou um suspiro, então ofereceu um sorriso que torceu para que parecesse natural ao americano.

– Obrigada. Seria ótimo ganhar uma carona até o alojamento das mulheres.

Ele abriu um sorriso largo, e mais uma vez Scarlett sentiu um frio na barriga. *Ah, não.* Estava enrascada... pelo menos pelos próximos seis quilômetros. Depois disso, ele que fosse colocar outra mulher em apuros.

Ele encostou, saiu do carro e foi até as duas. Era alto e tinha ombros largos que se afunilavam em direção ao cinto do uniforme da Força Aérea Real. Por Deus, as asas prateadas e a patente indicavam que ele era piloto, e Scarlett sabia muito bem como eram aqueles rapazes e que devia tomar cuidado. De acordo com as demais moças, eles eram inconsequentes, impetuosos, efêmeros e, com frequência, tinham vida curta.

Ele colocou a bagagem das duas no porta-malas. Scarlett ignorou abertamente o sorrisinho de Constance ao olhar do americano para ela.

– Nem pense nisso – sussurrou Scarlett.

– Por que não? Você está pensando, e com razão. – Constance abriu mais um sorrisinho quando o americano fechou o porta-malas.

– Senhoritas – disse ele, abrindo a porta sem tirar os olhos de Scarlett.

Constance entrou primeiro no banco de trás.

– Obrigada, tenente. – Scarlett baixou a cabeça e se sentou ao lado de Constance.

– Stanton – informou ele, aproximando-se e estendendo a mão. – Acho bom saberem meu nome. Jameson Stanton.

Encarando-o por um instante, Scarlett também estendeu a mão. O cumprimento foi firme, mas gentil.

– Oficial adjunta Scarlett Wright, e minha irmã, Constance, também oficial adjunta.

– Excelente! – exclamou ele com um sorriso. – É um prazer conhecê-las.

Ele olhou para Constance e lhe ofereceu um aceno de cabeça e um sorriso antes de soltar a mão de Scarlett.

Ela se sentiu bastante perdida quando ele se sentou ao volante, e seus olhares se encontraram no retrovisor quando ele arrancou com o carro.

Ele não sabia ao certo como chamar aquele tom de azul, mas os olhos dela eram estonteantes, e ele ficou... bem, tonto. Era o mesmo tom da água em algumas das praias da Flórida que ele visitara nas férias. Mais azuis que o céu de seu amado Colorado. Eram... bem capazes de causar um acidente caso ele não prestasse atenção na estrada. Ele pigarreou e se concentrou em dirigir.

– Você não pareceu surpreso ao saber que somos irmãs – observou Constance.

– Alguém fica surpreso ao saber que vocês são irmãs? – retrucou ele em tom de brincadeira.

Constance talvez fosse dois centímetros mais baixa que Scarlett e tinha os mesmos olhos azuis penetrantes, mas os dela não tinham o fogo que mantinha o olhar de Jameson preso ao retrovisor.

– Nosso pai, talvez – respondeu Constance.

Jameson riu.

– Adivinha quem de nós duas é a mais velha – sugeriu Constance.

– Scarlett – respondeu ele, sem pensar duas vezes.

– Por que diz isso? – perguntou Scarlett, desafiando-o com a cabeça levemente inclinada.

– Você a protege.

Os olhos dela brilharam, surpresos, e seus lábios se curvaram para cima.

– Ela é só onze meses mais velha, mas age como se fossem onze anos – explicou Constance, provocando a irmã.

Scarlett abriu um largo sorriso e deu um aceno de cabeça. Caramba, ela era fatal. Quem foi que largara uma mulher como aquela andando por aí? Ele franziu o cenho.

– E o que aconteceu com a carona de vocês? Imagino que o plano não fosse voltar ao alojamento caminhando.

– Ela deve ter perdido a noção do tempo – respondeu Scarlett, em um tom que o deixou estranhamente aliviado por não ter sido a pessoa que a esquecera.

Quer dizer que não foi um homem. Ele guardou a informação.

– Pelo jeito, superestimamos a capacidade de uma amiga de respeitar compromissos – acrescentou Constance. – Seu sotaque é bonito. De onde é?

– Do Colorado – respondeu ele, com uma pontada breve e profunda de saudade de casa. – Faz mais de um ano que não vejo meu estado, mas ainda é meu lar.

Ele sentia falta das montanhas e das linhas nítidas que elas traçavam no céu. Da sensação do ar do Colorado enchendo seus pulmões, leve e límpido. Dos pais e dos jantares de domingo. Mas nada disso existiria por muito tempo se não vencessem.

– Você faz parte do Esquadrão 609? – perguntou Scarlett com o mesmo sotaque da irmã, que deixava claro que tinham dinheiro e alta escolaridade.

– Já há alguns meses.

Logo que chegou à França, ele recebeu a notícia de que era necessário na Inglaterra, e não foi o único. Havia alguns americanos no Esquadrão 609, recebidos de braços abertos pelos britânicos após demonstrarem suas habilidades no céu.

– E vocês?

Ele lutou contra a vontade de dirigir mais devagar, de fazer a viagem durar mais apenas para ver o sorriso de Scarlett outra vez, embora soubesse que só por ter parado já corria o risco de se atrasar para o voo. Sentiu um aperto no peito quando os olhares deles se encontraram no retrovisor por mais uma fração de segundo antes que ela desviasse a atenção.

– Somos assistentes de operações.

Constance olhou para Scarlett, erguendo as sobrancelhas.

– Já faz um ano – acrescentou Scarlett.

Duas irmãs. Ambas oficiais. Mesma posição. Mesmo posto. Jameson seria capaz de apostar que papai tinha dinheiro ou influência. Provavelmente ambos. *Espera aí... assistentes de operações?* Agora ele apostaria seu ordenado de um mês inteiro que elas eram controladoras de voo.

– Vocês movem muitas bandeirinhas por lá?

Scarlett arqueou uma sobrancelha, e o corpo inteiro de Jameson se contraiu.

– Acham mesmo que os pilotos não sabem o que isso significa? – perguntou ele.

Elas salvavam a vida dele, com certeza. As controladoras de voo rastreavam todos os movimentos das aeronaves no céu com a ajuda de operadores de rádio e da radiogoniometria, criando o mapa que a aeronave seguia quando atacada, um trabalho que era ultrassecreto.

– Eu não ousaria adivinhar o que você sabe – respondeu Scarlett com um sorrisinho.

Ela não era só maravilhosa, mas também inteligente, e o fato de não ter entregado que ele estava certo – e agora ele sabia que estava – conquistou seu respeito. Ele ficou intrigado. Atraído. E se sentia completamente perdido porque só tinha mais alguns minutos com ela.

No instante em que passaram pelo portão, um buraco se formou em seu estômago, e o hodômetro passou a representar uma contagem regressiva. Fazia um mês que estava ali e nunca a vira. Qual era a possibilidade de que voltassem a se encontrar?

Chame-a para sair.

A ideia o angustiou quando ele parou em frente ao alojamento das mulheres, que os britânicos chamavam de cabanas. O quartel inteiro ainda estava em construção, mas pelo menos o alojamento estava pronto.

As garotas saíram do carro antes que ele pudesse abrir a porta, o que não o surpreendeu. As inglesas que conhecera desde sua chegada ao país tinham aprendido a fazer muitas coisas sozinhas desde o início da guerra.

Ele tirou a bagagem do porta-malas, mas ficou segurando a mala de Scarlett até ela estender a mão para pegá-la.

Seus dedos se tocaram.

O coração dele disparou.

Ela se assustou, mas não recuou.

– Posso levá-la para jantar? – perguntou ele antes que perdesse a coragem, o que ultimamente não o preocupava, mas algo em Scarlett o deixara desconcertado.

Ela arregalou os olhos e corou.

– Ah. Bom...

Ela olhou para a irmã, que não se esforçou muito para esconder o sorriso.

Scarlett não soltou a mala. Nem ele.

– É um sim? – perguntou ele com um sorrisinho que praticamente fez os joelhos dela cederem.

Encrenca. E, pela primeira vez na vida, ela não quis evitar.

– Stanton! – gritou outro piloto ao se aproximar, com o braço sobre os ombros de Mary e uma mancha do batom dela no rosto.

Pelo menos agora elas tinham a resposta.

Mary arquejou, então se encolheu.

– Ah, não. Desculpem! Sabia que estava esquecendo alguma coisa hoje!

– Não se preocupe. Acho que deu certo para todos os envolvidos – respondeu Constance com um sorrisinho atrevido, o anel de noivado reluzindo ao sol.

Scarlett semicerrou os olhos para a irmã, e então um leve puxão a lembrou de que continuava na calçada com a mala suspensa entre ela e Jameson. Que tipo de nome era Jameson, afinal? Será que ele preferia ser chamado de James? Talvez Jamie?

– Que bom encontrar você, Stanton. Pode me dar uma carona até a pista? – perguntou o outro piloto ao soltar Mary.

– Claro. Assim que ela responder à minha pergunta.

Jameson olhou bem no fundo dos olhos de Scarlett.

Uma sensação incômoda lhe dizia que ele sempre seria direto. E também lhe dizia para não ceder.

– Scarlett – insistiu Constance.

– Desculpe, qual era a pergunta?

Será que ele tinha feito mais alguma pergunta enquanto ela estava distraída? Seu rosto pegou fogo.

– Por favor, posso levar você para jantar? – perguntou Jameson novamente. – Não esta noite, porque estarei voando. Mas esta semana?

Ela abriu a boca, hesitante. Não aceitava nenhum convite como aquele desde o início da guerra.

– Sinto muito, mas não saio com homens como você – resmungou ela.

Constance deixou escapar um suspiro de frustração forte o bastante para ser notado.

– Homens como eu? – perguntou Jameson em tom provocativo. – Americanos?

– Claro que não. – Ela bufou. – Quer dizer, não que um americano já tenha me chamado para sair, claro.

– Claro.

E aquele sorrisinho estava de volta, fazendo seus joelhos tremerem. Ele era mesmo bonito demais.

– Pilotos, é o que quero dizer. – Ela fez um gesto indicando as asas em seu uniforme. – Não saio com pilotos.

De todos os postos da Força Aérea Real, os pilotos eram os mais nômades no que dizia respeito ao local onde dormiam, e a geografia era o de menos. Eles também tinham mais chances de morrer, o que ela não conseguiria suportar.

– Que pena. – Ele estalou a língua.

Scarlett puxou a mala e Jameson a soltou.

– Eu é que saio perdendo, com certeza – confessou ela, e as palavras soaram sinceras aos próprios ouvidos.

Scarlett não devia sair com ele. Mas isso não significava que não *quisesse*. O desejo ressoou por seu corpo como um sino de igreja, alto e claro, voltando em ecos mais suaves durante todo o tempo que ficou ali olhando para ele.

Todo americano era tão bonito assim? Claro que não.

– Não, quero dizer que é uma pena que eu tenha que desistir de ser piloto. Eu amo voar. – O canto dos lábios de Jameson se curvou um pouco mais. – Será que eles precisam de mais gente no Comando?

O outro piloto riu.

– Para de dar em cima dela... Vamos nos atrasar.

Scarlett arqueou a sobrancelha para Jameson.

– Me deixa levar você para jantar – pediu ele de novo, desta vez com a voz mais suave.

– Stanton, precisamos ir mesmo. Já estamos atrasados.

– Só um segundo, Donaldson. Vamos, Scarlett, viva um pouco.

Seus olhos se fixaram nos dela, destruindo suas defesas.

– Você é mesmo insistente – disse ela, acusatória, endireitando a coluna.

– É uma das minhas maiores qualidades.

– Então talvez seja melhor eu não conhecer as outras – resmungou ela.

– Vai gostar delas também.

Ele deu uma piscadinha.

Ah, meu Deus. Aquele simples gesto quase extirpou qualquer linha de raciocínio que ainda lhe restava. Scarlett fechou bem a boca para não gaguejar e rezou para que o calor ardente em seu rosto não a denunciasse.

– Vai mesmo ficar aí parado até eu aceitar jantar com você?

Jameson pareceu pensar por um instante, e ela lutou contra o desejo de se aproximar.

– Bom, você também está aí parada, então acho que talvez *queira* jantar comigo.

Ela queria, caramba. Queria vê-lo sorrir mais uma vez, mas talvez não resistisse a mais uma piscadela.

– Stanton! – gritou Donaldson.

Jameson ficou olhando para Scarlett como se ela fosse uma peça de teatro e ele mal pudesse esperar para ver o que ia acontecer em seguida.

– Bom, se você não for, ótimo, vou eu – disse Constance, dando um passo à frente e tirando Scarlett daquela competição para ver quem ia ceder primeiro.

– Eu janto com você – disparou Scarlett, amaldiçoando o sorrisinho alegre da irmã.

– Vai me obrigar a entregar minhas asas antes disso?

Ele sorriu, e Scarlett sentiu mais uma descarga elétrica percorrer o corpo.

– Você faria isso? – desafiou ela.

Ele inclinou a cabeça para o lado.

– Se isso garantisse um jantar com você... talvez.

– Stanton, entre no maldito carro!

– É melhor você ir – disse ela, sufocando um sorriso.

– Agora, sim – concordou ele, seus olhos dançando enquanto ele se afastava. – Mas vamos nos ver de novo, Scarlett.

Jameson abriu mais um sorriso e entrou no carro.

Eles saíram logo depois, desaparecendo na estrada que levava ao aeródromo.

– Obrigada pela ajuda, irmãzinha querida.

Ela revirou os olhos para Constance, e as duas se dirigiram para as cabanas.

– De nada – respondeu Constance, impassível.

– Você é a tímida entre nós duas, lembra?

– Bom, tive a impressão de que você tomou meu lugar por um instante, então assumi o seu. Até que é divertido ser a ousada – respondeu ela, sorrindo ao passar pela porta, praticamente dançando.

Scarlett bufou, mas foi atrás da irmã, que estava dando uma de cupido e calculista.

Vamos nos ver de novo, Scarlett. Era encrenca, com certeza... se ele sobrevivesse aos voos daquela noite. Ela sentiu um aperto no peito ao pensar na alternativa, que era muito real. Cardiff fora bombardeada na semana anterior, e as patrulhas estavam ficando cada vez mais perigosas com os avanços dos nazistas. Essa preocupação era exatamente a razão de ter estabelecido sua regra "nada de pilotos", mas, naquele momento, só lhe restava trabalhar e esperar para ver se voltaria a encontrar Jameson.

CAPÍTULO 4

JULHO DE 1940

Middle Wallop, Inglaterra

A luz do sol passava por entre as flores do carvalho gigante e cintilava sobre Scarlett, deitada em um cobertor xadrez grosso, aproveitando o primeiro dia de folga em quase uma semana. Não que se incomodasse em se manter ocupada. Ela até achava viciante a correria no trabalho.

Mas um dia milagrosamente fresco, uma brisa constante e um bom livro tinham seu valor.

– Acabei de terminar – disse Constance, acenando um pedaço de papel dobrado de onde estava sentada, à mesa de piquenique.

– Não estou interessada – respondeu Scarlett, virando a página para mergulhar ainda mais nas desventuras de *Emma*.

Suas escolhas literárias eram mais um alvo das críticas da mãe, mais um exemplo de sua incapacidade de atender às expectativas impossíveis dos pais.

– Não está interessada no que mamãe tem a dizer? – perguntou a irmã.

– Não se tiver alguma coisa a ver com o Lorde Escalador de Mulheres.

– Quer que eu leia para você?

Constance inclinou o corpo em direção à irmã, segurando-se com uma das mãos no banco para não cair.

– Na verdade, não.

Constance soltou um suspiro pesado, então se virou no banco.

– Então tá.

Scarlett quase sentiu a decepção da irmã no ar.

– Por que não me conta sobre a outra carta, boneca?

Ela olhou por cima da capa do livro e viu os olhos da irmã se iluminarem.

– Edward disse que amou o tempo que passamos juntos e que espera poder coordenar a licença dele com a nossa de novo em breve.

Scarlett se apoiou nos cotovelos.

– Você também pode encontrá-lo em Ashby. Sei que vocês dois amam aquele lugar.

Ela também amava a pequena propriedade, mas seu afeto não era nada em comparação ao que Constance sentia pelo lugar onde se apaixonara por Edward.

– Amamos mesmo. – Constance suspirou, passando os dedos pelo envelope. – Mas não vale o tempo de viagem. É mais fácil nos encontrarmos em Londres. – Ela olhou para longe, como se pudesse enxergar a brigada de Edward dali. Então arregalou os olhos e se virou para Scarlett. – Você está linda – disse de repente. – Tenta relaxar.

– O quê?

Scarlett franziu o cenho, expressão que se aprofundou quando a irmã se atrapalhou ao juntar as poucas coisas que tinha colocado sobre a mesa.

– Seu cabelo, seu vestido, está tudo perfeito! – Segurando as coisas contra o peito, Constance passou as pernas por cima do banco. – Eu vou... para outro lugar!

– Vai o quê?

– Acho que ela está tentando nos dar um pouco de privacidade.

O olhar de Scarlett chicoteou em direção à voz grave com que vinha sonhando aquela semana e encontrou Jameson Stanton se aproximando de seu cobertor.

Seu coração disparou em um galope. Ela verificava a lista de baixas todos os dias, mas vê-lo pessoalmente era um alívio após o bombardeio a Brighton na noite anterior.

Ele estava vestido para voar, mas sem as luvas e o colete salva-vidas amarelo, e aquela brisa fresca de que ela tanto gostava brincava com o cabelo dele. Scarlett se sentou e lutou contra o impulso de alisar o vestido.

Era um vestido chemise simples, em xadrez azul, cinturado, com um decote discreto e mangas que iam quase até o cotovelo, mas, em comparação ao uniforme robusto e funcional que usava quando se conheceram, ela se sentiu quase pelada. Pelo menos estava usando sapatos.

– Tenente – deu um jeito de dizer, com um cumprimento.

– Deixa eu te ajudar a se levantar. – Ele estendeu a mão. – Ou posso me juntar a você – sugeriu, abrindo um sorriso bem devagar, que ela sentiu em cada fibra do corpo.

Só de pensar nisso, ela ficou com o rosto quente. Uma coisa era declarar para a mãe que era uma mulher moderna, outra bem diferente era agir como uma.

– Não será necessário.

A mão dela tremeu ao segurar a de Jameson, que a ajudou a se levantar em um movimento suave, e ela se viu com a mão apoiada no peito musculoso dele. Não havia nada macio ali ou que cedesse sob seus dedos.

– Obrigada – disse Scarlett, recuando depressa e rompendo a conexão entre eles. – A que devo a honra?

Ela se sentia exposta, perplexa. Tudo nele era demais. Seus olhos eram verdes demais, seu sorriso encantador demais, seu olhar direto demais.

Ela pegou o livro, segurando-o contra o peito como se pudesse protegê-la.

– Eu queria te levar para aquele jantar.

Ele não avançou, mas o ar entre eles pareceu tão carregado que era como se ambos estivessem se aproximando um do outro e, se ela não tomasse cuidado, pudessem entrar em colisão.

– Hoje? – perguntou ela com a voz aguda.

– Hoje – respondeu ele, se esforçando para manter os olhos no rosto dela e não nas curvas de seu corpo.

Scarlett de uniforme era de tirar o fôlego, mas encontrá-la relaxando embaixo de uma árvore com aquele vestido? Era como uma explosão. Seu cabelo estava preso, mas de um jeito meio frouxo, tão escuro e reluzente quanto na semana anterior, mas sem o quepe. Quando ela o encarou, seus olhos bem abertos pareceram ainda mais azuis do que Jameson lembrava.

– Agora, na verdade.

Ele sorriu, só porque não conseguiu se segurar. Ela parecia ter esse efeito nele. Tinha passado a semana inteira sorrindo, planejando o jantar, com a esperança de que Mary, a namorada atual de Donaldson, não estivesse enganada e Scarlett estivesse livre.

Ela abriu os lábios macios, surpresa.

– Você quer jantar agora?

– Agora – confirmou ele com um sorriso largo, e olhou para o livro que ela segurava com tanta firmeza. – Emma também pode vir, se você quiser.

– Eu... – Ela olhou para a esquerda, em direção ao alojamento das mulheres.

– Ela está livre! – gritou Constance da varanda.

Scarlett semicerrou os olhos, e Jameson se esforçou para não rir.

– Ela está ocupada, prestes a assassinar a irmã! – rebateu Scarlett.

– Precisa de ajuda para enterrar o corpo? – perguntou Jameson, abrindo um sorrisinho quando Scarlett voltou a olhar para ele. – Se é que pretende mesmo assassinar sua irmã. Eu prefiro levar você para jantar, claro, mas, se insiste, posso muito bem cavar se for para passar um tempo com você.

Um sorriso lento e relutante se abriu no rosto de Scarlett, e ele sentiu um frio na barriga, como se estivesse mergulhando de cabeça.

– Quer jantar vestido assim? – perguntou ela, apontando para o traje de voo.

– Faz parte do plano.

Ela inclinou a cabeça, curiosa.

– Tá bom, minha noite é sua, tenente.

Ele quase ergueu os braços para comemorar a vitória. Quase.

– Você é maluco – disse Scarlett quando Jameson fechou o cinto de segurança dela no banco da frente do biplano.

As mãos dele trabalhavam com rapidez, ajustando o cinto que fez o vestido se amontoar de um jeito estranho ao redor do corpo dela, embora ele tivesse colocado o cobertor sobre as coxas e os joelhos dela. Enquanto ele movimentava as mãos ao redor de sua cintura com habilidade, ela teve a sensação de que ele já estivera com sua cota de garotas sem aquela barreira.

– Foi você que entrou – argumentou ele, prendendo o capacete em seu queixo.

– Porque a ideia era tão absurda que eu tinha certeza de que você estava brincando!

Só podia ser uma piada. A qualquer momento, ele a ajudaria a sair da cabine, rindo da reação dela.

– Nunca brinco sobre voar. Muito bem, coloquei o rádio na frequência de treinamento, então vou poder ouvir você, e você a mim. Tudo certo?

– Você está mesmo levando isso a sério, não? – Ela ergueu as sobrancelhas.

Ele parou com o polegar em seu queixo e deixou qualquer tom de brincadeira de lado.

– Última chance de desistir. Se quiser descer, eu solto você.

– E se eu não quiser? – perguntou ela em tom de desafio, arqueando uma sobrancelha.

– Vou levar você para voar.

Ele olhou para os lábios dela, e seu rosto esquentou mais uma vez. O coração de Scarlett clamou por aquela possibilidade.

– Achei que fosse me levar para jantar...?

– Para isso, teremos que voar.

O polegar dele acariciou a pele logo abaixo do lábio de Scarlett, e ela sentiu um arrepio gostoso no corpo.

– E se nos pegarem? – perguntou ela, sabendo que a Força Aérea Real não emprestava seus aviões para que pilotos pudessem levar as namoradas para sair. Não que ela fosse sua namorada.

Ele deu de ombros com um sorrisinho diabólico que fez o coração de Scarlett disparar.

– Acho que me mandam de volta para os Estados Unidos.

Ela riu.

– E isso seria tão ruim assim? Ser mandado de volta para casa?

O foco dele se desviou por uma fração de segundo, e sua expressão mudou.

– Seria, porque não tenho certeza de que me deixariam voltar.

– Por que não deixariam?

Ela sentiu o espírito de aventura diminuir quando seu estômago se embrulhou.

– A coisa toda da traição. – Ele apontou para o emblema da Força Aérea Real em seu ombro. – E, sim, ser mandado de volta para casa seria um castigo. Estou aqui porque quero estar, não porque me obrigaram. A questão é: e você? – Sua voz saiu mais suave.

– Estou exatamente onde quero estar.

Scarlett tinha esquecido que os americanos que voavam com eles arriscavam a própria cidadania.

Que privilégio haveria em escolher a guerra? Mas foi isso que Jameson fez.

– Então vamos antes que alguém nos veja. – Ele abriu aquele sorriso de parar o coração, então desapareceu no banco atrás dela.

Em instantes, o motor ligou, a hélice começou a girar e todos os ossos do corpo de Scarlett vibraram enquanto eles avançavam em direção à pista. Graças a Deus o motor era barulhento o bastante para abafar o som das batidas de seu coração.

Depois de se alistar na Força Aérea Auxiliar Feminina contra a vontade dos pais, aquela era a coisa mais ilícita que já tinha feito. *Talvez seja a coisa mais ilícita que você vá fazer na vida inteira.* Ela guardou aquela ideia no peito, onde suas mãos estavam agarradas ao cinto. Eles viraram para a direita.

– Preparada? – perguntou ele pelo rádio.

Ela assentiu, pressionando os lábios, nervosa. Ela ia mesmo fazer aquilo, voar em direção ao desconhecido com um piloto americano que tinha conhecido na semana anterior. Se isso não era a própria definição de imprudência, ela não sabia o que seria.

O zumbido do motor aumentou quando o avião disparou pela pista esburacada, ganhando velocidade assim como sua frequência cardíaca e, embora visse os campos passando em ambos os lados, ela não conseguia determinar onde o asfalto acabava. Aquilo era uma loucura emocionante e assustadora. O vento ardeu em seus olhos, e ela piscou várias vezes, puxando os óculos quando o chão se afastou.

Tudo saltou para o céu, menos seu estômago. *Isso* ela tinha certeza de que tinha ficado no chão. E foi se assentando conforme ganhavam altitude e ela obrigava a respiração a se estabilizar e os músculos a relaxar o bastante para que ela conseguisse assimilar tudo o que estava acontecendo.

A cena consumia seus sentidos. O capacete abafava mas não silenciava por completo o ronco do motor, e o vento gelava sua pele, mas foi a vista que a deixou sem fôlego. O sol ainda estava no céu, mas ela sabia que ele logo mergulharia no horizonte. Era como se tudo embaixo deles tivesse virado miniatura... ou eles fossem gigantes. De qualquer maneira, era surpreendente. Ela tentou gravar cada sensação na memória para que pudesse escrever sobre elas mais tarde, para que nunca corresse o risco de esquecê-las, e assim que terminou de pensar em cada palavra que usaria para descrever a paisagem lá embaixo, eles aterrissaram.

– Segure firme – disse Jameson pelo rádio, e o coração dela acelerou.

Ele manobrava o avião como se fosse uma extensão de seu corpo, como se voar pelos ares fosse simples como levantar a mão.

O chão foi subindo depressa, e ele pousou. Ela sentiu o solavanco do terreno acidentado. Não estava familiarizada com aquele aeródromo, mas, pelas marcas na grama, vários aviões já tinham pousado ali.

O avião roncou quando o motor foi desligado. Jameson apareceu à sua esquerda, com o rosto vermelho do vento e passando os dedos no cabelo.

– Posso ajudar você a se livrar disso? – perguntou ele, apontando para o cinto.

– Se eu disser que não, você vai me alimentar no avião? – rebateu ela, provocando-o, os lábios se curvando.

– Vou. – A resposta foi imediata.

Ela engoliu, sentindo a garganta seca de repente com a intensidade do olhar dele.

– Por favor. Me ajude, foi o que eu quis dizer. – Ela puxou a fivela do capacete.

– Com licença.

Os dedos de Jameson afastaram os dela com delicadeza, e ela levantou o queixo para que ele pudesse ajudá-la com mais facilidade. Jameson abriu o capacete com alguns movimentos ligeiros, e Scarlett o tirou enquanto ele soltava o cinto.

– Meu cabelo está todo bagunçado – comentou ela, rindo e levando as mãos aos cachos maltratados. A mãe dela teria tido um piripaque ao vê-la daquele jeito.

– Você está linda.

Um impulso se revelou em seu peito, e seus olhares se cruzaram quando ele soltou o último fecho do cinto. Estava sendo sincero.

O impulso ficou mais forte. Meu Deus, o que era aquilo? O desejo saturava o ar, enchendo os pulmões de Scarlett a cada inspiração.

– Tá com fome? – perguntou ele, rompendo o silêncio, mas não a tensão.

– Morrendo – respondeu ela.

Jameson sentiu um aperto no peito ao ver a expressão no olhar dela, mas desviou os olhos e estendeu a mão, deixando que ela ajeitasse o vestido amassado pelo cinto com a privacidade que podia lhe dar. Quando ela terminou, ele a ajudou a sair da cabine, saltou da asa e estendeu as mãos.

– Eu seguro você – prometeu.

– É bom mesmo.

Ela sorriu ao percorrer a asa, mantendo uma das mãos na fuselagem. Então foi direto para os braços de Jameson, apoiando as mãos em seus ombros.

Ele agarrou as curvas de seu quadril, abaixando-a devagar até a grama. Deu um jeito de manter os olhos nos dela e não nas curvas e na maciez de seu corpo, mas seus batimentos aceleraram ao sentir o quanto ela era perfeita ao seu toque, macia e quente, esbelta mas não frágil. Só aquele momento já valera o voo e as horas de preparação.

– Obrigada – disse Scarlett quando ele a soltou, levemente sem fôlego.

Seu cabelo estava bagunçado do vento e amassado em alguns pontos por causa do capacete, e essas pequenas imperfeições faziam-na parecer real. Alguém que não estava mais fora do seu alcance. A oficial polida que chamara a atenção dele tinha desaparecido, e ali estava uma mulher que podia muito bem conquistar seu coração.

Ele inspirou fundo ao pensar nisso; não era do tipo que acreditava em amor à primeira vista, mas sim em atração, química e até mesmo em uma coisinha chamada destino, e as três pareciam estar presentes.

– Onde estamos? – perguntou Scarlett, enquanto ele a conduzia pelo caminho de terra batida.

– Logo ao norte do vilarejo.

Ele a levou a uma pequena clareira que tinham aberto com um caminhão no dia anterior.

Ela arquejou, cobrindo a boca com as mãos, e Jameson sorriu. Havia uma mesinha com três cadeiras, posta para um jantar antecipado. Ele tinha até providenciado uma toalha de verdade. A expressão no rosto de Scarlett naquele momento? O puro deleite em seus olhos fazia com que cada um dos favores que ele agora devia a meia dúzia de caras do Esquadrão 609 tivesse valido a pena.

– Como fez isso?

Ela foi caminhando em direção à mesa.

– Mágica.

Scarlett olhou para ele por sobre o ombro, e ele riu.

– Talvez eu esteja devendo favores a alguns dos caras. Muitos favores. – Ele inclinou a cabeça quando ela se virou ao alcançar a cadeira mais próxima. – Talvez eu fique um tempo sem poder folgar.

– E fez tudo isso por mim? – perguntou ela enquanto ele puxava a cadeira.

– Bom, eu tinha uma lista de garotas para o caso de você recusar – respondeu ele em tom de brincadeira.

– Seria mesmo uma pena desperdiçar tudo isso – comentou ela, impassível, franzindo os lábios. – Mary talvez aceitasse.

Ele parou com a mão ainda na cadeira, avaliando seu tom. Já fazia alguns meses que servia com os britânicos, mas nunca sabia se eles estavam brincando ou não.

– Ah, sua expressão é impagável. – Ela riu, e o som era tão lindo quanto ela. – Me conta, estamos esperando alguém? – Scarlett apontou para a terceira cadeira.

– Convidei Glenn Miller – respondeu ele, puxando a cadeira e revelando seu bem mais precioso.

– Você tem um fonógrafo? – Ela ficou boquiaberta.

– Tenho.

Ele abriu a tampa e ligou o pequeno portátil, preenchendo o silêncio com a Orquestra Glenn Miller.

Ela o estudou com uma expressão que ele hesitou em chamar de fascinação, mas da qual gostou. Seria impossível ir com calma, porque seu coração acelerou com a força de mil cavalos quando se sentou ali naquela cadeira em frente a ela.

Nunca ficara tão nervoso por causa de um encontro.

Também nunca tivera que insistir tanto por um.

– Não fique muito entusiasmada. É só um piquenique.

Ele estendeu a mão e pegou a cesta no centro da mesa.

– Sério? Você não poderia ter se esforçado um pouco mais?

Ela fez um biquinho, mas ele percebeu o sarcasmo, então apenas sorriu e serviu os dois.

Era uma tábua de frios e uma garrafa de vinho bem cara para a qual ele certamente não tinha rações suficientes.

– Está mesmo tudo lindo – sussurrou ela.

– Você deixa tudo lindo. O resto são só alguns preparativos – respondeu ele, e começaram a comer.

Scarlett já tinha ido a festas e até a alguns encontros antes da guerra, mas nada comparável àquilo. O esforço que ele dedicara era inacreditável. Ela quase hesitou quando Jameson a provocou dizendo que tinha uma fila de garotas esperando para sair com ele, mas se recusou a ficar pensando nisso e estragar a noite.

Não havia motivo para procurar por um paraquedas, ela já tinha saltado.

– Então, quantos favores você está devendo pelo fonógrafo? – perguntou ela.

Era difícil encontrar portáteis, que, aliás, eram caríssimos, e ela sabia quanto um oficial da Força Aérea Real ganhava.

– Eu só preciso voltar vivo – respondeu ele, com tanta naturalidade que ela quase deixou passar.

– Como assim?

– Minha mãe me deu quando eu vim embora ano passado. – Ele passou a falar um pouco mais baixo. – Disse que tinha algum dinheiro guardado para quando eu me casasse, mas então anunciei *de repente* que ia para a guerra, e ela foi bem clara nesse ponto: que eu estava de partida para o que meu pai chamou de "uma missão de tolo".

O coração de Scarlett despencou ao perceber a sombra em seu olhar.

– Seu pai não aprovou sua decisão?

– Ele não aprovou quando meu tio Vernon me ensinou a pilotar. A decisão de usar essa habilidade aqui ele detestou. Achava que eu estava atrás de briga. – Jameson deu de ombros.

– E estava?

A brisa farfalhou a grama, soltando mais uma mecha de seu cabelo, que ela logo colocou atrás de orelha.

– Em partes – admitiu Jameson, com um sorrisinho. – Mas acho que essa guerra vai se espalhar se não impedirmos, e eu é que não ia ficar no Colorado sem fazer nada enquanto ela avançava em direção ao nosso quintal.

Ele segurou o garfo com força, e ela se aproximou por cima da mesinha para descansar os dedos sobre os dele. O contato disparou um zumbido suave por todo o seu corpo.

– Bom, eu estou grata por você ter decidido vir – disse ela.

Aquela única escolha dizia mais sobre seu caráter do que mil palavras bonitas.

– E eu estou feliz por você ter decidido vir esta noite – falou ele, com ternura.

– Eu também.

Seus olhares se cruzaram, e Jameson afastou a mão da dela com uma carícia.

– Me conta alguma coisa sobre você. Qualquer coisa.

Ela franziu o cenho, tentando pensar em algo que mantivesse o interesse dele, agora que tinha decidido que o queria.

– Acho que um dia quero ser escritora.

– Então vai ser – retrucou ele, apenas, como se fosse muito simples.

Para um americano, talvez fosse. Ela invejava isso.

– Tomara. – Ela passou a falar com a voz mais suave. – Minha família discorda, e há uma discussão em andamento a respeito de quem deve decidir meu futuro.

– Como assim?

– Em resumo, meu pai tem um título e não quer abrir mão dele. Ele se recusa a enxergar que o mundo está mudando.

– Um título? – Ele franziu a testa. – Tipo título de trabalho, um cargo? Ou um título que se herda?

– Que se herda. Não tenho interesse nenhum nesse título, mas meu pai tem outros planos. Espero poder mudá-los antes que a guerra chegue ao fim.

Isso não pareceu funcionar. Jameson ainda parecia preocupado.

– Já não sobrou quase nada mesmo – prosseguiu Scarlett. – Meus pais gastaram quase tudo. É um título sem importância, juro. Podemos mudar de assunto?

– Claro.

Ele largou o talher sobre o prato, então mudou o disco para um de Billie Holiday e estendeu a mão quando "The Very Thought of You" começou a tocar.

– Dance comigo, Scarlett.

– Danço.

Não dava para resistir. Ele era magnético, de uma beleza pecaminosa e um charme absurdo.

Os braços dele a envolveram enquanto bailavam ao som da batida sob os últimos raios de sol, e ela se desmanchou quando ele a puxou mais para perto. Sua cabeça encaixou perfeitamente na cavidade do ombro dele, e a lona áspera do macacão só a fez se lembrar de que aquilo tudo era muito real.

Como seria fácil se perder naquele homem por um tempo, esquecer toda a fúria que os cercava e que acabaria vindo atrás deles reivindicar algo... alguém... para si.

– Você tem alguém esperando em casa? – perguntou ela, odiando o quanto sua voz soou aguda no final da frase.

– Ninguém em casa. Ninguém aqui. Só meu pequeno toca-discos. – A voz risonha de Jameson ecoou no ouvido dela. – E amo música, mas somos só amigos.

– Então você não leva todas as garotas de avião para um jantar ao pôr do sol? – Ela inclinou de leve a cabeça para trás.

Ele ergueu a mão, segurando seu queixo entre o polegar e o indicador.

– Nunca. Eu sabia que seria muito sortudo só de conseguir uma chance com você, então achei melhor fazer valer a pena.

Ela olhou para os lábios dele.

– Valeu. Está valendo.

– Ótimo. – Ele assentiu devagar. – Agora já tenho tudo preparado para a próxima oficial que encontrar na beira da estrada.

Ela bufou, então empurrou seu peito com uma risada, mas ele segurou seu pulso e a trouxe de volta para perto, os lábios perigosamente perto dos seus.

Isso. Ela queria beijá-lo, conhecer seu sabor, sentir seus lábios se movendo com os dela.

– Preparada? – Ele espalmou a mão nas costas dela, puxando-a mais para perto.

– Eu? – perguntou ela, ficando na ponta dos pés.

– Bom, você parece um pouco inexperiente – sussurrou ele, abaixando a cabeça.

– Sou mesmo.

A frase saiu num suspiro ofegante, exatamente como ela estava se sentindo. Fora beijada apenas uma vez, então não podia dizer que tinha muita experiência no assunto.

– Tudo bem. Vamos devagar – prometeu ele, pousando a mão em seu rosto. – Não quero que fique assustada quando eu entregar o controle.

Ela ignorou aquele provável americanismo na fala dele e arqueou o pescoço, mas ele se afastou. *Ele. Se. Afastou?* Ela ficou ali, parecendo um peixe com a boca aberta, e ele sorriu.

– Vamos, trainee, vamos tornar nosso pequeno voo oficial – disse ele, estendendo a mão.

Ela piscou, confusa.

– Trainee?

Será que estava se confundindo com a própria língua?

Ele a puxou para perto, acariciando seu pescoço e passando as mãos no cabelo dela, se aproximando até que seus lábios ficassem a poucos centímetros de distância.

– Você não faz ideia do quanto quero te beijar neste instante, Scarlett.

E os joelhos dela cederam.

Ótimo, eles estavam falando a mesma língua.

– Mas, se não formos embora agora mesmo, vamos perder o horizonte, e vai ser três vezes mais difícil manter o avião nivelado com você pilotando.

Ela arquejou, e ele roçou os lábios nos dela, provocando-a com a promessa de um beijo, mas deixando-a na expectativa.

– Espera. Pilotando? – perguntou ela.

– Bom, é. Para que você acha que servem os voos de treinamento? – Ele pegou sua mão e a puxou com gentileza. – Vamos, você vai amar. É viciante.

– E fatal.

Ele se virou, então levantou os braços para colocá-la sobre a asa. Todos os pontos em que seus corpos se tocaram pareceram se eletrizar.

– Não vou deixar que nada de mau te aconteça – prometeu ele. – Você só precisa confiar em mim.

Ela assentiu devagar.

– Tá bom. Consigo fazer isso.

CAPÍTULO 5
GEORGIA

Minha querida Constance,

Deixar você hoje foi a coisa mais difícil que já fiz. Se fosse só por mim, eu nunca teria ido embora. Teria ficado ao seu lado até o final da guerra, como prometemos. Mas nós duas sabemos que a questão aqui não sou eu. Meu coração clama por tudo o que perdemos nos últimos dias, com toda essa injustiça. Uma vez prometi que jamais permitiria que nosso pai colocasse as mãos em William, e vou cumprir essa promessa.

Queria também poder manter você em segurança. Nossas vidas acabaram se tornando muito diferentes daquilo que planejamos. Eu queria que você estivesse aqui comigo, que estivéssemos fazendo esta jornada juntas. Você tem sido minha bússola durante todos esses anos, e não tenho certeza de que vou conseguir encontrar meu caminho sem você, mas, como prometi esta manhã quando nos despedimos, vou dar o melhor de mim. Levo você comigo em meu coração, sempre. Vejo você nos olhos azuis de William – nossos olhos – e no sorriso doce dele. Você sempre foi destinada à felicidade, Constance, e sinto muito que minhas escolhas tenham lhe roubado tantas oportunidades de encontrar essa felicidade. Sempre haverá um lugar para você ao meu lado.

Eu te amo com todo o meu coração,
Scarlett

– E aí... só acaba assim – falei para Hazel no quintal dos fundos da casa dela, nós duas sentadas observando seus filhos brincarem na piscina infantil a nossos pés. – E, como leitora, é o momento mais sombrio, então tem que ter um terceiro ato, né? Mas, como bisneta dela... – Balancei a cabeça. – Entendo por que ela nunca conseguiu escrever um.

Eu tinha terminado de ler o manuscrito às seis da manhã, mas esperei até que o relógio desse sete horas para ligar para Hazel, e só ao meio-dia apareci na casa dela, depois de uma soneca. Ela era minha melhor amiga desde o jardim de infância – o ano em que minha mãe me deixou na porta da Bisa pela segunda vez –, e nossa amizade sobreviveu apesar dos caminhos diferentes que nossas vidas tinham tomado.

– Então o livro é baseado na vida dela? – Ela se inclinou para a frente e balançou o dedo para o filho na piscininha à nossa frente. – Não, não, Colin, não pode pegar a bola da sua irmã. Devolva.

O loirinho travesso que era a cara da mãe devolveu a bola para a irmã mais nova, não sem relutar.

– É. O manuscrito acaba logo antes de ela vir para os Estados Unidos, pelo menos é isso que as cartas indicam. E as cartas...

Soltei o ar devagar, tentando exalar a dor em meu peito. Aquele amor... não era como o que eu tinha com Damian, e comecei a entender por que a Bisa fora tão contra meu casamento.

– Eles se amavam tanto. Acredita que minha mãe achou uma caixa cheia de cartas da Bisa da época da guerra e não me contou?

Estiquei as pernas, descansando um dos pés descalços ao lado da piscina.

– Bom... – Hazel fez uma careta. – É a sua mãe.

Ela deu um gole no chá gelado.

– Verdade.

Soltei um suspiro que senti nas profundezas dos meus ossos. Hazel se esforçava para não ser negativa quando falávamos da minha mãe e, para falar a verdade, ela talvez fosse a única pessoa que eu aceitasse que fizesse isso, porque esteve ao meu lado nos piores momentos. Com minha mãe, era assim: só eu podia criticá-la, mais ninguém.

– Como é estar em casa? – perguntou ela. – Não que eu não esteja empolgada com sua volta, porque estou.

– Você está feliz por ter alguém da sua confiança para cuidar das crianças – provoquei.

– Verdade. Mas, sério, como é?

– Complicado. – Observei as crianças brincando na água, que chegava na canela, e pensei na resposta. – Se eu fechar os olhos, posso fingir que os últimos seis anos não aconteceram. Eu não me apaixonei pelo Damian. Não cheguei a conhecer a… noiva dele…

– Nãoooo! – Hazel arquejou, boquiaberta. – Ele está noivo?

– Está, segundo as dezessete mensagens que recebi hoje. Deus abençoe a função "Não perturbar".

A futura Sra. Damian Ellsworth era uma loira de 22 anos com peitos muito maiores do que os que preenchiam meu sutiã. Dei de ombros.

– Eu já esperava, o bebê deve nascer a qualquer momento.

Não doía menos por isso, mas eu não podia mudar o que tinha acontecido.

– Sinto muito – disse Hazel baixinho. – Ele nunca mereceu você.

– Você sabe que isso não é verdade, pelo menos não no começo. – Sacudi os dedos sem anéis para a filha dela de 2 anos, Danielle, que abriu um sorriso cheio de dentes em resposta. – Ele queria filhos. E eu não lhe dei. No fim, ele encontrou alguém que pudesse fazer isso. Dói pra caral…

Eu me encolhi, mas me contive a tempo. Hazel nunca me deixaria esquecer se os filhos dela começassem a falar palavrão por minha causa.

– Ele não ter esperado que nosso casamento terminasse antes de ficar com a atriz principal? Isso ter acontecido durante a filmagem de um dos livros da Bisa? Claro que dói, mas nós dois sabemos que ela não foi a primeira garota a entrar no trailer dele e não vai ser a última. Não tenho inveja nenhuma disso.

Eu fui o trampolim da carreira dele, mas só admiti isso nos últimos anos.

– Além disso, a gente sabia que o amor já tinha acabado muito tempo atrás.

Foi morrendo aos poucos com os casos de Damian, que eu fingia que não aconteciam, me esvaziando por dentro até só me restar meu orgulho.

– Tá bom, você pode dar uma de zen com a coisa toda. Eu tenho ódio suficiente por nós duas. – Ela balançou a cabeça. – Se Owen fizesse algo assim… – Sua expressão se fechou.

– Ele não faria – garanti. – Seu marido te adora.

– Talvez ele não adore os dez quilos que ainda estou carregando por causa da Danielle. – Ela sacudiu a barriga, e eu revirei os olhos. – Mas, em minha defesa, ele também está ficando com corpo de paizão, então estamos quites. Um paizão dentista sexy. – Ela deu um sorrisinho.

Eu ri.

– Bom, eu acho que você está ótima, e o centro de aprendizagem ficou fenomenal! Passei por ele quando cheguei à cidade.

Ela abriu um sorriso.

– É uma obra de amor possibilitada por um doador muito generoso.

Ela bebeu mais um gole de chá e me olhou por cima dos óculos de sol.

– Precisamos de mais Darcys no mundo – respondi, dando de ombros.

– Diz a mulher que tem uma quedinha pelo Hemingway.

– Eu tenho uma quedinha por homens criativos e taciturnos.

– Falando em criativos e taciturnos, você não me disse que Noah Harrison era um tesão! – Ela deu tapinhas no meu ombro. – Eu não devia ter que pesquisar isso na internet! Detalhes!

Ele era *mesmo* maravilhoso. Meus lábios se abriram, lembrando a intensidade daqueles olhos escuros. Eu provavelmente entraria em combustão espontânea se ele tocasse em mim… Não que isso fosse uma possibilidade. Passei anos ouvindo as coisas que saíam da boca do Damian e sabia muito bem que Noah também era um babaca convencido.

– Eu estava um pouco ocupada absorvendo o fato de que minha mãe tentou vender o manuscrito pelas minhas costas – argumentei. – E, para falar a verdade, o homem é um sabe-tudo arrogante especialista em sadismo emocional. Damian tentou comprar os direitos de alguns dos livros dele mais de uma vez.

Embora talvez eu devesse questionar tudo o que já tinha ouvido de Damian.

– Tá bom – resmungou ela. – Podemos pelo menos concordar que ele é um sádico emocional bem *gostoso*?

Dei um sorrisinho.

– Podemos, porque ele é. Muito gostoso. – O calor subiu por meu pescoço só de pensar no quanto aquele homem era lindo. – Com isso e com a carreira, o ego dele quase nem passa pela porta de tão grande… Você precisava ouvir o que ele disse na livraria... Mas, sim, níveis diabólicos e inalcançáveis de gostosura.

Eu nem ia começar a falar sobre a intensidade com que ele olhou para mim. O cara tinha mesmo aperfeiçoado o olhar ardente.

– Excelente. E você vai entregar a mercadoria? – Ela ergueu as sobrancelhas. – Porque eu daria tudo que ele pedisse.

Revirei os olhos.

– Se com *mercadoria* você quer dizer o manuscrito e as cartas, ainda não decidi. – Esfreguei a testa, e um bolo se formou na minha garganta. – Eu queria poder perguntar o que a Bisa ia querer, mas sinto que já sei. Se ela quisesse terminar o livro, teria ela mesma feito isso.

– E por que ela não terminou?

– Uma vez ela me disse que era mais gentil deixar os personagens com suas possibilidades, mas a Bisa não falava muito sobre isso, e eu nunca insisti.

– Então por que está pensando em aceitar? – perguntou ela, com delicadeza.

– Porque é uma coisa que minha mãe quer e que posso dar a ela.

Abri um sorriso quando Danielle virou um copo de água em meus dedos.

– Pesado... – murmurou Hazel, soltando um suspiro. – Você vai aceitar, não vai?

Não havia julgamento em seu tom, só curiosidade.

– É, acho que vou.

– Eu entendo por quê. Bisa também ia entender.

– Sinto tanta falta dela. – Minha voz se partiu quando minha garganta se fechou. – Precisei dela tantas vezes nos últimos seis meses. E parece que ela sabia disso. Ela deixou pacotes e entregas de flores programadas para mim. – Primeiro, no meu aniversário, depois no Dia dos Namorados, e assim por diante. – Mas tudo desmoronou desde que ela morreu... meu casamento, a produtora, meu trabalho beneficente... tudo.

A produtora foi difícil, porque foi algo que Damian e eu começamos juntos, mas deixá-la para trás era o único jeito de seguir em frente. Perder a fundação beneficente deixou claro que eu precisava de alguma coisa para preencher meus dias. Um emprego, um trabalho voluntário... alguma coisa. Eu não podia ficar o tempo todo limpando a casa, principalmente agora que Lydia estava de volta.

– Ei – disse Hazel, ríspida, me obrigando a encará-la antes de suavizar o tom. – Eu entendo ter deixado a produtora. Você detestava essa coisa toda de cinema. Mas a fundação era mais que as conexões dele. O sangue, o suor e as lágrimas? Tudo seu, e agora o futuro é seu também, faça o que quiser com ele. Volte a esculpir. Faça um vaso. Seja feliz.

– Os advogados estão preparando os documentos para que eu possa colocar o dinheiro para trabalhar para mim. – A única ressalva no testamento, no que dizia respeito à fortuna da Bisa, era que eu a destinasse a instituições de caridade que eu considerasse adequadas. – E faz... anos que não esculpo nada.

Meus dedos se curvavam no meu colo. Meu Deus, eu sentia falta do calor, da magia de pegar algo em seu estado mais vulnerável, derretido, e transformá-lo em um objeto de beleza única. Mas abri mão disso tudo para abrir a produtora quando me casei.

– Tudo o que estou dizendo é que sei que a Bisa não jogou suas pinças fora... E não faz *tanto* tempo assim. Onde foi parar a garota que passou o verão em Murano, que foi aceita na faculdade de artes que escolheu e fez uma exposição em Nova York?

– Uma exposição. – Ergui um dedo para enfatizar. – Minha peça favorita foi vendida naquela noite. Foi logo antes do casamento, lembra? Aquela que demorei meses para fazer. – A peça continuava no saguão de um prédio comercial em Manhattan. – Já te contei que eu costumava visitar aquela peça? Não sempre, só nos dias em que parecia que a vida do Damian tinha engolido a minha. Eu sentava no banco e ficava olhando para ela, tentando me lembrar da sensação de ter toda aquela paixão.

– Então faça outra. Faça cem. Você é a única pessoa que controla seu tempo agora, embora eu jamais vá reclamar se quiser ser voluntária no centro.

– Eu não tenho uma fornalha, ou um ateliê... – Fiz uma pausa, lembrando que a loja do Sr. Navarro estava à venda, e balancei a cabeça, tentando afastar a ideia. – Mas com certeza posso ser voluntária do programa de leitura. É só me dizer quando preciso estar lá.

– Combinado. Sabe que Noah Harrison vai transformar o livro em um festival de sofrimento, né? – perguntou ela, arqueando uma sobrancelha.

– Estou contando com isso.

Não havia outro final possível.

Três dias depois, a campainha tocou, e minha alma quase saiu do corpo. Estava na hora.

– Eu atendo! – gritou minha mãe, já a caminho da porta.

E isso foi até melhor para mim, pois eu estava com a bunda ancorada na cadeira de escritório da Bisa de tanta apreensão, questionando a decisão pela milésima vez desde que pedi a Helen que enviasse o contrato.

Três dias. Foi esse o tempo que levou para acertar os detalhes. Helen me garantiu que o contrato era mais que justo e que não estávamos abrindo mão de nada que a Bisa não aprovaria, incluindo os direitos de adaptação – que ela só vendeu para Damian, e ele não ia conseguir mais nenhum. Na verdade, aquele contrato com Noah era o melhor da carreira da Bisa, um dos motivos pelos quais meu estômago estava se revirando.

O outro motivo tinha acabado de chegar.

Ouvi a voz dele do outro lado da porta: grave e segura, com um quê de entusiasmo. Quanto mais pensava no acordo, mais me dava conta de que ele era mesmo a única pessoa para o trabalho. Seu ego fora forjado naquele ramo. Ele era um especialista em finais viscerais, e aquela história certamente tinha um.

– Ela está no escritório da Bisa – avisou minha mãe, abrindo as enormes portas duplas de cerejeira que isolavam a Bisa do mundo quando ela estava escrevendo.

Noah Harrison ficou à porta, mas a sensação era a de que ele tinha consumido todo o cômodo. Ele tinha um tipo de presença pela qual outros homens pagavam milhares de dólares em aulas de atuação para terem a chance de participar dos filmes de Damian. O tipo de presença que esses atores tinham que ter porque interpretariam papéis que a Bisa tinha escrito em seus livros.

– Srta. Stanton – disse ele, baixinho, colocando as mãos nos bolsos, seus olhos enxergando muito mais do que eu gostaria.

Desviei o olhar, coloquei uma mecha de cabelo atrás da orelha e silenciei a parte do meu cérebro que quase o corrigiu. *Você não é mais a Sra. Ellsworth. Se acostume.*

– Acho que, se vai mesmo escrever a história da Bisa, pode me chamar de Georgia.

Ergui o olhar para encontrar o dele e percebi que ele não estava observando as prateleiras de livros raros nem mesmo a famosa máquina de escrever no centro da mesa, na qual a Bisa tanto confiava. Seus olhos continuavam fixos em mim.

Em mim. Como se eu fosse algo tão raro e valioso quanto os tesouros que preenchiam aquele cômodo.

– Georgia – pronunciou ele, devagar, como se estivesse saboreando meu nome. – Então vai ter que me chamar de Noah.

– Na verdade é Noah Morelli, né?

Eu já sabia a resposta, assim como quase tudo sobre a carreira dele até o momento. Tudo do que eu não estava a par no momento do infeliz encontro na livraria, Helen me contou. Já Hazel me informou sobre o rodízio de mulheres na vida dele.

– É Morelli. Harrison é um pseudônimo – admitiu ele, com os lábios levemente curvados.

Um tesão. A voz de Hazel ecoou no meu cérebro, e meu rosto queimou. Fazia quanto tempo que eu não me sentia atraída de fato por um homem? E por que é que tinha que ser justo *aquele* homem?

– Bom, sente-se, Noah Morelli. Estou só esperando que enviem o contrato.

Apontei para as poltronas de couro à minha frente. Ele escolheu a da direita.

– Assinei minha parte antes de vir, então eles devem estar aceitando agorinha mesmo.

– Vocês aceitariam uma bebida? – ofereceu minha mãe da porta, com sua melhor voz de anfitriã.

Coitada, estava se comportando muitíssimo bem desde segunda-feira. Atenta. Carinhosa. Eu quase não a reconhecia. Ela chegou a prometer que ficaria até o Natal, jurando que tinha voltado a Poplar Grove por minha causa.

– Cuidado… ela só sabe servir refrigerante e martíni – fingi sussurrar.

– Eu ouvi isso, Georgia Constance Stanton! – exclamou minha mãe, me repreendendo com uma careta fingida.

– Não sei, não. Da última vez, ela serviu uma limonada ótima. – Noah riu de leve, revelando dentes brancos e retos, mas não falsos.

Eu tinha que admitir, àquela altura estava procurando qualquer imperfeição. Até a incapacidade de dar um final feliz a um romance já era algo a que me agarrar, o que queria dizer que eu estava procurando *com atenção.*

– E posso servir uma hoje – garantiu minha mãe.

Dez anos antes, eu diria que a atitude maternal e alegre era tudo que eu queria. Naquele momento, ela só servia para me lembrar do quanto nós duas tínhamos que nos esforçar para *tentar* agir com naturalidade quando estávamos juntas.

– Eu adoraria, Ava – respondeu Noah, sem desviar o olhar.

– Eu também, mãe. Obrigada.

Abri um sorriso rápido que desapareceu assim que minha mãe fechou a porta.

– Não faço questão nenhuma da limonada, mas parecia que você estava prestes a ranger os dentes até virarem pó. – Ele cruzou o tornozelo sobre o joelho e afundou na poltrona, apoiando-se no cotovelo e descansando o queixo entre o polegar e o indicador. – Você sempre fica tensa assim perto da sua mãe? Ou é por causa do contrato?

Ele era observador, assim como a Bisa. Talvez fosse coisa de escritor.

– Foi… uma semana e tanto.

Um ano, para ser sincera. O diagnóstico da Bisa, a recusa dela ao tratamento, o enterro, pegar Damian com…

– Então, Morelli – falei, interrompendo a espiral de pensamentos sempre presente, ameaçando me puxar para baixo. – Eu prefiro assim – admiti. Combinava com ele.

– Eu também, para falar a verdade.

Ele abriu um sorriso público, aquele que todos em Nova York exibiam em eventos aos quais não queriam comparecer, mas onde precisavam ser vistos.

Aqueles sorrisos bonitos eram só um dos muitos motivos para eu ter ido embora. Com frequência eles se derretiam em fofocas maldosas assim que a pessoa dava as costas.

A expressão dele se suavizou, como se tivesse percebido minhas defesas se erguendo.

– Mas meu primeiro agente achava que Harrison soava mais…

– Americano genérico?

Toquei o touch pad do notebook, torcendo para que o contrato aparecesse em meu e-mail antes que qualquer um de nós tivesse tempo de agir com cinismo, como tinha acontecido na livraria.

– Comercial. – Ele se mexeu na poltrona, inclinando o corpo para a frente. – E, não vou mentir, o anonimato é muito útil às vezes.

Eu me encolhi.

– Mas também leva a discussões em livrarias.

– Isso é um pedido de desculpas? – Ele abriu um sorrisinho decididamente malicioso.

– Não. – Bufei. – Mantenho cada palavra que disse. Mas eu não daria minha opinião tão abertamente se soubesse com quem estava falando.

Vi um brilho de deleite em seu olhar.

– Sinceridade. Isso é novidade.

– Sempre fui sincera. – Atualizei a tela mais uma vez. – As únicas pessoas que se davam ao trabalho de me ouvir de verdade estão mortas, e todas as outras ouvem o que querem, de qualquer jeito. Ah, olha só, chegou.

Soltei um suspiro de alívio e abri o e-mail.

Eu já tirava isso de letra, já que mais ou menos cinco anos antes a Bisa tinha colocado todos os direitos dela em um fundo literário do qual eu era a executora, então só levei alguns minutos para dar uma olhada em tudo que não fosse texto-padrão. Não havia nenhuma alteração em relação ao que Helen tinha me enviado para que eu aprovasse previamente.

Quando cheguei ao campo de assinatura, embaixo do nome de Noah, peguei a caneta touch e fiquei paralisada. Eu não estava apenas entregando um dos livros da Bisa, estava entregando a vida dela.

– Sabia que ela escreveu 73 romances? – perguntei.

Noah ergueu as sobrancelhas.

– Sabia, e só um deles não foi escrito nesta máquina de escrever – acrescentou ele, apontando com a cabeça para o pedaço de metal da Segunda Guerra que consumia o lado esquerdo da mesa. Inclinei a cabeça, e ele continuou. – A máquina quebrou em 1973 enquanto ela escrevia *A força de dois*, então ela usou o modelo mais próximo que conseguiu encontrar e enviou esta para o conserto na Inglaterra.

Fiquei boquiaberta.

– Sei todas as curiosidades, Georgia. Já disse. – Ele descansou o queixo nas pontas dos dedos com um meio sorriso mais perigoso e atraente que o anterior. – Sou fã.

– Certo.

Meu coração acelerou enquanto eu olhava para a caneta. Naquele momento, a escolha ainda era minha, mas, assim que eu assinasse, a história pertenceria a ele.

A aprovação final ainda é sua.

– Reconheço o valor do que está me dando – disse ele, a voz baixa e séria.

Meu olhar saltou para o dele.

– Também sei que não gosta de mim, mas não se preocupe: é a missão da minha vida conquistar você.

Um sorrisinho autodepreciativo se materializou por um instante, mas ele logo o apagou, esfregando os dedos nos lábios e olhando para a mesa com clara admiração.

A energia entre nós mudou, aliviando um pouco da tensão em meus ombros quando, devagar, ele voltou aqueles olhos escuros para os meus.

– Vou acertar o tom – prometeu ele. – E, se não acertar, você cancela tudo. A palavra final é sua. – Apenas um leve tremor na mandíbula revelou seu nervosismo.

– Segundo o contrato, você também tem uma saída, caso leia o livro e decida que não está pronto para o desafio.

Eu seria capaz de apostar que ele era um excelente jogador de pôquer, mas aprendi a reconhecer um blefe de longe aos 8 anos. Para sua sorte, ele estava dizendo a verdade. Acreditava mesmo que era capaz de finalizar o livro.

– Não vou usar. Quando me comprometo com uma coisa, é sério.

Dessa vez, eu me permiti ser consolada pela confiança de outra pessoa. *Arrogância. Que seja.*

Olhei para a única foto que a Bisa mantinha sobre a mesa, ao lado do peso de papel que fiz para ela em Murano. Ela e meu bisavô Jameson, os dois de uniforme, tão fascinados um pelo outro que meu peito doeu ao pensar no que eles tinham... e perderam. Eu nunca amei Damian assim. Também não tinha certeza de que a Bisa tivesse amado o Brian desse jeito.

Aquilo era amor de verdade, bem ali.

Assinei o contrato e apertei o Enter, enviando-o para a editora no momento em que minha mãe entrou com as bebidas, com um sorriso de orelha a orelha.

Ela entregou as limonadas, e peguei dois descansos na gaveta – não que tivéssemos muita condensação a 2.500 metros de altitude. Ainda assim, eu não arriscaria manchar aquela mesa.

– Já assinou? – perguntou minha mãe em um tom calmo, mas com os punhos bem fechados, tensos.

Assenti.

Os ombros dela relaxaram.

– Ah. Ótimo. Então está tudo certo?

– A editora tem que assinar, mas sim – respondi.

– Obrigada, Georgia.

Seu lábio inferior tremeu de leve quando ela colocou as mãos em meus ombros, acariciando-os com os polegares e então os soltando, com dois tapinhas.

– De nada, mãe. – Minha garganta se fechou.

– Espero que não se importem, mas eu gostaria de esperar alguns minutos – disse Noah. – Segundo Charles, eles vão assinar assim que receberem, e prefiro que o contrato esteja concluído antes de pegar o manuscrito.

– Claro – respondeu minha mãe, indo em direção à porta. – Vou dizer uma coisa, Noah: você fica ótimo sentado à mesa da Bisa. É muito bom ter um gênio criativo como você aqui de novo.

Um gênio criativo como você? Meu estômago se revirou.

– Bom, é uma honra estar no escritório de Scarlett Stanton – declarou ele. – Tenho certeza de que vocês duas se inspiraram muito para fazer arte aqui.

Minha mãe franziu o cenho.

– Engraçado você falar isso, já que Georgia frequentou uma faculdade de artes na Costa Leste. Não que use o diploma, mas temos muito orgulho desse feito.

Um calor subiu pelo meu pescoço, deixando meu rosto em chamas, e meu estômago retorcido caiu aos meus pés.

– Não era uma faculdade de artes qualquer, mãe. Era a Escola de Design de Rhode Island. É a Harvard das faculdades de artes – mencionei. – E posso não ter usado o diploma de artes plásticas, mas a especialização em mídia e tecnologia certamente ajudou a fazer a produtora decolar.

Caramba, por acaso eu tinha voltado a ter 5 anos? Porque era assim que estava me sentindo.

– Ah, não quis dizer nada de mais. Eu só achava que você ganhava a vida dando dinheiro por aí. – Ela me deu um sorriso tranquilizador.

Pressionei os lábios e assenti. Não era a hora nem o lugar para aquela discussão. *Eu administrava uma fundação beneficente de 20 milhões de dólares, caramba, mas tudo bem.*

Ela fechou a porta ao sair, e Noah ergueu as sobrancelhas para mim.

– Eu quero saber?

– Não. – Cliquei em "Atualizar" com mais força que o necessário e evitei encará-lo a todo custo. – Fique à vontade para dar uma olhada no escritório e sentir um pouco da essência da Bisa – ofereci, clicando mais uma vez.

– Obrigado.

Ele passou os dez minutos seguintes andando pelo escritório da Bisa em silêncio enquanto eu clicava em atualizar tantas vezes que meu mouse parecia transmitir um código Morse.

– Você está em muitas dessas fotos – comentou ele, aproximando-se da galeria de fotos da Bisa.

– Foi ela quem me criou.

Era a explicação mais simples tanto para a pergunta que ele fez quanto para a que não fez.

Ele me observou por um instante constrangedor, então seguiu em frente.

– Ah, graças a Deus – resmunguei, abrindo a notificação de que o contrato tinha sido aceito.

Peguei o pen drive que tinha passado os últimos dias preparando e fui até ele.

– Aqui. O contrato está assinado.

– O que é isso? – Ele franziu o cenho.

– O manuscrito, as cartas e algumas fotos. – Coloquei o pen drive na mão dele. – Agora você tem tudo.

Os dedos dele envolveram o pen drive, mas seu corpo inteiro ficou tenso.

– Quero o manuscrito real.

– Ótimo, porque está aí. – Apontei para a mão dele. – Digitalizei tudo e, antes que queira discutir, a chance de você sair daqui com os originais da minha bisavó é zero. Ela mesma fazia uma cópia antes de enviar para o editor.

– Mas eu não sou o editor. Sou o autor que vai finalizar o manuscrito original.

O queixo dele tremeu, e tive a sensação de que ele não estava acostumado a perder. Nunca.

– Estava pensando em datilografar nessa coisa também? – Apontei com a cabeça para a máquina da Bisa. – Só para ser autêntico?

Ele semicerrou os olhos.

– Só para saber mesmo. Os originais ficam. Ponto-final. Ou, ei, fique à vontade para usar a saída do contrato.

Os originais nunca saíam da casa da Bisa, e ele não ia ser a exceção só porque era bonito. Nossos olhos guerrearam em silêncio, mas ele acabou assentindo.

– Vou começar a ler hoje mesmo e ligo para falarmos sobre minhas ideias quando terminar. Assim que concordarmos a respeito da trama, começo a escrever.

Acompanhei-o até a porta, sem conseguir afastar o nervosismo que apertava meu peito.

– Você disse que reconhece o valor do que acabei de entregar em suas mãos – comentei.

– E reconheço.

Nossos olhares colidiram, a eletricidade – química, atração, o que quer que houvesse ali – fluindo entre nós dois e causando arrepios no meu braço.

– Faça por merecer.

Seus olhos escuros brilharam ao serem desafiados.

– Vou dar a eles o "felizes para sempre" que merecem.

Minha mão segurou a maçaneta com firmeza.

– Ah, não. Isso é a única coisa que você *não pode* fazer.

CAPÍTULO 6
AGOSTO DE 1940
Middle Wallop, Inglaterra

O coração de Scarlett apertou ao ver Jameson rodopiar Constance pela pequena pista de dança do bar local. Ele cuidava tão bem de Constance porque sabia o quanto ela era preciosa para Scarlett, o que só fazia com que gostasse ainda mais do piloto.

Era demais, cedo demais, rápido demais... tudo isso e mais um pouco, mas ela não conseguia desacelerar.

– Está se apaixonando por ele, não? – perguntou um dos amigos americanos de Jameson, Howard Reed, se a memória não lhe falhava, do outro lado da mesa, com um dos braços sobre os ombros de Christine, outra oficial que dormia na mesma cabana que Scarlett.

Christine a encarou por cima do jornal que estava lendo. As manchetes eram mais que suficientes para convencer Scarlett a desviar o olhar.

– Eu... não saberia dizer – respondeu Scarlett, embora o calor tivesse colorido suas bochechas, entregando a verdade.

Ela passava todos os momentos livres com Jameson, e entre as horas de voo dele e os horários dela, não havia muitos.

Fazia apenas três semanas que se conheciam, mas ela já não conseguia lembrar como era o mundo antes de conhecê-lo. Sua vida se dividia em duas eras: antes de Jameson, e agora.

Ela colocava o *depois de Jameson* na mesma categoria do *depois da guerra*. Esses dois conceitos eram tão obscuros que ela se recusava a desperdiçar seu tempo os analisando, ainda mais agora. Desde o início da Batalha da Grã-Bretanha, como dizia Churchill, algumas semanas antes, quando os alemães começaram a bombardear vários aeródromos em toda a Grã-Bretanha, o tempo que passavam juntos tinha assumido um gosto forte e inegável de desespero, uma urgência de se agarrarem ao que tinham enquanto era possível.

O trabalho também estava acelerado. A agenda era cansativa, e ela se via assinalando as patrulhas de Jameson no mapa, marcando sua localização e prendendo a respiração quando as notícias chegavam minuto a minuto por meio dos operadores de rádio. Ela percebia sempre que uma bandeira do Esquadrão 609 se movimentava, mesmo que não estivesse em sua área do mapa.

– Bom, ele também gosta de você – comentou Howard, com um sorriso.

A música acabou, mas não havia banda para aplaudir, apenas um disco a ser trocado.

Jameson acompanhou Constance até a mesa em meio ao mar de uniformes.

– Dance comigo, Scarlett – disse ele, estendendo a mão com um sorriso que derrubou suas defesas.

– Claro.

Ela trocou de lugar com a irmã, então deslizou para os braços de Jameson quando a música mais lenta começou.

– Estou feliz por te ver hoje – disse ele, com o rosto enterrado no cabelo dela.

– Odeio que sejam apenas algumas horas.

Scarlett descansou o rosto no peito dele e respirou fundo. Seu cheiro era uma mistura de sabonete, loção pós-barba e o odor forte de metal que parecia grudar em sua pele mesmo entre uma patrulha e outra.

– Aceito passar algumas horas com você numa quarta à noite sempre que puder – prometeu ele baixinho.

O coração de Jameson batia forte e ritmado enquanto bailavam. O abraço dele era o único lugar em que ela se sentia segura ou com alguma certeza ultimamente. Não havia mais nada no mundo que se comparasse à sensação de estar junto dele.

– Eu queria poder ficar aqui, assim – disse ela baixinho, os dedos traçando círculos preguiçosos no ombro do uniforme dele.

– Podemos ficar.

Ele espalmou a mão em sua lombar sem se aventurar no território mais ao sul, ao contrário de muitos dos outros soldados com suas parceiras ao redor deles.

Jameson era tão respeitoso que ela ficava frustrada. Ainda não tinha nem beijado Scarlett – não um beijo de verdade, embora com frequência chegasse perto o bastante para que o coração dela acelerasse, e então pressionasse os lábios em sua testa.

– Mais quinze minutos – resmungou ela. – Aí você tem que ir para a patrulha.

– E você tem que ir trabalhar, se não estou enganado.

Ela suspirou, então desviou o olhar do casal ao lado deles quando a dança virou um beijo envolvente.

– Por que você não me beijou? – perguntou Scarlett baixinho.

Ele perdeu o ritmo por um instante, então segurou o queixo dela entre o polegar e o indicador e chegou mais perto.

– Ainda.

Ela franziu o cenho.

– Por que não te beijei *ainda* – esclareceu ele.

– Não brinque com as palavras.

– Não estou brincando. – Ele acariciou o lábio inferior dela com o polegar. – Só quero que saiba que é *ainda*.

Ela revirou os olhos.

– Tá bom. Por que você não me beijou *ainda*?

Ao redor deles, o mundo mudava tão rápido que ela mal sabia o que esperar no minuto seguinte. Bombas explodiam e aviões caíam, mas ele agia como se eles tivessem anos... E ela não tinha certeza nem de que teriam dias.

Jameson olhou para o casal à esquerda deles. Não era à toa que Scarlett estava questionando seu timing nada rápido.

– Porque você não é só mais uma garota num bar – respondeu ele quando voltaram a bailar, tocando seu rosto com gentileza. – Porque só ficamos sozinhos uma vez, e beijar você pela primeira vez não é algo que eu queira fazer diante de uma plateia.

Não se fosse beijá-la como queria.

– Ah. – Ela ergueu as sobrancelhas.

– Ah. – Um sorriso lento se espalhou pelo rosto dele. Se Scarlett soubesse metade das ideias que lhe ocorriam quando pensava nela, teria pedido transferência. – Também sei que seu mundo tem muito mais regras que o meu, então estou tentando não quebrar nenhuma delas.

– Nem tantas, na verdade.

Ela mordeu o lábio inferior, como se precisasse pensar.

– Meu amor, embaixo desse seu uniforme tem uma aristocrata.

Pelo que ele conseguiu juntar do pouco que ela lhe contara sobre a família e dos detalhes que Constance estava mais disposta a oferecer, a vida que Scarlett levava como oficial da Força Aérea Auxiliar Feminina era muito diferente de seu estilo de vida pré-guerra.

Ela fechou os olhos por um instante.

– Meus pais é que são aristocratas.

Ele riu.

– E qual é a diferença?

– Bom, não tenho irmãos, então o título será suspenso assim que meu pai falecer – respondeu ela, dando de ombros. – Constance e eu somos iguais perante a lei, então, a não ser que uma de nós abra mão, nenhuma das duas pode herdar o título. Nós duas decidimos não desistir dele, o que é brilhante, se parar para pensar.

Um canto de seus lábios se curvou em um sorrisinho furtivo, fazendo Jameson desejar que estivessem sozinhos, bem longe dos demais.

– Vocês decidiram lutar por ele?

A nobreza inglesa não era nem de longe sua especialidade, e ele não fingiu entender.

– Não.

Ela deslizou a mão por seu ombro e pelo colarinho de seu uniforme até chegar à nuca. Ele sentiu o toque em cada uma das terminações nervosas.

– Decidimos *não* lutar por ele com o simples ato de não rejeitá-lo. Nenhuma de nós quer o título. Constance está noiva de Edward, que vai herdar o próprio título, então nossos pais estão satisfeitos, e eu não tenho o menor interesse. – Ela balançou a cabeça. – Fizemos um juramento quando éramos mais novas. Está vendo? – Ela levantou a mão para mostrar uma leve cicatriz na palma. – Foi bem dramático.

Ele inclinou a cabeça de leve enquanto absorvia aquelas palavras.

– E o que você *quer*, Scarlett?

O disco mudou e o ritmo ficou mais rápido, mas eles mantiveram o mesmo balanço suave à beira da pista, esculpindo a própria balada romântica.

– Neste momento, quero dançar com você – respondeu ela, acariciando o pescoço de Jameson com os dedos.

– Isso eu posso te dar.

Caramba, aqueles olhos quase o derrubavam toda vez. Ela podia ter pedido a Lua, e ele teria subido com seu aviãozinho Spitfire até a estratosfera só para que ela olhasse para ele como agora.

Quando a música acabou, eles deixaram a pista, relutantes, e foram até a mesa de mãos dadas.

– Sete e quinze – anunciou Constance com uma careta discreta. – Está na hora de irmos, não?

Ela ficou de pé e entregou o chapéu a Scarlett.

– Está – concordou Scarlett. – Principalmente porque precisamos passar no aeródromo para deixar Jameson e Howard. – Ela se virou para Christine, que continuava consumida pelo jornal. – Christine?

Ela se assustou.

– Ah, desculpa. Estava lendo sobre o bombardeio em Sussex.

Bom, isso certamente deixou o clima mais sério. Os dedos de Jameson envolveram os de Scarlett com mais firmeza.

– Bom, então eu dirijo e você lê – sugeriu ele, com um sorriso tenso.

Christine assentiu, e todos foram para o carro. Naquela noite, nem ele nem Howard tinham conseguido o carro do batalhão, ao contrário de Scarlett.

– Você se importa de nos deixar no aeródromo? – perguntou ele, abrindo a porta do passageiro para ela.

– Nem um pouco – respondeu ela, deslizando a mão pela cintura dele ao se sentar. – Assim vou ter mais dez minutos com você, e quem sabe quando isso vai acontecer de novo.

Jameson assentiu, então fechou a porta, desejando que ela tivesse preferido que Constance, Christine ou até mesmo Howard dirigissem, para que ele pudesse abraçá-la no banco de trás. Em vez disso, sentou-se ao volante e foi em direção ao aeródromo. Aquele era sempre o momento em que o clima mudava entre eles, em que os dois se preparavam mentalmente para o que as noites reservavam quando estavam separados.

O sol estava começando a se pôr mais cedo agora que estavam no meio de agosto, mas ele ainda teria uma boa quantidade de luz para decolar em uma hora.

– Que tal uma música? – perguntou Constance, rompendo o silêncio.

– O rádio está quebrado – respondeu Scarlett. – Pelo jeito, um de nós vai ter que cantar.

Jameson sorriu, balançando a cabeça. A garota tinha um senso de humor mordaz, do qual ele não se cansava.

– Vou ler. Posso? – perguntou Howard, e Jameson ouviu o jornal mudando de mãos. – Aposto 5 dólares que consigo colocar todo mundo para dormir antes mesmo de chegarmos ao aeródromo com esta coisa. – As sobrancelhas de Howard se ergueram no retrovisor. – Menos você, Stanton. É melhor ficar acordado.

– Pode deixar – respondeu Jameson quando chegaram à base.

Assim que passaram pelo portão, ele segurou a mão de Scarlett, balançando a cabeça em resposta ao tom entediante que Howard usou para ler o artigo sobre a escassez de suprimentos.

– Talvez ele me coloque mesmo para dormir – sussurrou Scarlett.

Jameson apertou a mão dela.

– Quem vai ajudar as tropas é ninguém menos que o diretor da Wadsworth Transportes, George Wadsworth... – continuou Howard.

Scarlett ficou tensa na mesma hora.

– ... que tem mais uma união a celebrar, segundo a fonte que confirmou que seu filho mais velho, Henry, ficará noivo da filha mais velha do barão e de lady Wright...

Scarlett arquejou, cobrindo a boca com a mão que Jameson não estava segurando.

– Meu Deus – murmurou Constance.

Jameson sentiu a terra tremer sob seus pés, e seu estômago se embrulhou. *Não pode ser.*

O olhar solene de Howard encontrou o dele no retrovisor, e Jameson soube que era verdade.

– Bom, com certeza tem mais de um *Wright* no país – resmungou Christine, tirando o jornal das mãos de Howard.

– Henry ficará noivo da filha mais velha do barão e de lady Wright, Scarlett... – Christine ficou em silêncio ao olhar para Scarlett.

– Por favor, leia o restante – retrucou Jameson.

Mas que diabo? Por acaso ela o estava fazendo de bobo? Ou ele é que sempre fora bobo?

– Hum... Scarlett – continuou lendo Christine –, que atualmente serve na Força Aérea Auxiliar Feminina de Sua Majestade. As duas filhas de Wright se alistaram ano passado e hoje são oficiais. – O jornal amassou. – O resto é sobre munições – concluiu ela em voz baixa, bem quando ele parou o carro no fim do estacionamento que dava para a extremidade estreita dos três hangares.

– Parece que perdeu 5 dólares, Howard – disse Jameson –, porque estamos todos bem acordados.

Ele desligou o motor e abriu a porta com tudo. Scarlett já tinha um relacionamento e estava prestes a ficar *noiva*.

Enquanto ele se apaixonava por ela, ela o usava... para quê? Um pouco de diversão? Ele olhou para a pista à esquerda, pronto para decolar, para deixar a terra para trás por algumas horas.

Jameson bateu a porta, e o barulho arrancou Scarlett do choque. Ela saiu do carro às pressas, mas ele já estava na metade do hangar quando ela o alcançou.

– Jameson! Espera!

Como eles podiam ter feito aquilo? Como podiam ter dito ao *Daily* que ela e Henry ficariam noivos se ela disse à mãe com tanta firmeza que não faria isso? *Eles* estavam por trás daquilo, não só George. Aquilo cheirava a interferência de seus pais, e ela não permitiria que isso lhe custasse Jameson.

– Esperar pelo quê, Scarlett? – retrucou ele, afastando-se a passos largos, aqueles olhos escuros e calorosos esfriando e levando o coração dela junto.

– Esperar que você se case com um riquinho da alta sociedade? Foi por isso que quis saber por que eu ainda não tinha beijado você? Estava com medo de ficar sem tempo de aprontar uma para cima de mim?

Ele não diminuiu o passo, aquelas pernas compridas o levando cada vez mais para longe dela.

– Não é isso que está acontecendo! Eu não estou noiva! – argumentou ela, correndo para alcançá-lo. – Me escuta!

Scarlett colocou as mãos no peito dele e parou, obrigando-o a fazer o mesmo ou passar por cima dela.

Jameson parou, mas lhe lançou um olhar que a destruiu.

– Você *vai* ficar noiva?

– Não! – Ela balançou a cabeça, enfática. – Meus pais querem que eu me case com Henry, mas não vou fazer isso. Eles estão tentando me obrigar.

Ela nunca os perdoaria por isso. Nunca.

– Obrigar?

Jameson rangeu os dentes, e Scarlett tentou encontrar uma maneira de fazê-lo entender.

– Isso! – Ela não se preocupou em verificar se alguém estava ouvindo, ou onde estavam as pessoas que tinham vindo no carro com eles. Não lhe importava quem ouviria o que tinha a dizer, desde que ele ouvisse. – Não é verdade.

– Saiu no jornal!

Ele se afastou dela e entrelaçou os dedos sobre o quepe.

– Porque eles acham que publicar isso como se fosse um fato consumado vai me obrigar a concordar por constrangimento ou sensação de dever! – retrucou ela.

– E vai? – perguntou ele, em desafio.

– Não!

Scarlett sentiu um aperto no peito ao encarar a possibilidade de que ele talvez não acreditasse nela.

Ele desviou o olhar, claramente sem saber no que acreditar, e ela não podia culpá-lo. Seus pais e os Wadsworths a tinham metido em uma confusão e tanto.

– Jameson, por favor. Eu juro que não vou me casar com Henry Wadsworth.

Ela preferia morrer.

– Mas seus pais querem que você se case?

Ela assentiu.

– E esse tal de Wadsworth quer você?

– O pai de Henry acha que o título, e o assento na Câmara dos Lordes, vão ficar com Henry se nos casarmos, ou com nosso primeiro filho, o que não vai acontecer, porque...

– O primeiro filho de *vocês*? – Ele semicerrou os olhos. – Agora vai ter filhos com esse cara?

Pelo jeito não era *isso* que ela devia ter dito para que ele a compreendesse.

– É claro que não! Nada disso importa, porque não vou me casar com ele! – Um zumbido soou em sua cabeça, como se sua mente estivesse se desligando para poupá-la do que parecia ser uma mágoa iminente. – Se acreditar nessa artimanha, vai deixar que eles vençam. E eu me recuso a deixar.

– É fácil perder uma batalha em que não sabemos que estamos envolvidos.

Pelo menos ele tinha voltado a encará-la, mas a acusação em seus olhos quase a levou às lágrimas. Ele parecia se sentir traído e, de certa forma, era o que tinha acontecido.

– Eu devia ter te contado – sussurrou ela.

– Sim, devia – concordou ele. – Que tipo de pais tentam obrigar a filha a um casamento que ela não quer?

Suas mãos escorregaram até a nuca, como se ele precisasse mantê-las ocupadas.

– O tipo que vendeu quase todas as terras que tinha e gastou tanto que foi à falência. – Os braços dela caíram ao lado do corpo, e os olhos de Jameson se arregalaram. – Títulos não significam necessariamente contas bancárias polpudas. – O zumbido ficou mais alto.

– Stanton! Reed! Temos que ir! – gritou alguém atrás deles.

– Falência. – Jameson balançou a cabeça. – Quer dizer que seus pais estão... o quê? Vendendo você?

– Estão tentando. – Essa era a verdade nua e crua, e o rosto dela mostrava o quanto era horrível. Ela ficou irritada. – Não me olhe assim. Vocês nos Estados Unidos acham que escaparam do sistema de riqueza herdada, mas, em vez do rei e da nobreza, têm os Astors e os Rockefellers.

– Nós não vendemos nossas filhas. – Ele ergueu as sobrancelhas.

– Posso citar pelo menos três herdeiras do seu país que se casaram com nobres só nos últimos dez anos.

Scarlett cruzou os braços.

– Então agora está defendendo isso? – retrucou Jameson quando Howard se aproximou às pressas e se virou para correr de costas.

– Stanton! Agora! – gritou Howard, acenando o braço.

– Não, não foi isso que eu quis dizer! – exclamou Scarlett, gaguejando.

O zumbido mudou, ficou mais grave. *Aeronave se aproximando.* A patrulha anterior à de Jameson estava voltando, o que queria dizer que só lhe restavam segundos preciosos.

– Jameson, eu não vou me casar com Henry. Eu juro.

– Por que não? – perguntou ele, então olhou para o céu, semicerrando os olhos antes mesmo que ela pudesse responder.

– Entre outros motivos, porque eu quero você, seu ianque burro!

Meu Deus, ela tinha mesmo perdido a cabeça, discutindo em público daquele jeito, mas não conseguia parar, e o homem não estava mais nem *ouvindo.*

– Esses aviões são nossos? – perguntou Howard, apontando para a direção em que Jameson já estava olhando.

O esquadrão rompeu as nuvens baixas, e o estômago de Scarlett se revirou. Aqueles não eram aviões Spitfire.

As sirenes de ataque aéreo emitiram o alerta, mas já era tarde demais.

A extremidade da pista explodiu, um barulho ensurdecedor que ela sentiu em todo o corpo. Fumaça e detritos preencheram o ar, e, em um piscar de olhos, houve mais uma explosão, mais alta e mais próxima.

– Se abaixe!

Jameson a puxou para si, virando as costas para as explosões e levando-a ao chão. Ela bateu os joelhos no asfalto.

O hangar a pouco menos de 50 metros deles explodiu.

CAPÍTULO 7

NOAH

Minha querida Scarlett,

Que saudade, meu amor. O som da sua voz ao telefone nem se compara a segurá-la em meus braços. Poucas semanas se passaram, mas parece que faz uma eternidade que fui transferido. Boas notícias, acho que consegui uma casa para nós aqui pertinho. Sei que a mudança tem sido um inferno para você e, caso decida que prefere ficar perto de Constance, podemos refazer os planos. Você já abriu mão de tanto por mim, e aqui estou eu, pedindo que faça isso mais uma vez. Prometo que, quando esta guerra acabar, vou recompensá-la. Juro que nunca mais vai ter que se sacrificar por mim de novo.

Meu Deus, que saudade de sentir sua pele na minha ao acordar e de ver seu sorriso lindo quando entro pela porta à noite. Agora só tenho Howard para me receber, embora ele não passe mais muito tempo por aqui desde que conheceu uma garota das redondezas. Antes que pergunte, não, não há nenhuma garota para mim aqui. Só uma beldade de olhos azuis que tem meu coração e meu futuro nas mãos, e eu não diria que ela é das redondezas, uma vez que está a horas de distância daqui.

Não vejo a hora de ter você em meus braços de novo.
Com amor,
Jameson

A música que ressoava nos meus fones de ouvido estava sincronizada com a batida dos meus pés pelas trilhas do Central Park enquanto eu passava por entre os turistas. Na sexta-feira anterior ao Dia do Trabalho, no começo de setembro, eles chegavam com força total, com pochetes e tudo. O ar estava úmido, pegajoso e espesso, mas pelo menos era cheio de oxigênio.

Meu ritmo médio durante a semana que passei no Colorado foi terrível. Enquanto fazia minhas pesquisas no Peru, passei a maior parte do tempo a uns 2 mil metros de altitude, exceto quando fui escalar, mas Poplar Grove ficava cerca de 750 metros acima. Preciso admitir que, apesar da escassez brutal de oxigênio, o ar das Montanhas Rochosas parecia mais leve e também conferia menos resistência aos movimentos. Não que o Colorado ganhasse de Nova York em qualquer outro quesito. Claro, as montanhas são lindas, mas o horizonte de Manhattan também é. Além disso, nada se compara a viver no coração do mundo. Ali era meu lar.

O único problema era que minha cabeça estava em outro lugar, e já fazia mais de duas semanas que eu tinha voltado. Eu estava dividido entre a Grã-Bretanha da Segunda Guerra Mundial e a Poplar Grove atual, no Colorado, ainda que sem oxigênio. O manuscrito terminava em um ponto crucial da trama, em que a história poderia se afundar em uma espiral de sofrimento cataclísmico ou renascer das profundezas da dúvida para chegar ao clímax do "o amor pode tudo" que transformaria até o babaca mais ranzinza em um romântico.

E embora eu normalmente me contentasse em bancar o ranzinza, Georgia tinha roubado meu papel, me deixando o de romântico incurável. E, caramba, a história pedia isso. E as cartas entre Scarlett e Jameson também. No meio de uma guerra, eles encontraram o amor verdadeiro. Não suportavam passar mais que algumas semanas separados. Eu não sabia nem se já tinha passado mais que algumas semanas *com* uma mulher. Gostava de ter meu espaço.

Cheguei ao décimo quilômetro e não estava nem um pouco mais perto de entender a exigência estúpida de Georgia do que quando deixei a casa dela, duas semanas antes, ou de entender o que se passava na cabeça dela. Geralmente, eu corria até que meus pensamentos se organizassem ou uma solução para o enredo me ocorresse, mas, como em todas as corridas naquelas duas semanas, diminuí o ritmo para uma caminhada e tirei os fones, totalmente frustrado.

– Ah, graças a Deus. Achei que você... fosse partir... para o décimo primeiro... e eu... ia ter... que desistir... – disse Adam, ofegante, penando para conseguir falar depois de me alcançar.

– Ela não quer um final feliz – rosnei, desligando a música que tocava no meu celular.

– Você falou... – comentou Adam, levando as mãos ao topo da cabeça. – Aliás, acho que disse isso quase todos os dias desde que voltou.

– E vou continuar dizendo até conseguir entender.

Chegamos a um banco perto de uma bifurcação da trilha e paramos para alongar um pouco, como sempre fazíamos.

– Ótimo. Não vejo a hora de ler quando conseguir.

Ele apoiou as mãos nos joelhos e se inclinou para a frente, inspirando fundo algumas vezes.

– Eu te disse que a gente devia correr mais vezes.

Ele só corria comigo uma vez por semana.

– E eu te disse que você não é meu único escritor. Quando vai mandar a parte da Stanton do manuscrito? Não temos muito tempo.

– Assim que eu terminar. – Um canto dos meus lábios se curvou. – Não se preocupe, você vai receber dentro do prazo.

– Sério? Vai me fazer esperar três meses? Que cruel. Magoei. – Ele levou uma das mãos ao coração.

– Sei que pareço uma criança, mas quero ver se você consegue saber onde a escrita de Scarlett termina e a minha começa. – Fazia três anos que eu não ficava tão animado com um livro, e escrevi seis durante esse período. Mas aquele livro... eu *acreditava* nele, e Georgia estava me deixando de mãos atadas. – Ela está enganada, sabia?

– Georgia?

– Ela não entende qual é a marca da bisavó. Scarlett Stanton é garantia de final feliz. Seus leitores esperam isso. Ela não é escritora. Não entende, e está enganada.

Uma coisa que aprendi nos últimos doze anos foi a não mexer com as expectativas dos leitores.

– E você tem tanta certeza de que está certo por quê? Porque é infalível? – Havia uma boa pitada de sarcasmo na pergunta.

– Quando se trata de trama? Sim. Fico tranquilo em dizer que sou infalível, e nem vem falar do meu ego. Posso comprovar o que estou dizendo, então é confiança, não ego.

Eu me abaixei em um alongamento e sorri.

– Odeio ter que colocar sua *confiança* em xeque – disse Adam –, mas se isso fosse verdade você não precisaria de um editor, né? Mas precisa de mim. Então não é infalível.

Ignorei a verdade óbvia de seu argumento.

– Pelo menos você lê meus livros antes de sugerir mudanças. Ela não me deixa nem dizer qual é minha ideia.

– Bom, e *ela* tem uma ideia?

Olhei para ele, confuso.

– Você ao menos perguntou? – Ele ergueu as sobrancelhas. – Quer dizer, eu adoraria dar algumas sugestões, mas como ainda não me mostrou nem a parte que já existe…

– Por que eu perguntaria? Nunca peço sugestões antes de terminar. – Isso destruiria o processo, e meus instintos nunca me deixaram na mão.

Não acredito que assinei um contrato que dá a aprovação final a uma pessoa que nem é do ramo.

Mas faria de novo, só pelo desafio.

– Você namorou muito, mas não entende as mulheres, né? – Ele balançou a cabeça.

– Eu entendo as mulheres sim, pode acreditar. Além disso, você teve… o quê? Um relacionamento na última década.

– Porque virou casamento, seu babaca. – Ele mostrou a aliança. – Não estou falando de transar com a cidade inteira. Eu tenho um leite na minha geladeira há mais tempo do que você costuma manter um relacionamento, e não está nem perto de vencer. É mais difícil conhecer e entender uma mulher de verdade do que encantar mil mulheres em mil noites diferentes. É mais gratificante também. – Ele olhou para o relógio. – Preciso voltar para o escritório.

Pensar nisso me deixou inquieto.

– Não é verdade. A coisa sobre relacionamentos.

Tá, o relacionamento mais longo que tive até então durou seis meses, eu mantive meu espaço, e a relação se dissolveu do mesmo jeito que começou: com afeto mútuo e a compreensão de que não iríamos longe. Eu não via motivo para me envolver emocionalmente com alguém com quem não via um futuro.

– Tudo bem, vamos deixar bem claro. Acho que você não entende Georgia Stanton. – Adam deu um sorrisinho sarcástico, se abaixando para alongar a panturrilha. – Tenho que admitir, é divertido ver você ter que se esforçar porque uma mulher não caiu aos seus pés logo de cara.

– As mulheres não caem aos meus pés. – Eu só tinha a sorte de me interessar por mulheres que também se interessavam por mim. – E o que é tão difícil de entender? Pelo que eu vejo, é só alguém da realeza do mundo editorial que se casou com um cara da elite de Hollywood e acabou trocada por uma modelo mais jovem e grávida e foi para casa com seus milhões para assinar mais um contrato que vai lhe render mais milhões.

Ela tinha uma beleza desconcertante? Com certeza. Mas também parecia que estava dando uma de difícil só por diversão. Eu estava começando a ver que lidar com Georgia talvez fosse mais desafiador que escrever o livro.

– Uau. Você está tão enganado que é quase engraçado.

Ele terminou de se alongar e ficou ali, em pé, esperando eu fazer o mesmo.

– Você sabe bem quem é o ex dela? – perguntou ele, com a cabeça inclinada e um olhar penetrante.

– Claro. Damian Ellsworth, o *aclamado* diretor, morador do Soho, se não me engano. – Parei em uma barraquinha e comprei duas garrafas de água para nós. – Sempre me passou uma vibe desonesta e estranha.

Eu era confiante, mas aquele cara era um babaca pedante.

– E por qual trabalho ele ficou mais conhecido? – perguntou Adam após me agradecer e abrir a água.

– Provavelmente *As asas do outono* – arrisquei, ao continuarmos a caminhada, mas parei ao me dar conta do que ele queria dizer.

Adam olhou para trás, então parou também.

– Isso. Bora lá.

Ele fez sinal para que eu continuasse, e recuperei o equilíbrio.

– Scarlett nunca vendeu os direitos de adaptação – falei, devagar. – Até seis anos atrás...

– Bingo. E aí vendeu o direito de dez livros por quase nada para uma produtora nova e sem renome que pertence a...

– Damian Ellsworth. Puta que me pariu.

– Não fale assim da sua mãe… Tá entendendo agora?

Chegamos ao fim do parque e jogamos as garrafas vazias na lixeira de recicláveis antes de seguir para a calçada cheia de gente.

Ellsworth era mais de dez anos mais velho que Georgia, mas só conseguira entrar pela porta da frente em Hollywood…

Merda. Mais ou menos quando eles se casaram.

– Ele usou o casamento com Georgia para chegar a Scarlett – concluí.

Que babaca.

– É o que parece. – Adam assentiu. – Os direitos de adaptação estenderam o tapete vermelho para ele, e ele ainda tem cinco dos dez filmes para fazer. Está com a vida ganha. E quando ficou claro que as idas à clínica de fertilidade não estavam funcionando, ele encontrou outra pessoa.

Eu me virei para Adam, perplexo, e algo no meu estômago azedou.

– Eles estavam tentando ter filhos, e ele engravidou outra pessoa?

– É o que diz a *Celebridades*. Não me olha desse jeito. Carmen gosta de ler essa revista, e fico entediado quando estou com as pernas de molho na banheira. Pernas que você fica forçando, aliás.

Caramba. Isso acrescentava mais uma camada ao mau-caratismo. Ela começou a carreira do cara, e ele não só a traiu: ele a aniquilou, emocional e publicamente.

– Está ficando claro por que ela não vê sentido em um final feliz agora.

– E a pior parte é que ela era dona de parte da produtora, mas entregou tudo para ele no divórcio – continuou Adam quando atravessamos a rua. – Ela deu tudo para ele.

Franzi o cenho. Era muito dinheiro.

– Tudo? Mas a culpa foi dele.

Não era justo.

Adam deu de ombros.

– Eles se casaram no Colorado. É um estado onde isso não importa perante a lei. E ela entregou tudo de boa vontade, segundo o que eu li, pelo menos.

– Quem faz isso?

– Alguém que quer se afastar o mais rápido possível – observou ele.

Atravessamos a última rua, que nos levou à quadra onde ficava o prédio do meu editor, mas Adam parou em frente ao prédio ao lado.

– E, como quase todos os bens de Scarlett vão para um fundo literário destinado a trabalhos beneficentes, esses milhões a que você se refere não são exatamente da Georgia. Sei que gosta das suas viagens de pesquisa, mas devia usar mais o Google.

– Minha nossa.

Senti um calafrio ao me dar conta de que tinha entendido tudo errado. Ele deu um tapinha nas minhas costas.

– Tá se sentindo um babaca, né? – perguntou Adam, com um sorriso convencido.

– Talvez – admiti.

– Imagine quando se der conta de que o livro que está finalizando não faz parte do fundo literário...

Eu o encarei, boquiaberto.

– ... e ela pediu à Contabilidade que transferisse todo o adiantamento para a conta da mãe dela – concluiu Adam, cheio de si.

– Tá, *agora* eu me sinto um babaca.

Passei a mão no rosto. Georgia não ia receber nada.

– Excelente. Que tal mais um golpe? Vem comigo.

Ele entrou no prédio comercial, me levando junto. O saguão tinha um teto abobadado que ia pelo menos até o segundo andar, e as escadas rolantes acompanhavam as paredes laterais com os elevadores ao fundo, deixando aberto o centro que exibia uma escultura de vidro enorme.

A base era azul-marinho, e a escultura subia em ondas que borbulhavam nas bordas como se quebrassem em uma praia invisível. Mais ao alto, o azul-marinho se transformava em azul-piscina, e as bordas perdiam a textura áspera a espumosa. Em seguida, o azul-piscina se transformava em dezenas de tons de verde, e o vidro se estendia em espirais – ramificações que ficavam mais estreitas conforme a escultura subia até atingir o dobro da minha altura.

– O que acha? – perguntou Adam com um sorrisinho presunçoso.

– É espetacular. A iluminação também é engenhosa. Destaca a cor e a habilidade artística.

Olhei para ele, desconfiado. Sabia que aquele desvio significava alguma coisa.

– Dá uma olhada na placa de identificação. – O sorrisinho continuava firme e forte.

Eu me aproximei e li a plaquinha, e meus olhos se arregalaram.

– Georgia Stan... Como é que é...?

Georgia fez isso? Observei a escultura mais uma vez com um olhar renovado, e até alguém como eu seria capaz de admitir ter ficado de queixo caído.

– Só porque ela não é escritora, não quer dizer que não seja criativa. Então, se colocou no seu lugar? Um pouquinho que seja?

Adam parou do meu lado.

– Só um pouco – falei, devagar. – Talvez muito.

Olhei mais uma vez para a identificação, prestando atenção na data. *Seis anos atrás.* Coincidência ou sinal?

– Ótimo. Cumpri meu papel.

Georgia não apenas tinha frequentado a faculdade de artes. Era uma artista.

– Ela não me escuta, Adam. Desligou na minha cara nas duas vezes que liguei. Estou tentando definir um enredo para poder mergulhar na história, mas, assim que começo a falar sobre o final, o outro lado da linha fica mudo. Ela não quer colaborar. Quer que seja do jeito dela.

– Parece alguém que eu conheço. Quanto *você* tem ouvido? – perguntou ele em tom de desafio. – O livro não é só seu dessa vez, cara. É dela também, e para alguém que ama fontes primárias, você está ignorando uma bem na sua cara. Ela é a especialista em tudo que envolve Scarlett Stanton.

– Boa.

– Por favor, Noah. Você nunca foi de fugir de desafios. Caramba, você faz questão de ir atrás deles. Pega o telefone e usa esse seu charme lendário para colocar de vez o pé na porta. E para para ouvir, cara. Agora preciso tomar banho. Tenho uma reunião.

Ele se dirigiu às portas giratórias para sair do prédio.

– Eu já tentei usar o charme! – gritei.

E não cheguei a lugar nenhum, o que, em termos profissionais, era irritante, e em termos pessoais... bom, frustrante, principalmente considerando que eu continuava vidrado nela mesmo a mais de 1.500 quilômetros de distância.

– Se só ligou duas vezes, não usou.

– Como você sabia que essa escultura estava aqui? – perguntei, do outro lado do saguão.

– Google!

Ele se despediu acenando com dois dedos e saiu do prédio, me deixando ali com a prova de que eu não era o único gênio criativo no escritório de Scarlett naquele dia.

Então comecei minha pesquisa; não sobre a Batalha da Grã-Bretanha, mas sobre Georgia Stanton.

Olhei do meu celular – inofensivo, largado ali no meio da mesa – para o número que tinha rabiscado no bloquinho ao lado. Já tinha se passado mais uma semana do prazo e, embora tivesse traçado o que me parecia o caminho certo para os personagens, eu ainda não tinha começado a escrever. Não tinha sentido escrever se Georgia ia mandar que eu mudasse tudo.

Use esse seu charme lendário...

Disquei o número e me virei para as janelas enormes do escritório na minha casa, olhando para a cidade lá embaixo enquanto o telefone chamava. Será que ela ia atender? Era a primeira vez que essa preocupação específica me ocorria ao ligar para uma mulher, não porque eu tivesse certeza de que elas atenderiam, mas porque não me importava.

Pergunte sobre a avó dela. Pergunte sobre ela. Pare de gritar e comece a tratar Georgia como uma parceira nisso tudo. Finja que ela é uma amiga da faculdade, não alguém do trabalho ou alguém em quem está interessado. Esse foi o conselho de Adrienne, seguido de uma piadinha sarcástica afirmando que eu nunca tinha parceiros porque tinha mania de controle.

Eu detestava quando ela tinha razão.

Georgia atendeu.

– Noah, a que devo a honra desta ligação?

– Vi sua escultura. – *Nossa, que sutil.*

– Como?

– Aquela da árvore saindo do oceano. Eu vi. É impressionante.

Segurei o telefone com mais força. De acordo com a internet, aquela tinha sido a última peça que ela moldara.

– Ah. – Uma pausa. – Obrigada.

– Não sabia que você era escultora.

– Ah... é. Eu era. Há muito tempo. E *era* é a palavra-chave. – Ela forçou uma risada. – Agora passo os dias no escritório da Bisa, mergulhada em burocracia.

Assunto encerrado. *Certo*. Resisti à vontade de insistir. Por enquanto.

– Ah, burocracia. Minha atividade favorita – brinquei.

– Bom, você estaria no paraíso, porque é uma zona. É. Tanta. Burocracia – reclamou ela, com um gemido.

– Ah, eu amo quando você fala sacanagem comigo.

Cacete. Estremeci e fiz um cálculo de cabeça de quanto teria que pagar se fosse processado por assédio. Qual era o meu problema?

– Droga. Desculpa. Não sei de onde veio isso.

Era o que dava tratá-la como uma amiga da faculdade.

– Tudo bem.

Ela riu, e o som atingiu meu peito como um trem de carga. A risada dela era linda e me fez sorrir pela primeira vez em dias.

– Bom, agora que eu sei o que te excita... – retrucou ela, me provocando, e ouvi um rangido familiar ao fundo. Era ela se recostando na poltrona. – Não tem problema mesmo, juro – disse ela, já contendo a risada. – Mas, sério, você precisa de alguma coisa? Porque assim que você pronunciar as palavras *final feliz*, eu vou voltar para minha burocracia.

Eu me encolhi, então tirei os óculos e comecei a girá-los pela haste.

– Ah. Podemos falar disso depois – sugeri. – Eu só estava tentando acrescentar alguns detalhes pessoais. Será que sua bisavó tinha uma flor favorita?

Fechei bem os olhos. *Você é um tonto de marca maior, Morelli.*

– Ah. – A voz dela ficou mais suave. – Sim, ela amava rosas inglesas. Ela tem um jardim enorme nos fundos da casa cheio de roseiras. Bom, acho que ela *tinha* um jardim. Desculpa, ainda estou me acostumando com isso.

– Demora mesmo. – Parei de rodar os óculos e os coloquei sobre a mesa. – Levei um ano para me acostumar quando meu pai morreu e, para falar a verdade, de vez em quando ainda esqueço que ele se foi. Além disso, o jardim continua aí, mas agora é seu.

Olhei para a foto que me mostrava ao lado do meu pai e do Jaguar 1965 que passamos um ano restaurando; seria sempre o Jaguar do meu pai, embora agora estivesse no meu nome.

– Verdade. Eu não sabia que seu pai tinha morrido. Sinto muito.

– Obrigado. – Pigarreei e voltei a olhar para o horizonte de Manhattan. – Já faz alguns anos, e fiz o que pude para que não virasse assunto na imprensa. Todo mundo sempre tenta desenterrar meu passado para ver se existe algum motivo para minhas histórias terem... – *Não diga isso.* – Finais comoventes.

– E tem um motivo? – perguntou ela em voz baixa.

Eu já tinha ouvido essa pergunta pelo menos uma centena de vezes ao longo dos anos, e a resposta geralmente girava em torno de *Acho que os livros devem refletir a vida real*, mas desta vez parei para pensar um pouco.

– Nenhuma tragédia, se é o que está perguntando. – Um sorrisinho surgiu em meus lábios. – Família típica de classe média. Meu pai era mecânico. Minha mãe é professora até hoje. Cresci com churrascos, jogos dos Mets e uma irmã irritante que aprendi a valorizar. Decepcionada?

A maioria das pessoas ficava. Elas achavam que eu só podia ter sido um órfão ou alguma outra coisa igualmente terrível.

– Nem um pouco. Parece perfeito, na verdade. – A voz dela foi sumindo.

– Com a escrita, eu entro na história e a primeira coisa que vejo no personagem é seu defeito. A segunda é como esse defeito pode levar à redenção... ou à destruição. Não consigo evitar. A história se desenvolve na minha cabeça, e é isso que acaba indo para a página. – Dei um passo para trás e me apoiei na beirada da mesa. – Trágico, emocionante, comovente... é o que é.

– Humm. – Eu quase conseguia imaginá-la inclinando a cabeça, pensando no que eu tinha dito com os olhos semicerrados e um aceno de cabeça, aceitando meu argumento. – Bisa dizia que via os personagens como pessoas plenamente desenvolvidas, com passados complicados, em rota de colisão. Ela via seus defeitos como algo a ser superado.

Assenti, como se Georgia estivesse me vendo.

– Certo. Qualquer que fosse o defeito, ela o usava para deixar o personagem mais acessível ao mesmo tempo que provava sua devoção onde menos esperávamos. Meu Deus, ela era a *melhor* nisso.

Era uma habilidade que eu ainda não dominava: a rastejada bem-sucedida. O gesto grandioso. Sempre que isso estava perto de acontecer nas minhas histórias, a oportunidade era arrancada pela megera conhecida como destino.

– Era mesmo. Ela amava… o amor.

Minhas sobrancelhas se ergueram.

– Sim, e é por isso que esta história precisa preservar isso – deixei escapar, e logo fiz uma careta. Respirei fundo uma vez, duas. – Georgia? Você ainda está aí?

Ela ia desligar a qualquer momento.

– Precisa – disse ela. Não havia raiva em sua voz, mas também não havia maleabilidade. – Esta história é sobre o amor em sua essência, mas não é um romance. Foi por isso que a entreguei a você, Noah. Você não escreve livros de romance, lembra?

Pisquei devagar, aturdido, enfim enxergando o tamanho da lacuna que nos separava.

– Mas eu disse que escreveria *esta história* como um romance.

– Não, você me disse que a Bisa era melhor nisso do que você – rebateu ela. – Prometeu que acertaria o tom. Eu sabia que a história precisava de um final *comovente*, então concordei que você era a pessoa certa para o trabalho. Achei que você chegaria mais perto de capturar o que ela viveu depois da guerra.

– Caramba.

Não era o Everest, era a Lua, e a situação toda tinha sido causada por linhas cruzadas. Nossos objetivos nunca tinham convergido.

– Noah, você não acha que se eu quisesse um romance, teria pedido ao Christopher que arranjasse alguém que escrevesse romances?

– Por que não me disse isso no Colorado? – perguntei, com os dentes cerrados.

– Eu disse! – rebateu ela, na defensiva. – Na entrada da minha casa, eu disse que a única coisa que você não podia fazer era escrever um final feliz, mas você não me ouviu. Só respondeu uma espécie de "Ah, é?" arrogante e saiu andando.

– Porque achei que você estivesse me desafiando!

– Bom, eu não estava!

– *Agora* eu sei! – Apertei a ponte do nariz, procurando uma saída para aquele aparente impasse. – Você quer mesmo que a história da sua avó seja triste?

– A história dela não foi triste. E isso não é um romance!

– Deveria ser. Podemos dar a essa história o final que ela merece.

– Como, Noah? Você quer terminar a história de vida dela com um final feliz em que eles correm um para o outro num campo vazio com os braços abertos?

– Não exatamente. – *Aqui vamos nós.* Era minha chance. – Imagine Scarlett caminhando por uma estrada de terra sinuosa, ladeada de pinheiros, se lembrando de como eles se conheceram, e no instante em que ele a vê… – Eu visualizei a cena toda na minha cabeça.

– Minha Nossa Senhora do Clichê.

– Clichê? – Quase engasguei ao dizer essa palavra. Era melhor ser considerado um babaca que um *clichê*. – Eu sei o que estou fazendo. Me deixe fazer!

– Sabe por que eu sempre desligo na sua cara?

– Por quê?

– Porque nada do que eu digo importa para você – bradou Georgia –, e isso evita que nós dois desperdicemos nosso tempo.

E desligou.

– Merda! – explodi, largando o celular com cuidado para não jogá-lo longe.

O que ela dizia importava, *sim*. Eu só estava fazendo um péssimo trabalho e deixando que ela desligasse antes que isso ficasse claro, o que, mais uma vez, era um problema que eu só tinha com ela.

Escrever era tão mais fácil que lidar com as pessoas. Elas podiam abandonar meus livros pela metade – o equivalente literário a desligar na minha cara –, mas eu nunca ficava sabendo quando a pessoa parava de ler antes da hora, porque já tinha exposto todo o meu argumento. Ainda que fechassem o livro com ódio, não faziam isso na minha cara.

Passei as mãos no rosto e soltei um rosnado de pura frustração. Finalmente tinha encontrado uma pessoa com uma mania de controle maior que a minha.

– Algum conselho, Jameson? – perguntei às páginas do manuscrito e às correspondências que tinha mandado imprimir. – Claro, você deu um jeito de continuar se comunicando em uma zona de guerra, mas não teve que derrubar as defesas de Scarlett pelo telefone, teve?

Eu me reservei um momento para mergulhar na história, para especular o que Georgia queria de mim, mas imaginar Scarlett aprendendo a abrir mão do amor e seguir em frente, condenando-a, na ficção, ao que só podia ter sido uma vida pela metade, parecia pesado demais até para mim.

Três meses. Era todo o tempo que eu tinha não só para convencer Georgia de que Scarlett e Jameson precisavam terminar aquela história juntos e felizes, mas também para escrever isso no estilo e na voz de outra autora. Então olhei para o calendário e me dei conta de que na verdade eu tinha menos que três meses e soltei um palavrão. Em alto e bom som.

Eu teria que mudar de tática ou corria um sério risco de estourar um prazo pela primeira vez na minha carreira.

CAPÍTULO 8

AGOSTO DE 1940

Middle Wallop, Inglaterra

O calor atingiu o rosto de Jameson quando o hangar número 2 explodiu. A explosão os jogou para trás como se fossem de papel, mas ele conseguiu continuar abraçando Scarlett. Suas costas absorveram o impacto, e o ar foi arrancado de seus pulmões quando Scarlett caiu em cima dele.

Ele rolou, tentando protegê-la com o próprio corpo enquanto as bombas caíam a intervalos de poucos batimentos cardíacos ensurdecedores. Ele tinha visto pelo menos vinte pilotos serem derrubados naqueles últimos meses, a morte deles se tornando apenas mais uma foto pendurada numa parede.

Scarlett não. Scarlett não.

Ele praguejou. A guerra tinha acabado de fazer exatamente o que ele queria impedir quando decidiu viajar até a Europa: tinha atingido alguém que era importante para ele. Ele nunca quis tanto derrubar uma nave inimiga.

Com os ouvidos zumbindo, ele se apoiou nos cotovelos e procurou aqueles olhos azuis cristalinos enquanto o que esperava que fosse a última bomba caía não muito longe dali.

– Você está bem?

Era bem capaz que tentassem outro ataque, já que os hangares 1 e 3 ainda estavam de pé.

Ela o olhou, aturdida, e assentiu.

– Você precisa ir! – gritou Scarlett.

Foi a vez dele de assentir.

– Então vá! – insistiu a jovem.

Ele podia fazer muito mais para protegê-la no ar do que agindo como escudo no chão, então ficou de pé e a ajudou a se levantar também. Algo se mexeu à sua esquerda, e ele foi tomado pelo alívio quando Howard ficou de joelhos, levantando-se em seguida.

O homem ainda estava com o chapéu na cabeça.

– Vá para o hangar 1! – gritou Jameson.

Howard assentiu e saiu correndo.

Jameson segurou o rosto de Scarlett entre as mãos. Havia muito para dizer e pouco tempo para isso.

– Tome cuidado, Jameson! – exigiu Scarlett, o apelo ecoando em seus olhos.

Jameson beijou a testa da amada com sofreguidão, fechando bem os olhos. Então espiou por cima da cabeça dela para se certificar de que o carro não tinha sido atingido e respirou aliviado ao ver Constance no volante e Christine ao seu lado.

– Tome cuidado *você* – ordenou ele, fitando os olhos de Scarlett uma última vez antes de se obrigar a disparar em direção ao hangar 1 sem que tivesse tempo de se perguntar se ela ficaria mesmo segura.

Os joelhos de Scarlett tremiam ao ver Jameson passar correndo pelo fogo onde antes era o hangar 2. O medo pela segurança dele superava a preocupação que tinha consigo mesma, mas era quase o mesmo que sentia pela irmã. *Meu Deus, Constance.*

Scarlett se virou e correu até o carro, quase perdendo o equilíbrio uma ou duas vezes sobre os destroços.

Constance acenava para Scarlett avançar, gesticulando com as mãos quase descontroladas e olhando para o céu. Ela estava viva. Jameson estava vivo.

Era a única certeza que ela tinha naquele momento.

Scarlett abriu a porta com tudo e se jogou no banco de trás do carro, fechando a porta depressa.

Constance não precisou de instruções; já estava dando marcha à ré.

– Me diz que você está bem! – gritou ela para a irmã, virando o carro e avançando.

– Estou bem. E vocês? – perguntou Scarlett, e suas mãos começaram a tremer. Ela tocou nos joelhos e grunhiu. As mãos voltaram cobertas de sangue.

– Firmes na medida do possível! – respondeu Christine com um sorriso vacilante.

– Ótimo – respondeu Scarlett. Ao ver que a barra da saia já tinha manchas de sangue, resmungou um palavrão e limpou as mãos no uniforme. – Vá mais rápido, Constance. Jameson vai estar no mapa.

Scarlett não estava cansada ao final do turno, então trabalhou mais um, substituindo uma oficial que não tinha aparecido. Constance se recusou a sair de perto dela, mas estava claramente exausta, então Scarlett a colocou em uma cama de campanha na sala de descanso, para que pudesse se recompor. Em quatro horas, as duas teriam que voltar ao trabalho.

Scarlett voltou ao mapa.

Ele estava coberto de marcadores que rastreavam ataques aos campos da Força Aérea Real por toda a Grã-Bretanha, incluindo o delas. Os movimentos rápidos e frenéticos das oficiais que cuidavam do mapa se davam em silêncio, enquanto as oficiais de controle aéreo decidiam avanços, transmitiam ordens e falavam diretamente com os pilotos.

Ela passou horas ouvindo a voz em seu fone de ouvido, movimentando os marcadores.

Código.
Tamanho estimado do ataque.
Altura.
Coordenadas.
Seta.

De cinco em cinco minutos, as localizações eram atualizadas e uma nova seta marcava a direção do ataque, mudando segundo a cor indicada no relógio.

Vermelho. Azul. Amarelo.

Vermelho. Azul. Amarelo.

Vermelho. Azul. Amarelo.

Ela se mantinha concentrada na tarefa; sabia que, se deixasse a mente vagar, não conseguiria cumprir seu dever. Sem ela e as mulheres à sua volta, as oficiais de controle aéreo não poderiam passar as coordenadas aos pilotos.

Sem ela, Jameson voaria às cegas. Ela tentava ficar de olho nas bandeiras amarelas do Esquadrão 609 sobre os marcadores que sinalizavam seus ataques, mas não tinha tempo para prestar atenção em nenhuma outra seção do mapa além da própria.

Na quarta hora, deveria ter feito um intervalo, mas a pessoa que a substituiria não havia chegado. Tentou não pensar em possíveis razões para isso.

Na oitava hora, o intervalo teria chegado ao fim. Quatro horas trabalhando, quatro descansando: essa era a regra.

Na nona hora, Constance assumiu a seção à sua direita.

Na décima hora, Constance empurrou um marcador para a seção de Scarlett, como já tinha feito inúmeras vezes conforme as naves se moventavam pelo mapa. Porém, dessa vez, ela demorou uma fração de segundo para estabelecer contato visual com a irmã.

O marcador tinha uma bandeira do Esquadrão 609.

Jameson.

O coração de Scarlett acelerou. Ela não falava com ele desde o hangar. Estava torcendo muito para que ele tivesse decolado e voltado, e talvez estivesse descansando, mas o buraco em seu estômago lhe dizia que ele estava com aquele esquadrão, enfrentando cerca de trinta aeronaves alemãs.

De cinco em cinco minutos, ela voltava para aquele marcador, movimentando-o ao longo da costa e trocando para a próxima cor. De cinco em cinco minutos, ela se permitia uma oração fervorosa pedindo que Jameson sobrevivesse àquela noite.

Mesmo que ele escolhesse não acreditar nela em relação a Henry.

Mesmo que nunca mais o visse.

Scarlett precisava saber que ele estava bem.

Graças a Deus não estava trabalhando no controle aéreo, onde ouviria as vozes dos pilotos pelo rádio. Teria enlouquecido se ouvisse as perdas relatadas.

Na décima segunda hora, seus braços tremiam de exaustão. A bandeira do Esquadrão 609 desapareceu de sua seção quando a movimentação diminuiu. Sem dúvida, voltaria à toda ao cair da noite. Os ataques vinham em ondas, e cada um lhes tirava um pouco mais do que podiam se dar ao luxo de perder.

Perderam mais duas estações de radiogoniometria.

E ela perdeu as contas de quantas bases tinham sido bombardeadas.

Quantos ataques os campos ainda seriam capazes de suportar? Quantos caças ainda perderiam? Quantos pilotos...

– Pronta? – perguntou Constance quando elas passaram pelas portas da sala de operações.

– Pronta – respondeu ela, a voz rouca pela falta de uso.

– Que dó dos seus joelhos. – Constance franziu o cenho.

Scarlett olhou para a saia limpa que a oficial de seção insistira que vestisse, pois a dela estava rasgada e com manchas de sangue. A peça deixava à mostra seus joelhos machucados.

– Não é nada de mais.

– Vamos colocar você debaixo do chuveiro. – Constance ofereceu um sorriso trêmulo e enlaçou o braço no dela. – Christine, você pode ir dirigindo?

– Posso, sim.

– Oficial adjunta Wright? – chamou uma voz alta e feminina do outro lado do pequeno saguão.

As duas se viraram e viram a oficial de seção avançando na direção delas.

– Scarlett – esclareceu ela, acenando com uma das mãos.

Scarlett deu um tapinha no ombro da irmã, então encontrou a oficial de seção Gibson no meio do pequeno saguão.

– Senhora?

– Quero parabenizá-la por manter a compostura esta noite. Poucas garotas seriam capazes de trabalhar doze horas seguidas, menos ainda após... terem vivenciado um ataque.

Os lábios da mulher mais velha estavam tensos, mas o olhar dela era brando.

– Estava apenas fazendo meu trabalho, senhora – respondeu Scarlett.

Havia homens fazendo muito mais do que ela, em circunstâncias muito piores. Dar o seu melhor era o mínimo que lhes devia.

– De fato.

A oficial a dispensou com um aceno de cabeça, mas Scarlett viu a pontinha de um sorriso antes de se virar para ir embora.

Juntou-se a Constance à porta, e as duas saíram para o sol da manhã. Scarlett piscou, a luz atingindo seus olhos apesar do quepe. O sol das oito nunca parecera tão brutal.

Ela perdeu o fôlego e arquejou ao ver o homem alto parado no meio da calçada, de uniforme.

– Jameson... – sussurrou, os joelhos quase cedendo de tanto alívio.

Ele atravessou a distância entre os dois, devorando-a com os olhos. Scarlett estava bem. Ele tinha completado duas missões naquela noite, parando apenas para reabastecer e comer antes de decolar mais uma vez, o tempo todo preocupado com ela.

– O problema de você trabalhar nas Operações Especiais é que ninguém pode confirmar que você apareceu para trabalhar. – A voz de Jameson saiu rouca como uma lixa, mas ele não se importou.

– Verdade. Não mesmo.

O olhar dela o varreu por inteiro, como se precisasse da mesma confirmação que ele, de que ambos estavam vivos.

Constance fitou os dois.

– Espero no carro.

– Eu te levo para casa – ofereceu Jameson, incapaz de tirar os olhos de Scarlett. – Se você deixar, claro.

Scarlett assentiu, e Constance se afastou.

Poucos metros os separavam, e ele sabia que as próximas palavras poderiam aumentar ou diminuir essa distância, então as escolheu com cuidado. Ele a pegou pela mão e a conduziu pela calçada, atravessando a faixa curta de grama até ficarem escondidos e protegidos pelos galhos pesados de um carvalho enorme.

Havia preocupação naqueles olhos azuis quando ela o encarou. Preocupação e alívio, e o mesmo desejo que Jameson sentia sempre que olhava para ela.

Talvez as palavras certas não fossem palavras.

Ele levou as mãos ao rosto de Scarlett e a beijou.

Finalmente. Scarlett sentiu como se estivesse esperando a vida inteira por aquele homem, aquele beijo, aquele momento, e finalmente tivesse chegado. Não houve qualquer hesitação de sua parte, nenhum arquejo de surpresa quando os lábios dele tocaram os seus em um beijo suave.

Ela deslizou as mãos no peito dele, descansando-as logo acima do coração. E retribuiu o beijo, ficando na ponta dos pés para encostar os lábios nos dele. Foi como se ele tivesse acendido um pavio, e ela pegou fogo.

Ele aprofundou o beijo, deslizando a língua pelo lábio inferior de Scarlett antes de puxá-lo entre os seus. *Isso.* Ela queria mais disso. Quando a boca de Scarlett se abriu para ele, a língua de Jameson entrou com vontade, acariciando a sua e estudando as curvas de sua boca.

Ele era *bom* nisso.

O calor percorreu o corpo dela, incendiando a pele e chamuscando seu bom senso, o que a fez se afastar de repente. As mãos se fecharam em punhos, e ela se jogou no beijo, puxando-o mais para perto ao mesmo tempo que sentia que estavam se movendo para trás. As costas de Scarlett bateram na árvore, mas ela quase nem sentiu. Ele tinha gosto de maçã e algo mais profundo, mais obscuro. Mais. Ela queria mais.

Queria beijar Jameson todos os dias pelo resto da vida.

Sentiu o gemido que ele soltou por todo o corpo ao explorar a boca de Jameson como ele tinha feito com a dela, por fim puxando de leve o lábio inferior do piloto entre os dentes.

– Scarlett.

Então ele disse uma obscenidade, ainda sem se afastar, e tomou seus lábios mais uma vez, e mais uma, colocando as mãos em sua cintura para puxá-la mais para perto.

Nada era perto o bastante. Ela queria sentir cada respiração dele, cada batida de seu coração, queria viver dentro daquele beijo, onde não havia bombas, nem ataques, nada que pudesse arrancá-lo de seus braços.

Ela levou as mãos até o pescoço de Jameson e arqueou o corpo contra o dele quando aqueles lábios deslizaram pela curva de seu queixo. Uma necessidade pura e insistente se revelou em seu interior, e ela enfiou as unhas na pele dele ao arquejar em resposta. Ele foi descendo por seu pescoço em beijos quentes, com os lábios abertos, e ela inclinou a cabeça para o lado para facilitar o acesso.

Ele chegou ao colarinho do uniforme de Scarlett e, com um gemido, levou os lábios de volta aos dela. O beijo saiu do controle, levando-a junto. Scarlett nunca tinha se sentido tão consumida por outra pessoa na vida, nunca tinha dado tanto de si mesma por vontade própria. Enquanto se soltava, percebeu a verdade que era hesitante e cautelosa demais para admitir até aquele momento: Jameson era a única pessoa que ela ia desejar tão intensamente na vida.

Ele segurou seu quadril com mãos fortes, então desacelerou o beijo até que não passasse de toques suaves dos seus lábios nos dela.

– Jameson – sussurrou Scarlett quando ele encostou a testa na dela.

– Quando vi aquelas explosões chegando, não sabia como proteger você. Ele a segurou com ainda mais força.

– Não tem jeito – disse ela com a voz suave. – Não há nada que nenhum de nós possa fazer para manter o outro vivo.

Ela acariciou a nuca dele.

– Eu sei – concordou Jameson –, e isso está me matando.

Ela sentiu um aperto no estômago.

– Não vou me casar com ele. Preciso que saiba disso. Passei a noite toda observando as ondas de ataques, e a ideia de perder você... de você estar lá em cima pensando sabe Deus o quê... – Ela balançou a cabeça. – Não vou me casar com ele.

– Eu sei. – Ele a beijou mais uma vez, um beijo leve e suave. – Eu devia ter deixado você explicar. O choque quase me rasgou ao meio.

– E não acabou – alertou ela. – Se meus pais chegaram a esse ponto, não vão parar por aí. Virão mais boatos, mais artigos, mais pressão. Contanto que você saiba a verdade, eu dou conta deles.

Ele assentiu e engoliu em seco, e uma expressão de dor surgiu em seu rosto antes que voltasse a olhar para ela. A intensidade que ela encontrou ali a deixou sem fôlego.

– Estou apaixonado por você, Scarlett Wright. Fiz tudo o que podia para lutar contra isso, para ir mais devagar, para te dar o tempo e o espaço de que precisa. Mas esta guerra não vai nos dar esse tempo, e depois do que aconteceu ontem, não vou mais esconder. Estou apaixonado por você.

Uma dor doce começou a latejar no peito de Scarlett.

– Também estou apaixonada por você.

Por que evitar aquele sentimento, não se deixar levar, se os dois sabiam que talvez não estivessem vivos no dia seguinte?

O sorriso que iluminou o rosto de Jameson ecoou no de Scarlett, e pelo que pareceu ser a primeira vez na vida, ela se permitiu sentir aquela felicidade irradiar, penetrar em cada fibra de seu ser. Mas, agora que tinham admitido a paixão, o que fazer com ela?

– Dizem que os americanos terão um esquadrão próprio – sussurrou ela.

Um esquadrão próprio significaria uma transferência.

– Também ouvi dizer.

A mandíbula dele se retesou.

– O que vamos fazer? – A voz de Scarlett falhou na última palavra.

– Vamos encarar. Seus pais, a guerra, a Força Aérea Real – respondeu ele com uma pontada de sorriso. – Vamos fazer isso juntos. Você é minha, Scarlett Wright, e eu sou seu, e a partir de agora, chega de segredos.

Ela assentiu, então lhe deu um beijo doce.

– Tá. Agora me leva para casa antes que a gente faça alguma coisa que acabe nos levando ao conselho de guerra.

Ele sorriu.

– Sim, senhora.

Ela sabia que o que os aguardava podia muito bem destruir aquele sentimento novo e feroz que preenchia seu peito, mas, naquele momento, eles estavam seguros, juntos e apaixonados.

CAPÍTULO 9

GEORGIA

Meu querido Jameson,

Aqui estamos nós de novo, escrevendo cartas. Eu daria tudo para atravessar este papel, para me estender ao longo dos quilômetros que nos separam só para poder tocá-lo, sentir as batidas do seu coração. Quantas vezes esta guerra ainda vai nos separar até que possamos simplesmente ser felizes? Sei que temos sorte, que passamos mais tempo no mesmo posto que a maioria consegue, mas com você eu sou gananciosa, e não há o que substitua a sensação de estar em seus braços. Mas não se preocupe, meus braços só envolvem o outro Sr. Stanton, e ele deixa todos os dias que nos separam um pouco mais felizes...

Olhei para o celular pela bilionésima vez naquela semana. Quando achava que Noah talvez estivesse entendendo, que seria capaz de aceitar a simples verdade de que eu não ia recuar, ele voltava a ligar e sugerir mais um final sem graça para a história da Bisa, um pior que o outro.

Como aquele.

– Desculpa... você quer que ele saia de uma caixa de presente de Natal?

Afastei o celular do ouvido e olhei para a tela para me certificar de que era mesmo Noah do outro lado da linha. Sim, era o número dele, e sua voz grave e – eu tinha que admitir, embora a contragosto – sexy contando uma história ridícula.

– Isso mesmo. Imagine só…

– Você enlouqueceu de vez, e talvez me faça enlouquecer junto com vo… – Então entendi tudo. Semicerrei os olhos. – Não é o final de verdade, né? Nenhum desses finais é de verdade.

– Não faço ideia do que você está falando. É uma celebração do amor e da esperança.

Ele era bom nisso. Parecia até ofendido.

– Aham! Você está sugerindo finais ruins e cafonas de propósito para me vencer pelo cansaço e assim eu não descartar sua ideia de verdade, não é?

Terminei de servir o chá e fui até o escritório da Bisa – o meu escritório.

– Na verdade, tive uma ideia mais… comovente também.

Ouvi um barulho suave, como se ele tivesse se jogado no sofá… ou na cama. Não que eu estivesse pensando na cama dele, não mesmo.

– Tá. Me conta, por favor.

Coloquei o chá no descanso e liguei o computador. Eu tinha adiado tudo o que podia durante o divórcio, o que significava que tinha seis meses de burocracias do patrimônio da Bisa para resolver, mas já estava quase terminando.

– Eles estão em um navio no meio do Atlântico, crentes de que conseguiram escapar e… *bum*! Um submarino afunda o navio.

Fiquei boquiaberta.

– Bom, é… sombrio.

Mas pelo menos ele estava levando meu argumento em consideração, não é mesmo?

– E não acaba aí: enquanto o navio afunda, ele consegue levá-la até um bote salva-vidas, mas não tem lugar para os dois, e Scarlett fica dividida entre ficar com a última vaga, pelo bem de William, e enfrentar a multidão em pânico em busca de outro bote.

Franzi o cenho. *Espera aí.*

– Um pouco de ação para manter o leitor apreensivo, mas, no fim, os dois acabam na água, e Jameson coloca Scarlett em cima do que restou dos destroços…

– Ai, meu *Deus*, você não está sugerindo o final de *Titanic*? – Minha voz saiu tão estridente que me encolhi.

– Ei, você queria um final triste.

– Inacreditável. É sempre tão difícil assim trabalhar com você?

– Eu não saberia dizer porque só trabalho com o Adam, que não pode nem começar a editar o livro enquanto não termino de escrever. – Seu tom foi ficando mais afiado. – E aí, pronta para discutir possibilidades reais?

– Como o quê? Ele chega voando e aterrissa na rua em frente à casa deles? Ou, espera, já sei, ele corre atrás dela pelo porto para encontrá-la antes que ela embarque, como numa cena de comédia romântica dos infernos com um toque de anos 40? – Martelei a senha nas teclas do notebook. – Isso não vai acontecer.

– Na verdade, eu estava pensando em um filhotinho com uma chave na coleira... – Ele começou a ser sarcástico.

– Argh! – Desliguei.

Minha mãe surgiu na porta com um sorriso.

– Tudo bem?

– Tudo. Só estou tendo que lidar com... – Meu celular tocou de novo. – ... Noah – falei, irritada ao ver o nome dele piscando na tela. – O que foi?

– Você tem ideia do quanto é infantil desligar na minha cara... sendo que você concordou em trabalhar comigo? – perguntou ele com uma voz tão calma e despreocupada que me deixou ainda mais irritada.

– A satisfação que isso me causa compensa e muito a suposta falta de maturidade.

Ou quem sabe eu estivesse adorando o fato de *poder* desligar. Eu não precisava estar à disposição de outra pessoa pela primeira vez em seis anos.

– Falando nisso – continuou Noah –, que tal terminarmos em um lindo pomar, onde eles estão colhendo...

– Noah – alertei.

– Mas aí Jameson é picado por uma abelha... Não, dezenas de abelhas, e ele é alérgico...

– Não é *Meu primeiro amor*!

As sobrancelhas da minha mãe subiram até o teto.

– Você tem razão, então vamos falar sobre um final feliz pelo qual os leitores possam realmente torcer.

– Tchau, Noah.

Desliguei.

– Georgia! – Minha mãe arquejou.

– O quê? – Dei de ombros. – Eu disse tchau. Não se preocupe. Ele vai voltar a ligar amanhã, e vamos começar tudo de novo.

Fazia semanas que estávamos andando em círculos.

– Tá tudo bem com o livro? – perguntou minha mãe, sentando-se na mesma poltrona em que Noah tinha sentado.

As coisas entre nós duas continuavam estranhas, mas eu imaginava que seria assim para sempre. Contudo, eu tinha que admitir, era bom tê-la por perto. Saber que ela tinha planos de ficar até o Natal aliviava a tensão e até me dava um pouco de esperança de que talvez estabelecêssemos uma conexão. Afinal, só tínhamos uma à outra agora que a Bisa não estava mais conosco.

Massageei minha testa.

– Ele continua brigando pelo final.

– É isso que está atravancando as coisas?

Ao abrir os olhos, vi minha mãe observando uma foto da Bisa com o vovô William quando ele tinha 20 anos. Eu não o conheci; ele morreu quando minha mãe tinha 16 anos.

Nasci menos de um ano depois.

– Bom, está atravancando o trabalho dele, pois ele se recusa a começar até concordarmos sobre o final.

Eu nunca fiquei tão feliz por uma cláusula de contrato na vida.

– Se fosse por ele, seriam só coraçõezinhos e arco-íris.

Minha mãe franziu a testa.

– Como os outros livros dela.

– Basicamente.

Uma olhadinha no relógio me informou de que eu tinha vinte minutos antes da ligação marcada com os advogados.

– E você acha isso ruim?

Girei na poltrona e peguei a pasta de cinco centímetros de espessura que a equipe jurídica tinha mandado entregar na semana anterior.

– É ruim para essa história.

– Mas ele não… – Minha mãe apertou os lábios.

– Pode falar.

Abri a pasta.

– Bom, ele é especialista nisso, Gigi. Você… não.

Parei em meio a uma virada de página ao ouvir aquele apelido.

– Ele pode ser especialista em criar as próprias histórias, mas, quando se trata da Bisa, eu é que sou a especialista.

Página virada.

– Eu só acho um pouco ridículo atrasar todo o contrato porque vocês têm discordâncias artísticas. Não acha? – Ela cruzou as pernas e franziu o cenho, preocupada. – Não é melhor resolver isso logo para que você possa finalmente se dedicar à sua vida aqui?

– Mãe, o contrato está assinado. Já faz quase um mês.

E tinha saído em todos os jornais, então não tinha muito como querer guardar segredo. Helen já tinha recebido dezenas de ligações sobre direitos de adaptação. Eu nunca fiquei tão feliz por não estar em Nova York na vida. Pelo menos, em Poplar Grove, eu podia encaminhar e-mails ou recusar ligações de pessoas que sabia que só queriam acesso ao manuscrito.

Em Nova York, era impossível ir ao banheiro em uma festa sem que alguém do ramo me abordasse para falar da Bisa. Pensando bem, eu sempre estava com Damian, então talvez estivesse frequentando as festas erradas.

– Então essa… briguinha com Noah Harrison não está atrasando o negócio? – Ela inclinou o corpo para a frente.

– Não. O negócio está fechado.

– Então por que o adiantamento não foi depositado?

Olhei para ela, intrigada.

– O quê?

Ela ficou agitada, o rosto tenso.

– Eu achava que a editora pagaria o adiantamento quando você assinasse.

– Sim, mas não de uma vez. Eles têm todo um cronograma.

Meu estômago se revirou, mas eu ignorei. Minha mãe estava se esforçando, e eu tinha que lhe dar uma chance. Tirar qualquer conclusão precipitada só colocaria em risco nosso relacionamento.

– O que você quis dizer com "não de uma vez"? – perguntou ela.

Um alarme soou na minha cabeça, mas no olhar dela havia apenas pura curiosidade. Talvez ela estivesse finalmente se interessando de verdade por alguma coisa?

– O pagamento é dividido em três. Assinatura, entrega, publicação.

– Três. – Minha mãe ergueu as sobrancelhas. – Interessante. É sempre assim?

– Depende do contrato. – Dei de ombros. – A primeira parte deve cair a qualquer momento, então fique de olho. Se não cair, me avise e eu peço a Helen que dê uma olhada.

– Vou ficar de olho – prometeu ela, e se levantou. – Estou vendo que vai trabalhar, então vou te deixar em paz e ver o que Lydia deixou para o jantar.

Eu me remexi na poltrona, inquieta.

– Mãe?

– Humm?

Ela se virou, já na porta.

– Que bom que você está aqui.

Engoli em seco, na esperança de fazer o bolo na minha garganta descer.

– Claro, Gi... – Ela se encolheu. – Georgia. Sabe, ficar com a família me ajudou depois do primeiro divórcio. – O sorriso dela vacilou. – Ele tirou algo muito precioso de mim, e foi sua bisavó que me ajudou a me reerguer e a me lembrar de quem eu sou. Uma Stanton. Foi a última vez que deixei de usar esse nome, pode ter certeza. – Ela segurou a maçaneta com tanta firmeza que os nós de seus dedos ficaram brancos. – Nunca mais deixe de usar seu nome, Georgia. Há poder em ser uma Stanton.

A tela do meu celular acendeu, sinalizando uma chamada. *A equipe jurídica.*

– Seu nome? – Supus. – Foi isso que o primeiro divórcio tirou de você?

Diga que fui eu. Diga que eu fui o preço que você pagou.

– Não. Fui ingênua por abrir mão do meu nome, mas eu tinha 20 anos. Ele tirou de mim minha esperança. – Ela apontou para meu celular. – É melhor você atender.

Um aceno com os dedos, e ela se foi.

Certo.

Deslizei o dedo na tela e levei o celular à orelha.

– Georgia Stanton.

Dois dias depois, Hazel e eu saímos do Poplar Pub após um almoço em que eu basicamente belisquei a comida. Nada mais me apetecia. Eram só nutrientes.

– Então, já foram quantas vezes? – perguntou Hazel enquanto avançávamos pela calçada da Main Street.

Com a baixa temporada e as crianças na escola, havia uma calmaria de que só voltaríamos a desfrutar quando a temporada de esqui derretesse nas semanas anteriores às férias de verão.

– Não estou fazendo questão de contar.

Noah ligava. Noah discutia. Eu desligava. Simples assim.

– Você mal tocou no seu almoço – comentou ela, olhando para mim por cima dos óculos escuros e colocando um cacho atrás da orelha.

– Eu não estava com muita fome.

– Humm. – Ela semicerrou os olhos. – Eu estava pensando em fazer os pés na Margot, já que você me ajudou a organizar os livros novos lá no centro em tempo recorde e a mãe do Owen vai ficar com as crianças hoje. O que acha?

– Ah, faça isso mesmo. Você merece se mimar um pouco.

Cheguei para a direita, deixando que a Sra. Taylor e o marido passassem e abrindo um sorriso. Eu sentia falta disso, do simples ato de reconhecer alguém na rua. Nova York era sempre tão movimentada, os pedestres se movendo em um fluxo constante de estranhos ocupados.

– Você também.

– Ah.

Passamos pela minha sorveteria favorita e pela Padaria Grove, com o aroma divino dos rolinhos de canela especiais de quinta-feira.

Meu carro estava a um quarteirão dali.

– Georgia... – Ela soltou um suspiro, segurando meu cotovelo quando paramos em frente à livraria. – Você está um pouco mais desligada que o normal hoje.

Eu não conseguia esconder nada de Hazel.

– Eu fico bem quando estou ocupada, e estava até agora. Com a mudança, a limpeza, tudo o que envolveu o livro, vasculhar a papelada da propriedade da Bisa... Eu me mantive concentrada no que precisava fazer, mas agora... – Soltei um suspiro e olhei para a cidade que amava. – Tudo aqui parece igual. Os cenários, os cheiros...

– E isso é bom?

Hazel puxou os óculos para o topo da cabeça.

– É ótimo. Mas *eu* não sou mais a mesma, e preciso descobrir onde me encaixo. É difícil explicar... Sinto uma coceira, uma inquietação.

– Sabe o que pode ajudar? – Havia malícia em seu sorriso.

– Pelo amor de Deus, se você disser fazer os pés...

– Você devia se atirar no Noah Harrison.

– Aham, tá. – Bufei.

Minha temperatura subiu só de pensar em... *Chega.*

– Tô falando sério! Vai passar o fim de semana em Nova York, discutam os detalhes do livro e se peguem. – Hazel sorriu ao ver Peggy Richardson boquiaberta. Ela obviamente tinha ouvido a conversa ao passar por nós. – Dois coelhos... Bom ver você, Peggy!

Hazel até acenou. Peggy arrumou a alça da bolsa e continuou andando.

– Você é inacreditável. – Revirei os olhos.

– Ah, por favor. Se não quiser fazer por você, faça por *mim*. Você viu a foto dele na praia que mandei ontem? Dá para lavar a roupa no abdômen daquele homem.

Ela entrelaçou o braço no meu, e voltamos a caminhar em um ritmo lento e despreocupado.

– Vi todas as trinta fotos que você mandou.

O homem tinha mesmo *um tanquinho*, e a pele que se estendia pelos músculos do tronco e das costas era deliciosamente tatuada. De acordo com o artigo que ela mandou, ele tinha uma para cada livro publicado.

– E mesmo assim você não quer se atirar nele? Porque, se não quiser, vou acrescentar Noah à minha lista de celebridades permitidas. Posso até trocar Scott Eastwood por aquele homem.

– Eu não falei que não quero... – Fiz uma careta, fechando bem os olhos. – Olha só, mesmo que Noah quisesse, nunca fui de ter aventuras e não vou usar o cara que está terminando o livro da Bisa de estepe emocional. Ponto-final.

Os olhos dela brilharam.

– Mas você quer. E claro que ele ia querer... Você é gostosa. É divorciada, e não esqueça que sei muito bem que Damian não estava exatamente cumprindo esse papel.

– Hazel! – sibilei, meus olhos vasculhando os arredores, mas não havia ninguém em volta.

– É verdade, e só estou querendo seu bem. Sei que tem uma quedinha pelos caras taciturnos e criativos. Você viu as tatuagens? Clássico bad boy, e quantos autores estilo bad boy você conhece?

– Tem muitos autores estilo *BAD BOY* no mundo.

– Tipo?

Olhei para ela, pensando.

– Hum. Hemingway? – Péssima escolha.

– Morto. Fitzgerald, também. Uma pena. – Ela revirou os olhos.

– Eu vou com você na pedicure se parar com isso.

– Tá. – Ela abriu um sorriso largo. – Por enquanto. Mas ainda acho que você devia se atirar nele.

Balancei a cabeça – aquela ideia era péssima – e vi Dan Allen dentro da loja do Sr. Navarro.

– Dan ainda é corretor? – perguntei.

Ele deve estar negociando o imóvel.

– É. Ele nos ajudou e encontrar uma casa ano passado – respondeu Hazel, então acenou quando Dan percebeu que estávamos olhando.

– Tudo bem se entrarmos um pouquinho antes de irmos na pedicure?

Olhei mais uma vez para as vitrines em ambos os lados da porta, imaginando como ficariam sob o sol de fim de tarde.

– Sem problemas.

Abri a porta de vidro pesada e entrei na loja. Não havia mais aquários gigantes ou fardos de ração granulada para hamsters. Até as prateleiras tinham sumido. Tirando Dan, o espaço estava vazio, e ele nos recebeu com um sorriso simpático, o mesmo desde os tempos de colégio.

– Georgia, quanto tempo! Sophie disse que te viu quando você chegou à cidade.

Ele deu um passo à frente e apertou minha mão, então fez o mesmo com Hazel.

– Oi, Dan. – Olhei para o espaço nos fundos da loja, atrás de seu corpo esguio. – Desculpe entrar assim. Eu só queria ver a loja.

– Ah, está procurando um espaço comercial? – perguntou ele.

– Só… estou curiosa mesmo.

Será que eu estava procurando? Isso fazia sentido?

– Ela está curiosa. – Hazel abriu um sorriso largo.

Ele entrou no modo corretor imobiliário, falando sobre a ampla metragem enquanto nos levava até a única mobília que tinha ficado para trás, o balcão de vidro onde um dia paguei por um peixinho dourado.

– E por que não vendeu ainda? – perguntei quando ele abriu a porta dos fundos, que levava para o que só podia ser o estoque. – Já faz... o quê? Um ano que o Sr. Navarro morreu?

– Faz uns seis meses que a loja está à venda, mas o estoque... bom, venham, vou mostrar.

Ele acendeu a luz e entramos no espaço enorme e sem muito acabamento.

– Uau.

Havia dois portões de garagem enormes, o chão e as paredes de cimento e algumas fileiras de lâmpadas fluorescentes pendendo do teto alto.

– Tem mais espaço de estoque que de loja, e o Sr. Navarro gostava disso, porque podia deixar aqui o carro antigo que era o hobby dele, longe da entrada da garagem da Sra. Navarro.

Isso. Era o lugar perfeito para uma fornalha. Mas quem sabe uma intermitente. E um forno de reaquecimento, claro. Também havia um nicho que seria ideal para um forno de recozimento. Em seguida, analisei o teto. Era alto, mas uns exaustores de bom tamanho não seriam má ideia.

– Conheço essa cara – disse Hazel atrás de mim.

– Não estou fazendo cara nenhuma – respondi, já imaginando o melhor lugar para uma bancada.

– Quanto estão pedindo? – perguntou Hazel.

O preço fez meus olhos se arregalarem. Com o imóvel e o investimento inicial, eu gastaria quase tudo que tinha economizado. Era ingenuidade minha só imaginar aquela possibilidade, mas ali estava eu, fazendo exatamente isso. Depois de pedir a Dan que me ligasse se alguém fizesse uma oferta, fomos fazer os pés.

Hazel mandou uma mensagem para a mãe, convidando-a a se juntar a nós, e fiz o mesmo, mas a minha não respondeu. Pensando bem, ela andava dormindo bastante.

Com as unhas dos pés pintadas de Coral do Verão, estacionei na garagem, a parte lógica do cérebro já lutando contra a criativa, listando todos os motivos pelos quais eu não devia nem sonhar em comprar a loja. Fazia anos que eu nem entrava em um ateliê. Era arriscado abrir um negócio. E se fosse um fracasso tão retumbante quanto meu casamento? *Pelo menos ninguém colocaria nos jornais.*

Minhas chaves tilintaram quando as joguei no balcão da cozinha.

– É você, Gigi? – perguntou minha mãe da porta de entrada.

Revirei os olhos ao ouvir aquele apelido e fui até ela.

– Sou eu. Tive uma ideia louca. Ah, e mandei mensagem antes, convidando você para fazer as unhas...

Minha mãe sorriu, o cabelo e a maquiagem perfeitos, as malas na entrada, alinhadas como patinhos enfileirados, a bolsa de grife pendurada no ombro.

– Ah, que bom! Eu queria mesmo me despedir de você antes de ir.

– Ir para onde?

Cruzei os braços e os esfreguei para afastar o arrepio que senti. Não havia cura para a náusea repentina.

– Bom, o Ian ligou, e pelo jeito ele se meteu numa pequena confusão, então vou dar um pulinho em Seattle para ajudar.

Ela tirou o celular do bolso.

Ian. Marido número 4. O que gostava de apostas.

As peças de um quebra-cabeça que eu tinha me recusado a enxergar se encaixaram.

– O adiantamento caiu, né? – Era a voz de uma pessoa bem pequena.

Eu estava me sentindo pequena também...

– Que bom que perguntou. Caiu, sim! – Minha mãe abriu um sorriso reluzente. – Agora, eu não queria que você se preocupasse, então pedi a Lydia que abastecesse a casa de mantimentos.

Mantimentos. Certo.

– Quando vai voltar? – Pergunta idiota, mas eu tinha que fazer.

Ela tirou os olhos do telefone e olhou para mim com uma pontada de culpa.

– Não vai voltar. – Era uma afirmação, não uma pergunta.

Vi a mágoa surgir nos olhos da minha mãe.

– Isso foi maldade.

– Você vai voltar?

– Bom, não agora. Ian está precisando de cuidados, e pode ser nossa chance de reacender a chama. Sempre tivemos uma conexão. Ela nunca se desfez. – Ela mexeu no celular. – Chamei um Uber. Eles demoram tanto aqui.

– É uma cidade pequena.

Olhei ao redor, das portas envidraçadas que levavam à sala aos porta-retratos nas paredes. Tudo para não olhar diretamente para ela. Senti um gosto amargo na garganta, e meu coração gritava conforme os pontos frágeis que eu tinha costurado estouravam, um a um.

– Eu é que sei – disse ela, balançando a cabeça.

– E o Natal?

– Planos mudam, querida. Mas você já se reergueu... e, assim que se sentir pronta para encarar o mundo, volte para Nova York, Gigi. Vai ficar para trás aqui. Todos ficam. – Ela percorreu os aplicativos. – Ah, meu Deus. Sete minutos.

– Não me chame assim.

Ela olhou para mim.

– Como?

– Eu já disse, odeio esse apelido. Para de me chamar desse jeito.

– Ah, perdão. Sou só sua mãe.

Ela arregalou os olhos, sarcástica.

– Você sabe que ele vai esvaziar sua conta e te largar de novo, não sabe? Foi exatamente isso que ele fez da primeira vez, e foi nessa época que a Bisa a excluiu do testamento.

Minha mãe semicerrou os olhos.

– Você não sabe. Não o conhece.

– Mas *você* deveria conhecer.

Meu queixo tremeu, e abracei a raiva que preencheu meu peito, cobrindo com ela meu coração que sangrava. Eu tinha acreditado nela como uma criança inocente de 5 anos. Tinha acreditado que desta vez ela ficaria, por mim, mesmo que só por alguns meses.

– Não sei por que você está sendo tão desagradável. – Ela balançou a cabeça como se *eu* estivesse desferindo um golpe *nela*. – Fiquei aqui por você, cuidei de você, e agora mereço ser feliz, como você.

– Como eu? – Passei a mão no rosto. – Eu *não* sou como você.

A expressão dela se suavizou.

– Ah, meu coração. Você foi para a faculdade, e o que encontrou? Um homem mais velho e solitário para cuidar de você. Pode ter se formado, mas não minta para si mesma... Não foi pela educação que você foi para lá. Você estava atrás de um marido, igualzinha a mim na sua idade.

– Não é verdade – rebati. – Conheci Damian no campus enquanto ele pesquisava locações para um filme.

Pena... Meu Deus, era pena aquilo nos olhos dela.

– Ah, meu bem, e você acha que seu sobrenome ser Stanton não teve *nada* a ver com isso?

Ergui o queixo.

– Ele não sabia disso. Não quando nos conhecemos.

– Continue acreditando nisso.

Ela olhou para o celular mais uma vez.

– É verdade! – gritei.

Tinha que ser. Do contrário, os últimos oito anos da minha vida seriam uma mentira.

Minha mãe respirou fundo e revirou os olhos para o céu, como se estivesse pedindo paciência.

– Georgia, meu coração, quanto antes aceitar a verdade, mais feliz vai ser.

Vi algo colorido na janela ao lado da porta. O carro tinha chegado.

– E que verdade é essa, mãe?

Ela estava indo embora de novo. Quantas vezes isso já tinha acontecido? Eu tinha parado de contar aos 13 anos.

– Quando se tem alguém como sua bisavó na família, é quase impossível sair de uma sombra como a dela. – Ela inclinou a cabeça. – Ele sabia. Todos eles sabem. Você precisa aprender a usar isso a seu favor. – O tom suave não combinava com as palavras duras.

– Não sou você – repeti.

– Talvez ainda não seja mesmo – admitiu ela, pegando a primeira mala. – Mas um dia vai ser.

– Deixe a chave.

Nunca mais. Era a última vez que ela ressurgia na minha vida e ia embora assim que conseguia o que queria.

Ela arquejou.

– Deixar a chave? Da casa da minha avó? Da casa do meu *pai*? Você tem defeitos, Georgia, mas a crueldade não é um deles.

– Não estou brincando.

– Sabe o que está fazendo comigo? – Ela levou a mão ao peito.

– Deixe. A. Chave.

Ela piscou algumas vezes para conter as lágrimas, tirando a chave do chaveiro e deixando-a no vaso de cristal da entrada.

– Feliz agora?

– Não – respondi baixinho, balançando a cabeça.

Eu não sabia se um dia voltaria a ser feliz.

Fiquei ali, paralisada na mesma entrada onde ela me deixara tantas vezes, observando minha mãe se debater com as malas sem oferecer ajuda.

– Eu te amo – disse ela, e ficou à porta, esperando que eu respondesse.

– Boa viagem, mãe.

Ela se irritou e fechou a porta.

E a casa ficou em silêncio.

Não sei quanto tempo fiquei ali, olhando para uma porta que eu sabia que só voltaria a se abrir quando fosse conveniente para ela. Ciente de que nunca fui o que ela queria e me repreendendo por baixar a guarda e acreditar que podia ser. O relógio antigo batia ritmado na sala, estabilizando meus batimentos cardíacos. Era um marca-passo centenário.

Todas as outras vezes que ela se foi, eu fiquei nos braços da Bisa.

Sozinha não era uma palavra dura o bastante para descrever como estava me sentindo.

Eu me recompus e me virei em direção à cozinha, mas uma batida à porta me fez parar.

Podia ser ingênua, mas não era boba. Minha mãe tinha esquecido alguma coisa, e essa coisa não era eu. Ela não tinha abandonado seus planos. Não tinha mudado de ideia.

Mesmo assim, aquela maldita pontada de esperança reluziu em meu peito quando abri a porta.

Olhos pecaminosos me olharam sob uma sobrancelha arqueada, e aqueles lábios se curvavam em um sorrisinho irônico.

Noah Harrison estava na minha varanda.

– Quero ver você desligar na minha cara agora, Georgia.

Bati a porta naquela cara linda, presunçosa e propensa ao romance.

CAPÍTULO 10

SETEMBRO DE 1940

Middle Wallop, Inglaterra

Jameson nascera para pilotar o Spitfire. O avião era ágil, respondia rápido e se movimentava como se fosse uma extensão de seu corpo, o que era basicamente sua única vantagem em combate.

A Grã-Bretanha estava produzindo aviões em um ritmo nunca antes visto, verdade, mas o país precisava de pilotos com mais de doze horas de voo para o combate aéreo.

Os pilotos alemães eram mais experientes, tinham mais horas de voo, mais ases e mais mortes confirmadas em geral. Graças a Deus, as habilidades de longo alcance dos nazistas eram péssimas, ou a Força Aérea Real já teria perdido a Batalha da Grã-Bretanha há mais de um mês.

Mas ela seguia à toda.

Aquele tinha sido o dia mais difícil de todos. Ele mal descansou entre as decolagens, que aconteceram em campos que não o dele. Londres estava sob ataque. Caramba, a ilha inteira estava. Já fazia uma semana, mas naquele dia o céu estava carregado de fumaça e aviões. O ataque nazista parecia não ter fim. Eles eram enxovalhados por ondas e mais ondas de bombardeiros e caças.

A adrenalina cantarolou por todo o seu corpo quando ele se aproximou de uma aeronave inimiga em algum lugar a sudeste de Londres, bem pertinho da cauda do caça. Quanto mais perto, mais fácil acertar o alvo. E de cair com ele. O inimigo deu início a uma subida íngreme, quase na vertical, com Jameson atravessando uma camada densa de nuvens em sua cola. O estômago dele se revirou.

Tinha alguns segundos, não mais que isso.

Seu motor já estava engasgando, perdendo potência.

Se ficasse de ponta-cabeça, perderia o controle do avião. Ao contrário do Messerschmitt, não tinha injeção de combustível embaixo do capô. O carburador do pequeno Spitfire poderia muito bem ser seu fim.

– Stanton! – gritou Howard no rádio.

– Vamos, vamos – rosnou Jameson com o polegar pairando sobre o gatilho.

Assim que o inimigo ficou na mira, ele disparou.

– Isso! Acertei! – gritou ele enquanto saía fumaça do Messerschmitt e seu próprio motor engasgava com o último aviso.

Ele virou bruscamente para a esquerda, evitando por pouco a fuselagem do caça inimigo em queda livre. Arquejando, nivelou o avião e desceu atravessando as nuvens, deixando que o motor e seus batimentos cardíacos se estabilizassem. Mais um segundo, e teria afogado o motor e se juntado ao Messerschmitt em uma cratera no interior da Inglaterra.

Duas mortes confirmadas. Mais três, e ele seria um ás.

Uma aeronave surgiu ao seu lado e, ao olhar para a esquerda, viu Howard balançando a cabeça.

– Vou contar para Scarlett que você fez isso – avisou ele pelo rádio.

– Nem ouse – retrucou Jameson, olhando para a fotografia que tinha colocado na moldura do altímetro.

Era de Scarlett no meio de um riso, uma foto tirada logo que as irmãs entraram na Força Aérea Auxiliar Feminina. Constance dera a foto a ele após Scarlett ter se recusado a lhe entregar uma, dizendo que ele sabia exatamente como ela era e que não precisava carregar sua foto para a batalha.

É claro que ele sabia como ela era. Era por isso que gostava tanto de olhar para ela.

– Então não faça mais isso – alertou Howard.

Jameson deu uma risada pelo nariz, sabendo que eles conversariam sobre isso tomando uma cerveja. Scarlett já tinha muito com que se preocupar sem ter que pensar em seus hábitos de voo. Do seu ponto de vista, contanto que ele voltasse para casa, o como era irrelevante.

Principalmente agora, que iria para a Força Aérea Real de Church Fenton em alguns dias e ainda não sabia como faria para levá-la junto.

O Esquadrão Águia, composto de pilotos americanos que serviam à Força Aérea Real, ia mesmo acontecer.

Ele seria transferido.

– Líder sorbo. – Ele ouviu no rádio. – Aqui é o comando de combate. Temos 45 se aproximando de Kinley a 13 mil pés. Vetor 270.

– Recebido – respondeu o comandante de voo.

Eles iam voltar para a batalha.

Dois dias. Fazia dois dias que Scarlett não tinha notícias de Jameson. Ela sabia que o esquadrão tinha reabastecido em outro lugar durante aqueles que tinham sido os dois dias mais longos de sua vida. Os ataques aéreos do dia 15 a exauriram por completo, tanto na sala de operações quanto em seu coração.

Ela sabia de pelo menos duas dúzias de caças que levaram seus pilotos para o túmulo.

Os bombardeios ocupavam grande parte de seu dia no abrigo antiaéreo quando ela não estava em serviço. Ela só conseguia pensar em Jameson. Onde ele estava? Estava em segurança? Tinha sido ferido... ou pior?

Naquele dia, ela esperava por ele e não estava sozinha. Havia cerca de uma dúzia de mulheres em seu grupo, todas namoradas de pilotos, todas reunidas entre a faixa pavimentada em meio aos carros estacionados e os dois hangares que ainda restavam. Mais ou menos no mesmo lugar onde ela e Jameson estavam quando o terceiro hangar fora destruído um mês antes.

O zumbido dos motores preencheu o ar, e o coração dela acelerou.

Eles estavam chegando.

Ela endireitou os ombros quando os Spitfires aterrissaram, desejando estar de uniforme, não com o vestido xadrez azul. Uma mulher de uniforme era obrigada a manter o controle, e naquele momento ela não se sentia nada controlada. Seus nervos estavam em frangalhos.

Mais de vinte minutos se passaram até que os primeiros pilotos se aproximassem, ainda vestindo o traje de voo. Ela reconheceu alguns, principalmente os outros três americanos que iriam embora com Jameson em apenas dois dias. Ela deveria estar preparada para a transferência – sabia-se que a Força Aérea Real era a com mais transferências da Grã-Bretanha –, mas ainda assim a notícia fora um golpe.

Seu estômago se revirou conforme os pilotos foram surgindo.

Então ela o viu.

Saiu correndo, atravessando a grama para evitar as outras pessoas.

Ele a viu e também se afastou da multidão antes que ela o alcançasse, segurando-a com facilidade quando ela se jogou em seus braços.

– Scarlett, minha Scarlett – disse em seu pescoço, os braços envolvendo sua cintura, abraçando-a e fazendo seus pés penderem bem longe do chão.

– Eu te amo.

Os braços dela tremiam de leve quando o abraçaram com força, todo aquele alívio percorrendo seu corpo em uma onda de emoção.

– Meu Deus, como eu te amo.

Com um dos braços envolvendo as costas dela com firmeza, ele levou a outra mão até o rosto da amada, afastando-o o bastante para encará-la.

– Eu estava morrendo de medo.

A verdade saiu dos lábios dela com muita facilidade, mesmo após ter sido ocultada da irmã durante aqueles dois dias.

– Não havia motivo nenhum para isso.

Ele sorriu e a beijou.

Scarlett se desmanchou nos braços dele, retribuindo o beijo apesar da plateia. Naquele momento, não se incomodaria nem se o próprio rei estivesse assistindo.

Ele a abraçou com cuidado, mas a beijou com paixão durante um bom tempo, então roçou os lábios nos dela e afastou o rosto. Para deleite de Scarlett, ele não a colocou no chão. Era a única pessoa que conseguia fazer com que se sentisse delicada sem se sentir pequena.

– Case comigo – disse Jameson, os olhos dançando de alegria.

Ela ficou surpresa.

– O quê?

– Case comigo. – As sobrancelhas dele se ergueram, assim como os cantos de seus lábios. – Passei a semana inteira pensando em como garantir que ficássemos juntos, e essa é a solução. Case comigo, Scarlett.

Espera, ele tinha acabado de pedi-la em casamento? Por mais que o amasse, era cedo demais, imprudente demais, e parecia um contrato de negócio. Ela abriu e fechou a boca algumas vezes, mas, durante alguns segundos constrangedores, não conseguiu fazer com que as palavras saíssem.

– Me. Põe. No. Chão.

Pronto, essas palavras.

Ele a abraçou ainda mais forte.

– Não posso viver sem você.

– Faz só dois meses que está vivendo comigo.

Os lábios dela enrijeceram e Scarlett mandou que seu coração ficasse quieto.

– Bem que eu *queria* ter vivido com você esses dois meses – sussurrou ele, e sua voz saiu com aquele tom grave e rouco que a fazia se desmanchar por dentro.

– Ah, você entendeu o que eu quis dizer.

Ela entrelaçou os dedos na nuca dele, bem ciente de que Jameson ainda não a tinha colocado no chão como pedira.

– Podemos passar o resto da vida juntos – disse ele, baixinho. – Uma casa. Uma mesa de jantar... uma cama.

– Você não pode estar mesmo sugerindo que a gente se case às pressas só para me levar para a cama. – Ela arqueou uma das sobrancelhas.

Não que já não tivesse pensado nisso. Porque tinha. Com frequência. Uma frequência alta demais de acordo com seu senso moral e baixa demais segundo as moças com quem vivia.

Ele sorriu com os olhos.

– Bom, não, mas amo que tenha se concentrado nesse item da mobília. Se eu só quisesse levá-la para a cama, você já saberia a esta altura. – Ele olhou para os lábios dela. – Quero me casar com você porque é uma conclusão inevitável. Podemos namorar mais um ano, Scarlett, mas vamos acabar casados de qualquer forma.

– Jameson.

Ela corou, embora não quisesse admitir o quanto era bom ouvir aquelas palavras.

– Se fizermos isso agora, não vão nos separar.

– Não é tão simples assim.

O coração de Scarlett entrou numa batalha com sua cabeça. A ideia de se casar com um cara por quem ela era completamente apaixonada e que só conhecia havia dois meses era absolutamente romântica. Mas também ingênua.

– É, sim – garantiu ele.

– Diz o cara que *não* vai perder o emprego.

Havia uma dúzia de motivos que tornavam aquela sugestão terrível, mas esse era o que falava mais alto.

Ele a encarou, confuso, e colocou-a no chão devagar.

– Como assim?

Ela o pegou pela mão, e os dois foram em direção ao carro.

– Não tem lugar para mim na Força Aérea Real de Church Fenton. Acredite, eu perguntei, e *se* eu me casar com você – disse, e um sorrisinho curvou os lábios dela –, não há garantia de que serei realocada. Continuaríamos separados, a não ser que eu saia da Força Aérea Auxiliar Feminina por questões familiares.

A expressão de Jameson mudou na hora.

– A única parte de que gostei nisso tudo que você falou foi "se eu me casar com você".

– Eu sei. – Ela tinha que admitir, também tinha gostado.

A situação era terrível. Mesmo que pudesse fazer algo tão imprudente, jamais abandonaria Constance.

Elas tinham combinado ficar juntas até o fim da guerra. Mas, se Constance estivesse disposta a tentar uma transferência…

– Você ama seu trabalho, né? – perguntou ele, como se estivesse admitindo a derrota.

– Amo. É importante.

– É, sim – concordou ele. – Então, o que vamos fazer? – perguntou, levando a mão de Scarlett aos lábios e a beijando. – Em dois dias, vou estar do outro lado da Inglaterra.

– Então acho que devemos aproveitar o tempo que temos juntos.

O peito dela doía de tanto que o amava e pela agonia do que os aguardava.

– Não vou te deixar. – Ele se virou e a ergueu nos braços. – Posso não estar aqui fisicamente, mas isso não significa que não vamos estar juntos. Entendido?

Ela assentiu.

– Então espero que nós dois sejamos muito bons com cartas.

De todos os lugares para onde ela adoraria ir na folga – Church Fenton, por exemplo –, passar o fim de semana na casa dos pais em Londres era o último da lista. Para falar a verdade, nem *entrava* na lista.

Só aceitou ir porque os pais haviam prometido que parariam de alimentar a imprensa com histórias sem sentido e porque era aniversário da mãe.

Quanto mais visitava a casa dos pais, mais se dava conta de que não era mais a garota que tinha ido embora dali. Talvez a filha obediente e dócil que era no início da guerra fosse mais uma baixa da Batalha da Grã-Bretanha.

Eles haviam vencido, e os alemães interromperam o grosso do ataque após aqueles dias terríveis de meados de setembro, embora os bombardeios seguissem terrivelmente comuns.

Fazia mais de um mês que Jameson tinha ido embora, e embora ele escrevesse duas vezes por semana, ela sentia uma saudade tão feroz que lhe faltavam palavras. Seu corpo inteiro doía quando pensava nele.

Em termos lógicos, tinha tomado a decisão certa. Mas a vida era tão... incerta, e partes dela amaldiçoavam a lógica e exigiam que pegasse um trem.

Me encontre em Londres mês que vem. Ficamos em quartos separados. Não me importa onde vamos dormir, desde que eu possa te ver. Estou morrendo aqui, Scarlett. As palavras da última carta ecoavam em sua cabeça.

– Você está com saudade dele – comentou Constance quando elas desceram a escadaria.

– Uma saudade insuportável – admitiu ela.

– Devia ter aceitado. Devia ter fugido e se casado com ele. Aliás, devia ir agora. Agora mesmo. – Constance ergueu as sobrancelhas.

– E deixar você? – perguntou Scarlett, entrelaçando o braço no da irmã. – Nunca.

– Eu me casaria com Edward se pudesse, mas depois de Dunkirk... Bom, ele ainda quer esperar a guerra acabar. Além disso, prefiro ver você feliz.

– Vou ficar muito feliz mês que vem, quando vou usar os dois dias de folga para encontrar Jameson aqui em Londres – sussurrou ela. Quase não conseguiu conter o entusiasmo. – Bom, não *aqui*. Acho que nossos pais não aprovariam.

– O quê? – Constance arregalou os olhos e abriu um sorriso. – Isso é maravilhoso!

– E você? Aquela não era mais uma carta de Edward? – Scarlett ergueu as sobrancelhas e deu uma batidinha no quadril da irmã.

– Era!

– Garotas, sentem-se – pediu a mãe assim que elas entraram na sala de jantar mal iluminada.

Todas as janelas estavam cobertas para bloquear qualquer luz que pudesse entrar durante a noite, como ditava o blecaute, deixando os dias igualmente sombrios.

– Sim, mãe – responderam as duas, cada uma ocupando seu lugar à mesa obscena de tão comprida.

O pai entrou, vestindo um terno imaculado. Ele sorriu para as filhas e então para a esposa antes de ocupar seu lugar à cabeceira da mesa. A noite era silenciosa, como sempre, a conversa se resumindo a amenidades.

– Estão aproveitando a folga? – perguntou o pai quando terminaram o prato principal.

O frango fora uma surpresa inesperada, dada a situação do racionamento.

– Muito – respondeu Constance, com um sorriso.

– Claro – complementou Scarlett, e as duas trocaram sorrisinhos discretos.

Os pais não sabiam de Jameson. Ela teria que contar em algum momento, mas não no aniversário da mãe.

– Eu gostaria que vocês viessem mais – observou a mãe, sem conseguir esconder a tristeza. – Mas pelo menos vamos nos encontrar de novo mês que vem.

– Na verdade, talvez não possamos vir com tanta frequência – admitiu Scarlett.

Dali em diante, ela usaria todas as folgas que tivesse para encontrar Jameson.

A mãe olhou para ela.

– Ah, mas vocês precisam vir. Temos muitas coisas para resolver antes do verão.

O estômago de Scarlett se revirou, e ela se obrigou a beber um pouco de água. *Não tire conclusões precipitadas.*

– Resolver? – perguntou.

A mãe recuou um pouco, como se estivesse surpresa.

– Casamentos demandam organização, Scarlett. Eles não acontecem da noite para o dia. Lady Vincent demorou um ano para planejar o casamento da filha.

Scarlett lançou um olhar para Constance. Será que ela tinha contado sobre o pedido de Jameson?

Constance balançou a cabeça com sutileza, já se encolhendo na cadeira. Meu Deus. Eles pretendiam mesmo insistir que ela se casasse com Henry?

– E quem vai se casar? – perguntou Scarlett, endireitando a coluna.

Os pais se entreolharam, e o coração de Scarlett despencou.

O pai pigarreou.

– É o seguinte: já deixamos que você se divertisse o bastante. Você cumpriu seu dever com o rei e o país e, embora saiba o que penso sobre essa guerra, respeitei sua escolha.

– A conciliação não era a solução para a hostilidade alemã! – retrucou Scarlett.

– Se eles tivessem negociado um acordo aceitável... – O pai dela balançou a cabeça, então respirou fundo, o queixo tremendo. – Está na hora de cumprir seu dever com a família, Scarlett.

Seu tom não deixava espaço para dúvida ou discussão.

Uma raiva gélida correu nas veias de Scarlett.

– Só para que fique claro, pai, o senhor associa meu dever com a família ao casamento?

Aquele modo de pensar era *arcaico.*

– Claro. Do que mais eu poderia estar falando?

O pai ergueu as sobrancelhas grisalhas para ela.

Constance engoliu em seco e colocou as mãos no colo.

– É para o seu bem, querida – insistiu a mãe. – Nada vai lhe faltar depois que os Wadsworths...

Não.

– Vai me faltar *amor*. – Scarlett tirou o guardanapo do colo e o colocou na mesa. – Achei que tivesse sido clara quanto a isso quando pedi que parassem de alimentar os jornais com mentiras.

– Pode ter sido prematuro, mas certamente não era mentira – disse a mãe, recuando como se tivesse sido ofendida.

– Quero deixar bem claro: não vou me casar com aquele monstro. Eu me recuso.

– Você o quê? – A mãe ficou boquiaberta. – Você vai se casar neste verão.

– Bom, não com Henry Wadsworth.

Só de dizer aquele nome ela sentia um gosto horrível na boca.

– Tem outra pessoa em mente? – perguntou o pai, com sarcasmo.

– Tenho. – Ela ergueu o queixo. Que se dane o aniversário, aquilo não podia esperar. Os pais não podiam continuar mandando em sua vida. – Estou apaixonada por um piloto, um americano, e se eu quiser me casar vai ser com *ele*. Vocês vão ter que procurar sua injeção de renda em outro lugar.

– Um ianque?

– Sim.

– De jeito nenhum!

Os pratos tilintaram quando o pai de Scarlett bateu as mãos na mesa, mas ela não se assustou.

Constance, sim.

– Vou fazer o que eu quiser. Sou uma mulher adulta. – Scarlett ficou de pé. – E sou uma oficial da Força Aérea Auxiliar Feminina. Não sou mais uma criança a quem vocês podem ficar dando ordens.

– Você faria isso? Nos levaria à ruína? – A voz de sua mãe falhou. – Gerações e mais gerações de sacrifício, mas você vai se recusar?

Ela sabia bater nas filhas onde mais doía, mas Scarlett afastou a culpa. Casar-se com Henry apenas adiaria o inevitável. O modo de vida a que os pais se agarravam estava se desintegrando. Não havia nada que ela pudesse fazer para impedir.

– Se alguém for à ruína, com certeza não terei sido a causa. – Ela inspirou fundo, com esperança de que houvesse algo ali que pudesse salvar, um jeito de fazer os pais a compreenderem. – Eu amo Jameson. Ele é um homem bom. Um homem honrado...

– Eu me recuso a ver esse título, o legado desta família, dado à prole de um maldito ianque! – gritou o pai, levantando-se também.

Scarlett manteve a cabeça erguida e os ombros eretos, grata por ter passado o último ano trabalhando no ambiente mais estressante que podia imaginar, aperfeiçoando a arte de manter a calma durante uma tempestade.

– O senhor se engana ao pensar que quero o seu *título*. Não tenho aspirações políticas ou de riqueza. O senhor se agarra a algo que não me desperta nenhum interesse. – Sua voz saiu suave, mas firme.

O rosto do pai ficou rosado, então assumiu um vermelho profundo, e seus olhos se arregalaram.

– Deus me ajude, Scarlett, mas se você se casar sem minha permissão, não a reconhecerei mais como minha filha.

– Não! – A mãe arquejou.

– Estou falando sério. Você não vai herdar nada. – Ele apontou o dedo para ela. – Nem Ashby. Nem esta casa. Nada.

O coração de Scarlett não se partiu apenas – isso teria sido simples demais. Ele se rasgou, se estirou, e foi rasgando aos poucos as fibras de sua alma. Ela significava mesmo muito pouco para ele.

– Então estamos de acordo – disse ela, com serenidade. – Sou livre para fazer o que eu quiser, contanto que aceite as consequências, que incluem *não* herdar o que já não quero de qualquer forma.

– Scarlett! – gritou a mãe, mas ela não baixou a cabeça nem cedeu um centímetro quando o pai tentou intimidá-la com o olhar.

– E se eu tiver um filho – continuou ela –, ele também vai ser livre desta âncora de obrigação que o senhor valoriza mais que a felicidade da sua filha.

O pai de Scarlett ergueu as sobrancelhas. Ele sempre quisera um filho. Ela não lhe daria o dela.

– Scarlett, não faça isso. Você tem que se casar com o garoto dos Wadsworths – exigiu ele. – Qualquer filho que venha *desta* união vai ser o próximo barão Wright.

Ele parecia ter esquecido que, se Constance também tivesse filhos, não seria tão simples assim.

– Isso parece uma ordem.

Scarlett empurrou a cadeira e segurou a mesa com força.

– É uma ordem. Tem que ser.

– Só aceito ordens dos meus superiores e, pelo que me lembro, o senhor escolheu não servir em uma guerra que nunca aprovou – rebateu ela em um tom gélido.

– Esta visita acabou – declarou o pai, com os dentes cerrados.

– Concordo. – Ela beijou o rosto da mãe antes de sair. – Feliz aniversário, mãe. Sinto muito não poder lhe dar o que a senhora quer.

Scarlett foi para o quarto, onde logo vestiu o uniforme e guardou o vestido na mala.

Ao descer a escadaria, encontrou Constance esperando na entrada, também de uniforme, a mala na mão.

– Não faça isso conosco – implorou a mãe, vindo da sala de estar.

– Não vou me casar com Henry – repetiu Scarlett. – Como pode me pedir isso? Você aceitaria que eu me casasse com um homem que desprezo? Que todos sabem que abusa de mulheres, para manter o quê? – perguntou Scarlett, baixando o tom de voz.

– É o que seu pai quer. É o que a família precisa que você faça. – A mãe de Scarlett levantou o queixo. – Já cortamos funcionários. Vendemos boa parte das terras em Ashby. Economizamos nos últimos anos. Todos fizemos sacrifícios.

– Mas, neste caso, você quer *me* sacrificar, e não aceito isso. Adeus, mãe.

Ela saiu da casa e inspirou fundo, trêmula.

Constance a seguiu, fechando a porta ao sair.

– Pelo visto, vamos precisar comprar passagens novas, já que as nossas são para amanhã.

Ela não merecia a irmã que tinha, mas mesmo assim a abraçou.

– O que acha de pedir transferência?

CAPÍTULO 11

NOAH

Scarlett, minha Scarlett,
 Esta noite, estou com tanta saudade que nem consigo colocar em palavras. Gostaria de poder voar até você, mesmo que só por algumas horas. A única coisa que me faz seguir em frente é saber que você logo estará comigo. Em noites como esta, minha fuga é imaginar nós dois nas Montanhas Rochosas, em casa, em paz. Vou ensinar William a acampar e pescar. Você vai poder escrever, vai poder fazer o que quiser. E vamos ser felizes. Tão felizes. Merecemos um pouco de tranquilidade, não acha? Não que eu me arrependa de ter me voluntariado para lutar nesta guerra. Afinal, foi o que me levou até você...

Ela bateu a porta na minha cara.
 Ela bateu *mesmo* a porta na minha cara.
 Inspirei fundo e percebi a queimação em meus pulmões que sempre acompanha a altitude elevada. Imaginei várias maneiras para o desenrolar daquela cena durante o voo, mas não aquilo.
 A solução me ocorreu enquanto relia as cartas de Scarlett e Jameson. Ele conseguiu derrubar as defesas de Scarlett porque estava *lá*, segurando aquela mala em Middle Wallop, então fiz a minha e entrei no avião.
 Eu me acalmei, ergui a mão e bati mais uma vez.
 Para minha surpresa, ela atendeu.

– Como eu estava dizendo, quero ver você desligar na minha cara...

Minhas palavras congelaram na garganta. Havia algo muito errado ali. Georgia parecia... distante, como se tivesse acabado de receber o tipo de notícia que só suportamos se estivermos sentados. Não que não estivesse linda como sempre, mas estava pálida, o rosto caído e os olhos – aqueles olhos azuis extraordinários – vazios.

– Tá tudo bem? – perguntei baixinho, sentindo um aperto no peito.

O olhar dela pareceu me atravessar por um segundo.

– O que você quer, Noah?

Com certeza, algo estava errado.

– Posso entrar? Prometo não falar sobre o livro.

Fui tomado por uma necessidade imediata e avassaladora de consertar o que quer que estivesse errado.

Georgia franziu o cenho, mas assentiu e abriu a porta para mim.

– Venha, vamos providenciar uma bebida para você.

Será que tinha alguma coisa a ver com Damian?

Ela assentiu de novo, então me conduziu pelo corredor até uma cozinha ampla. Tive que me esforçar muito para não colocar a mão nas costas dela ou lhe oferecer um abraço. *Um abraço?*

Eu nunca tinha passado do escritório ou da sala de estar, mas a cozinha combinava com o que eu já tinha visto. Era em estilo toscano, com armários em tons de ocre e bancadas em granito mais escuro. A madeira era trabalhada, mas sem exagero. Os utensílios eram de nível profissional. A única coisa que parecia deslocada eram artes levemente descoloridas presas a um quadro de avisos na parede.

– Por que não se senta? – sugeri, apontando para uma das banquetas na ilha da cozinha.

– Essa fala não deveria ser minha? – perguntou ela, desviando o olhar.

– Vamos fingir que nossos papéis são fluidos por enquanto.

Fui até o fogão, onde vi a chaleira na boca traseira. Para meu alívio, Georgia se sentou e apoiou os braços no granito.

Guardei as chaves do carro alugado no bolso, enchi a chaleira de água e coloquei-a de volta sobre o fogão, acendendo a boca. Então comecei as buscas.

Abri três armários antes de encontrar o que estava procurando.

– Tem preferência por algum?

Georgia olhou para os chás organizados atrás de mim.

– Earl Grey – respondeu.

Vi um pote de mel em formato de urso ao lado do chá e, por instinto, também o levei até o balcão.

– Você não vai querer? – Georgia olhou para o único envelope de chá.

– Sou mais do time chocolate quente – admiti.

– Mas você está fazendo chá.

– Você parece estar precisando de um chá.

Ela franziu a testa.

– Mas por que você... – começou, então balançou a cabeça.

– Por que eu o quê?

Coloquei as mãos sobre a ilha, de frente para ela.

– Deixa pra lá...

– Por que eu *o quê*? – perguntei mais uma vez. – Por que eu cuidaria de você? – adivinhei.

Ela olhou para mim.

– Porque, ao contrário do que muita gente pensa – falei –, não sou tão babaca assim, e pela sua cara eu diria que seu cachorro acabou de morrer. – Inclinei a cabeça para o lado. – E minha mãe e minha irmã me dariam uma surra se eu não cuidasse de você. – Dei de ombros.

A surpresa reluziu nos olhos dela.

– Mas elas não iam ficar sabendo.

– Tento viver *boa* parte da vida como se minha mãe sempre fosse descobrir o que fiz. – Dei um sorrisinho. – Na verdade, ela sempre acaba descobrindo mesmo, e os sermões duram horas. *Horas*. E a outra parte... Bom, ela *não* precisa saber. – Franzi o cenho ao perceber o silêncio esmagador da casa. – Onde está sua mãe? Ela é quem costuma garantir que você esteja bem hidratada.

Ela bufou.

– Ela estava garantindo que *você* estivesse hidratado. Minha mãe sabe muito bem que consigo me cuidar sozinha. – Ela entrelaçou os dedos em frente ao rosto, visivelmente tensa. – Além do mais, a essa hora ela já está na metade do caminho para o aeroporto.

Meu estômago afundou. Pelo tom da voz dela, eu poderia apostar que Ava era o motivo de Georgia parecer tão abalada.

– A viagem estava planejada?

Georgia riu, mas o som saiu sem nenhum sinal de felicidade.

– É, eu diria que foi planejada com *bastante* antecedência.

Antes que eu pudesse fazer qualquer pergunta, a chaleira assoviou. Eu a tirei do fogo e me dei conta de que não tinha procurado uma caneca.

– No armário da esquerda, segunda prateleira – informou Georgia.

– Obrigado.

Peguei a caneca e coloquei o chá em infusão.

– Eu é que devia estar agradecendo a você – disse ela.

Arqueei a sobrancelha.

– Papéis fluidos, lembra? – comentou.

Ela abriu um sorriso. Quase nem deu para perceber, e durou apenas uma fração de segundo, mas foi genuíno.

– Você gosta com leite também? – perguntei ao deslizar a caneca e o mel para ela sobre a ilha.

– Meu Deus, não. – Ela virou o urso de ponta-cabeça e espremeu um bocado do líquido âmbar no chá. – Bisa diria que isso é um sacrilégio.

– É mesmo? – perguntei, na esperança de que ela falasse mais.

Georgia assentiu e desceu da banqueta, então deu a volta na ilha e abriu a gaveta que ficava exatamente atrás de mim. Ela pegou uma colher da gaveta e voltou para a banqueta, onde mexeu o chá.

– É. Mas na verdade ela preferia açúcar. O mel era sempre para mim. Não importava quanto tempo eu passasse longe, ela sempre tinha mel para mim, sempre tinha um lugar para mim.

Uma expressão melancólica surgiu em seu rosto.

– Você deve sentir muita falta dela.

– Todos os dias. Você tem saudade do seu pai?

– Com certeza. Foi melhorando com o tempo, mas eu daria tudo para ter meu pai de volta. – Pensando bem, eu só tinha ouvido falar das mulheres Stanton. – E o seu pai?

– Não tenho – respondeu ela, com tanta naturalidade que só a encarei, aturdido. – Eu tenho, ou *tive*, claro. Não sou resultado de uma concepção imaculada ou algo do tipo – completou, levando a colher até a lava-louça. – Mas não conheço meu pai. Ele e minha mãe ainda estavam na escola quando nasci, e ela nunca me contou o nome dele.

Mais uma peça do quebra-cabeça que era Georgia Stanton se encaixou. Ela nunca chegara a conhecer o pai. Scarlett a havia criado. Então qual era o papel de Ava?

– Tem certeza de que não quer beber nada? – perguntou ela. – É meio estranho não preparar algo para você depois de você me fazer um chá.

Georgia me olhou com expectativa.

– Nem tudo precisa ser um toma lá, dá cá – falei com a voz suave.

Ela endireitou a coluna e se virou de costas para mim, indo em direção à geladeira.

– Segundo a minha experiência, tudo é um toma lá, dá cá. – Ela pegou uma garrafa de água na geladeira e fechou a porta. – Aliás, pouquíssimas pessoas não querem alguma coisa de mim. – Ela colocou a garrafa no balcão à minha frente e voltou para a banqueta. – Então, por favor, beba. Afinal, você não veio até o Colorado porque sua intuição disse que eu precisava de uma xícara de chá.

Você também quer alguma coisa.

Foi o que os olhos dela disseram, embora seus lábios não tivessem se mexido, e, caramba, ela tinha razão. Meu estômago pareceu despencar em um poço sem fundo.

Assenti uma vez, e nós dois bebemos um gole.

– Por que você veio? – indagou ela. – Não que não esteja grata pelo chá, ou pela distração, porque estou. Mas não estava esperando você.

Ela se inclinou para a frente, aquecendo as mãos na caneca.

– Eu prometi que não falaria sobre o livro.

Com ou sem livro, eu estava feliz por estar ali, por vê-la de uma forma que não tinha nada a ver com o lado profissional. Fazia um mês que aquela mulher não saía da minha cabeça.

– Você sempre cumpre suas promessas? – Ela semicerrou os olhos, curiosa.

– Sempre. Do contrário, não prometeria.

Essa foi uma lição que me custou caro.

– Mesmo com as mulheres da sua vida? – Ela inclinou a cabeça. – Vi algumas fotos.

– Andou pesquisando sobre mim?

Por favor, diga que sim.

Meu histórico de buscas estava cheio de Georgia Stanton.

– Minha melhor amiga não para de me mandar fotos e reportagens. Ela acha que eu devia me atirar em você. – Ela deu de ombros.

Como é que é? Segurei a garrafa com tanta força que a esmaguei.

– É mesmo? – Minha voz saiu baixa, afastando da minha cabeça todas as imagens que aquela frase incitava, ou pelo menos tentando.

– Engraçado, né? Principalmente considerando o desfile de mulheres para quem você cumpre suas *promessas*.

Ela abriu um sorriso meloso e deu várias piscadelas.

Eu ri e balancei a cabeça.

– Georgia, as únicas promessas que eu faço às mulheres são que horas vou passar na casa delas e o que podem esperar enquanto estiverem comigo. Dias. Noites. Semanas. Acho que evitamos muitos mal-entendidos e muito drama quando todos sabem o que esperar e, apesar do que você acha da minha escrita, nunca tive uma reclamação de *insatisfação*.

Fechei a garrafa vazia, mantendo *bem* distantes do meu pensamento as coisas que queria *prometer* a ela.

– Que romântico. – Ela revirou os olhos, mas ficou corada.

– Eu nunca disse que era, lembra?

Abri um sorrisinho malicioso, me escorando no balcão.

– Ah, sim, a livraria. Verdade. Então você nunca quebrou uma promessa? – A voz dela saiu aguda de tão desconfiada.

Minha expressão se desfez.

– Desde que eu tinha 16 anos e me esqueci de levar minha irmã mais nova, Adrienne, para tomar sorvete, sendo que tinha prometido. – Eu me encolhi ao lembrar o som dos monitores do hospital apitando. – Minha mãe a levou e sofreu aquele acidente que te contei.

Os olhos de Georgia se arregalaram e eu continuei:

– Adrienne, minha irmã, ficou bem, mas minha mãe… bom, foram muitas cirurgias. Depois disso, fiz questão de nunca me comprometer se não tivesse certeza de que poderia cumprir.

E também esbocei o enredo do meu primeiro livro no verão seguinte.

– Você nunca furou um prazo?

– Não.

Mas isso podia mudar se ela não começasse a se comunicar comigo sobre aquele livro em particular.

A curiosidade brilhou naqueles olhos azuis cristalinos. Eu poderia escrever um romance inteiro dedicado a eles. De certa forma, já estava fazendo isso, pois ela e Scarlett tinham os mesmos olhos azuis.

– Nunca furou uma resolução de Ano-Novo?

Dei um sorrisinho torto.

– Nunca faço – admiti.

Ela mordeu o lábio inferior.

Caramba. Eu queria libertá-lo com um beijo. A garrafa amassou na minha mão.

– Nunca deu bolo em uma mulher?

– Sempre digo que farei de tudo para aparecer, e faço. Nunca *prometo* a uma mulher que estarei lá, a menos que já esteja.

Qualquer uma que saísse comigo sabia que, se eu fosse sugado por uma história, ela provavelmente receberia uma mensagem cancelando o encontro. Claro, eu mandava algumas horas antes, mas a escrita tinha prioridade. Sempre.

– Não sou exatamente o cara com quem se pode contar quando tenho um prazo. A não ser que você seja meu editor.

– Quer dizer que é uma questão de semântica – argumentou ela, bebendo um gole do chá.

Quase engasguei.

– Não, é questão de definir expectativas e corresponder ou superá-las.

Trocamos olhares, e aquela eletricidade palpável me atingiu mais uma vez.

– Aham. – Ela estalou a língua. – Você ainda janta com sua mãe?

– Uma vez por semana. A não ser que esteja em turnê de divulgação de um livro, fazendo uma viagem de pesquisa, de férias, esse tipo de coisa. – Pensei um pouco. – Às vezes, ela me faz diminuir para um jantar a cada duas semanas.

Suspirei.

– *Ela* faz *você* diminuir os jantares?

– Faz. – Assenti. – Ela prefere que eu passe menos tempo na casa dela e mais tempo procurando uma esposa.

Georgia ficou surpresa e quase cuspiu o chá.

– Uma esposa. – Ela colocou a caneca sobre o balcão. – E como vai a busca?

– Eu te aviso quando conseguir uma – consegui dizer sem rir.

– Por favor. Eu detestaria não saber como anda sua vida amorosa.

Eu ri e balancei a cabeça mais uma vez. Ela era uma peça.

– Bisa teria gostado de você – disse Georgia baixinho, pensativa. – Não era fã dos seus livros, é verdade. Mas de você ela teria gostado. Você tem a combinação exata de arrogância e talento de que ela gostava. Além do mais, a beleza não o prejudica. Ela gostava de homens bonitos.

Georgia passou a mão na nuca. Era esguia e graciosa, como ela.

– Então você me acha bonito.

Abri um sorriso largo, erguendo as sobrancelhas.

Ela revirou os olhos.

– De tudo o que eu disse, você lembra justo de *bonito*.

– Bom, se tivesse dito sexy, atraente, bem-dotado ou com o corpo de um deus grego, eu teria me prendido a essas palavras, mas você não disse, então me contento com o que tenho.

Joguei a garrafa de água na lixeira de material reciclável que ficava no final da ilha.

O rosto dela ficou de um tom de rosa mais escuro.

Missão cumprida. Durante um tempo, ela pareceu tão pálida que eu estava começando a me perguntar se voltaria a ver aquele fogo.

– Não posso comprovar as duas últimas.

Ela levou a caneca até a lava-louça.

– Pelo jeito, sua amiga não te mandou *todas* as reportagens – falei, provocando-a.

Eu gostava que ela fosse organizada. Não que qualquer uma de suas características fosse da minha conta, incluindo o modo como os shorts envolviam aquela bundinha linda, mas ali estava eu, me interessando por elas. Como aquela bunda tinha me passado despercebida da última vez? Ou aquelas pernas compridas? *Você estava com outras coisas mais importantes na cabeça.*

– Então as duas primeiras são verdadeiras? – insisti.

Meus olhos percorreram sua nuca quando ela voltou para a banqueta.

– Depende do quanto você me irrita no momento. – Ela ergueu um dos ombros.

– E neste momento?

O olhar dela me percorreu da cabeça aos pés e fez o caminho contrário, observando a bermuda cargo e a camiseta da Universidade de Nova York. *Eu teria vestido meu terno Armani se soubesse que seria um teste.*

– Eu diria que é nota sete. – Mais uma vez, ela falou com naturalidade.

Bom. Ergui uma das sobrancelhas.

– E quando te dou nos nervos?

– Aí cai para a escala negativa.

Dei risada. Caramba, havia quanto tempo uma mulher não me fazia rir tanto em poucos minutos?

Ela cruzou as mãos sobre a ilha, e sua energia mudou.

– Me diga o que veio fazer aqui, Noah.

– Eu prometi...

– E daí? Vai ficar parado na minha cozinha fazendo chá? – Ela ergueu o queixo. – Sei que veio falar do livro.

Analisei-a com atenção, sorvendo a cor que tinha surgido em seu rosto e o brilho em seus olhos. Ela já tinha quase voltado ao que eu consideraria *normal*, mas, para falar a verdade, eu não tinha em que me basear no que dizia respeito a Georgia Stanton. Estava voando sem nenhuma coordenada.

– Quer sair daqui? – perguntei.

– O que tem em mente? – Ela pareceu bastante desconfiada.

– Você tem seguro de vida?

– Não – disse ela, meia hora depois, olhando para a rocha que se estendia 30 metros acima de nós.

– É divertido – rebati, apontando para dois caras que estavam arrumando seus equipamentos, animados. – Olha só, eles acham divertido.

– Você está louco se acha que vou escalar isso.

Ela puxou os óculos para cima da cabeça para que eu pudesse ver que estava falando sério.

– Eu não falei que você tem que subir até o topo – argumentei. – Tem uma trilha mais tranquila por ali.

A trilha tinha mais ou menos 10 metros, e minha sobrinha subiria com facilidade, não que eu fosse dizer *isso* a Georgia.

– Você está tentando me matar? – sussurrou ela quando os outros montanhistas passaram por nós.

– A gente tem equipamentos. – Dei uma batidinha na alça da mochila. – Eu trouxe uma cadeirinha extra. – Olhei para seus sapatos. – Seu calçado não é exatamente o que eu recomendaria, mas serve até a gente conseguir algo bom.

Ela semicerrou os olhos.

– Quando você disse *coloca uma roupa confortável e vamos dar uma caminhada*, eu imaginei, veja só, que *íamos dar uma caminhada*.

Ela fez um gesto indicando as roupas esportivas que estava usando.

– A gente caminhou – argumentei. – Foi quase um quilômetro do início da trilha até aqui.

– Semântica, mais uma vez! – retrucou ela, colocando as mãos naquele belo quadril.

Pare de olhar para a droga do quadril dela.

– Do que você tem medo?

Virei o boné dos Mets para trás e coloquei os óculos na cabeça.

– De cair da montanha! – Ela apontou para a rocha. – É um medo bem realista quando se pensa em *escalar* uma.

– Considere uma caminhada vertical. – Dei de ombros.

– Inacreditável. – Ela apontou o dedo para mim.

– Eu só estava brincando quando falei do seguro de vida. Não vou deixar você cair.

Nunca. Ela já tinha se decepcionado muitas vezes.

Ela bufou.

– Ah. Tá bom. E como exatamente vai evitar isso? – perguntou ela, erguendo as sobrancelhas.

– Vou ser seu parceiro de cordada e controlar a corda caso você caia. Olha só, a gente coloca a cadeirinha…

– Por que é que você tem uma cadeirinha *extra*? Você sai voando pelo país na esperança de sair com uma montanhista?

Ela cruzou os braços.

– Não. – Mas não pude deixar de imaginar se aquilo a provocava. Claro, eu era um babaca por pensar isso, mas a imagem de uma Georgia toda irritada de ciúme era bem sexy. – É uma cadeirinha extra, caso a *minha* estrague. Eu gosto de escalar, então levo o equipamento sempre que vou para um lugar com montanhas... sabe, como o *Colorado*.

– E como é que você sabia deste lugar? – perguntou ela, ainda hostil.

– Descobri da última vez que vim.

Ela inclinou a cabeça.

– Enquanto esperava que você decidisse se eu era bom o bastante para...

– Você prometeu! – E o dedo em riste estava de volta.

Respirei fundo e contei até três.

– Georgia, não vou te forçar a subir a montanha...

– Até parece que você ia conseguir.

– ... mas prometo que, se escolher subir, não vou deixar você cair.

Aproximei o rosto do dela, para que soubesse que eu estava falando sério.

Minha melhor amiga acha que eu devia me atirar em você. Meu cérebro parecia um disco riscado depois de ouvir isso.

– Porque você controla a gravidade? – Ela me encarou, esperando.

Nunca conheci uma mulher mais irritante na minha vida.

– Porque vou...

Ela ergueu a sobrancelha mais uma vez.

– Se você *quiser* subir – falei –, eu vou primeiro e prendo a corda. Já dei uma olhada da outra vez que vim.

As sobrancelhas dela caíram.

– E o que vai evitar que *você* caia?

Tirei a mochila dos ombros e a balancei devagar.

– Eu vou com o mosquetão. Aqui também não é nenhum parque Yosemite. Muita gente sobe. Depois, para você subir, eu fico de contrapeso, então se *acontecer* de você escorregar, vai ficar pendurada até conseguir ter firmeza de novo.

Ela ficou boquiaberta.

– Você o quê?

Levantei um pouco a mochila.

– Você estaria presa em uma ponta da corda, e eu na outra.

Ela recuou.

– É seguro – prometi.

Ela balançou a cabeça, os lábios tensos.

Um pensamento me ocorreu.

– Georgia, se não quiser subir porque tem medo de altura, ou não quiser arranhar as mãos, ou simplesmente não estiver a fim, tudo bem.

– Eu sei disso.

Mas os olhos dela diziam que *não* sabia. Por quê? Eu jamais ia empurrá--la montanha acima com ela implorando que eu não fizesse isso...

– Certo. – Senti um aperto no peito. – Mas, se não quer subir porque acha que vou deixar você cair, aí a coisa muda de figura. Prometo que não vou deixar você cair. – Mantive a voz calma e baixa, na esperança de que ela ouvisse a verdade nas minhas palavras. – Sou muito bom nisso.

Ela engoliu em seco, então olhou para a mochila.

– Eu mal conheço você.

– Viu só? Mais reportagens que sua melhor amiga deixou passar. Você pode pesquisar meu histórico de escalada no Google se tiver sinal aqui. O fato de eu ser um entusiasta por escaladas, e não só um montanhista de subidas fáceis, é bem documentado.

Ela franziu o cenho.

– Eu não disse que você não era.

Meu estômago embrulhou.

– Então não é com minha habilidade que você está preocupada – falei devagar.

Ela desviou o olhar, inquieta.

– Você pode ser um assassino em série – sugeriu, levantando as mãos, o tom escorrendo sarcasmo.

Está desconversando. Ela usa humor para desconversar.

– Não sou.

– Você mata muitas pessoas nos seus livros. Só acho.

Ela olhou para a rocha, inclinando a cabeça para trás.

– Não por homicídio – respondi. – E quem está falando de livros agora?

Um sorriso repuxou seus lábios.

– Além do mais, tem mais três montanhistas bem ali. – Apontei para um grupo que estava subindo. – Tenho certeza de que eles me entregariam se eu matasse você em plena luz do dia.

Ela olhou para os montanhistas em silêncio.

– Você não vai subir, né? – perguntei em voz baixa.

Ela fez que não com a cabeça, fazendo um biquinho e olhando para os outros montanhistas.

A recusa doeu. Não deveria, e eu sabia disso, mas doeu.

– Quer ir caminhando pelo restante da trilha?

Ela se virou para mim de repente, surpresa.

– Você pode escalar. Eu fico assistindo numa boa.

– Eu não vim até aqui por minha causa.

Tinha levado Georgia até lá na esperança de que o ar fresco ajudasse a aliviar o que quer que a tivesse deixado para baixo.

Ela se encolheu.

– Mas eu odiaria se perdesse a oportunidade por minha causa. Vai lá. Estou bem aqui.

Ela assentiu, exibindo um sorriso tão falso que era quase cômico.

– Prefiro caminhar com você. Vamos.

Apontei para a trilha com a cabeça e voltei a pendurar a mochila nos ombros.

– Tem certeza? – Ela semicerrou os olhos.

– Absoluta.

– O problema não é você. – Ela inspirou fundo e olhou para a rocha. – O último homem que prometeu me manter em segurança me deixou na mão e eu acabei caindo de bunda – disse baixinho. – Mas tenho certeza de que você já sabe disso. Todo mundo sabe.

Se eu fosse um assassino em série, como ela brincou, Damian Ellsworth seria minha primeira vítima.

– E depois do que aconteceu hoje… – Ela balançou a cabeça, cabisbaixa. – Não é um bom dia para um teste de confiança. Então vamos.

Georgia forçou mais um sorriso e seguiu pela trilha.

Ela não confia em você. Xinguei baixinho ao me dar conta de que ela não me deixava terminar o livro como eu queria pelo mesmo motivo.

Tudo se resumia a confiança.

Eu me acalmei e fui atrás dela, amaldiçoando a ironia da situação. Tinha passado a maior parte da vida garantindo que conseguiria cumprir minhas promessas, e agora era questionado por uma mulher tão calejada que nem eu era capaz de sair do buraco que outra pessoa tinha cavado.

Pelo jeito, ser um montanhista experiente viria a calhar.

– Quanto tempo vai ficar por aqui? – perguntou ela.

– Até terminar o livro. – Meus pulmões começaram a queimar conforme subíamos. – E como o prazo termina em dois meses e meio, acho que esse é o tempo que vou ficar.

– O quê? Sério?

– Sério.

Duas linhas discretas surgiram entre as sobrancelhas dela.

– E onde vai ficar?

– Aluguei uma casinha aqui perto – respondi, com um sorrisinho arrogante.

– Ah, é?

– É. O nome do lugar é Chalé Grantham.

Ela parou no meio da trilha, então me virei e continuei a caminhada de costas, saboreando a surpresa e o terror em seu rosto.

– Como eu disse, quero ver você desligar na minha cara agora, *vizinha*.

A expressão no rosto dela fez com que todo o trabalho que tive ao procurar um lugar para alugar valesse a pena.

CAPÍTULO 12

NOVEMBRO DE 1940

Kirton in Lindsey, Inglaterra

Era diferente estar rodeado de outros americanos agora que Jameson estava no 71º Esquadrão Águia. Era quase como estar em casa, quando na realidade não estavam nem perto.

– Todos são tão jovens – resmungou Howard enquanto observavam os novos recrutas na primeira cervejada juntos.

Aquela era uma tradição inglesa que ele ficava feliz em manter, pois não era apenas questão de camaradagem. Era onde se entendiam quando precisavam resolver alguma disputa.

– A maioria tem a nossa idade – rebateu Andy, escorando-se na parede da nova sala de descanso.

Por sorte, tinham conseguido umas poltronas para misturar às cadeiras de vime, mais duras, espalhadas pelo espaço, mas a distância entre os três não era apenas física.

– Na verdade, não – comentou Jameson. – Não no sentido que importa aqui.

Os três já tinham participado do combate. A guerra não era mais algo romântico, algo a se glorificar. Aqueles jovens recém-chegados não passavam disso, jovens. Tinham acabado de chegar, vindos do Canadá após sair clandestinamente dos Estados Unidos na esperança de se juntar aos Águias.

Da noite para o dia, aqueles – como Jameson – que se consideravam novatos durante a Batalha da Grã-Bretanha agora eram veteranos. Os americanos recém-chegados eram todos pilotos, mas a maioria comercial. Transportavam suprimentos, ou até pessoas. Pulverizavam pesticidas em plantações. Faziam apresentações públicas.

Nunca tinham derrubado outro homem do céu.

Na verdade, poucos já tinham feito isso, e eles já tinham perdido um para o Esquadrão 64. Não que Jameson o culpasse. Eles tinham sido tirados das missões diárias e jogados em um treinamento que duraria seis semanas, e a frustração com a inutilidade era crescente. Eles eram necessários no céu.

Aquilo era uma bobagem.

– Talvez Art tenha acertado ao sair – resmungou Howard, antes de engolir metade da cerveja.

– Leu meus pensamentos – disse Jameson, olhando para o copo cheio.

Beber não era tão satisfatório quando não tinham acabado de sair de uma missão. Parecia… falso, como se estivessem brincando de ser pilotos de caça.

Pelo menos, a unidade fora transferida para Kirton in Lindsey na semana anterior. Era um passo a mais na direção de entrar em operação. Infelizmente, os aviões Buffalo também tinham sido transferidos com eles.

A aeronave americana não se saía bem em altitudes elevadas, e esse era o menor dos problemas. O motor superaquecia com frequência, os controles da cabine não eram confiáveis e faltava o armamento do qual vinham dependendo. Claro, os pilotos novos gostavam da cabine aberta e arejada, mas nunca tinham pilotado um Spitfire.

Jameson sentia quase tanta falta do Spitfire quanto de Scarlett.

Meu Deus, como ele sentia falta de Scarlett. Já tinham se passado quase dois meses desde a última vez que a vira, e ele estava enlouquecendo aos poucos. Se a transferência não tivesse acontecido, já teria ido para Middle Wallop – esse era o nível de seu desespero por ver aqueles olhos azuis. Ela tinha passado a folga de outubro com os pais, o que era compreensível, mas, segundo a carta dela, as coisas não tinham corrido bem. Jameson detestava a pressão que ela enfrentava por amá-lo. Não era justo que Scarlett tivesse que escolher entre a família e ele, mas estaria mentindo se não admitisse a felicidade de ter sido o escolhido.

Sem as missões de combate, ele tinha mais tempo livre, o que significava que ela nunca estava distante de seus pensamentos. Ele passara a escrever cartas três vezes por semana em vez de duas, às vezes até quatro. Escrevia como se conversasse com ela, como se ela estivesse ali com ele, ouvindo o quanto ele sentia sua falta. O quanto desejava estar com ela. Contava histórias de sua infância e se esforçava para pintar um retrato da vida em sua cidadezinha natal.

Até naquela situação ele sorria só de pensar em levá-la para Poplar Grove. Sua mãe ia amá-la. Scarlett sempre dizia exatamente o que queria. Nunca media as palavras ou fazia joguinhos. Também não era tímida ou dada a galanteios. Protegia suas emoções como protegia a irmã: só permitia acesso a elas após a pessoa mostrar seu valor.

Às vezes, ele sentia que ainda estava provando o seu.

– Ei, Stanton! – chamou um dos homens, com um evidente sotaque de Boston. – É verdade que você tem uma namorada inglesa?

– É.

Jameson segurou o copo com mais força.

– Bom, e onde podemos encontrar uma? – Ele ergueu as sobrancelhas, e alguns dos caras novos riram.

– Não deixe que mexam com a sua cabeça – aconselhou Howard, baixinho.

– Eu a peguei na beira da estrada – respondeu Jameson, inexpressivo.

– Ela tem amigas? – perguntou o novato, provocando-o. – Todos precisamos de uma companhia amigável, se é que me entende.

– Tá, agora pode deixar. – Howard deu um tapinha no ombro de Jameson.

– Como está Christine, falando nisso? – perguntou Jameson com os lábios curvados de leve.

– Longe. Longe demais.

– Ela tem amigas, sim – disse Jameson em voz alta, para que o babaca pudesse ouvir. – Nenhuma interessada em conhecer você, mas ela tem.

– Uh! – Os homens uivaram.

O homem corou.

– Bom, ela não pode ser tão exigente assim se está com você, Stanton.

Tudo bem, esses caras ainda estão na fase do "quem tem o pau maior". Andy revirou os olhos, e Howard entornou o resto da cerveja.

– Ela é mesmo muita areia para o meu caminhãozinho, gente. – Jameson assentiu, pensativo. – Mas eu acabaria com você antes mesmo que chegasse perto, Boston.

Então, de repente, Howard inclinou o corpo para a frente, cuspindo cerveja no chão. Todas as cabeças viraram em sua direção enquanto ele limpava os restos da bebida do queixo e apontava para a porta do outro lado da sala.

– E ela está aqui.

Jameson se virou para a porta de repente, e seu coração parou.

Scarlett estava ali, o paletó pendurado no braço.

Era a imagem do *paraíso*.

O cabelo preto reluzente estava preso para trás, roçando de leve a gola do uniforme. As bochechas rosadas, os lábios curvados em um sorriso que ela não estava conseguindo segurar e, caramba, dava para enxergar o azul dos olhos dela de onde Jameson estava. Ela estava ali. Na sua base. Na sua sala de descanso. Ela estava *ali*.

Antes mesmo de pensar em se mexer, ele já estava no meio da sala, após ter abandonado a cerveja na mesa mais próxima. Mais algumas passadas curtas e se sentiu em casa, inspirando fundo ao sentir o calor da pele dela ao levar uma das mãos até a nuca de Scarlett e a outra até a cintura.

– Você está aqui – sussurrou ele, maravilhado quando ela sorriu.

Não era um sonho. Ela era real.

– Estou aqui – respondeu ela, também baixinho.

Ele olhou para os lábios dela e segurou-a com mais firmeza ao sentir o desejo que ameaçava consumi-lo. Precisava do beijo dela mais do que precisava do ar que respirava, mas não ia beijá-la ali. Não na frente do babaca que insinuou que precisava de *companhia*.

– Quanto tempo vai ficar? – perguntou ele, o estômago se revirando ao pensar que a resposta provavelmente seria apenas algumas horas.

Teria ido encontrá-la no meio do caminho se ela tivesse avisado. Queria o máximo de tempo possível com ela.

– Então... – Seu meio sorriso se transformou em um sorriso brincalhão. – Tem um minutinho?

– Tenho uma vida inteira.

Que ele lhe daria... e ela recusaria, mas ele estava se esforçando muito para não pensar nisso.

– Maravilha. – Ela sorriu e se desvencilhou de seus braços, pegando a mão dele. Então olhou para o outro lado da sala. – É Boston, né? – perguntou.

– Ah... É – disse o homem que minutos antes gritava coisas para Jameson. Ele ficou de pé, passando a mão na nuca, vermelho.

– Ah. Bom, tomara que a Força Aérea Auxiliar Feminina nunca seja integrada às forças de Sua Majestade. Seria uma pena se eu fosse oficialmente superior a você, piloto.

Ela abriu um sorriso educado, que Jameson conhecia bem o suficiente e sabia que significava "vá para o inferno", e ele não conseguiu conter a risada. Então Scarlett abriu um sorriso genuíno ao ver Howard.

– Que bom ver você, Howie.

– Você também, Scarlett.

Jameson a levou pelo corredor, então abriu a porta da sala de reuniões vazia. Ele a puxou para dentro, fechou e trancou a porta, jogou o casaco dela sobre a mesa mais próxima e a beijou até que ela perdesse os sentidos.

Scarlett não se desmanchou; ganhou vida sob seu toque. Ela colocou os braços em volta do pescoço dele e arqueou as costas, buscando o máximo de contato enquanto suas línguas se entrelaçavam. Ele soltou um gemido em sua boca e aprofundou o beijo, apagando as semanas angustiantes de separação a cada toque de línguas e raspão de dentes.

Era só com Jameson que Scarlett se permitia apenas *sentir*. A necessidade, o desejo, a dor, o anseio de amor avassalador em seu coração; ela se rendia a tudo. Todas as demais partes de sua vida eram gerenciadas e controladas. Jameson rompia as regras com as quais ela fora criada e a levava para um mundo de emoções tão vibrantes e cheio de cores quanto ele.

Uma necessidade urgente a dominava. *Mais. Mais perto. Mais profundo.*

Como se sentisse o desejo dentro dela, ou o seu próprio, ele a agarrou e a levantou para que seus olhos ficassem à mesma altura. Os dedos dela se espalharam pelo cabelo dele quando Jameson foi até a mesa e a sentou na beirada, tudo isso sem interromper o beijo.

Ela nunca tinha ficado tão feliz por usar uma saia, o que permitia que ele se encaixasse entre suas coxas. Ela arquejou ao sentir o contato, e ele inclinou sua cabeça, tomando sua boca como se precisasse reivindicá-la novamente, como se ela pudesse desaparecer a qualquer momento.

– Senti sua falta – disse ele, sem se afastar.

– Eu também senti a sua. – A voz de Scarlett saiu sem fôlego, e seu coração batia forte.

Mesmo que só compartilhassem aquele momento, tudo o que ela havia feito para chegar até ali já tinha valido a pena.

Os lábios de Jameson percorreram seu pescoço, sugando de leve logo acima da gola. Ela inspirou fundo quando ele passou a língua ali. Meu Deus, como era bom. Arrepios de prazer dispararam por seu corpo, acumulando-se em sua barriga, e ela pegou fogo. Ele incendiou o frio de novembro que tinha se agarrado à sua pele desde sua chegada naquela manhã. Ela nunca sentia frio nos braços de Jameson.

Ele abriu os botões do uniforme dela e deslizou as mãos para dentro para acariciar a cintura dela sobre o tecido da camisa branca e macia. Seus polegares roçaram as costelas dela, logo abaixo dos seios, e ela impulsionou o corpo contra o dele, incitando-o.

Ele voltou a beijá-la e puxou-a mais para perto.

Ela arquejou, sentindo como ele estava duro através das camadas de tecido que cobriam seus corpos. Ele a desejava. Em vez de se afastar, tímida, ela impulsionou o quadril contra o dele sem pudor.

Qualquer coisa poderia ter acontecido com ele naquelas últimas semanas – ou com ela. Scarlett estava com ele agora, cansada de negar o próprio desejo, de lutar contra a velocidade imprudente ou a intensidade daquela conexão. Ela o aceitaria de qualquer jeito, em qualquer condição.

– Por quanto tempo vou ter você aqui? – perguntou ele, a respiração tentadora contra a orelha de Scarlett, e logo também em seus lábios.

– Por quanto tempo você me quer?

Ela segurou o pescoço dele com mais força.

– Para sempre.

As mãos dele apertaram a cintura de Scarlett e os dentes roçaram com delicadeza a carne delicada do lóbulo da orelha dela.

Meu Deus, era difícil pensar quando ele fazia isso.

– Ótimo, porque fui transferida para cá – ela deu um jeito de dizer.

Jameson ficou paralisado, então se afastou devagar, os olhos arregalados, incrédulo.

– Não gostou? – perguntou ela, sentindo um aperto no peito.

Será que tinha sido boba? E se as cartas não significassem nada para ele? E se ele já estivesse em outra, mas não teve coragem de dizer? Todas as garotas de Middle Wallop deixavam bem claro que ocupariam seu lugar com prazer, e ela sabia que ali não devia ser diferente.

– Você está aqui... para ficar mesmo?

Os olhos de Jameson buscaram os dela.

– Sim. – Ela assentiu. – Constance e eu pedimos transferência, e faz alguns dias que conseguimos. Eu não queria alimentar suas esperanças, caso não desse certo, e quando deu imaginei que conseguiria chegar mais rápido que uma carta. Não gostou?

Ela repetiu a pergunta, a voz falhando no final.

– Claro que gostei! – Ele sorriu, e a tensão no peito de Scarlett evaporou. – Estou... surpreso, mas é uma surpresa incrível! – Ele a beijou com vontade. – Eu te amo, Scarlett.

– E eu te amo. Graças a Deus, porque não posso simplesmente pedir para ser transferida de volta para Middle Wallop.

Ela tentou ficar séria, mas não conseguiu. Será que algum dia já tinha se sentido tão feliz? Achava que não.

– Não sei quanto tempo o 71º Esquadrão vai ficar aqui – admitiu ele, passando os polegares em seu rosto. – Esquadrões são transferidos o tempo todo, e já estão falando de nos mandar para outro lugar.

Só de pensar nisso, o estômago de Scarlett se embrulhou. A transferência dela era um curativo temporário em uma ferida aberta, mas ele estava muito feliz pelo tempo que teriam juntos.

– Eu sei. – Ela virou a mão dele e deu um beijo na palma. – Estou preparada para isso.

– Eu não. Esses meses sem você foram insuportáveis. – Ele encostou a testa na dela. – Não sabia o quanto te amava até ter que acordar, dia após dia, sabendo que não veria seu sorriso ou ouviria sua risada ou, caramba, que não ouviria você gritando comigo.

Ele se sentia incompleto, sempre pensando nela, o que quer que estivesse fazendo. Andava tão distraído que era uma surpresa que não tivesse avariado um dos aviões – não que não fosse capaz de pilotar um Buffalo com os olhos fechados.

– Foi horrível – admitiu ela, deixando que seu olhar mergulhasse para os lábios dele, e em seguida para as linhas de seu uniforme. – Senti falta do seu abraço e de como meu coração parece saltitar quando te vejo. – Ela passou os dedos nos lábios dele. – Senti saudade dos seus beijos e até das suas provocações.

– Alguém tem que te fazer rir.

Ele mordiscou a ponta do polegar dela.

– Você faz isso muito bem. – O sorriso de Scarlett fraquejou. – Não quero passar mais um mês assim, imagine dois.

O rosto dele se contraiu.

– Como vamos evitar isso em alguns meses quando eles decidirem que o 71º é mais necessário em outro lugar?

– Bom, eu tive uma ideia. – Ela semicerrou os olhos, especulativa. – Mas para isso você precisa me dizer a *sua* ideia mais uma vez.

Ela apertou os lábios entre os dentes.

Ele olhou para ela, aturdido.

– Minha ideia? Eu pedi você em ca... – Ele ficou boquiaberto. – Scarlett, você está dizendo que...

Seus olhos buscaram os dela, frenéticos.

– Enquanto você não perguntar, não estou dizendo nada.

Ela sentiu um aperto no peito e rezou para que ele não tivesse mudado de ideia, que ela não tivesse jogado sua felicidade fora e arrastado a irmã para o outro lado do país só para ser rejeitada.

Os olhos dele brilharam.

– Espera aqui. – Ele deu um passo para trás, erguendo o indicador no ar. – Não se mexa.

E saiu correndo.

Scarlett engoliu em seco e fechou os joelhos, arrumando a saia. Ele não tinha sido literal, *claro*. Qualquer um poderia ter entrado ali.

O tique-taque mecânico do relógio era sua única companhia no silêncio, e ela se esforçou para acalmar o coração.

Jameson voltou para a sala, agarrando-se ao batente para fazer a curva. Então recuperou o equilíbrio e fechou a porta antes de se aproximar.

– Melhor agora? – perguntou ela.

Ele assentiu, passando a mão no cabelo, nervoso, e se ajoelhando à sua frente, com um anel entre o polegar e o indicador.

Ela inspirou fundo.

– Sei que não sou o que você imaginava quando pensava em casamento. Não tenho um título e no momento não tenho nem pátria. – Ele fez uma careta. – Mas o que tenho é seu, Scarlett. Meu coração, meu nome, meu ser... é tudo seu. E prometo que se deixar vou passar todos os dias da minha vida conquistando o privilégio de ter seu amor. Quer me dar a honra de ser minha esposa?

Ele franziu o cenho de leve, mas havia tanta esperança em seus olhos que era quase doloroso para Scarlett ver isso e perceber que ela o fizera duvidar de qual seria sua resposta.

– Quero – respondeu ela, os lábios tremendo em um sorriso. – Quero! – repetiu, assentindo, entusiasmada.

Ela soubera como era a vida sem ele e nunca mais queria sentir essa dor. Seu trabalho, sua família, aquela guerra... Eles enfrentariam o que viesse.

– Graças a Deus. – Ele ficou de pé e a abraçou. – Scarlett, minha Scarlett – disse, com os lábios no rosto dela.

Scarlett o abraçou forte, absorvendo aquele momento.

De algum jeito, eles fariam aquilo durar.

Ele a soltou e colocou o anel em seu dedo. Era lindo, com um diamante solitário incrustado em uma filigrana de ouro, e coube perfeitamente.

– Jameson, é maravilhoso. Obrigada.

– Que bom que gostou. Comprei quando estávamos em Church Fenton, na esperança de que você mudasse de ideia. – Ele lhe deu um beijo suave, então pegou a mão dela. – Talvez a gente consiga alcançar o comandante, se formos rápidos.

– O quê? – perguntou ela, enquanto Jameson pegava seu casaco e a guiava pelo corredor.

– Precisamos da permissão do comandante. Do capelão também.

Os olhos dele brilhavam de entusiasmo.

– Bom, temos tempo para isso. – Ela riu.

– Ah, não. Não vou arriscar que você mude de ideia de novo. Espera aqui um pouquinho.

Ele entrou em outra sala, deixando-a no meio do corredor, tentando não gaguejar. E logo voltou com o casaco e o quepe.

– Não vamos nos casar esta noite – rebateu ela, depressa.

Aquilo seria loucura.

– Por que não?

O sorriso dele se desfez.

Ela levou a mão ao rosto de Jameson.

– Porque eu gostaria de tirar o vestido que comprei da mala. Não é grande coisa, mas eu queria usá-lo.

– Ah. Certo. – Ele assentiu, pensando no que ela tinha dito. – Claro que sim. E a sua família?

O rosto de Scarlett ficou quente.

– Constance é a única família que tenho agora.

– Por pouco tempo. – Ele a puxou para si com gentileza. – Logo vai ter a mim, minha mãe e meu pai, e meu tio também.

– É tudo de que preciso. Além disso, precisamos providenciar um lugar. Eu é que não vou passar a noite de núpcias com o 71º Esquadrão.

Ela lhe lançou um olhar severo, e ele ficou branco.

– Claro que não. Podemos falar com o comandante e o capelão amanhã, se concordar.

Ela assentiu.

– Preciso tirar o vestido da mala, não muito mais que isso.

Um zumbido de ansiedade vibrou por todo o seu corpo.

– Vou providenciar um lugar só para nós.

Jameson encostou a testa na dela.

– E vamos nos casar – sussurrou Scarlett.

– E vamos nos casar.

CAPÍTULO 13
GEORGIA

Meu querido Jameson,
   Sinto sua falta. Preciso de você. Nada aqui é o mesmo sem você. Constance acha que conseguiríamos transferir a roseira, mas não sei se devemos. Por que arrancar algo que está feliz onde está? Ao contrário de mim. Estou murchando sem você. Me mantenho ocupada, claro, mas você está sempre em meus pensamentos. Por favor, se cuide, meu amor. Não consigo respirar neste mundo sem você. Tenha cuidado. Logo estaremos juntos de novo.
   De todo o meu coração,
   Scarlett

– Como assim ele simplesmente *apareceu* na sua porta?

As sobrancelhas de Hazel se ergueram lá em cima, os olhos verdes arregalados.

– De tudo que contei que aconteceu ontem, foi *isso* que te deixou surpresa? – Lancei um olhar de reprovação para ela por sobre o café.

– Por mais que eu te ame, Ava ir embora assim que o adiantamento caiu é mais do que esperado. Eu tinha esperança de que ela cumprisse a promessa e ficasse? Claro. Estava torcendo para que ela virasse a página, mas a esta altura talvez ela precise é virar uma árvore inteira. Eu só achava que você ia me ligar quando... Colin, meu amor, não coloque a mão aí.

Ela correu até a copa, onde as crianças estavam brincando, e fechou a porta do armário.

– Não tem problema – garanti. – Bisa sempre mantinha esses armários cheios de brinquedos exatamente por isso.

Boa parte dos brinquedos ali era mais velha que eu.

– Eu sei, mas não quero que eles… – Ela percebeu meu olhar. – Tá. Esse armário tudo bem, mas não vamos mexer nos outros armários da tia Georgia, tá? – Ela abriu a porta e voltou até a ilha, sentando-se na banqueta ao lado da minha. – Juro que só queria dar uma passada para ver como você estava, não destruir sua casa.

– Ah, que isso. – Revirei os olhos. – Estou feliz por você ter vindo. Não é como se eu estivesse com a agenda cheia.

Dei um sorriso não muito animado, observando as crianças brincando.

– Então ele está… aqui? – perguntou Hazel, levantando a caneca de café.

– Alugou o Chalé Grantham.

– Como é que é?

A caneca tilintou no granito quando ela a largou, esquecendo-se de beber.

– Isso mesmo que você ouviu.

Bebi mais um gole fortalecedor. Toda a cafeína do mundo não seria capaz de me ajudar naquele dia, mas eu estava disposta a tentar.

– É tipo… – Ela chegou pertinho, como se alguém pudesse ouvir. – Aqui do lado.

– É. – Assenti. – Até liguei para o advogado ontem à noite, e ele confirmou que a imobiliária alugou o chalé, como orientei. – Torci o nariz. – Então perguntei se eu poderia revogar o aluguel, e ele me disse que não gostar do Noah não é um motivo legal.

Hazel estava boquiaberta.

– Pode dizer alguma coisa, por favor? – pedi, quando o silêncio ficou tão constrangedor que chegava a doer.

– É. Desculpa.

Ela balançou a cabeça e olhou para as crianças.

– Relaxa, eles não vão a lugar algum – falei.

– Você não faz ideia do quanto eles são rápidos. Posso jurar que ontem a Dani percorreu um quilômetro em dois minutos. – Ela cruzou as pernas e ficou me analisando. – Então o gostosão está na casa ao lado.

– O escritor está... bom, se é que a gente pode dizer que o chalé fica aqui "ao lado".

Era basicamente *no mesmo* terreno, pertinho mesmo, e fora em grande parte por isso que a Bisa nunca tinha vendido o chalé. Ela dizia que era melhor escolher bem os vizinhos do que ter que aguentar uma pessoa enxerida.

Hazel semicerrou os olhos.

– Na verdade – continuei –, ele deve chegar a qualquer momento para darmos início ao trabalho divertidíssimo que é discutir. Ele literalmente *se mudou* para cá para poder discutir comigo. Quem faz uma coisa dessas?

Bebi mais um gole de café.

– Alguém que reconhece o quanto você pode ser teimosa e...

– Ei – alertei.

– Você sabe que é verdade. Ele até merece alguns pontos por pegar um avião em vez de só ligar de novo. – Ela deu de ombros. – Além do mais, isso facilita minha sugestão de que você *trabalhe* essa frustração que tem com ele *se jogando* no homem de uma vez.

Traidora.

– Você está do lado de quem? – perguntei.

– Do seu. Sempre do seu. Eu nem acrescentei o cara à minha lista de celebridades permitidas.

– Ótimo. Então ele não ganha ponto nenhum. Os pontos nem existem.

Terminei meu café e levei a caneca à pia. Quando me virei, Hazel estava com a cabeça inclinada para o lado, me examinando.

– O que foi?

– Você gosta dele – declarou Hazel.

Ela bebeu um gole do café.

– Como... como é que é? – perguntei, gaguejando, meu estômago se revirando.

– Você ouviu o que eu disse.

– Pois morda sua língua! – rebati, como se de repente tivéssemos voltado a ter 7 anos.

– Você está com uma roupa de verdade. Calça jeans, uma camisa que precisou passar, e seu cabelo está solto. Você gosta dele.

Um sorriso surgiu no rosto dela.

– Estou começando a me arrepender de ter deixado você entrar – falei.

Meu celular vibrou, e peguei-o do balcão antes que Hazel pudesse olhar para a tela. Era uma mensagem do Noah.

Noah: Tô indo. Precisa de alguma coisa?

Teria sido infantil responder que eu precisava que ele levasse aquela bunda maravilhosa e insistente de volta para Nova York, mas pensei em fazer isso assim mesmo.

– Eu *não* gosto dele – respondi para Hazel, então digitei uma mensagem.

Georgia: Pode entrar. A porta está aberta.

– E ele está vindo – acrescentei, escorando o quadril no balcão.

Só porque acordei me sentindo… humana, isso não significava que eu gostava dele. Significava que tinha me preparado para uma reunião de negócios. Meu celular vibrou mais uma vez.

– Crianças, temos que ir. A tia Georgia vai receber um amigo! – gritou Hazel para Oliver e Dani.

Noah: Você não pode deixar a porta aberta. Não é seguro.

Bufei. Não é seguro uma ova.

Georgia: Diz o homem que escala montanhas.

Coloquei o celular sobre o balcão e suspirei.

– Eu não gosto dele – repeti para minha melhor amiga.

– Tá bom – respondeu ela, assentindo de leve e levando a caneca até a pia. – Mas precisa saber que tudo bem se gostar.

Eu me encolhi. Não estava tudo bem coisa nenhuma.

– Devolve! – choramingou Oliver.

– É meu! – gritou Danielle.

Hazel e eu nos viramos, mas Danielle passou correndo pela gente, com Oliver logo atrás.

– Pelo amor de Deus – resmungou Hazel para os céus, já correndo.

– Você não pode deixar a porta… Opa! – gritou Noah da entrada.

Antes mesmo que saíssemos da cozinha, Noah já estava entrando, uma criança risonha embaixo de cada braço. Eu não tinha reparado no tamanho daqueles bíceps. Não. Não tinha mesmo. Também não tinha prestado atenção na curva de seus lábios ou na sensualidade de seu sorriso. Era desumano ser lindo daquele jeito tão cedo pela manhã.

– Viu o que acontece quando você deixa a porta aberta? – perguntou ele, sacudindo as crianças de leve. – Todo tipo de criatura selvagem entra.

Dani rugiu, o que só aumentou o sorriso de Noah.

Não. Não. Não. Nada de se desmanchar, nada de suspirar, nada disso. Nada.

– Ei, vocês não podem ser simpáticos com estranhos – resmunguei.

– Ele não é seu amigo, tia Georgia? – perguntou Oliver.

Ah, as cidades pequenas… As crianças nunca nem tinham cruzado com um estranho.

– É, tia Georgia, está dizendo que não somos amigos? – perguntou Noah em desafio.

Os olhos dele se arregalaram numa expressão brincalhona. Revirei os olhos, e ele colocou as crianças no chão e estendeu a mão para Hazel.

– Olá. Noah Morelli. Imagino que as crianças fofas sejam suas.

Ele jogou todo aquele charme para cima da Hazel, e funcionou, dado o sorriso dela.

E ele disse o nome verdadeiro.

– Oi, Noah. Sou Hazel, melhor amiga da Georgia. – Ela apertou a mão dele e soltou. – Você leva jeito com crianças. – Ela ergueu as sobrancelhas.

– Graças à minha irmã. Melhor amiga, é? – Ele olhou para mim com um sorrisinho malicioso. – A das reportagens?

Eu queria morrer neste instante.

– Eu mesma. – O sorriso da Hazel só aumentou.

– E aí, pode me dar alguma dica sobre como conversar com essa daí? – Ele apontou para mim.

– Ah, claro! É só deixar ela… – Hazel viu que eu a encarava e endireitou a coluna. – Foi mal, mas não tenho nenhuma dica, Noah. Sou time Georgia. Crianças, temos que ir agora mesmo. – *Desculpa*, completou ela, só mexendo os lábios para mim, e então correu até as crianças.

– Não se preocupe com a bagunça – falei.

Ela já tinha bastante com que se preocupar. Eu não tinha lá muito o que fazer, e ela precisava de um descanso.

– E você não tinha que ir abrir o centro? – lembrei.

– Eu detesto ter que… Ah, meu Deus, vou me atrasar! – exclamou ela, depois pegou uma criança em cada braço e passou por mim quase derrapando, parando para me dar um beijo. – Obrigada pelo café.

– Bom trabalho, meu bem – cantarolei, jogando uma banana em sua bolsa enorme.

– Foi um prazer conhecer você, Noah! – gritou ela, correndo porta afora.

– O prazer foi meu!

A porta se fechou com um *bam* bem alto.

– Uma banana? – perguntou ele, erguendo as sobrancelhas.

– Ela sempre se lembra de providenciar o café da manhã das crianças, mas fica ocupada demais para comer – respondi, dando de ombros, e meu celular vibrou.

Hazel: Ele ganha uma dúzia de pontos pela manobra com as crianças.

– Traidora – resmunguei, enfiando o celular no bolso de trás da calça sem responder.

– E aí? – disse Noah, enfiando as mãos nos bolsos da frente.

– E aí? – respondi. – Eu nunca tive uma briga com hora marcada.

O ar entre nós estava praticamente estalando de tanta eletricidade.

– É isso que diria que estamos fazendo? – ele deu um sorrisinho.

– O que *você* diria que estamos fazendo? – perguntei.

Coloquei a caneca na lava-louça.

Ele pensou um pouco antes de responder.

– Uma caminhada premeditada com o propósito de descobrir um caminho benéfico para nós dois, de forma que possamos lidar com nossas diferenças pessoais e profissionais e chegar a um objetivo único – ponderou. – Se eu tivesse que definir de improviso.

– Escritores – resmunguei. – Então vamos *caminhar* até o escritório.

Os olhos dele brilharam, satisfeitos.

– Tenho uma ideia melhor. Vamos caminhar à beira do riacho.

Arqueei uma sobrancelha.

Ele levantou as mãos.

– Sem escaladas. Estou falando do riacho no seu quintal… o das cartas, não é? Penso melhor quando estou caminhando. Além disso, vamos estar longe de objetos que podem quebrar… caso você queira jogar alguma coisa em mim.

Revirei os olhos.

– Tá. Vou calçar meu sapato.

Quando voltei à cozinha com minhas botas de trilha e uma camiseta muito mais adequada, ele já tinha arrumado a bagunça que os filhos de

Hazel tinham deixado, e até eu tive que admitir, a contragosto, que ele estava ganhando pontos.

Escritor taciturno? *Check.*

Gostoso? *Check.*

Jeito com crianças? *Check* duplo.

Senti meu peito apertar. Aquilo não era *nada* bom.

– Não precisava, mas obrigada – falei quando saímos da cozinha para o pátio.

– Não foi nada... Uau.

Ele parou de repente, olhando para o jardim que a Bisa tanto amava.

– É um jardim estilo inglês, claro – expliquei enquanto seguíamos pela trilha entre as sebes aparadas.

O outono tinha se instalado, trazendo consigo tons alaranjados e dourados por toda parte, exceto pela estufa.

– Claro – disse ele, observando tudo, sua atenção disparando para uma planta, depois para outra.

– Está memorizando tudo? – perguntei.

– Como assim?

– Bisa me dizia que memorizava os lugares. A aparência e o aroma, os sons que ela ouvia, os menores detalhes que poderia usar em uma história para fazer com que o leitor sentisse que estava ali também. É isso que você faz?

– Nunca pensei nesses termos, mas sim. – Ele assentiu. – Esse lugar é lindo.

– Obrigada. Ela amava, mesmo quando reclamava que não conseguia fazer algumas das plantas favoritas dela sobreviverem na altitude.

Chegamos ao portão dos fundos, onde uma cerca viva nos separava da natureza do Colorado. Girei a maçaneta de ferro forjado para que saíssemos.

– Ela dizia que se sentia mais perto da irmã – contei.

– Foi Constance quem a ensinou, né?

– Foi.

Era estranho, mas reconfortante, que outra pessoa tivesse lido o manuscrito da Bisa e conhecesse aquela parte da vida dela com a mesma profundidade que eu.

– Ah, caramba. Esse lugar aqui também é lindo – disse ele, olhando para os álamos à nossa frente.

– É meu lar.

Inspirei fundo, sentindo minha alma se acalmar, como sempre acontecia com aquela vista. Estávamos aninhados no Vale dos Alces, que se erguiam à nossa frente, o topo da galhada já branco da primeira neve.

O campo nos fundos da casa da Bisa estava colorido em tons de ouro polido, tanto na grama na altura dos joelhos que se rendia ao ciclo do outono quanto nas folhas dos álamos em ambas as laterais.

– É minha época favorita do ano. Não que não tenha saudade do outono em Nova York, mas aqui não há uma desordem de cores. As árvores não estão em guerra para saber qual folha vai brilhar mais. Aqui, as montanhas ficam douradas, como se todas concordassem. É tranquilo.

Guiei a caminhada pela trilha aberta no campo desde muito antes de eu nascer.

– Estou vendo por que quis voltar – admitiu Noah. – Mas sou apaixonado pelo outono em Nova York.

– E, mesmo assim, aqui está você, morando nesta rua.

Chegamos ao riacho que cortava a propriedade da Bisa, agora minha. Não era muito para os padrões da Costa Leste. Talvez 3 metros de largura e meio de profundidade, no máximo, mas a água é diferente nas Rochosas. Não flui de maneira contínua e não é tranquila ou previsível. Pode diminuir até virar um fiozinho de água e, quando menos se espera, se transformar em um paredão, em uma inundação repentina que destrói tudo pelo caminho. É como a montanha: perigosamente bela.

– Fiz o que tinha que fazer. – Ele deu de ombros, e viramos para caminhar à beira do riacho. – Você tem saudade de Nova York?

– Não.

– Resposta rápida.

– Pergunta fácil. – Enfiei os polegares nos bolsos de trás. – É agora que a briga pelo livro começa?

– Não sou eu que estou dizendo que tem que ser uma briga. Vamos começar com calma. Me pergunta algo pessoal. O que quiser. – Ele arregaçou as mangas enquanto caminhávamos, revelando uma linha no antebraço que parecia corresponder à ponta de uma espada. – Respondo uma se você responder também.

Parecia fácil.

– Qualquer coisa? – perguntei.

– Qualquer coisa.

– Qual é a história dessa tatuagem? – Apontei para seu braço. Ele seguiu meu olhar.

– Ah, essa na verdade foi a primeira.

Ele puxou a manga o máximo que conseguiu, revelando a lâmina de uma espada que fazia as vezes de agulha de uma bússola. Eu já tinha visto várias fotos, então sabia que cobria seu ombro, embora naquele momento só estivesse vendo a base.

– Fiz uma semana antes da publicação de *O declínio de Avalon*. Entrelacei uma parábola do Rei Artur e a história de um cara que busca o...

– O amor que perdeu. Eu li. – Quase tropecei quando, devagar, ele abriu um sorrisinho, e encarei a trilha. – Você tem uma tatuagem para cada livro?

– Primeiro, foram *duas* perguntas, e sim, mas as outras são menores. Quando *Avalon* foi publicado, achei que talvez fosse meu único livro. Minha vez.

– Justo.

Lá vêm as perguntas sobre meu último relacionamento...

– Por que parou de esculpir?

O quê? Diminuí o ritmo, mas ele me acompanhou.

– Damian pediu que eu fizesse uma pausa para ajudar a Ellsworth Produções a decolar, o que fazia sentido. Tínhamos acabado de nos casar, e eu achava que estava ajudando a construir nosso futuro. Continuava sendo arte, mas a arte *dele*, né? – Dei de ombros ao lembrar os pensamentos ingênuos de uma garota de 22 anos. – Aí a pausa acabou virando uma parada definitiva, e aquela parte de mim só... – As palavras certas nunca me ocorriam quando eu falava desse assunto. – ... enfraqueceu. Foi se apagando como uma fogueira que me esqueci de alimentar. As chamas foram diminuindo tão devagar que só fui perceber quando não restavam mais que algumas brasas, e àquela altura o restante da minha vida estava pegando fogo. Não tem muito espaço para a criatividade quando a gente está concentrado em respirar.

Eu sentia o olhar dele fixo em mim, mas não o encarei. Em vez disso, inspirei fundo e forcei um sorriso.

– Mas acho que está voltando. Aos poucos. – Pensei na loja do Sr. Navarro e no custo de realmente fazer alguma coisa. – Enfim, foi uma pergunta só, e te devo mais uma, então manda ver.

– Por que não confia em mim para terminar a história?

Endireitei a coluna.

– Não confio em ninguém. E a Bisa também não confiava. Não é fácil saber que alguém vai ficcionalizar o que aconteceu de verdade com minha família. Não é uma história qualquer para mim.

– Então por que vender? Só para deixar sua mãe feliz? – Suas sobrancelhas escuras arriaram. – Foi só por isso mesmo que você aceitou?

Foi? Fiquei observando o riacho correr, pensando um pouco na pergunta. Ele ganhou mais um ponto ao não insistir por uma resposta.

– Em parte, foi por isso – falei por fim. – Eu queria deixar minha mãe feliz. Queria poder lhe dar algo que ela queria, já que... não é sempre que isso acontece.

Ele me olhou com curiosidade.

– A gente tem um relacionamento complicado. Digamos que enquanto você janta com sua família uma vez por mês, eu e minha mãe jantamos juntas talvez uma vez por *ano*. – Para dizer o mínimo, mas aquilo não era uma sessão de terapia. – A outra parte de mim viu a Bisa trabalhar nesse livro de tempos em tempos até o inverno em que me casei.

– Foi quando ela parou?

– Não tenho certeza, porque foi quando me mudei para Nova York, mas eu voltava para casa mês sim, mês não, e nunca mais vi a Bisa trabalhando no livro. – Balancei a cabeça. – William, meu avô, era a única pessoa que ela permitia que lesse o livro, isso na década de 1960, antes de ela escrever os últimos capítulos. Depois que ele morreu em um acidente de carro – dei a explicação rápida –, ela passou dez anos sem encostar no manuscrito. Mas era importante para ela, então acabou voltando nele. Queria acertar o tom.

– Então me deixe acertar. – Noah foi baixando o tom de voz conforme nos aproximávamos da curva do riacho.

– Eu esperava que você acertasse, mas aí começou a vomitar essa coisa de "felizes para sempre"...

– Porque é a marca dela! – A postura dele se enrijeceu ao meu lado. – Os autores têm um contrato com os leitores quando alcançam o patamar em que sua bisavó estava. Ela escreveu 73 romances que deram aos leitores dela aquela recompensa alegre do final feliz. Você acha mesmo que desta vez ela ia mudar o roteiro?

– Acho. – Assenti, enfática. – Acho que a verdade do que aconteceu era dolorosa demais para ela escrever, e a fantasia que você quer criar era ainda mais dolorosa, porque só a faria se lembrar de algo que não pôde ter. Mesmo os anos que ela passou casada com o bisavô Brian não foram... bom, você leu o que ela tinha com Jameson. Era raro. Tão raro que acontece uma vez... O quê? A cada geração?

– Talvez – admitiu ele com a voz suave. – É o tipo de amor sobre o qual as pessoas escrevem, Georgia. O tipo de amor que as faz acreditar que também deve existir algo assim para elas.

– Então pergunte ao biso Jameson como termina. Bisa dizia que só ele saberia, e é meio difícil falar com ele.

Voltei a olhar para a trilha. O riacho começou sua curva suave, seguindo a geografia do meu quintal.

– Já pensou na prateleira em que o livro vai ficar? – perguntei, tentando um caminho diferente para que ele entendesse meu ponto de vista.

Ele ergueu as sobrancelhas.

– Como assim?

– Vai sair no seu nome ou no dela?

Parei de caminhar, e ele se virou para mim. A luz do sol iluminou seu cabelo, fazendo-o brilhar em alguns lugares.

– Ambos, como você disse. Também quer saber qual vai ser o orçamento para divulgação? – perguntou ele, me provocando.

Olhei bem para ele.

– Está mesmo disposto a abandonar a ficção geral e ficar na, *meu Deus*, prateleira dos livros de romance? Porque o cara que encontrei na livraria mês passado não estava.

Ele me olhou, aturdido, recuando um pouco.

– Humm. Não tinha visualizado o pós-lançamento, né? – supus.

– Isso importa? – rebateu ele, esfregando a barba por fazer, claramente frustrado.

– Importa. O que estou pedindo que você faça te mantém na seção que não é para... – Inclinei a cabeça para o lado. – Como você disse mesmo? Sexo e expectativas irreais?

Um palavrão sussurrado escapou dos lábios dele.

– Nunca vou fazer você esquecer isso, né?

Ele se virou, olhando para as árvores, então resmungou algo que me pareceu *insatisfatório*.

– Não – respondi. – Quer continuar falando sobre esse final romântico? Porque é nessa prateleira que o livro vai acabar se você for em frente. O nome dela é mais importante que o seu. Você pode ser o cara, mas não é Scarlett Stanton.

– Eu não estou nem aí para a prateleira onde o livro vai parar.

Nossos olhares se cruzaram por um instante de tensão.

– Não acredito em você.

Ele abaixou a cabeça.

– Você não me conhece.

Meu rosto esquentou, meu coração acelerou, e eu quis mais que tudo que aquela discussão estivesse acontecendo pelo telefone, para que pudesse encerrar a ligação e colocar um fim naquelas centelhas irritantes de emoção que Noah sempre acendia dentro de mim.

Eu gostava de me sentir anestesiada. Era seguro.

Noah era muitas coisas, mas não era nada seguro.

Afastei o olhar do dele.

– O que é aquilo ali?

Ele inclinou o tronco de leve para a frente, semicerrando os olhos.

Acompanhei seu olhar.

– Um gazebo – respondi.

A brisa soprou, e coloquei o cabelo atrás das orelhas ao ultrapassar Noah, pisando firme em direção ao bosque de álamos. Espaço. Eu precisava de espaço.

O som dos passos atrás de mim queria dizer que ele estava me seguindo, então continuei andando. Uns quinze metros depois, bem no meio do bosque, havia um gazebo feito dos troncos dos álamos. Subi os degraus, passando os dedos no parapeito com carinho, que fora lixado e substituído ao longo dos anos, assim como o piso e o telhado. Mas a sustentação era original.

Noah subiu atrás de mim, se virando devagar para poder ver todo o espaço. Tinha mais ou menos o tamanho da sala de jantar de casa, mas em formato circular. Observei-o com atenção, me preparando para o que certamente viria como uma crítica ao lugarzinho rústico que eu amava quando criança.

– Este lugar é fenomenal. – A voz dele foi diminuindo enquanto caminhava até o parapeito e olhava para fora. – Há quanto tempo está aqui?

– Bisa construiu na década de 1940 com o pai e o tio do biso Jameson. Eles terminaram antes do Dia da Vitória. – Eu me escorei em um dos troncos. – Todo verão, ela trazia uma mesa para escrever aqui, e eu brincava enquanto ela trabalhava.

Sorri com a lembrança.

Quando ele se virou para mim, sua expressão estava mais suave, e havia tristeza em seus olhos.

– Era aqui que ela esperava por ele – concluiu Noah.

Abracei minha cintura e assenti.

– Eu acreditava que o amor deles era a base da construção. Por isso ela sempre fazia reparos, nunca reconstruía.

– Não acredita mais?

Ele se aproximou a ponto de eu sentir o calor de seu corpo em meu ombro.

– Não. Acho que é a tristeza dela, a nostalgia. O que faz sentido agora, que estou mais velha. O amor não dura, não tanto quanto este lugar. – Meu olhar deslizou de tronco em tronco enquanto milhares de memórias surgiam em minha mente. – É delicado demais, frágil demais.

– Então é paixão, não amor. – A voz dele saiu baixa, e mais uma centelha de emoção, anseio desta vez, queimou em uma chama no meio do meu peito.

– Seja o que for, nunca está à altura do ideal, né? A gente finge que está e lambe a areia quando se depara com a miragem. Mas este lugar? É resistente. Sólido. A tristeza, a nostalgia, a dor que nos consome depois da chance perdida... são bases sólidas. São as emoções que resistem ao tempo.

Senti seu olhar mais uma vez, mas não retribuí, não depois de tudo o que tinha despejado nele.

– Sinto muito por ele não ter te amado como você merecia – disse Noah.

Eu me contraí.

– Não acredite em tudo que lê nas revistas de fofoca.

– Eu não leio revistas de fofoca. Sei o que os votos de casamento significam e aprendi o bastante sobre você para saber que levou a sério.

– Não importa.

Voltei a colocar o cabelo atrás da orelha, sem conseguir controlar minhas mãos, o olhar dele aquecendo minha pele como um toque físico.

– Você sabia que nosso cérebro é programado para se lembrar melhor das memórias dolorosas? – perguntou ele.

Balancei a cabeça, e um arrepio frio percorreu meu corpo agora que estávamos na sombra. Noah se aproximou mais, me cedendo seu calor. O homem era uma fornalha, a julgar pelo seu braço.

– É verdade – continuou ele. – É uma forma de nos proteger, lembrando algo doloroso para não repetirmos o mesmo erro.

– Um mecanismo de defesa – refleti.

– Isso mesmo. – Ele virou a cabeça para mim. – Não significa que não devamos fazer de novo. Só que precisamos superar a dor que nosso cérebro não consegue deixar passar.

– O que é mesmo que dizem sobre a definição de insanidade? – perguntei, inclinando o rosto para encará-lo. – Fazer a mesma coisa várias vezes esperando um resultado diferente?

– Nunca é a *mesma* coisa. Existem milhares de variações para qualquer situação. Duas pessoas nunca são iguais. A menor diferença em qualquer interação pode gerar resultados muito diferentes. Gosto de pensar nas possibilidades como uma árvore. A gente pode começar com um caminho… – Ele deu uma batidinha no tronco mais próximo. – Mas o destino estende os galhos, e o que parece ser uma escolha pequena, direita ou esquerda, leva a outra, e outra, até que as possibilidades sejam infinitas.

– Tipo, se eu não tivesse descoberto que Damian estava me traindo, eu ainda estaria com ele? Bom, talvez se não existisse um bebê. – Minha voz foi sumindo, e me obriguei a dar fim àquela linha de raciocínio.

– Talvez. Mas agora você está em outro galho, porque descobriu. E talvez o galho anterior exista no domínio ficcional das possibilidades, mas neste você está aqui comigo. – Seu olhar desceu até meus lábios e voltou a subir. – Sinto muito que ele tenha estragado tudo, mas não que você tenha descoberto. Você merece coisa melhor.

– Bisa nunca quis que eu me casasse com ele. – Mudei o peso para a outra perna, mas mantive o olhar no de Noah. – Ela queria para mim o que tinha com o biso Jameson. Não que não amasse o biso Brian, ela amava.

– Ela demorou quarenta anos para superar. Ela foi feliz, afinal?

Assenti.

– Foi muito feliz, pelo que ela dizia. Mas nunca insisti que falasse sobre isso. Parecia ser doloroso demais. Damian insistiu uma ou duas vezes, mas ele sempre foi um babaca intrometido. No entanto, mesmo casada com o biso Brian, ela escrevia aqui, como se estivesse esperando por Jameson depois de todos aqueles anos.

– Ela era uma romântica incurável. Olha só para esse lugar... – Ele analisou o gazebo. – Você não sente a presença deles aqui? Não consegue ver os dois felizes em outro reino ficcional possível? Algum outro galho em que a guerra não os tenha despedaçado?

Engoli em seco, pensando na Bisa – não só na imagem que eu tinha na minha lembrança, mas naquela fotografia dela, loucamente apaixonada.

– Eu consigo – continuou Noah. – Vejo os dois abrindo uma pista no campo para que ele pudesse pilotar, e vejo meia dúzia de filhos. Vejo o modo como Jameson olha para ela, como se Scarlett fosse o motivo pelo qual as estações mudam e o sol nasce, até eles completarem 101 anos.

Era um ano a mais do que a Bisa viveu, e embora eu soubesse que era ganância, eu queria aquele ano a mais. De todos os que vivi, aquele era o ano em que eu mais precisava dela.

Noah se virou, ocupando o espaço à minha frente, olhando para mim com tanta intensidade que tive que me esforçar para não desviar o olhar. Ele enxergava demais, fazia com que eu me sentisse muito exposta. Mas meu corpo claramente não se incomodou com a proximidade. Meu coração disparou, minha respiração ficou ofegante, meu sangue esquentou.

– Vejo os dois caminhando de mãos dadas ao pôr do sol para fugir uns minutinhos... depois de ter colocado as crianças para dormir, claro. Vejo Scarlett tirando os olhos da máquina de escrever para observar Jameson passando, sabendo que, quando terminasse o trabalho do dia, ele estaria esperando. Vejo os dois rindo, e vivendo, e brigando... uma briga sempre inflamada, mas justa. São cuidadosos um com o outro porque sabem bem o que têm, sabem o quanto é raro, a sorte que têm de ter sobrevivido a tudo com aquele amor intacto. Ainda são magnéticos, ainda fazem amor como se nunca fosse o suficiente, ainda abertos, absolutamente sinceros, mas delicados.

A mão dele subiu até meu rosto, quente e firme. Minha respiração ficou presa na garganta, meu pulso acelerou com o toque.

– Georgia, você não enxerga? Está em cada linha deste lugar. Isso aqui não é um mausoléu, é uma promessa, um santuário para aquele amor.

– É uma história bonita – sussurrei, desejando que aquele tivesse sido o destino deles... ou o meu.

– Então me deixe dar essa história a eles.

Dei um passo para o lado, me afastando, então atravessei o gazebo para pensar um pouco. Com aquelas palavras, ele teceu um mundo onde eu gostaria de viver, mas era o talento dele, o trabalho dele. Não era real.

– Não era o que ela queria, ou teria escrito assim, terminado a história como todos os outros livros dela – falei. – Você ainda acha que é uma ficção, com personagens que falam com você e escolhem os próprios galhos. Não é. É o mais próximo que ela chegou de escrever uma autobiografia, e você não pode mudar o passado. – O aperto no meu peito se transformou em dor. – O que você descreveu mostra por que você é tão bom no que faz, mas não é o que ela queria.

Fui até a entrada e desci os degraus, olhando para a copa das árvores.

– O que ela queria ou o que *você* quer, Georgia? – perguntou ele do degrau mais alto, a frustração abrindo linhas em sua testa.

Meus olhos se fecharam. Inspirei fundo para me acalmar, e então fiz isso mais uma vez antes de me virar para ele.

– O que eu quero só importou para uma pessoa, e ela morreu. Isso é tudo o que eu posso dar a ela, Noah. Honrar tudo o que ela passou... o que eles perderam.

– Está pegando a saída mais fácil, você não é assim!

– Por que você acha que me conhece?

– Você esculpiu uma árvore saindo da água!

– E?

Cruzei os braços.

– De forma consciente ou não, todas as histórias que eu conto têm pedaços de mim, e aposto que isso também é verdade para suas esculturas. Aquela árvore não está ancorada na terra. Não devia ter conseguido crescer, e ainda assim está lá. E não pense que não percebi a iluminação. Passa direto, destacando as raízes. Por que outro motivo você teria chamado a escultura de *Vontade indomável*?

Ele se lembrava do nome da obra? Balancei a cabeça.

– Essa história não é sobre mim. É sobre ela. Sobre eles. Um final feliz, seja um reencontro às lágrimas na estação de trem, ou ela correndo para cuidar dele, rebaixa o que ela passou. O livro termina aqui, Noah. Bem aqui neste gazebo, com Scarlett esperando por um homem que nunca voltou para ela. Ponto-final.

Ele olhou para o céu como se estivesse rezando por paciência, e o fogo em seus olhos já não era mais que uma brasa quando voltaram a encarar os meus.

– Se você forçar isso, vai render críticas péssimas e decepcionar os fãs dela, que vão me colocar na fogueira por acabar com o legado de Scarlett Stanton. É disso que as pessoas vão lembrar, não da história de amor que ela viveu, nem dos cem outros livros que eu poderia escrever.

Fiquei furiosa. A carreira *dele*. Claro.

– Então desista e vá embora.

E foi exatamente isso que eu fiz, sem me dar ao trabalho de olhar para trás ao avançar pela trilha. Já tinha passado por muitas decepções na vida, não precisava de mais essa.

– O mais longe que eu vou é até a casa que aluguei. Vou passar os próximos dois meses e meio aqui, lembra?

– Boa sorte para atravessar o riacho com esse sapato! – gritei.

CAPÍTULO 14

NOVEMBRO DE 1940

Kirton in Lindsey, Inglaterra

O pub estava lotado de uniformizados do balcão até a porta. Jameson tinha levado uma semana para conseguir uma casa ali perto, mas, por uma boa parcela de seu salário, desde o dia anterior, eles tinham um lugar só para os dois. Pelo menos enquanto o 71º Esquadrão ficasse em Kirton.

A partir daquela tarde, Scarlett seria a mulher dele.

A mulher. Não que ela não tivesse ciência da imprudência que cometeram ao se casar tão rápido – ela só não se importava. Aquele homem lindo com um sorriso reluzente e charme inegável agora era marido dela.

A respiração de Scarlett ficou presa quando seus olhares se cruzaram no bar lotado. *Marido.* Ela olhou para o relógio e se perguntou quanto tempo ainda teriam que ficar no banquete de comemoração ao casamento, porque a única fome que sentia era dele.

E eles enfim estavam casados.

– Estou tão feliz por vocês – disse Constance, apertando de leve a mão da irmã embaixo da mesa.

– Obrigada. – Desde a chegada a Kirton, o sorriso de Scarlett parecia ter um quilômetro de largura. – Está bem longe do que imaginávamos na infância, mas agora eu não poderia querer nada diferente.

O casamento, realizado naquela tarde, fora simples, com a presença apenas dos amigos mais chegados e alguns dos pilotos do 71º, mas maravilhoso. Constance providenciara um buquê delicado, e embora o vestido de

Scarlett não fosse a herança da família que ela sempre achou que usaria, o jeito como Jameson olhava para ela dizia que mesmo assim ela estava linda.

– Eu também não – concordou Constance. – Mas eu poderia dizer isso de tudo na nossa vida. Nada é como eu teria imaginado há dois anos.

– Não mesmo, mas talvez, de certa forma, seja melhor.

Scarlett compreendia muito bem a irmã, e embora tivesse saudade dos dias anteriores à guerra, antes dos bombardeios, das rações e da banalidade da morte, não se arrependia das decisões que a levaram até Jameson.

Ela encontrou um milagre no meio do turbilhão, e podia ter demorado um pouco para se dar conta do que tinha, mas agora lutaria com unhas e dentes para preservá-lo, para preservar Jameson.

– Sinto muito que mamãe e papai não tenham vindo – sussurrou Constance. – Mantive a esperança até o último segundo.

O sorriso de Scarlett diminuiu, mas não muito. Ela sabia que sua carta ficaria sem resposta.

– Ah, Constance, sempre romântica. Você é que devia ter fugido para se casar, não eu.

Scarlett olhou para o outro lado do pub, admirada por Jameson ser dela. Que ironia a mais prática das duas ter fugido para se casar. Ela mesma mal conseguia acreditar, mas ali estava ela, comemorando o próprio casamento – em um pub, veja só.

É verdade que nada daquilo era como tinha imaginado quando criança, mas era melhor justo por isso. Além disso, quem era ela para negar o destino quando vários acontecimentos desconexos a conduziram até Jameson?

– Talvez eu seja idealista. – Constance deu de ombros. – Não consigo acreditar que eles não queiram ver você feliz. Sempre achei que as ameaças fossem só isso, ameaças vãs.

– Não fique brava com eles – disse Scarlett, carinhosa. – Estão lutando pelo único modo de vida que conhecem. Não são diferentes de um animal ferido, se parar para pensar. E me nego a ficar triste hoje. Eles é que estão perdendo.

– Estão mesmo – concordou Constance. – Nunca vi você tão feliz, tão linda. O amor te cai bem.

– Você vai ficar bem? – Scarlett se virou de leve na cadeira, ficando de frente para a irmã. – Nossa casa fica a alguns minutos do aeródromo, mas…

– Chega. – Constance ergueu as sobrancelhas. – Vou ficar muito bem.

– Eu sei. É que não consigo lembrar a última vez que ficamos separadas, pelo tempo que fosse.

Talvez alguns dias aqui e ali, mas nada mais que isso.

– Vamos nos ver no trabalho.

– Não é disso que estou falando – insistiu Scarlett, com a voz suave.

Agora que estava casada, ela seguiria Jameson quando o 71º deixasse Kirton. O treinamento dos novos pilotos não duraria para sempre.

– Bom, vamos enfrentar isso quando acontecer. Por enquanto, a única coisa que vai mudar é onde você dorme... – Ela inclinou a cabeça. – Ah, e onde você come e passa seu tempo livre e, claro, *com quem* vai dormir.

Os olhos de Constance dançavam.

Scarlett revirou os olhos, mas sentiu o rosto quente quando Jameson veio na direção dela com o uniforme de gala. Ela girou o anel novo com o polegar, certificando-se de que não era um sonho. Eles tinham feito acontecer.

– Era o último – disse Jameson com um sorriso, seu olhar percorrendo a linha extensa que ia do pescoço de Scarlett até o vestido simples e elegante que ela escolhera.

Teria se casado com ela mesmo que Scarlett estivesse de uniforme, ou até de roupão; ele não se importava. Aceitaria aquela mulher do jeito que fosse.

– Juro que passei a última hora e meia segurando o mesmo copo de cerveja, torcendo para que ninguém percebesse.

Ele largou o copo na mesa.

– Você podia ter tomado mais que um. Acho que é o esperado.

O copo de Scarlett também continuava cheio.

– Eu queria ficar com a mente afiada.

Ele deu um sorrisinho. Não queria estar bêbado na primeira vez que teria a chance de tocá-la. Caramba, ele quase a carregara no ombro até a nova casa deles na noite anterior, mas esperar era melhor. A ansiedade estava matando Jameson, e era a morte mais doce que ele podia imaginar.

– Queria, é?

Meu Deus, aquele sorriso quase o deixava de joelhos.

– Que tal eu levar você para casa, Sra. Stanton? – Ele estendeu a mão.

– Sra. Stanton – repetiu Scarlett com um brilho alegre nos olhos quando seus dedos roçaram os dele.

– Pode ter certeza de que é você mesma.

Só de ouvi-la dizer aquilo o coração dele disparava.

Eles se despediram, e em questão de minutos Jameson estacionou um dos carros do esquadrão em frente à casa nova.

Ele a pegou no colo à beirada da calçada.

– Você é minha.

– E você é meu – respondeu ela, entrelaçando os dedos na nuca dele.

Ele a beijou com delicadeza, roçando os lábios nos dela e avançando pela calçada, levantando a cabeça apenas quando chegaram aos degraus.

– Minha mala – começou ela.

– Eu pego depois – prometeu ele. – Quero que veja a casa.

Ela estava trabalhando quando ele alugou o imóvel no dia anterior. O estômago dele se revirou.

– Não é ao que você está acostumada.

Ele tinha aprendido o bastante sobre a família dela para saber que aquela casinha provavelmente caberia inteira em uma das salas de jantar dos Wrights.

Ela lhe deu um beijo em resposta.

– A não ser que me peça para dividir a casa com outras onze mulheres, é muito melhor do que qualquer coisa que tive no último ano.

– Meu Deus, como eu te amo.

– Ótimo, porque agora vai ter que ficar comigo – disse Scarlett.

Ele riu, então deu um jeito de destrancar e abrir a porta sem derrubá-la, entrando com ela no colo.

– Bem-vinda ao lar, Sra. Stanton – declarou, colocando-a no chão.

Sra. Stanton. Ele nunca ia se cansar de dizer isso.

O olhar de Scarlett fez uma rápida varredura do interior. A entrada dava para uma sala de estar modesta que, felizmente, já era mobiliada. Uma escada dividia o espaço, com a sala de jantar à direita, incluindo uma mesa pequena com cadeiras, e a cozinha ficava logo atrás, nos fundos da casa.

– É linda! – exclamou Scarlett, olhando ao redor. – Perfeita, na verdade.

Ela passou a mão sobre a mesa de jantar ao avançar, e Jameson foi atrás dela até a cozinha.

Ela empalideceu, e o sorriso desapareceu quando seu olhar saltou do forno para a mesinha, e dela para os armários. Uma sensação de terror emanava de cada linha do rosto dela.

– O que foi?

O estômago dele afundou. Será que faltava alguma coisa? Droga. Ele devia ter esperado até conseguir algo melhor.

Ela se virou para ele e o encarou, aflita.

– Talvez não seja o melhor momento para dizer isso, mas não sei cozinhar.

Ele a fitou, aturdido.

– Não sabe cozinhar – repetiu ele, devagar, só para se certificar de que tinha ouvido direito.

Ela balançou a cabeça.

– Nadinha. Tenho certeza de que posso descobrir como acender o fogão, mas não mais que isso.

– Tá… Mas a cozinha é aceitável?

Ele tentou equiparar a angústia no olhar dela com a confissão, mas não conseguiu.

– Claro! – Ela assentiu. – É linda. Só não sei o que fazer com ela. Nunca aprendi a cozinhar em casa, e desde então só como no refeitório militar.

Ela mordeu o lábio inferior.

O alívio era tão forte e doce que ele não pôde deixar de rir ao abraçá-la.

– Ah, Scarlett, minha Scarlett. – Jameson beijou o topo de sua cabeça e inspirou o perfume dela. – Não estou dizendo que sei preparar uma refeição completa, mas se consigo fritar ovos e bacon numa fogueira, acho que posso nos manter alimentados enquanto pensamos no que fazer.

– Isso se conseguirmos ovos – resmungou ela, abraçando-o pela cintura.

Verdade.

Como piloto, uma dieta de ovos e bacon melhorava suas chances de sobreviver a um pouso na água e lhes eram enfiados goela abaixo com tanta regularidade que ele quase esquecia o quanto eram raros.

– Aprendi a passar minhas roupas no último ano e a lavar algumas coisas, mas não mais que isso no que diz respeito às tarefas domésticas

– confessou ela com o rosto no peito dele. – Sinto dizer, mas acho que fez um mau negócio se casando comigo.

Jameson ergueu o queixo dela e a beijou com delicadeza.

– Eu consegui mais do que poderia sonhar ao me casar com você. Vamos descobrir o resto juntos.

Juntos. Ela sentiu o peito doer de tanto amor.

– Me mostra o resto da casa.

Ele a pegou pela mão e a conduziu pela pequena escadaria que levava ao segundo andar.

– O banheiro – disse, apontando para o espaço funcional pela porta aberta, e logo abrindo outra *à direita*. – O proprietário chamou isso de quartinho, mas não entendi muito bem o que ele quis dizer, para mim é um quarto normal.

Scarlett riu, observando o quarto menor e vazio.

– É só um segundo quarto, menor. – No espaço só caberiam uma cama de solteiro e uma cômoda... ou um berço. – É um quarto de criança. – A voz dela foi sumindo.

Os olhos de Jameson encontraram os dela, brilhando de leve.

– Você quer isso? Filhos?

O coração dela quase parou.

– Eu não... – Ela pigarreou e tentou mais uma vez. – Se está perguntando se quero filhos agora, a resposta é não. Há muitas incertezas no momento, e eles viriam a um mundo onde não seríamos capazes de garantir sua segurança.

Crianças tinham sido evacuadas de quase todos os alvos militares, incluindo Londres, e a ideia de perder um filho em um bombardeio era demais para ela.

– Concordo.

O polegar dele acariciou as costas da mão de Scarlett, tranquilizando-a, mas uma ruga de preocupação surgiu entre as sobrancelhas de Jameson.

Ela levou a mão até o rosto dele.

– Mas se está perguntando se quero ter seus filhos um dia, então minha resposta é um fervoroso sim.

Não haveria nada melhor que uma garotinha de olhos verdes ou um garotinho com o sorriso dele quando tudo aquilo acabasse.

– Depois da guerra.

Ele inclinou a cabeça e beijou a palma da mão dela, disparando uma onda de prazer pelo braço de Scarlett.

– Depois da guerra – sussurrou ela, acrescentando isso à lista cada vez maior de coisas a serem conquistadas em um dia que ela não sabia ao certo se chegaria.

– Mas você sabe que o risco sempre existe, não sabe?

A mandíbula de Jameson se retesou.

– Sei. – Os dedos dela percorreram seu pescoço. – É um risco que estou disposta a correr se isso significa que vou poder te tocar.

Ela percorreu o colarinho dele, passando pelo nó da gravata e descendo até o primeiro botão do paletó.

Os olhos de Jameson se encheram de desejo quando ele espalmou a mão na cintura dela, puxando-a mais para perto.

– Eu esperei a vida inteira para te tocar.

– Tem mais um cômodo que você não mostrou – murmurou ela.

O quarto. O quarto *deles*.

O coração de Scarlett retumbou, e seu corpo se aqueceu junto ao dele. Ela podia ser virgem, mas as histórias que ouvira das garotas com quem servia foram o bastante para educá-la quanto ao que ia acontecer naquela noite.

A sensação era a de que ela tinha esperado a vida inteira por aquele momento, aquela noite, aquele homem. Ele era sua recompensa por ter esperado, por ter ignorado todos os outros pilotos que a abordavam com uma proposta e um sorriso presunçoso. Ela até poderia argumentar que sua moralidade impediu que cruzasse essa linha, mas, olhando para Jameson, sabia que só estava esperando por ele.

– Tem, sim. – Ele baixou os olhos para os lábios dela. – Quero que saiba que isso só vai até onde você quiser. Posso estar morrendo de vontade de colocar as mãos em você, mas só quando você se sentir confortável. Não quero que tenha medo, e o único tremor que quero sentir sob meus dedos é o do seu prazer, não o do seu medo...

Ela não sentiu medo algum ao ficar na ponta dos pés e beijá-lo, interrompendo suas palavras.

Já tinham esperado demais.

– Não estou com medo. Sei que você nunca me machucaria. Quero você... – concluiu ela com um sussurro, entrelaçando os dedos na nuca dele.

Ele a beijou profundamente, deslizando a língua na dela em um estudo completo e preguiçoso de sua boca que a deixou querendo mais. Ele tomou seus lábios como se tivesse a noite inteira e nenhum outro objetivo, como se o beijo fosse o ápice, não o preâmbulo.

Sempre que ela tentava acelerar o ritmo, ele diminuía a velocidade do beijo, abraçando-a com mãos firmes e confiantes.

– Jameson.

Ela abriu o primeiro botão do paletó.

– Impaciente?

Ele sorriu sem tirar os lábios dos dela, levando a mão até sua nuca, entrelaçando os dedos no cabelo dela.

– Muito.

Ela abriu outro botão.

– Estou tentando ir devagar por você – disse ele, entre beijos suaves que a faziam arquear o corpo em busca dos mais profundos, puxando o cinto do uniforme de gala dele.

– Pois pare.

Ela encostou os lábios em seu pescoço, e ele gemeu e beijou-a com vontade, envolvendo sua cintura e erguendo-a, e qualquer gesto de provocação virou uma memória distante. Aquele beijo era abertamente carnal, descaradamente possessivo, e tudo o que ela desejava desde que tinham ficado frente a frente diante do capelão.

Aos beijos, atravessaram o pequeno corredor e entraram no quarto, onde ele a colocou no chão, o corpo dela deslizando no dele.

– Se quiser mudar alguma coisa... – Ele fez um gesto indicando o quarto.

Ela deu uma olhada rápida. Móveis úteis, cortinas azul-claras que combinavam com a colcha limpa sobre uma cama grande.

– É perfeito. – Ela mal terminara de falar e já tinha voltado a beijá-lo.

Ele entendeu a mensagem e tirou o paletó. A peça caiu em algum lugar, mas ela não se deu ao trabalho de olhar. Suas mãos já estavam ocupadas com a gravata, em movimentos ágeis como os que empregava no próprio uniforme todos os dias.

Os dedos que já estavam no cabelo dela o agarraram com mais firmeza, puxando sua cabeça de leve para trás e expondo o pescoço de Scarlett aos lábios dele. O calor percorreu o corpo dela, aumentando com cada toque dos lábios dele. Quando Jameson chegou ao decote do vestido, logo acima de sua clavícula, a respiração de Scarlett já não estava regular.

Ela começou a abrir a camisa dele, ao mesmo tempo que ele encontrou a trilha de botões em suas costas, sem nunca afastar os lábios dos dela, abrindo-os um a um. Então ele a virou com delicadeza e foi beijando as costas dela, acariciando cada centímetro de pele que deixava exposta. Chegou até a lombar e voltou a virá-la de frente para ele.

Ela o encontrou de joelhos, a camisa desabotoada até a cintura, observando-a com os olhos cheios do mesmo desejo que percorria as veias dela. O nervosismo quase a dominou, mas ela o afastou tirando um dos braços do vestido, depois o outro, segurando o tecido logo acima do peito durante alguns batimentos de seu coração antes de encontrar coragem para largá-lo.

O vestido deslizou em um farfalhar do cetim, deixando-a só de calcinha e meias de seda que ela teve que economizar dois meses de salário para comprar. A expressão no rosto de Jameson fez valer aquele sacrifício.

– Você... – O olhar de Jameson era tão quente que ela sentiu a pele se aquecer enquanto ele a observava. – Você é tão linda, Scarlett.

Ele parecia atordoado, atônito, na verdade, e... faminto de tanto desejo.

Ela sorriu, e ele a agarrou pelo quadril e puxou-a para si, beijando a pele sensível da barriga. Depois de um ano usando uniformes que a faziam parecer apenas mais uma engrenagem idêntica de um grande maquinário, ela se sentia absoluta e totalmente única. Espalmou os dedos no cabelo dele para segurá-lo enquanto seus lábios percorriam o corpo dela.

Ele ficou de pé, então tirou a camisa de botão e a camiseta macia de algodão que vestia por baixo.

Ela ficou com água na boca ao ver seu peito nu, a pele macia que se estendia sobre músculos firmes. O abdômen de Jameson se contraiu quando ela traçou as linhas que desciam uma de cada lado com as pontas dos dedos, memorizando as planícies e as cavidades.

Os olhos dela encontraram o olhar curioso dele – como se aquele homem tivesse com o que se preocupar. Ele era tão esculpido quanto qualquer estátua que ela já tivesse visto, e muito quente sob suas mãos.

– E aí? – perguntou ele, erguendo uma sobrancelha.

– Dá para o gasto – respondeu ela, impassível, lutando contra um sorriso.

Ele soltou uma risada pelo nariz, então a beijou até que ela não conseguisse mais raciocinar. Eles eram um borrão de mãos em uma missão, e as roupas que lhes restavam foram caindo no chão a cada passo que davam em direção à cama. Ela arquejou quando ele espalmou seu seio, então derreteu quando ele passou o polegar sobre o bico rígido.

– Perfeita – murmurou ele, sem afastar os lábios dos dela, e a fez deitar na cama.

Ela o devorou com os olhos quando ele pairou sobre seu corpo, o cabelo caindo para a frente e roçando sua sobrancelha. Cada parte do corpo dele era perfeita. Ele era muito maior que ela, e infinitamente mais forte, mas ela nunca se sentira tão poderosa.

– Eu te amo, Jameson.

Ela colocou aqueles cachos para trás, só para vê-los cair mais uma vez. De todas as sensações que bombardeavam seu corpo, da percepção daquelas coxas fortes dentro das suas, bem menores, ao sopro de ar fresco em seus seios expostos, a onda de amor – de alegria irrestrita – em seu peito era a que brilhava com maior intensidade.

– Eu também te amo – declarou ele. – Mais que minha própria vida.

Ela arqueou as costas e o beijou, inspirando fundo quando seus corpos se tocaram por completo. Ele passou os lábios pela faixa de pele logo abaixo da orelha dela, então desceu por seu corpo, devagar, explorando as curvas com os lábios e as mãos, metódico.

Ele sugou o bico de seu seio com a boca. Os dedos dela se agarraram aos cabelos dele com mais força, a língua de Jameson a desbravou. Todos os lugares que ele tocava pareciam pegar fogo: a curva da cintura, a ondulação do quadril, o topo das coxas. Ele a transformou em uma chama viva, atiçando um desejo do qual ela nem sabia que era capaz. Sentir as mãos dele era tão bom que o corpo inteiro de Scarlett começou a ansiar por Jameson.

Ele levou os lábios aos dela mais uma vez, e ela despejou tudo o que estava sentindo no beijo, uma vez que as palavras lhe faltavam. As mãos acariciaram as linhas largas das costas dele, e Jameson aprofundou o beijo, gemendo em seus lábios antes de se afastar, a respiração saindo em arfadas rápidas, como a dela.

– Esqueço meu nome quando você me toca – disse ele, escorando o peso em um dos cotovelos enquanto a outra mão descia pela barriga dela.

– Eu também.

Havia um leve tremor em seus dedos quando ela os levou até a nuca dele.

– Ótimo. – Ele manteve os olhos nos dela enquanto a alcançava entre as coxas, envolvendo-a com delicadeza. – Tudo bem?

Ela prendeu a respiração e assentiu, o quadril subindo em direção ao dele, buscando a pressão, a fricção, qualquer coisa que aliviasse aquele anseio.

Os músculos dos ombros dele se retesaram por um instante, então seus dedos surgiram *ali*, deslizando nela, acariciando a entrada onde o anseio se concentrava. O primeiro toque liberou uma onda de prazer tão intensa que ela a sentiu até a ponta dos dedos.

O segundo toque foi ainda melhor.

– Jameson! – chamou, enterrando as unhas em sua pele enquanto ele retornava àquele ponto, de novo e de novo, rodopiando e provocando, sobrecarregando seus sentidos.

– Você é incrível. – Ele a beijou uma vez. – Preparada para mais?

– Claro.

Se tudo o que ele fizesse fosse assim, ela sempre ia querer mais.

Os dedos dele deslizaram até a entrada enquanto seu polegar a mantinha no limite, aumentando a tensão dentro dela até ela quase ruir. Então ele deslizou um dedo para dentro. E os músculos de Scarlett o envolveram enquanto ela gemia, o quadril balançando levemente de tanto desejo.

– Tudo bem? – perguntou ele, as linhas de seu rosto tensas de preocupação e autocontrole.

– Mais...

Ela o beijou.

Ele gemeu, e um segundo dedo se juntou ao primeiro, abrindo-a. O prazer mais que compensou pela leve ardência enquanto seu corpo o acomodava. Então aqueles dedos se movimentaram dentro dela, acariciando e deslizando conforme o polegar acelerava, impulsionando-a até ela sentir que seria capaz de ruir ou se estilhaçar se ele parasse.

– Eu... eu...

Suas coxas travaram quando a tensão dentro dela aumentou como uma onda.

– Sim, bem aí. Meu Deus, você é tão linda, Scarlett. – A voz dele pareceu arraigá-la, embora ela tivesse perdido todo o controle sobre o próprio corpo.

Ele alterou a pressão, curvou os dedos, e a onda atingiu o ápice e a estilhaçou em um milhão de pedacinhos reluzentes. Ela voou, chamando o nome dele, o prazer tão doce e ofuscante que o mundo ao redor desapareceu enquanto ela se sentia inundar, de novo e de novo, até seus músculos se liquefazerem e ela ficar mole embaixo dele.

O corpo inteiro de Scarlett zumbia de satisfação quando ele tirou a mão e mudou de posição, a cabeça pressionando a mesma entrada.

– Isso... – Ela se esforçou para encontrar a descrição apropriada. – Foi extraordinário.

– Só estamos começando.

Ele sorriu, mas a tensão era evidente em seu queixo rígido.

Certo. Ela ergueu os joelhos para que ele se acomodasse melhor entre suas coxas.

Ele agarrou seu quadril, mas ficou imóvel sobre ela, observando-a com atenção.

– Estou bem – garantiu ela. Estava melhor que bem.

Ele relaxou um pouco, então a beijou até deixá-la sem fôlego, usando a mão para alimentar aquele fogo mais uma vez, acariciando seu mamilo, provocando sua cintura, encontrando o ponto hipersensível entre as coxas. Aquele mesmo desejo crescente se acumulou dentro dela mais uma vez ao retribuir o beijo, acariciando os ombros e o peito dele.

Quando impulsionou o quadril contra o dele, ele puxou bem o ar com os dentes cerrados.

– Me avisa se doer – pediu, descansando a testa na dela.

– Eu aguento – prometeu ela, os dedos deslizando pelas costelas dele e passando pela cintura até chegar ao quadril e à curva firme das costas, a que ela se agarrou com firmeza, puxando-o com mais força contra si. – Faça amor comigo.

– Scarlett. – Ele gemeu, os músculos se contraindo sob os dedos dela.

– Eu te amo, Jameson.

– Meu Deus, como eu te amo.

O quadril dele se curvou, e ele se impulsionou contra ela, tomando-a centímetro a centímetro em impulsos ondulantes até preenchê-la em sua totalidade, impulsionando mais uma vez, estirando-a até quase doer para que ela o envolvesse por completo.

A respiração de ambos estava entrecortada quando ele parou, dando ao corpo dela tempo para se acostumar.

– Tudo bem? – A voz dele saiu bem rouca.

– Estou ótima – prometeu ela, o sorriso trêmulo quando a ardência diminuiu e seus músculos relaxaram.

– Você parece o paraíso, mas melhor. Mais quente – disse ele com os dentes cerrados.

Ela se mexeu de leve, testando a sensação de tê-lo dentro de si.

– Meu Deus. Scarlett. Não faz isso. – Seu cenho se franziu como se ele estivesse sentindo dor. – Dê um tempinho para você mesma.

– Estou bem. – Ela sorriu e fez de novo.

Ele gemeu, recuando devagar e deslizando de volta. A ardência continuava ali, mas não era nada comparada ao prazer indescritível de senti-lo se movimentando dentro dela.

– De novo – exigiu ela.

Um sorrisinho travesso curvou os lábios de Scarlett quando ele fez exatamente o que ela pediu, e os dois gemeram juntos desta vez. Então ele estabeleceu um ritmo, tomando-a com impulsos profundos e lentos que faziam a tensão dentro dela aumentar a cada movimento. Cada impulso era melhor que o anterior.

Eles se movimentavam juntos como uma alma estendida entre dois corpos, sem emendas, compartilhando o mesmo espaço, o mesmo ar, o mesmo coração.

– Jameson.

Ela sentiu aquela onda se acumulando de novo, e enrijeceu, o quadril subindo para encontrar o de Jameson, que empurrou mais rápido e com mais força.

– Isso – disse ele com os lábios nos dela, mexendo a mão entre seus corpos e levando-a ao limite, lançando-a em um caleidoscópio de êxtase e cor quando ela se desmanchou em seus braços mais uma vez.

Scarlett ainda estava nadando entre os espasmos do clímax quando sentiu que ele a penetrou sem amarras, mantendo-a presente ali ao se retesar sobre ela, gritando seu nome ao encontrar o alívio.

Eles eram um emaranhado de membros suados e euforia absoluta quando ele virou de lado, levando-a consigo, ambos se esforçando para estabilizar a respiração. Ele traçou círculos preguiçosos nas costas dela enquanto a respiração de Scarlett se acalmava.

Ela se sentia exausta e completamente saciada quando seus lábios se curvaram.

– Se eu soubesse que você era capaz de fazer *isso*, não teríamos esperado.

Ele riu, o som ressoando de seu peito até o dela.

– Estou feliz por termos esperado. Este é o melhor dia da minha vida, Sra. Stanton.

– Da minha também. – Seu coração deu um salto ao ouvir o novo nome. Ela era toda dele. – Eu só queria que tivéssemos tempo para uma lua de mel.

Os dois teriam que trabalhar pela manhã.

– Todas as noites das nossas vidas serão nossa lua de mel. – Ele acariciou seu rosto. – Vou passar o resto da vida fazendo você deliciosa e maravilhosamente feliz.

– Você já faz isso. – Ela olhou para os próprios dedos, que percorriam os músculos definidos do braço dele. – Quando podemos fazer de novo?

O desejo por ele só tinha aumentado.

– Você está dolorida?

A preocupação encheu os olhos dele.

– Não. – Um pouco sensível, mas não dolorida.

– Então agora mesmo.

Ele a beijou e começou tudo de novo.

CAPÍTULO 15

NOAH

Scarlett, minha Scarlett,
 Como você está, meu coração? Acha que conseguiriam trazer as rosas para cá? Detesto pensar que você e Constance se esforçaram tanto para elas acabarem ficando para trás. Quando chegarmos ao Colorado, prometo fazer um jardim que você nunca vai precisar deixar para trás e um lugar à sombra para você escrever nos dias ensolarados. Vou construir sua felicidade com minhas próprias mãos. Meu Deus, como sinto sua falta. Espero encontrar algo para nós nos próximos dias, porque estou enlouquecendo aqui sem você. Beije nosso amado garoto por mim.
 Eu te amo com toda a minha alma,
 Jameson

Então desista.

Isso não ia acontecer. Eu havia assinado um contrato dizendo que terminaria o livro, e era isso que ia fazer. Mas manter minha palavra significava me aproximar da única mulher que me fazia querer beijá-la até deixá-la louca.

Era um território perigoso, mas eu não me importava. Georgia me deixou tão alucinado por ela quanto eu estava pelo livro. Os dois estavam tão intimamente ligados que eu não conseguia separá-los. Ela era tão teimosa quanto Scarlett quando Jameson a conheceu, mas, diferente dele, eu não tinha uma Constance para me ajudar.

Diferente de Scarlett, Georgia já tinha sofrido com a confiança e o coração partidos.

Estava dois a zero para ela, e eu me encontrava em um impasse com o livro.

Georgia tinha razão. Scarlett não era uma personagem; era uma pessoa real que tinha amado Georgia de verdade. Com o que eu tinha visto da mãe dela e do babaca do ex, talvez fosse a única pessoa no mundo que tinha amado Georgia verdadeira e incondicionalmente.

Foi isso que mantive em mente quando cheguei à varanda da casa dela, com uma última tentativa e um punhado do que esperava que fosse boa vontade. Fazia duas semanas que eu estava no Colorado, já tinha escalado duas montanhas fáceis de mais de 4 mil metros de altitude e, desde o dia anterior, tinha dois roteiros prontos para serem escritos. Em alguns dias, meu prazo se resumiria a dois meses.

– Oi – disse ela com um sorriso desajeitado ao abrir a porta.

– Obrigado por me receber.

Um dia eu ainda ia me acostumar com aqueles olhos me tirando do eixo, mas não naquele. Ela estava com o cabelo preso, revelando a longa linha de seu pescoço. Eu quis passar os lábios por aquela coluna, então... *Pare com isso.*

– Sem problemas, entre.

Ela deu um passo para trás, e eu entrei.

– Para você. – Entreguei a raiz coberta pelo tecido fino com cuidado para que ela não se espetasse nos espinhos da planta logo acima. – É uma rosa inglesa, o nome é Scarlett Knight, achei apropriado. Achei que você pudesse gostar de plantar no seu jardim.

Aquele talvez tivesse sido o presente mais constrangedor que já dei, mas ali estava eu, porque algo me fazia acreditar que uma caixinha azul não comoveria aquela mulher.

– Ah! Obrigada. – Ela sorriu, um sorriso verdadeiro, ao pegar a planta, avaliando-a com seu olhar de especialista. Eu o conhecia bem. Minha mãe tinha o mesmo olhar. – É linda.

– De nada. – Meus olhos passaram pelo aparador na entrada, detendo-se no vaso. As bordas da onda de vidro tinham a mesma textura espumosa da peça de Nova York. – Foi você que fez isso, não foi?

Ela olhou da rosa para o vaso.

– Fui. Logo que voltei de Murano. Passei o verão lá trabalhando como aprendiz depois do primeiro ano de faculdade.

– Uau. É incrível.

Como alguém que era capaz de fazer *aquilo* simplesmente parava? E que tipo de homem se casava com uma mulher que tinha aquele entusiasmo e o sufocava dia após dia?

– Obrigada. Eu amo esse.

Uma expressão melancólica surgiu em seu rosto.

– Você sente saudade? De esculpir?

– Ultimamente, sim. – Ela assentiu. – Achei o lugar perfeito para um ateliê, mas não posso alugar, é caro demais.

– Pois deveria. Tenho certeza de que não vai ter dificuldade de vender as peças. Caramba, eu seria seu primeiro cliente.

O olhar dela saltou para o meu, e ali estava, mais uma vez, a conexão indescritível que me mantinha acordado à noite pensando nela.

– Vou colocar isto na estufa.

– Eu vou com você – ofereci, engolindo o bolo de nervosismo que subia pela minha garganta como se eu tivesse 16 anos de novo.

– Tá.

Ela me levou pela cozinha, e saímos pela porta dos fundos. Porém, em vez de ir direto para o jardim, ela virou à esquerda, atravessando o terraço até a estufa.

O sopro de umidade quase foi suficiente para me deixar com saudade de casa quando entrei na construção de vidro atrás dela. Tanto o tamanho quanto a variedade de flores eram impressionantes. O piso era de parale-lepípedos, e havia até uma pequena fonte no centro, bloqueando qualquer ruído do mundo exterior com o fluxo constante de água.

– Você mantém isso sozinha? – perguntei enquanto ela levava a rosa para uma bancada com vasos.

– Meu Deus, não. – Ela soltou uma risada pelo nariz. – Posso saber uma coisa ou outra sobre plantas, mas a Bisa era a jardineira. Contratei um pro-fissional há uns cinco anos quando ela finalmente desacelerou um pouco.

– Aos 95 – acrescentei.

– Ela não parava. – Georgia abriu um sorriso instantâneo que me fez sentir um aperto no peito. – E ficava furiosa comigo. Dizia que eu tirava conclusões precipitadas sobre a saúde dela. Eu argumentava que só estava devolvendo a ela o tempo que levava para regar tudo.

– Você tirava conclusões precipitadas sobre a saúde dela. – Dei uma risadinha.

– Não tenho culpa se ela tinha 95 anos. – Ela deixou a rosa na bancada. – Depois eu coloco num vaso.

– Não me importo de esperar.

Ou de adiar a oferta que estava prestes a fazer. Por algum motivo, Georgia tinha me transformado em algo que a faculdade e os prazos não conseguiram: um procrastinador.

– Tem certeza?

– Absoluta. E não sei nada de roseiras, mas me pareceu que essa tinha mais cara de gostar de ficar ao ar livre?

Pelo menos era o que a foto da internet mostrava.

– Bom, é, geralmente. Mas é quase outubro. Eu detestaria enfiar as raízes na terra e torcer para que dê tudo certo sabendo que não teriam a oportunidade de se desenvolver antes da primeira geada.

Ela abriu um armário grande ao lado do galpão e pegou um vaso e vários saquinhos.

– Então quer dizer que foi um presente ruim? – falei, em um tom meio de provocação.

Droga. Por que não tinha pensado naquilo?

Ela corou.

– Não, estou dizendo que ela vai ter que ficar na estufa até a primavera.

– Posso ajudar?

– Não se incomoda de se sujar?

Ela analisou minha calça esportiva e a camisa de manga comprida dos Mets.

– Prefiro me sujar. – Dei de ombros, com um sorriso largo.

– Pegue a terra para vasos. – Ela revirou os olhos e arregaçou as mangas.

Fiz o mesmo e fui até o armário, que era muito mais fundo do que tinha parecido antes. Havia pelo menos três sacos diferentes no fundo.

– Qual delas?

– A que diz "terra para vasos".

– Todas dizem "terra para vasos".

Reagi a seu olhar provocador com uma sobrancelha erguida.

Ela se abaixou ao meu lado, roçando o braço no meu ao apontar para o saco azul à esquerda.

– Aquela ali, por favor.

Nossos olhares se cruzaram, e os centímetros que nos separavam pareceram carregados de energia. Ela estava perto o bastante para que eu a beijasse – não que fosse fazer algo imprudente assim, mas, caramba, bem que eu queria.

– Entendi – falei.

Meu olhar desceu até seus lábios.

– Obrigada.

Ela se afastou, o rosado subindo do pescoço para o rosto. Também não era imune a mim, mas eu tinha percebido isso no instante em que nossos olhares se cruzaram na livraria. Embora isso não quisesse dizer que ela faria algo a respeito do assunto.

Peguei o saco certo, abri e despejei no vaso quando ela pediu.

– Perfeito.

Então ela acrescentou punhados de vários sacos menores e misturou tudo.

– Isso parece bastante complicado.

Era fascinante vê-la escolher entre os melhoradores de solo.

– Não é – disse ela, dando de ombros, plantando a roseira sem luvas nas mãos. – Plantas são muito mais fáceis que pessoas. Quando conhecemos a planta com que estamos trabalhando, sabemos qual pH ela prefere. Se gosta da terra bem drenada, ou saturada. Se prefere nitrogênio ou precisa de um reforço de cálcio. Gosta de sol direto? Sol parcial? Sombra? As plantas nos dizem do que precisam logo de cara, e se dermos isso a elas, elas crescem. São previsíveis.

Ela nivelou a terra com cuidado, então lavou as mãos na pia da bancada dos vasos.

– Pessoas também podem ser previsíveis. – Levei o saco de terra, agora pela metade, de volta ao galpão. – Se soubermos o que feriu tanto alguém, podemos imaginar como a pessoa reagirá em determinada situação.

– Verdade, mas com que frequência sabemos o que feriu a pessoa antes de iniciar o relacionamento? A gente não anda por aí com sinais na testa avisando para tomarmos cuidado.

Eu me escorei na bancada enquanto ela enchia o regador.

– Gosto dessa ideia. Cuidado: narcisista. Cuidado: impulsivo. Cuidado: escuta Nickelback.

Ela riu, e um anseio queimou em meu peito, exigindo ouvir aquele som mais uma vez.

– O que o seu diria? – perguntou ela.

– Você primeiro.

– Humm... – Ela fechou a torneira, então ergueu e inclinou o regador sobre a roseira. – Cuidado: tem dificuldade de confiar nas pessoas. – Ela ergueu uma sobrancelha.

Fazia todo sentido.

– Cuidado: está sempre certo – falei.

Ela bufou e terminou de regar.

– É sério – continuei. – Tenho muita dificuldade de admitir quando estou errado, até para mim mesmo. Também tenho mania de controle.

– Bom, você está com uma camisa dos Mets, então pelo menos escolheu o time certo em Nova York.

Ela sorriu e largou o regador sobre a bancada.

– Eu cresci no Bronx. Não tem outro time. Sempre esqueço que você morava em Nova York.

As fotos que vi dela na internet mostravam uma Georgia polida e elegante, não a jardineira com um coque bagunçado e um jeans rasgado. Não que eu devesse estar olhando para o jeans dela ou o modo como sua bunda o preenchia... mas eu estava.

– Do dia em que me casei até o dia em que eu e você nos conhecemos, na verdade. – Seu sorriso se desfez, e ela cruzou os braços. – E aí, sobre o que exatamente quer falar comigo? Porque sei que não se deu ao trabalho de encomendar a roseira só para me entregar. Vi a etiqueta.

Bom, eu tentei.

– Tá. – Cocei a nuca. – Quero propor um acordo.

– Que tipo de acordo?

Ela semicerrou os olhos. O clima azedou rápido.

– Do tipo em que eu acabo ganhando mais que você, admito.

Meus lábios formaram uma linha reta.

Os olhos dela demonstraram surpresa.

– Bom, pelo menos você admite. Tá, manda.

– Acho que nós dois precisamos sair da nossa zona de conforto no que diz respeito a lidar um com o outro e com esse livro. Não estou acostumado a ter alguém ditando o final dos meus livros, muito menos a história inteira, já que dois terços do livro já estão escritos, e você não confia em mim.

Ela inclinou a cabeça de leve, sem se dar ao trabalho de negar.

– O que tem em mente?

– Vou passar um tempo conhecendo Scarlett, não só a personagem do livro que ela escreveu, mas a mulher real, e depois vou escrever dois finais. Um vai ser o que eu quero, e o outro vai ser o estilo pelo qual sou conhecido, o que você quer. Você pode escolher entre os dois.

Estrangulei meu ego para manter o babaca em silêncio.

– E eu vou ter que… – Ela ergueu as sobrancelhas.

– Escalar. Comigo. É uma questão de confiança.

Bela lábia.

– Você quer que eu coloque minha vida em suas mãos.

Ela mudou de posição, claramente desconfortável.

– Quero que coloque a vida de Scarlett nas minhas mãos, e acho que isso começa com a sua.

Porque ela dava mais valor à vida de Scarlett do que à própria. Foi isso que a ida ao gazebo e a internet haviam me ensinado. Ela protegia a bisavó com unhas e dentes, mas permitiu que o marido abandonasse o casamento quase sem nenhuma consequência.

– E a decisão final continua sendo minha? – esclareceu ela, franzindo a testa.

– Só sua, mas tem que concordar em ler os dois finais antes de decidir.

De um jeito ou de outro, eu a convenceria. Só precisava que ela lesse aquela história como eu.

– Combinado.

CAPÍTULO 16

FEVEREIRO DE 1941

Kirton in Lindsey, Inglaterra

– Bom dia! – disse Scarlett a Constance ao chegar para o trabalho naquela manhã.

– Que alto – reclamou Eloise, que tinha sido transferida para Kirton no mês anterior, e se encolheu ao mexer uma caneca de chocolate quente.

– Alguém ficou com os garotos até tarde ontem – explicou Constance, entregando uma caneca de café fumegante a Scarlett.

Aquele provavelmente era o caso de grande parte da Força Aérea Auxiliar Feminina do 71º naquela manhã, assim como para uma boa porcentagem das civis solteiras de Kirton. Scarlett também estava entre as que não tinham dormido, mas por razões muito... diferentes. Depois de um período que ambos consideraram aceitável, Jameson a levou para casa para que comemorassem em particular, embora ela tivesse percebido um tom mais agudo, mais desesperado, quando fizeram amor.

Desde o dia anterior, o 71º estava oficialmente pronto para missões de defesa. O treinamento e os meses felizes de relativa segurança tinham chegado ao fim. A única coisa a se comemorar na cabeça dela era que a unidade fora equipada com os aviões Hurricane, em vez dos pesados Buffalos que Jameson detestava tanto, mas ele ainda sentia falta do Spitfire.

Scarlett abriu um sorriso solidário a Eloise.

– Mais água, menos chocolate.

Ela terminou de guardar suas coisas e entrelaçou o braço no de Constance, e as duas foram em direção à porta.

– Até que horas ficou ontem, boneca?

– Só até poder me certificar de que algumas das garotas voltassem para casa. – Ela lançou um olhar significativo para Eloise, que vinha logo atrás.

– O que foi absolutamente desnecessário – acrescentou a bela loirinha. – Eu me diverti? Com certeza. Mas não sou boba a ponto de acabar em um canto escuro qualquer com um dos pilotos. Não quero ter meu coração partido quando… – Ela estremeceu. – Não que você, Scarlett, seja boba, claro. Você é casada.

Scarlett deu de ombros.

– Sou, e foi bobo da minha parte. Sabemos que não há nenhuma garantia. Eu me preocupo sempre que Jameson voa… e ele passou os últimos meses em treinamento, mas agora…

O coração dela batia forte, mas Scarlett forçou um sorriso.

– Ele vai ficar bem – assegurou Constance, apertando a mão da irmã, e as duas seguiram em direção à sala de reuniões.

Scarlett assentiu, mas seu estômago parecia oco. Todos os dias ela acompanhava aeronaves que perdiam contato com o radar e acabavam caindo simplesmente por não conseguirem enxergar o quanto estavam próximas de um local seguro. Ela acompanhava os ataques, as baixas, e mudava os números, sempre consciente de que logo Jameson estaria de volta ao combate.

– E não se preocupe com essa daí – disse Eloise, cutucando Constance. – Ela é louca por aquele capitão do exército. Passa a maior parte das noites escrevendo cartas e mais cartas para ele.

O rosto de Constance ficou rosado.

– Quando é que Edward vai folgar de novo? – perguntou Scarlett, abrindo um sorriso largo.

Nada seria melhor que ver Constance estabelecida e feliz como ela.

– Daqui a algumas semanas – respondeu Constance, melancólica, suspirando à soleira da sala de reuniões, que já estava quase cheia.

Os olhos de Scarlett se encheram de surpresa quando ela viu uma das mulheres ali.

– Mary?

A cabeça de Mary chicoteou em sua direção.

– Scarlett? Constance?

Scarlett e Constance deram a volta na mesa, correndo para abraçar a amiga. Quatro meses tinham se passado desde a última vez que estiveram juntas em Middle Wallop, mas parecia uma vida.

– Vocês estão maravilhosas! – exclamou Mary, varrendo as amigas com o olhar.

– Obrigada – respondeu Scarlett. – Você também.

Não era mentira, mas havia algo... estranho em Mary. O brilho em seu olhar tinha diminuído, e ela parecia precisar de algumas noites de descanso. Um peso se instalou em seu peito. O que quer que tivesse enviado a amiga para lá não era coisa boa.

– Ela deve estar quase reluzindo, já que se casou. – Constance cutucou a irmã. – Mostra para ela!

– Ah, tá bom. – Scarlett revirou os olhos, mas estendeu a mão da forma mais discreta que pôde, mantendo a atenção em Mary.

– Meu Deus. – O olhar de Mary saltou do anel para os olhos de Scarlett. – Casou? Com quem? – Ela mal terminou a pergunta, e seus olhos já se arregalaram. – Stanton? O Esquadrão Águia continua aqui, né?

– Sim e sim – respondeu Scarlett, incapaz de impedir seus lábios de formarem um sorriso.

A expressão de Mary suavizou.

– Fico feliz por você. Vocês são mesmo perfeitos um para o outro.

– Obrigada – respondeu Scarlett com gentileza, ainda sentindo que havia um motivo por trás da aparição de Mary. – Agora... o que é que você está fazendo aqui?

O rosto de Mary se fechou.

– Ah. Michael... um piloto com quem eu estava saindo desde que vocês foram transferidas... – Ela piscou várias vezes bem depressa e ergueu o queixo. – Ele caiu durante um ataque semana passada. – Seus lábios tremiam.

– Ah, não, Mary. Sinto muito. – Constance levou a mão ao ombro de Mary.

Scarlett engoliu o nó doloroso que sentiu na garganta. Com aquele eram três namorados que Mary tinha perdido nos últimos... Ela endireitou a coluna.

– Eles não…

Scarlett balançou a cabeça. Certamente não seriam tão cruéis assim.

– Me rotularam como mau agouro e me transferiram? – Mary abriu um sorriso frágil, então pigarreou. – O que mais poderiam ter feito?

– Tudo menos isso – retrucou Constance, balançando a cabeça. – Não é sua culpa.

– Claro que não – acrescentou Scarlett, levando-a a uma cadeira vazia à mesa. – Eles são muito supersticiosos. Lamento muito por sua perda.

– É o risco que corremos quando nos apaixonamos por eles, não é?

Mary cruzou as mãos sobre o colo e olhou para a frente enquanto Scarlett se sentava ao seu lado, com Constance à esquerda.

– É – murmurou Scarlett.

– Bom dia, senhoras. Vamos começar – anunciou a oficial de seção Cartwright ao entrar na sala com o uniforme imaculado. – Sentem-se.

Cadeiras rangeram no piso enquanto as mulheres se reuniam ao redor da mesa de reuniões. Em Middle Wallop, Scarlett conhecia a maioria delas, ou até todas. Mas agora que morava com Jameson só tinha conhecido algumas das mulheres em Kirton. Não havia mais fofocas, nem agitação antes de um baile, nem conversas tarde da noite.

Ela ainda era parte do grupo, mas se sentia estranhamente afastada. Jamais abriria mão de Jameson – por ninguém no mundo –, mas parte dela sentia muita falta da companhia de outras mulheres.

– Correspondência – ordenou Cartwright, e uma jovem assistente se aproximou da cabeceira da mesa, chamando nomes e passando envelopes pela superfície polida.

– Wright.

Constance e Scarlett se viraram para a assistente quando a carta deslizou na direção delas.

Stanton, não Wright, Scarlett lembrou a si mesma ao ver que a carta estava endereçada a Constance. Não que alguém fosse escrever para ela. Os pais continuavam sem responder suas cartas desde o casamento, mas Constance seguia recebendo correspondências regulares da mãe.

Eles nunca perguntavam de Scarlett.

Os ombros de Constance caíram uma fração de centímetro quando ela abriu o envelope o mais silenciosamente possível.

– É da mamãe.

Scarlett apertou sua mão.

– Quem sabe chegue uma amanhã.

Ela sabia muito bem como era esperar uma carta do homem que amava.

Constance assentiu, então escondeu a carta sob a mesa.

Scarlett reposicionou a cabeça de leve, bloqueando o olhar de falcão de Cartwright para que Constance não fosse flagrada lendo durante a reunião.

– Agora que isso foi resolvido – disse Cartwright –, todas vocês já devem ter lido as novas normas entregues na reunião da semana passada. Tenho o prazer de dizer que ninguém da Força Aérea Auxiliar Feminina se atrasou para o trabalho desde que a diretriz de meia hora foi instalada. Parabéns. Alguma pergunta sobre as alterações da semana passada?

– É verdade que o 71º vai ser transferido? – perguntou uma garota que estava na outra ponta da mesa.

O coração de Scarlett parou. *Não. Não tão rápido assim.* Sua cabeça girava, considerando todas as possibilidades. Eles ainda não tinham passado tempo bastante juntos, e ela não tinha tantos favores assim a cobrar para solicitar uma transferência – se é que eles seriam transferidos para um lugar que tivesse um centro de operações.

A oficial de seção Cartwright soltou um suspiro de frustração.

– Aviadora Hensley, não sei bem o que isso tem a ver com as alterações da semana passada.

A mulher mais jovem corou.

– Isso… alteraria o ponto de origem das aeronaves no quadro?

Houve um gemido coletivo.

– Boa tentativa, mas não. – Cartwright olhou para o outro lado da mesa, se concentrando por um breve momento em Scarlett. – Embora eu saiba que muitas de vocês têm ligações emocionais, o que é desaconselhado, com membros do Esquadrão Águia, preciso lembrar que, sinceramente, não é da nossa conta para onde a unidade vai ser transferida agora que entrou em operação.

Uma dúzia de suspiros desamparados preencheram a sala de reuniões, mas o de Scarlett não foi um deles. Ela estava ocupada demais superando a devastação emocional para suspirar como se aquilo não passasse de uma paixonite.

– Garotas – disse Cartwright, com um resmungo. – Embora eu pudesse usar esta oportunidade para relembrar sua responsabilidade com um comportamento virtuoso, não vou fazer isso. – Mas, com esta fala, era exatamente o que ela estava fazendo. – O que digo a vocês é que boatos são boatos. Se acreditássemos em cada *talvez* que chega a nossos ouvidos, já estaríamos a caminho de Berlim, e espero que vocês...

Constance começou a hiperventilar ao lado de Scarlett, segurando a carta com tanta força que ela achou que as unhas da irmã fossem atravessar o papel.

– Constance? – sussurrou Scarlett, e sua respiração travou ao ver o terror nos olhos da irmã.

O grito de Constance preencheu a sala, o som rasgando a caixa torácica de Scarlett e apertando seu coração com um punho gélido.

Scarlett segurou o pulso de Constance, mas o grito já tinha se transformado em um pranto, interrompido por soluços angustiantes que balançavam seus ombros.

– Boneca? – perguntou Scarlett, baixinho, virando o rosto de Constance em direção ao seu com delicadeza.

As lágrimas não só caíam por seu rosto, elas escorriam em um fluxo contínuo, como se seus olhos não conseguissem se encher para depois esvaziar.

– Ele. Morreu. – As palavras de Constance saíram entre lamentos guturais. – Edward. Morto. Um. Bombardeio...

Então o queixo dela afundou conforme os soluços ficavam mais rápidos e mais fortes.

Edward. Os olhos de Scarlett se fecharam por um instante. Como o garoto de olhos azuis que crescera com elas poderia estar morto? Ele fora uma presença tão constante em suas vidas quanto os pais delas.

Era a alma gêmea de Constance.

Scarlett envolveu a irmã nos braços.

– Sinto muito, meu amor. Sinto tanto.

– Oficial adjunta Stanton, você precisa tirar sua irmã da sala, ou ela é capaz de se controlar? – perguntou Cartwright, ríspida.

– Cuidarei dela em particular, se puder nos dispensar.

Scarlett ficou irritada, mas a infeliz insensível tinha razão. Uma demonstração como aquela não seria tolerada, por mais justificada que fosse. Constance seria rotulada como histérica e pouco confiável. Garotas já tinham sido transferidas e nunca mais foram vistas após não conseguirem controlar suas emoções.

Cartwright semicerrou os olhos, mas assentiu.

– Aguenta só mais um pouquinho – implorou Scarlett à irmã em um sussurro, abraçando os ombros de Constance e colocando-a em pé. – Vem comigo. – Outro sussurro.

O mais rápido possível, sem que as duas tropeçassem, Scarlett tirou Constance da sala de reuniões. O corredor estava silencioso, mas ainda não era um espaço íntimo o bastante.

Ela abriu a porta de uma sala menor – o almoxarifado –, empurrou a irmã para dentro e fechou a porta, então se escorou na única parede desocupada e abraçou Constance com força. Quando os joelhos dela cederam, Scarlett deslizou até o chão com ela, balançando-a devagar enquanto Constance soluçava, ofegando com violência no ombro da irmã.

– Estou aqui – murmurou ela, o rosto mergulhado no cabelo de Constance.

Se pudesse fazer qualquer coisa para tirar a dor da irmã, ela faria. Por que ela? Por que Constance, se era o amor de Scarlett que arriscava sua vida todos os dias? Sua visão ficou embaçada.

Ela não podia proteger Constance daquilo. Não havia nada que pudesse fazer. Lágrimas caíram de suas pálpebras, deixando rastros úmidos e gelados.

Com o tempo, a respiração de Constance se estabilizou o bastante para que conseguisse falar.

– A mãe dele contou para a nossa – explicou ela, com a carta ainda amassada nas mãos. – Foi um dia depois da última vez que ele escreveu. Faz quase uma semana que ele está morto! – Seus ombros colapsaram, e ela se enterrou mais ainda em Scarlett. – Não consigo… – Ela balançou a cabeça.

Uma batida forte soou à porta.

– Fique aqui – ordenou Scarlett, ficando de pé depressa e enxugando o rosto, indo até a porta.

Ela ergueu o queixo ao encontrar a oficial de seção Cartwright do lado de fora, então saiu para o corredor, fechando a porta para dar toda a privacidade possível a Constance.

– Quem morreu? – perguntou Cartwright com a franqueza que os militares apreciavam.

– O noivo dela.

Ela engoliu toda a emoção que sentia. Mais tarde, se permitiria senti-la. Mais tarde, se aninharia nos braços de Jameson e choraria pelo amigo que tinha perdido – pelo amor que fora negado à irmã. Mais tarde... não agora.

– Lamento muito pela perda dela. – Cartwright engoliu em seco, então olhou para o fim do corredor antes de voltar a encarar Scarlett, como se também precisasse se recompor, e por fim ergueu o queixo. – Embora as circunstâncias de seu nascimento lhes garantam certas... indulgências, eu seria negligente se não alertasse que ela não pode ter outro acesso como esse.

– Compreendo.

Ela não compreendia, mas já tinha assistido a palestras suficientes sobre estabilidade emocional para saber que não era perseguição. Era assim mesmo.

– Nunca mais – falou Cartwright com a voz suave, erguendo as sobrancelhas.

– Não vai se repetir – prometeu ela.

– Ótimo. É preciso ter mãos firmes e coração forte para cuidar daquele quadro, oficial adjunta. Há vidas em risco. Não podemos nos dar ao luxo de perder um homem porque estamos aflitas por uma perda que já se concretizou. Se os oficiais superiores...

– Não. Vai. Se. Repetir.

Scarlett endireitou os ombros e encarou a oficial nos olhos.

– Ótimo.

Scarlett olhou para a porta. O choro baixinho de Constance ainda atravessava a madeira espessa.

– Leve-a para seus aposentos... melhor ainda, para sua casa. Vou pedir a Clarke e Gibbons que substituam vocês. Só saia com ela pelos corredores quando tiver certeza de que ela está calma.

Era o máximo de compaixão que Scarlett já tinha visto Cartwright dirigir a qualquer pessoa e, embora não fosse o bastante, ela enxergava aquela atitude pelo que era de verdade: uma tábua de salvação.

– Sim, senhora.

– Ela vai encontrar outra pessoa. Sempre encontramos.

Ela se virou e saiu caminhando firme pelo corredor.

Scarlett voltou a entrar no almoxarifado discretamente, fechou a porta e se jogou no chão para abraçar a irmã.

– O que eu vou fazer?

Constance partia um pouco mais seu coração a cada soluço, a cada lágrima.

– Respirar – respondeu Scarlett, passando a mão nas costas da irmã. – Pelos próximos minutos, você vai respirar. Só isso.

Se ela perdesse Jameson... *Não pense nisso. Não pode se permitir pensar nisso.*

– E depois? – Constance chorou. – Eu amo Edward. Como vou viver sem ele? Dói demais.

O rosto de Scarlett se contorceu enquanto ela lutava para manter o controle, a força de que Constance ia precisar.

– Não sei. Mas, por enquanto, vamos respirar. Depois pensamos no próximo passo.

Quem sabe então ela tivesse uma resposta.

– É verdade? – perguntou Scarlett, pendurando o casaco em uma cadeira na cozinha mais de um mês depois.

– Que bom ver você também, meu bem – respondeu Jameson com um sorriso, ao virar as batatas na frigideira.

– Estou falando sério. – Ela cruzou os braços.

Ele estava pensando em mandar as batatas para o inferno e devorar a mulher para o jantar, mas os olhos semicerrados de Scarlett o fizeram hesitar. Não era só mais um boato que ela estava questionando. Ela sabia. Jameson soltou um palavrão baixinho. Caramba, as notícias corriam rápido.

– Isso é um sim? – perguntou a esposa, os olhos reluzindo com tanta raiva que o piloto meio que esperava ver chamas saindo deles a qualquer momento.

Jameson tirou as batatas do fogo, então se virou para a esposa linda e furiosa.

– Primeiro, me dê um beijo.

– Como é que é? – Ela arqueou uma sobrancelha.

Ele a envolveu em seus braços e a puxou para perto, saboreando a sensação do corpo dela contra o seu. Fazia cinco meses que estavam casados. Cinco meses incrivelmente felizes e quase normais – se é que isso existia no meio de uma guerra –, e tudo estava prestes a mudar. Tudo, exceto o que sentia por ela.

Ele amava Scarlett ainda mais do que no dia em que se casaram. Ela era atenciosa, forte, muito inteligente e, quando ele tocava nela, os dois pegavam fogo. Mas aquilo… Ele se agarrou desesperadamente àquele novo normal que eles tinham criado.

– Me dê um beijo – ordenou ele mais uma vez, abaixando o rosto. – Mal nos vimos nos últimos dias. Faz uma semana que não jantamos juntos por causa dos nossos horários. Me ame primeiro.

– Eu sempre te amo.

O olhar dela se suavizou, e Scarlett levou os lábios aos dele, beijando-o com delicadeza.

O coração de Jameson disparou, como sempre acontecia. Ele a beijou lenta e profundamente, mas manteve o controle. Não estava tentando distraí-la com sexo – não que ela fosse cair nessa. Mais um instante… era tudo de que precisava.

Jameson se afastou com delicadeza, erguendo a cabeça para encará-la.

– Vamos ser transferidos para Martlesham-Heath.

Aqueles olhos azuis cristalinos que ele amava reluziram, incrédulos.

– Mas isso é…

– Grupo 11 – concluiu ele. – Vamos entrar em ação. Eles precisam da gente.

Era onde grande parte da ação acontecia. Ele levou as mãos ao rosto de Scarlett e lutou contra a sensação dilacerante em seu coração, muito semelhante ao que sentira em Middle Wallop quando foram obrigados a se separar.

– Vamos dar um jeito.

– Mary me disse que Howard falou que vocês seriam transferidos, mas…

Ela balançou a cabeça, voltando à vida, e se desvencilhou de Jameson, que ficou segurando o ar.

Droga, Howard.

– Scarlett, meu amor...

– Vamos dar um jeito? – Ela se agarrou às costas da cadeira da cozinha e inspirou fundo. – Quando?

– Em algumas semanas – respondeu ele, baixando os braços.

– Não, quando *você* descobriu? – Ela semicerrou os olhos.

– Hoje de manhã – admitiu Jameson, e xingou Howard por dentro por contar a Mary antes que ele ao menos visse Scarlett. – Sei que é complicado, mas procurei alojamentos para casais antes do meu voo...

– Como é que é? – A voz dela saiu estridente, o que era basicamente um grito de socorro para o temperamento de Scarlett.

A mulher quase nunca perdia aquela calma e serenidade.

– Sei que é muito imaginar que você esteja disposta a pedir outra transferência, principalmente quando Constance... – *Mal consegue respirar.*

A cunhada tinha se tornado um verdadeiro fantasma desde a morte de Edward, e Scarlett jamais a deixaria, e também não havia nenhuma garantia de que Constance aceitaria vir junto.

– De qualquer forma, os alojamentos estão lotados, então teríamos que morar fora da base, como agora, mas posso começar a procurar outro alojamento.

– *Disposta a pedir outra transferência* – repetiu Scarlett, os olhos em chamas. – Por que você acha que eu *posso* pedir transferência para lá, Jameson? Não tem como... Não posso... – Ela apertou a ponte do nariz.

Ela não podia contar o que fazia porque seu trabalho exigia uma autorização de segurança que o marido não tinha. É claro que ele sabia com o que Scarlett trabalhava – não tinha nascido ontem –, mas isso não queria dizer que ela chegava em casa e entregava onde ficavam as outras salas de controle, as outras estações de radar. Conhecimento demais era perigoso para um piloto que podia facilmente cair nas mãos do inimigo. E, claro, tudo bem saber onde ela trabalhava naquele momento; os setores de operação eram... *Caramba, é isso.*

– Não tem setor de operações em Martlesham – adivinhou ele, baixinho.

Ela balançou a cabeça em resposta.

– O que Constance e eu fazemos, o treinamento exigido... – Ela o encarou, e a dor que Jameson viu ali enfiou garras em sua alma. – O comando não vai permitir que sirvamos como motoristas ou mecânicas. Somos o que somos.

Ela era tão essencial para a missão quanto ele; talvez mais.

– Você é incrível.

O estômago de Jameson se revirou, sabendo que aquilo significava que uma situação que já era difícil estava prestes a se tornar impossível. Só de pensar em acordar sem ela ao seu lado, em não rirem juntos quando queimavam o que quer que estivessem tentando preparar, ou em dormir sem ela em seus braços por semanas a fio, seu coração gritava em protesto. Como seria se isso se concretizasse?

– Não – respondeu ela, fazendo pouco caso. – Só altamente treinada e com dedos ágeis, e nada disso está a nosso favor neste momento. Martlesham fica a horas de distância daqui. Eles cortaram quase todas as nossas folgas, e você também não vai ter muitas. Nunca vamos nos ver.

Os ombros de Scarlett se curvaram.

O coração de Jameson quase se partiu quando ele se aproximou e a abraçou.

– Vamos dar um jeito. Meu amor por você não diminuiu quando estávamos separados por meia Inglaterra. Algumas horas não são nada.

Mas eram tudo. A licença para morar fora da base estava fora de cogitação. Martlesham era longe demais para que Jameson conseguisse uma licença para dormir fora da base, a não ser que fosse uma de 48 horas, e ela tinha razão, os dias de folga fácil eram coisa do passado. As visitas poderiam demorar meses para acontecer, dependendo de como a guerra se desenrolasse.

Ele soltou mais um palavrão baixinho. Os dois chegaram tão perto de perder um ao outro durante aquele bombardeio em Middle Wallop, e se alguma coisa acontecesse com a esposa agora... Ele sentiu a bile subir pela garganta.

– Você pode ir para o Colorado.

Scarlett enrijeceu em seus braços, então olhou para Jameson como se ele tivesse perdido a cabeça.

– Eu sei que não vai – disse ele baixinho, arrumando uma mecha do cabelo dela que tinha se soltado. – Sei que seu senso de responsabilidade não permite e que não vai deixar Constance, mas eu seria um marido horrível se não pedisse isso, para sua segurança.

– Não sei se percebeu, mas não sou americana.

Ela levou as mãos ao peito dele, coberto pela camiseta – nenhum dos dois cozinhava de uniforme. Aprenderam a lição logo no início do casamento, ao perder dois paletós em perfeitas condições.

– Não sei se percebeu, mas você também já não é exatamente britânica.

– Graças a Deus a Força Aérea Auxiliar Feminina não via problema nenhum em aceitar estrangeiros. – Nós dois estamos meio que entre um país e outro neste momento.

Ela abafou uma risadinha.

– E como está pensando em fazer que eu chegue lá? Vai me levar pilotando e me empurrar quando estiver sobrevoando o Colorado? – perguntou ela em tom de provocação, dando um beijo no queixo dele.

– Agora que você deu a ideia...

Ele abriu um sorriso. Amava o fato de Scarlett sempre encontrar leveza nas situações.

– Mas, falando sério, vamos descartar essa possibilidade, porque ela não existe. Você nem pode entrar no próprio país sem ser preso neste momento.

– Na verdade... – Ele inclinou a cabeça, os pensamentos acelerados. – Eu nunca renunciei à minha cidadania. Também nunca jurei lealdade ao rei, então não sou um traidor. Se violei as leis da neutralidade? Sim. Seria preso se fosse para casa? Provavelmente. Mas continuo sendo americano.

Ele olhou para o paletó do próprio uniforme, que se encontrava pendurado em uma cadeira da cozinha, a águia reluzente no ombro direito.

– Você não violou nenhuma lei, e é minha esposa. Tem direito à cidadania americana. Teríamos apenas que conseguir um visto.

Uma centelha de esperança se acendeu no peito de Jameson. Ele tinha uma maneira de tirá-la daquela guerra, de garantir que ela sobrevivesse.

Ela riu alto e saiu de seu abraço.

– Aham, e tudo isso leva um ano, talvez até mais, pelo que li nos jornais. A guerra já pode ter acabado até lá. Além disso, você tem razão. Não vou deixar meu país, mesmo que tecnicamente não seja mais meu, quando ele mais precisa de mim, e não vou abandonar Constance. Prometemos enfrentar essa guerra juntas, e vamos fazer isso. – Ela pegou a mão dele e beijou a aliança. – E nunca vou abandonar você, Jameson. Não se puder evitar. Algumas horas não são nada comparadas a milhares de quilômetros atravessando um oceano.

– Mas você estaria segura – insistiu ele.

– Não. Podemos voltar a essa discussão quando a guerra terminar ou se nossas circunstâncias mudarem drasticamente. Até lá, minha resposta é não.

Jameson soltou um suspiro.

– É claro que eu tinha que me apaixonar pela menina obstinada.

Mas ele não a amaria se ela fosse outra pessoa.

– "Menina obstinada e teimosa" – corrigiu ela com um sorrisinho. – Se vai citar Austen, cite direito. – Ela pressionou os lábios em uma linha firme. – Qual é a maior distância a que você pode morar da base com uma licença?

– Depende do comandante.

Alguns eram compreensivos e acreditavam que a tripulação aérea tendia a ser mais confiável se vivesse na estação ou fora dela com a família. Outros não davam a mínima, nem permitiam licenças.

– E você?

– Quase não consegui nem a que tenho hoje. Todas as outras mulheres moram nas cabanas ou nos antigos alojamentos para casais. – Ela franziu o cenho.

– Nenhuma das outras mulheres é casada com alguém da mesma base – destacou ele.

Logo, ela seria como as poucas que usavam aliança: casada, mas obrigada a morar longe do marido.

Ela mordeu o lábio inferior, pensativa.

– O que está acontecendo aí dentro desse seu cérebro incrível, Scarlett Stanton?

O olhar dela saltou para encontrar o dele.

– Não posso ir com você, mas tem uma chance de eu ser transferida para mais perto.

Ele tentou não criar esperanças, mas não conseguiu.

– Prefiro arriscar a mais remota das possibilidades a passar meses sem você.

– Ah, se as transferências dependessem de você, meu marido. E como não sou reconhecida como filha do meu pai no momento, não posso mexer meus pauzinhos como fiz antes. – Ela entrelaçou os dedos na nuca dele. – Mas vou tentar.

O alívio afrouxou o nó na garganta de Jameson, mas não o desfez.

– Meu Deus, como eu te amo.

– Se eu não conseguir transferência e nos restarem poucas semanas, temos que fazer valer a pena. – Ela fez um gesto com a cabeça indicando o fogão e o conteúdo esquecido dele. – Vamos pular o jantar. Me leve para a cama.

– Não precisamos de cama.

Ele a ergueu até a mesa da cozinha e mergulhou em seu beijo. Ela tinha razão: se semanas eram só o que lhes restava, ele não ia desperdiçar um segundo sequer.

CAPÍTULO 17
GEORGIA

Jameson,
Ah, amor, eu jamais me arrependeria de ter escolhido você. Você é o ar que respiro e o que faz meu coração bater. Escolhi você antes mesmo de saber que haveria uma escolha a ser feita. Por favor, não se preocupe. Feche os olhos e imagine nós dois naquele lugar de que me falou, onde o riacho faz a curva. Em breve estaremos lá, e ainda mais em breve estarei em seus braços de novo. Até lá, estamos aqui, esperando você. Sempre esperando. Sempre seus.
Scarlett

— Essa foi a pior ideia da história! — gritei para Noah de uma altura de quase 5 metros, agarrada à parede onde eu nem deveria ter me pendurado, para começar.

Ele tinha esperado uma semana para me obrigar a cumprir minha parte do acordo, mas isso não facilitou em nada.

— É o que você está dizendo de cinco em cinco minutos desde que começou a escalar! — gritou ele lá de baixo em resposta. — Agora olha para esquerda, para a agarra roxa.

— Eu te odeio — retruquei, irritada, mas estendi a mão para pegar a agarra.

Ele tinha me levado a uma academia de escalada a meia hora da minha casa, então eu não estava exatamente pendurada em uma montanha, mas mesmo assim era horrível. Estava amarrada na cadeirinha enquanto ele segurava a outra ponta da corda.

– Você devia ser melhor de metáfora, já que é escritor. Coloque sua vida nas minhas mãos, Georgia. – Fiz a melhor imitação de Noah que consegui. – Olha só como eu sei escalar e tenho um rostinho bonito, Georgia.

– Bom, pelo menos você continua me achando bonito.

– Eu te odeio!

Meus braços tremeram assim que pisei na agarra seguinte. O sino que ficava mais uns 10 metros acima só perdia para Noah na lista de coisas que eu odiava naquele momento. Eu detestava alturas. Detestava a fraqueza do meu próprio corpo desde que tinha parado de cuidar dele. Detestava *muito* o cara ridículo de tão lindo lá embaixo, segurando a corda.

– Se preferir, posso chamar o Zach para segurar a corda, aí eu subo e guio você – ofereceu Noah.

– Como é que é? – Olhei para ele e para o cara que trabalhava na academia. – Eu não conheço o *Zach*. Ele tem cara de quem ainda está no ensino médio!

– Na verdade, estou tirando um ano sabático – respondeu o funcionário, acenando para mim.

– Você não está ajudando – disse Noah baixinho, mas eu ouvi. – Mas Zach trabalha aqui, e se você morrer, é provável que atrapalhe bastante o trabalho dele, então acho que pode confiar em seu profissionalismo.

– Tenta sair daí, e eu juro que arranco o sapato só para ele cair na sua cabeça, Morelli!

Fechei os olhos por um segundo e olhei para a frente, para a rocha texturizada e cinza que era a parede de escalada. Olhar para baixo só piorava as coisas.

– Bom, pelo menos eu estou acima de alguém na sua lista de preferências – disse Noah em tom de brincadeira.

– Por muito pouco! – Estendi a mão em direção à agarra verde logo acima, então levei o pé ao próximo apoio lógico e me impulsionei para cima. – Isso só me faz te odiar ainda mais – falei, segurando a próxima agarra.

– Mas você está escalando – rebateu ele.

Mais uma vez, estendi a mão em direção à próxima agarra, posicionei os pés e continuei subindo.

– Acho que não estou entendendo como isso vai resolver nosso problema de enredo, considerando que vou matar você assim que descer daqui.

Eu estava a poucos metros do maldito sino. Assim que tocasse aquela coisa desgraçada, estaria livre.

– Aceito correr esse risco! – gritou ele.

Não pude deixar de perceber o quanto ele segurava firme a corda. Era um consolo, uma vez que eu estava a 8 metros de altura.

– Sabe de uma coisa? Se está odiando tanto assim, não vou exigir que cumpra sua parte do acordo. A intenção é que confie em mim, não que me odeie.

Mantive os olhos no sino e subi mais meio metro, depois um metro.

– Que se dane! – gritei lá para baixo. – Estou quase lá.

– Está mesmo. – Ouvi o orgulho na voz dele e olhei para baixo, então *vi* o orgulho quando ele sorriu para mim.

Eu estava bem longe de estar feliz, mas podia admitir que me sentia poderosa. Capaz. Forte.

Bom, talvez não tão forte assim. Meus braços e minhas pernas tremiam fatigados quando alcancei a última agarra e escalei os últimos 30 centímetros por pura força de vontade.

Blém. Blém. Blém.

– Isso! – gritou Noah.

Senti a vibração do sino nas profundezas da minha alma. Foi forte o bastante para romper minhas próprias noções preconcebidas de que aquilo seria impossível. Forte o bastante para despertar partes de mim que estavam adormecidas desde muito antes da última indiscrição do Damian.

Quem sabe antes mesmo de nos conhecermos.

Só porque estava ao meu alcance, toquei o sino de novo. Dessa vez, não pelo desespero de descer, de ser libertada do acordo que eu mesma tinha feito ou de conseguir validação da pessoa que tinha proposto aquela tarefa.

Foi pela vitória.

Lógico, eu sabia que não era o Everest. Eu devia estar a uns 12 metros de altura em uma parede de escalada em um ambiente profissional, presa por cordas, uma cadeirinha e com seguro contra acidentes.

Mas meu peito se expandiu mesmo assim, enchendo-se de uma sensação de orgulho feroz.

Eu ainda era capaz de fazer coisas difíceis.

A Bisa tinha morrido, Damian havia me traído, e minha mãe tinha me abandonado outra vez, mas eu ainda estava ali. Ainda subindo.

E embora parte de mim quisesse estrangular Noah, sabia que ele era o único motivo para eu estar escalando aquela parede, para início de conversa. Ele era o motivo para eu ter voltado a dar atenção à minha própria vida. O motivo para eu ter vontade de me levantar pela manhã.

Não que estivesse vivendo por ele, era só que ele me fazia querer viver. Lutar. Mostrar que eu tinha razão. Bater o pé e não apenas continuar a me submeter às emoções de outra pessoa e seguir pelo caminho mais fácil.

Talvez minha vida estivesse pegando fogo, mas era aí que eu brilhava, quando alcançava o ponto de fusão e podia transformar os restos derretidos em algo belo. Eu queria voltar a esculpir. Queria moldar o vidro conforme minha vontade. Queria mais uma chance de ser feliz, o que me levou a olhar na direção de Noah.

Eu queria… descer, porque *uau* aquilo *era alto.*

– Tá – gritei para ele. – Como eu desço?

– Vou abaixar você.

– Você vai fazer o quê?

Arrisquei olhar para ele mais uma vez. *Caramba…* era *sim* o Everest. Ele parecia estar a quilômetros de distância.

E lá se foi a sensação de poder. Eu queria descer *naquele exato instante.*

– Vou abaixar você – repetiu ele, falando mais devagar, como se eu tivesse entendido errado e não empacado.

– E como exatamente vai fazer isso?

Eu me agarrei com mais força à parede, e as juntas dos meus dedos ficaram brancas.

– Fácil – explicou ele. – Você senta na cadeirinha e vai descendo pela parede enquanto eu vou soltando a corda.

Pisquei algumas vezes e olhei para baixo de novo.

– Quer dizer que só devo relaxar e confiar que você não vai me derrubar de bunda?

– Isso mesmo. – Ele abriu um sorriso largo e sem-vergonha e, pela primeira vez, não achei nada charmoso.

– E se a corda arrebentar?

Seu sorriso se desfez.

– E se acontecer um terremoto? – insisti.

– Tem previsão de terremoto?

Meu bíceps gritou em protesto enquanto eu me agarrava à parede, empoleirada feito um lagarto.

– Acha que vou deixar você cair? – perguntou ele, em tom de desafio.

– Ficaria mais fácil para você terminar o livro – argumentei.

– Tem alguma verdade nisso – admitiu ele. – E tenho certeza de que a história por trás do assassinato impulsionaria as vendas.

– Noah!

Não havia nada de engraçado naquela situação, e ali estava ele, me provocando.

– É muito mais provável acontecer um terremoto do que eu derrubar você.

Dessa vez, a voz dele pareceu sair mais afiada, mas quando olhei para Noah só vi paciência em seu rosto.

– Não vou deixar que nada de ruim aconteça com você, Georgia. Tem que confiar em mim. Eu te seguro.

– Não posso descer escalando? – Não podia ser tão difícil assim, não é?

– Claro, se é isso que quer fazer – respondeu ele, e seu tom de voz foi baixando.

– É – sussurrei para mim mesma. – Vou descer escalando.

Com certeza não podia ser mais difícil que subir, não é?

Com os músculos doloridos e atormentada por pequenos tremores incessantes, desci o pé até o ponto de apoio anterior.

– Viu? Não foi tão difícil assim – resmunguei.

A corda estava esticada, me segurando com firmeza quando levei as mãos e o outro pé aos apoios anteriores. Então soltei um gritinho, a voz alta e aguda, quando meu pé escorregou e caí. Foram só alguns centímetros até que a corda esticasse e eu ficasse ali pendurada, paralela à parede.

– Você está bem? – perguntou Noah, em um tom de voz um pouco mais agudo.

Inspirei fundo, depois mais uma vez, obrigando meus batimentos cardíacos a se estabilizarem em um ritmo aceitável e que não fosse dramático. A cadeirinha estava ligeiramente enfiada na minha pele, logo abaixo da curva da bunda, mas, tirando isso, eu estava muito bem, obrigada.

– Um pouco envergonhada – admiti, relutante, o calor inundando minhas bochechas já coradas. – Mas bem.

– Ainda quer descer o resto escalando? – perguntou Noah sem julgamentos.

Ergui os braços, levei as mãos às agarras que estavam bem à minha frente e me encolhi quando elas tremeram. A verdade era que, se ele fosse mesmo me derrubar, isso já teria acontecido.

– Então eu só sento na cadeirinha? – perguntei, rezando para que ele não fosse do tipo que diz *eu avisei*.

– Apoie os pés na parede – ordenou ele.

Levantei os pés um pouquinho e fiz o que ele disse.

– As duas mãos na corda. – Mais uma ordem.

Segui.

– Ótimo – elogiou ele. – Vou abaixar você e quero que sente mesmo na cadeirinha e vá trocando passos descendo pela parede. Entendeu? – A voz dele saiu firme e forte, exatamente como ele era.

O que era capaz de tirar um cara como Noah do sério? Claro, eu o irritei algumas vezes, mas mesmo em nossas discussões mais desagradáveis, nunca o vi perder a cabeça de verdade, pelo menos não batendo portas e gritando como Damian fazia quando as coisas não saíam do jeito que ele queria.

– Entendi – falei, olhando para baixo e oferecendo a Noah um sorriso trêmulo.

– Não quero assustar você, então vamos descer no três. Devagar e sempre.

Assenti.

– Um, dois, três – contou ele, e me abaixou o bastante para que eu sentasse completamente na cadeirinha. – Muito bem. Agora vá descendo com os pés pela parede.

Devagar e sempre, Noah foi soltando a corda, e eu fui descendo pela parede de escalada. Após alguns segundos, já não parecia mais tão ruim. Desafiar a gravidade gerou uma pequena descarga de adrenalina, principalmente quando imitei outro montanhista, dando pulinhos divertidos.

Quando estava mais perto do chão, olhei para o sino que tinha acabado de tocar lá em cima. Parecia tão alto, mas eu tinha ido até lá.

Tudo isso porque Noah estava determinado a conquistar minha confiança – e tinha conseguido.

Eu era toda sorrisos quando meus pés tocaram o chão.

– Isso foi incrível!

Joguei os braços ao redor do pescoço de Noah, e ele me abraçou apertado, me erguendo no ar.

– *Você* foi incrível – disse ele, me corrigindo.

Ele me levantou com facilidade, como se eu não pesasse nada, e seu cheiro era tão bom que tive que me segurar para não enterrar o nariz no pescoço dele e inspirar fundo. Era uma combinação única de sândalo e cedro, do perfume dele, misturados ao sabonete e um pouquinho de suor. Era o cheiro que um homem deveria ter, natural. Damian pagaria milhares de dólares para ter o cheiro que Noah exalava sem nenhum esforço.

Pare de comparar os dois.

Eu me afastei um pouco, só o bastante para encará-lo.

– Obrigada – sussurrei.

Ele abriu um sorriso preguiçoso, o mais sensual que já vi.

– Por que está me agradecendo? – perguntou, seu olhar descendo até meus lábios e voltando. – Foi você quem fez todo o trabalho.

Ah, droga. Noah não era mesmo do tipo que dizia *eu avisei*, e isso só me fez gostar ainda mais dele. Só aumentou meu desejo.

A energia entre nós mudou, e a tensão aumentou, como se estivéssemos conectados por mais do que apenas aquela corda. Havia alguma coisa ali, e por mais que eu lutasse contra isso, por mais que brigássemos tanto por causa do livro... ela só crescia.

Seu olhar esquentou, e ele me segurou com mais firmeza.

Nossos lábios estavam a centímetros de distância...

– Vocês já terminaram? – perguntou uma voz de criança.

Atordoada, baixei os olhos para a garotinha que parecia não ter mais que 7 anos.

– Eu queria fazer essa parede, posso? – perguntou ela, os olhos cheios de esperança.

– Pode, claro – respondi.

Noah me colocou no chão e soltou minha cadeirinha com movimentos rápidos e eficientes. *Meu Deus, tem como esses braços serem mais atraentes?* Os músculos dos bíceps dele se flexionavam contra as mangas curtas da camiseta. Que bom que o tecido esticava, ou teria rasgado.

– Obrigada – repeti quando ele se soltou da corda.

– Você fez tudo. Eu só garanti que ficasse segura. – O timbre grave da voz dele aqueceu todo o meu corpo.

– Pronto – disse outra voz. Uma garota mais velha, provavelmente no ensino médio, agora ocupava o lugar do Noah, e a mais nova já estava presa à corda. – Pode subir.

– Subindo – respondeu a garotinha, e escalou a parede bem depressa, como se tivesse sido picada por uma aranha radioativa.

– Só pode ser brincadeira – resmunguei, vendo a garotinha fazer em poucos minutos o que havia me levado meia hora.

Noah abafou uma risadinha.

– Mais algumas subidas e você vai ficar tão boa quanto ela – assegurou ele.

Lancei-lhe um olhar de puro ceticismo.

– Você não caiu nenhuma vez – ressaltou ele, estendendo a mão em direção ao meu rosto devagar, me dando a oportunidade de recuar. Não fiz isso. – É bem impressionante.

Ele pegou uma mecha um pouco suada que tinha escapado do meu rabo de cavalo e colocou atrás da minha orelha.

– Nunca tive dificuldade de ir atrás do que quero – respondi, com a voz suave. – É cair que me causa problemas.

E me dei conta de que a questão ali era exatamente essa. Uma coisa era brincar com Hazel sobre um caso pós-divórcio, outra bem diferente era gostar mais do que só do corpo dele, embora fosse mesmo incrível. Seria fácil demais me apaixonar por Noah Morelli.

– Mas eu te segurei.

Não houve nenhum sorrisinho malicioso ou movimento sedutor de sobrancelhas, mas isso não importava. A verdade por si só já era inebriante.

Ele tinha me segurado *mesmo*.

– Verdade – respondi, baixinho.

– Quer tentar outra? – perguntou ele, os cantos de seus lábios se curvando.

Eu ri.

– Acho que meus braços não permitiriam, mesmo que eu quisesse. Estão moles feito gelatina. – Estendi os braços para mostrar, como se ele pudesse enxergar a exaustão em meus músculos.

– Faço uma massagem depois – prometeu ele, e dessa vez o sorrisinho sexy reapareceu.

Perdi o fôlego ao imaginar as mãos dele na minha pele.

– Quer aprender a fazer o contrapeso? – perguntou ele, interrompendo minha fantasia.

– Braços de gelatina, lembra?

– Relaxa, a cadeirinha faz todo o trabalho.

– Você me confia sua vida? – perguntei, olhando para ele e tentando não prestar atenção nos cílios longos ou na curva de seu lábio inferior.

– Confio minha carreira, e para mim é quase a mesma coisa, então sim.

A intensidade do olhar dele era um óbvio desafio, e senti uma espécie de choque em meu coração, absurdamente doloroso, mas uma injeção de vida.

Ele estava mesmo arriscando tudo pelo livro, não? Tinha deixado a cidade que amava e mudado toda a vida dele para terminá-lo.

Naquele momento, aprendi duas coisas sobre Noah Morelli.

A primeira foi que a prioridade dele seria sempre a carreira. Qualquer outra coisa que ele viesse a amar ficaria em segundo lugar.

A segunda foi que nós dois ocupávamos polos absolutamente opostos do espectro da confiança. Ele confiava de cara e esperava pelo resultado. Eu retinha minha confiança até que ela fosse conquistada. E ele estava mais que merecendo.

Era hora de eu também começar a confiar em mim mesma.

– Vamos lá.

Quando ele me deixou em casa, peguei o celular e liguei para Dan. Em uma hora, fiz uma proposta pela loja do Sr. Navarro.

Eu estava mergulhando de cabeça.

CAPÍTULO 18

MAIO DE 1941

North Weald, Inglaterra

Quase oito semanas já tinham se passado, e a luz ainda não tinha voltado aos olhos de Constance. Scarlett não podia pressioná-la, não podia aconselhá-la, não podia fazer nada além de acompanhar o luto da irmã. Ainda assim, pediu-lhe que fosse para North Weald com ela. Foi a coisa mais egoísta que fez na vida, mas não sabia como ser esposa e irmã ao mesmo tempo, e agora as duas estavam sofrendo.

Embora estivesse brigada com os pais desde o casamento com Jameson contra a vontade deles, aparentemente o desentendimento fora mantido em sigilo, uma vez que o pedido de transferência de Scarlett e Constance para North Weald fora aprovado.

Fazia um mês que estavam lá, e embora Scarlett tivesse alugado uma casa perto da base para as noites em que Jameson conseguisse licença para dormir fora, Constance preferiu se alojar com as demais nas cabanas.

Pela primeira vez na vida, Scarlett passou uma semana inteira completa e totalmente sozinha. Sem pais. Sem irmã. Sem outras oficiais. Sem Jameson. Ele estava a mais de uma hora de distância, em Martlesham-Heath, mas vinha para... casa – se é que podiam mesmo chamar o lugar de casa – sempre que conseguia uma licença. Entre a preocupação com Constance e o medo de que algo acontecesse com Jameson, Scarlett vivia em um estado de náusea constante.

– Você não precisa fazer isso – disse à irmã quando elas se ajoelharam no chão que tinha acabado de descongelar com a chegada da primavera. – Talvez seja cedo demais.

– Se morrer, morreu. – Constance deu de ombros e continuou a cavar com a pequena pá, preparando o espaço para uma roseira que tinha trazido do jardim dos pais na folga daquele fim de semana. – É melhor tentar, não é? Quem sabe quanto tempo ficaremos aqui? Pode ser que Jameson seja transferido. Ou nós. Ou talvez só eu. Se ficar esperando que a vida me dê circunstâncias mais oportunas para vivê-la, talvez eu nunca viva. Então tudo bem. Se congelar e morrer, pelo menos a gente tentou.

– Posso ajudar? – perguntou Scarlett.

– Não, já estou quase acabando. Não se esqueça de regar sempre, mas não demais. – Ela terminou de arar a terra à beira da varanda. – A planta vai dizer. É só observar as folhas e cobrir se esfriar muito à noite.

– Você é muito melhor nisso que eu.

– Você conta histórias melhor que eu – observou ela. – Jardinagem se aprende, como matemática ou história.

– Você escreve perfeitamente bem – argumentou Scarlett.

Elas sempre tiraram notas parecidas na escola.

– Sou boa em gramática e redação, claro. – Ela deu de ombros. – Mas enredos? Tramas? Você é muito mais talentosa. Agora, se quer mesmo ajudar, senta aí e me conta uma das suas histórias enquanto planto essa belezinha aqui.

Ela formou um montinho de terra no fundo do buraco, então posicionou a coroa de raízes sobre ele, medindo a distância até a superfície.

– Bom, acho que vai ser fácil. – Scarlett se sentou e cruzou os tornozelos diante de si. – Qual era a história e onde a gente parou?

Constance parou para pensar.

– Aquela sobre a filha do diplomata e o príncipe. Acho que ela tinha acabado de descobrir...

– O bilhete – completou Scarlett. – Certo. Quando ela acha que ele vai mandar o pai dela para longe.

A mente de Scarlett voltou para aquele mundo, os personagens tão reais para ela quanto Constance, sentada ali ao seu lado.

As irmãs acabaram deitando de barriga para cima, observando as nuvens enquanto Scarlett fazia o possível para tecer uma história que distraísse Constance, nem que fosse só por um instante.

– Por que ele só não pede desculpa e segue em frente? – perguntou Constance, virando-se de lado para ficar de frente para Scarlett. – Não seria a resposta mais direta?

– Seria – concordou Scarlett. – Mas aí nossa heroína não veria o crescimento dele, não o consideraria digno de uma segunda chance. A chave para dar a eles o final que merecem é cutucar seus defeitos até sangrarem, então fazer com que vençam esses defeitos, seus medos, para que provem seu valor à pessoa que amam. Do contrário, é só uma história sobre fracassar no amor. – Scarlett entrelaçou os dedos atrás da cabeça. – Sem a possibilidade de um desastre, será que somos capazes de reconhecer o que temos?

– Eu não fui – sussurrou Constance.

Scarlett encarou a irmã.

– Foi, sim. Eu sei que você amava Edward. E ele também sabia.

– Eu devia ter me casado com ele, como você fez com Jameson – disse ela, baixinho. – Pelo menos, teríamos vivido juntos antes que… – Ela parou de falar, erguendo os olhos para as árvores.

Antes que ele morresse.

– Eu queria poder pegar sua dor para mim.

Não era justo que Constance estivesse sofrendo tanto enquanto Scarlett contava as horas entre as folgas de Jameson.

– Não importa. – Constance engoliu em seco.

– Importa, sim. – Scarlett se sentou. – Importa.

Constance também se sentou, mas não olhou para a irmã.

– Na verdade, não. As outras garotas que seguem em frente, que veem seus amores como temporários… eu entendo. Entendo mesmo. Nada aqui é garantido. Aviões caem todo dia. Bombardeios acontecem. Não faz sentido reprimir o coração quando a probabilidade é que a gente possa morrer amanhã. É melhor viver enquanto pode. – Ela olhou para o pequeno jardim. – Mas sei que nunca vou amar alguém como amei Edward… como ainda amo. Não sei se um dia terei um coração para dar. Parece mais seguro ler sobre o amor em romances que vivê-lo de verdade.

– Ah, Constance. – O coração de Scarlett se partiu mais uma vez pela perda da irmã.

– Está tudo bem. – Constance ficou de pé num salto. – É melhor a gente ir se arrumar, vamos entrar em pouco mais de uma hora.

– Posso preparar uma comidinha para a gente antes – sugeriu Scarlett. – Estou ficando muito boa em preparos rápidos.

Constance olhou para a irmã com um ceticismo justificado.

– Tenho uma ideia melhor. Vamos nos vestir e dar uma passada no refeitório das oficiais.

– Você não confia em mim! – exclamou Scarlett em tom de zombaria.

– Confio totalmente em você. É da sua comida que desconfio. – Constance deu de ombros, mas o sorriso provocador foi verdadeiro, o que era mais que suficiente para Scarlett.

Vestidas e alimentadas, elas chegaram para o trabalho com tempo de sobra.

Deixaram os casacos no vestiário e foram para a sala. Por mais que os quadros estivessem cheios em seu pequeno setor, era difícil imaginar como eram os do quartel-general.

– Ah, Wright e Stanton, sempre em dupla – observou a Líder de Seção Robbins com um sorriso, à porta. – Precisam de alguma coisa antes de começar o turno?

– Não, senhora – respondeu Scarlett.

De todas as líderes, Robbins estava se tornando sua favorita.

– Não, senhora – ecoou Constance. – Pode me mostrar minha seção do quadro.

– Excelente. E, quando as duas tiverem um tempo, eu gostaria de conversar sobre suas responsabilidades. – A mulher sorriu, os cantos dos olhos enrugadinhos.

– Estamos deixando a desejar? – perguntou Scarlett.

– Não, pelo contrário. Eu gostaria que treinassem para serem operadoras. A pressão é maior, mas aposto que as duas seriam Oficiais de Seção até o fim do ano. – Ela olhou de uma irmã para a outra, avaliando a reação delas.

– Seria incrível! – respondeu Scarlett. – Obrigada pela oportunidade. Nós ado…

– Preciso pensar – interrompeu Constance, em voz baixa.

Scarlett olhou para ela, surpresa.

– Claro – disse Robbins com um sorriso gentil. – Espero que tenham uma noite… tranquila.

As irmãs se despediram, e antes mesmo que Scarlett pudesse questionar a resposta de Constance, a irmã abriu a porta e desapareceu na sala sempre silenciosa.

Scarlett entrou atrás dela, colocou os fones de ouvido e substituiu a oficial que estava em sua seção, dando uma olhada rápida no quadro para se familiarizar com as atividades da noite.

Havia um bombardeio atravessando seu quadrante, próximo ao de Constance.

Será que *algum dia* os bombardeios teriam fim? Eram dezenas de milhares de mortos só em Londres.

Ela ouviu a voz da operadora de rádio no fone e mergulhou na rotina de trabalho, deixando as demais preocupações para mais tarde.

De vez em quando, olhava para Constance. Por fora, a irmã parecia normal: mãos firmes e movimentos eficientes. Era ali que Constance prosperava nos últimos dias, onde a emoção não a alcançava. Ciente da espiral de vazio dentro dela, Scarlett foi dominada por mais uma onda de náusea.

Não era justo que ela ainda tivesse seu amor, e Constance, não.

Minutos se passaram enquanto ela movimentava as aeronaves pelo quadro, e de repente seu estômago se embrulhou por outro motivo.

O 71º estava se deslocando, não em direção ao bombardeio, mas ao mar. *Jameson.*

Ela movimentou o esquadrão por seu quadrante a cada cinco minutos, prestando atenção ao número de aviões e na direção geral, mas logo eles saíram de suas mãos e outros tomaram seu lugar.

As horas passaram voando, mas ela estava preocupada demais para comer quando o intervalo chegou, ansiosa demais para ver o 71º voltar, então ficou supervisionando o quadro, impaciente, pois sabia que ele estava voando naquela noite.

Quando os quinze minutos acabaram, ela voltou à sala e assumiu seu posto mais uma vez.

Com alguma satisfação, percebeu que o número de bombardeiros que saíam era menor que os que entravam. Tiveram algumas vitórias naquela noite.

Ela ouviu a orientação da operadora de rádio no fone e pegou um marcador novo com um sorrisinho discreto. O 71º estava de volta a seu quadrante.

Scarlett colocou o marcador na coordenada correta e congelou quando a operadora atualizou o número de aeronaves.

Quinze.

Scarlett ficou olhando para o marcador durante alguns segundos preciosos, o coração acelerado. *Ela se enganou. Só pode ter se enganado.*

Scarlett apertou o botão do microfone.

– Pode repetir a força do 71º? – perguntou.

Todas as cabeças da sala se viraram para ela.

As controladoras não falavam. Nunca.

– Quinze – repetiu a operadora. – Eles perderam um.

Eles perderam um. Eles perderam um. Eles perderam um.

Os dedos de Scarlett tremeram quando ela substituiu a pequena bandeira do marcador por uma que dizia quinze. Não era Jameson. Não podia ser. Ela saberia, não saberia? Se o homem que amava de todo o coração tivesse sido derrubado... tivesse morrido... ela sentiria. Tinha que sentir. Seu coração simplesmente não continuaria batendo sem o dele. Era anatomicamente impossível.

Mas Constance não soube...

Ela recebeu a orientação seguinte pelo fone e movimentou os marcadores, trocando as setas pelos grupos de cores temporizados.

Jameson. Jameson. Jameson. Os membros de Scarlett se movimentavam por pura memória muscular enquanto a mente girava e o estômago se revirava, o jantar azedando conforme o 71º se aproximava de Martlesham-Heath. Mesmo após terem pousado e saído do quadro, Scarlett não deixou de sentir aquele enjoo.

Até então, o Esquadrão Águia tivera uma sorte milagrosa: não tinham perdido nenhum piloto. Scarlett estava quase acostumada àquela sorte, mas agora ela tinha chegado ao fim. Quem era? Se não fosse Jameson – *por favor, Deus, que não seja Jameson* –, então era alguém que ele conhecia. Howie? Um dos ianques mais novos?

Ela olhou para o relógio. Ainda faltavam quatro horas para o fim do turno.

Queria ligar para Martlesham-Heath, exigir o prefixo do piloto derrubado, porém, se fosse Jameson, ela logo saberia. Com certeza estariam esperando por ela em casa.

Howie nunca permitiria que ela ficasse sabendo pela rádio peão.

O tempo passou em intervalos torturantes de cinco minutos enquanto ela movia os marcadores e alterava as setas, ouvindo as ordens ditadas pelo quartel-general. Quando o turno acabou, Scarlett não passava de um emaranhado de nervos com batimentos acelerados.

– Vou levar você para casa. Sei que sua bicicleta está aqui, mas estou com o carro da seção – disse Constance após elas pegarem as coisas no vestiário.

– Não precisa. – Scarlett balançou a cabeça, indo com a irmã até as bicicletas.

A última coisa de que Constance precisava era ter que consolá-la.

– Ele está bem – garantiu Constance baixinho, tocando o pulso de Scarlett. – Tem que estar. Não acredito em um Deus tão cruel a ponto de levar o meu amor *e* o seu. Ele está bem.

– E se não estiver? – A voz de Scarlett não era mais que um sussurro.

– Ele vai estar. Vamos. Entre no carro, sem discussão. Vou dizer às garotas que voltem a pé para a cabana.

Constance levou-a até o carro, então falou com as demais oficiais daquele turno antes de assumir o volante.

A viagem foi curta – a casa ficava a poucos minutos da base –, mas, durante uma fração de segundo, Scarlett não quis virar a esquina, não quis saber. Mas elas viraram.

Havia um carro estacionado em frente à casa.

– Ah, meu Deus – sussurrou Constance.

Scarlett endireitou os ombros e inspirou fundo.

– Por que não quer fazer o treinamento?

Constance olhou para a irmã e parou atrás do carro, que tinha a insígnia do Grupo 11.

– Agora? Você quer falar disso agora?

– É que sempre achei que você quisesse subir na carreira.

O coração dela batia tão rápido que era quase um único som constante.

– Scarlett.

– A pressão é maior, sim, mas o pagamento também.

A mão dela agarrou a maçaneta com força.

– Scarlett! – Constance explodiu.

Ela desviou o olhar da insígnia do Grupo 11 e olhou para a irmã.

– Prometo que venho aqui amanhã de manhã para a gente conversar sobre o treinamento, mas não agora. Você não pode ficar no carro.

– Você não queria nunca ter aberto aquela carta? – sussurrou Scarlett.

– Isso só adiaria o inevitável. – Constance forçou um sorriso trêmulo. – Vamos, eu vou com você até a porta.

Scarlett assentiu, então abriu a porta e saiu para a calçada, preparando-se para ver outras portas se abrirem.

As portas do carro não se abriram. A porta de sua casa, sim.

– Oi. – Jameson surgiu na entrada, e os joelhos de Scarlett quase cederam.

Ela saiu correndo, e ele a encontrou na metade do caminho, balançando-a em um abraço tão forte que ela sentiu os pedaços de seu corpo voltando a se encaixar. Ele estava bem. Estava em casa. Estava vivo.

Ela enterrou o rosto em seu pescoço, inspirou o cheiro dele e se agarrou à própria vida, porque era exatamente isso que ele tinha se tornado: sua vida.

– Eu estava tão preocupada – disse ela, com os lábios na pele dele, incapaz de se afastar por um segundo que fosse.

– Eu sabia que estaria. Por isso consegui uma licença e vim até aqui. – Ele manteve uma das mãos espalmada em suas costas e outra em sua nuca. Desde o momento em que o grupo perdera Kolendorski, ele só pensava em abraçar Scarlett. – Estou bem.

Ela o abraçou ainda mais forte.

Jameson olhou por cima do ombro de Scarlett e, com um aceno de cabeça, cumprimentou Constance, que os observava com um sorriso melancólico. Ela acenou de volta, então se virou e foi até o carro com o qual tinha levado Scarlett para casa.

– Quem foi? – perguntou Scarlett.

– Kolendorski. – Ele gostava do cara. – Virou para interceptar um bombardeiro e foi abatido por dois caças. Todos vimos quando ele caiu no mar.

Não houve tentativa de resgate ou socorro. Ele mergulhou na vertical com tanta força que, se já não estivesse morto antes, com certeza teria morrido com o impacto. Ninguém sobreviveria àquilo.

– Sinto muito – disse ela, afrouxando um pouco o abraço. – Eu só...

Os ombros dela chacoalharam, e ele se afastou com delicadeza para poder olhar para a esposa.

– Tudo bem. Está tudo bem – garantiu ele, limpando as lágrimas dela com o polegar.

– Não sei por que estou sendo tão boba. – Ela forçou um sorriso em meio às lágrimas. – Vi o número de aeronaves mudar, e soube que um de vocês tinha sido derrubado. – Ela balançou a cabeça. – Eu te amo.

– Também te amo. – Ele beijou a testa dela.

– Não, não é isso. – Ela saiu de seu abraço. – Eu te amo tanto que parece que meu coração bate dentro do seu corpo. Eu vi o que perder Edward fez com Constance, e sei que não sou forte o bastante para perder você. Não vou sobreviver.

– Scarlett – sussurrou ele, abraçando-a e puxando-a para perto, porque não havia mais nada que pudesse fazer.

Os dois sabiam que poderia ser ele no dia seguinte. Com a alta incidência de bombardeios, poderia ser ela. Cada beijo de despedida tinha o gosto agridoce do desespero porque sabiam que podia ser o último.

E se fosse ela... Ele inspirou fundo para acalmar aqueles pensamentos indesejáveis e impossíveis. Não havia nada para ele sem Scarlett. Era por ela que ele corria um pouco mais rápido quando se apressavam para interceptar um ataque. Era por ela que ele cobrava mais esforço dos pilotos mais novos. Era por ela que ele ficava, por mais cartas que seus pais escrevessem, dizendo que estavam orgulhosos dele e ao mesmo tempo implorando que voltasse para casa. Ele não precisava jurar lealdade ao rei; tinha jurado a Scarlett, e ia protegê-la.

– Venha. – Jameson pegou a mão dela e a levou para dentro, mas, em vez de carregá-la para o quarto e fazer amor com ela como tinha planejado durante cada minuto no caminho para casa, conduziu-a até a sala, onde colocou Billie Holiday para tocar. – Dance comigo, Scarlett.

Os lábios dela se curvaram, mas sua expressão era triste demais para ser chamada de sorriso. Ela deslizou em seu abraço e deitou a cabeça no peito dele enquanto bailavam em pequenos círculos, evitando a mesinha de centro.

Ali era onde ele vivia. Todo o resto era o que fazia para voltar em segurança para ter mais disso, mais dela. Viver longe dela era um tipo especial de tortura; saber que ela estava a uma hora de distância mas não poder ir até ela era a causa de muitas noites em claro. Ele sentia falta do toque de sua pele pela manhã, do cheiro de seu cabelo quando ela adormecia em seu peito. Sentia falta de conversar com ela sobre o dia, planejar o futuro, de beijá-la até queimarem o jantar mais uma vez. Sentia falta de tudo nela.

– Tenho uma novidade para contar – disse ele em voz baixa, tocando a testa dela com os lábios.

– Humm? – Ela ergueu a cabeça, os olhos cheios de apreensão.

– Vamos ser transferidos. – Ele tentou manter uma expressão séria, mas seus lábios não obedeceram.

– Já? – O cenho dela se franziu e os lábios formaram uma linha reta. – Eu não...

– Me pergunte para onde. – Agora seu sorriso estava largo... E pensar que ele queria que fosse surpresa.

– Para onde?

Ele ergueu as sobrancelhas.

– Jameson – disse ela em tom de repreensão. – Não me provoque. Para on... – Ela inspirou fundo e semicerrou os olhos. – Me conta agora mesmo, porque, se me fizer ficar cheia de esperança só para depois esmagá-la como se fosse um inseto, vai dormir sozinho esta noite.

– Não vou, não – respondeu ele com um sorriso. – Você gosta demais de mim para fazer isso.

– Neste instante, não gosto, não.

– Tá, então gosta demais do que eu faço com seu corpo – retrucou ele, provocando-a, seu olhar esquentando.

Ela arqueou uma sobrancelha.

– Para cá – respondeu ele por fim, quando a música acabou. – Vamos ser transferidos para cá. Em algumas semanas, dormiremos na mesma cama todas as noites. – Ele tocou o rosto dela. – Vamos voltar a queimar o café da manhã e a apostar corrida até o chuveiro.

Um sorriso se espalhou pelo belo rosto de Scarlett, e ele sentiu um aperto no peito. E assim, sem mais nem menos, ela transformava um dia péssimo em algo excepcional.

– Querem que eu faça o treinamento para ser operadora – disse ela, baixinho, como se alguém pudesse ouvir. A alegria reluziu em seu olhar. – Talvez eu vire Líder de Seção antes mesmo do fim do ano.

– Estou orgulhoso de você. – Agora era ele quem estava sorrindo.

– E eu de você. Não somos um casal e tanto? – Ela se esticou e roçou os lábios nos dele. – Agora, o que foi mesmo que você disse que ia fazer com meu corpo?

Ele a levou para o andar de cima antes mesmo que a próxima música começasse.

Scarlett entrou na cozinha cambaleando na manhã seguinte e encontrou Jameson no fogão, preparando o café da manhã. O estômago dela se revirou com o cheiro, então pareceu dar uma cambalhota.

– Tudo bem? – perguntou Constance em um canto, onde estava abrindo um pote de geleia.

É mesmo, elas tinham ficado de conversar sobre o treinamento naquela manhã. Tinha esquecido, o que era mais um motivo para se irritar consigo mesma.

– Tudo – mentiu Scarlett, tentando engolir o enjoo. – Não tinha visto você aí. Desculpa ter abandonado você ontem.

Constance sorriu, olhando de Scarlett para Jameson.

– Não precisa se explicar. Estou feliz por ter dado tudo certo. – A luz de seu olhar diminuiu quando ela levou a geleia até a mesa.

– O que posso fazer para ajudar? – perguntou Scarlett, colocando a mão nas costas de Jameson.

– Nada, amor... – Ele franziu as sobrancelhas. – Você está com uma cara meio esquisita.

– Estou ótima – disse ela devagar, torcendo para que os dois deixassem aquilo para lá.

Ela esperava que seus nervos se acalmassem agora que Jameson seria transferido? Sim. Pelo jeito, seu corpo não tinha recebido o recado.

Constance analisou-a com atenção.

– Quer conversar depois?

– Claro que não. Estou feliz por você estar aqui.

Constance assentiu, mas seus lábios pareciam tensos e estranhos naquela manhã. Por algum motivo, ela parecia... mais velha.

Jameson trouxe as linguiças fritas e as batatas até a mesa enquanto Scarlett fatiava o pão. Eles se acomodaram, e Scarlett quase suspirou aliviada quando seu estômago se acalmou.

– Vocês querem um pouco de privacidade? – perguntou Jameson do outro lado da mesa quadrada, o olhar saltando de uma irmã para a outra.

– Não – respondeu Constance, largando o garfo no prato pela metade. Não era de seu feitio deixar metade do café da manhã no prato, mas ela não era a mesma naqueles últimos meses. – Você também precisa ouvir isto.

– O quê? – Scarlett sentiu um peso no peito. O que quer que a irmã estivesse prestes a dizer não parecia bom.

– Seria um desperdício eu fazer o treinamento para operadora – disse ela, endireitando os ombros. – Não sei quanto tempo vão permitir que eu mantenha o cargo.

Scarlett ficou pálida. Havia poucos motivos para uma mulher se ver forçada a renunciar.

– O quê? Por quê?

Constance agitou as mãos no colo por um instante, então ergueu a mão esquerda, revelando um anel de esmeralda reluzente.

– Porque vou me casar.

O garfo de Scarlett caiu de sua mão, batendo no prato com um estrondo. Jameson, por sua vez, não mexeu um só músculo.

– Casar? – Scarlett ignorou o anel e olhou bem nos olhos da irmã.

– Sim – respondeu Constance, como se Scarlett estivesse perguntando se ela queria mais café. – Casar. E meu noivo não é bem a favor do meu papel aqui, então duvido que vá me incentivar a continuar depois do casamento. – Não havia emoção nenhuma na voz dela. Nenhum entusiasmo. Nada.

A boca de Scarlett se abriu e se fechou duas vezes.

– Não estou entendendo.

– Eu sabia que não entenderia – disse Constance baixinho.

– Você está com a mesma expressão do dia em que nossos pais te proibiram de se casar com Edward enquanto a guerra não terminasse.

Dever... era isso. Havia um senso de dever e resignação no olhar dela.

A náusea voltou com força quando o pressentimento deslizou do peito de Scarlett para sua barriga.

– Com quem você vai se casar? – pressionou Scarlett.

– Henry Wadsworth. – Constance ergueu o queixo.

Não.

O silêncio preencheu a cozinha, mais afiado do que qualquer palavra que pudesse ser dita.

Não. Não. Não. Scarlett segurou a mão de Jameson embaixo da mesa; precisava de algo que a ancorasse.

– Essa decisão não é sua – rebateu Constance.

Scarlett ficou aturdida ao se dar conta de que tinha dito aquilo em voz alta.

– Não pode fazer isso. Ele é um monstro. Vai te destruir.

Constance deu de ombros.

– Se destruir, destruiu.

Se morrer, morreu. As palavras dela ao plantar a rosa no dia anterior ecoaram na mente de Scarlett.

– Por que você faria isso? – Ela tinha ido para casa na semana anterior. – Eles estão obrigando você, não estão?

– Não – rebateu Constance, com a voz suave. – Mamãe disse que vão ter que vender o que restou das terras de Ashby.

Não a casa em Londres... seu lar. Scarlett se obrigou a superar o remorso que sentiu com aquela notícia.

– Então a culpa é deles por não administrarem bem as próprias finanças. Por favor, não me diga que aceitou se casar com Wadsworth para manter as terras. Sua felicidade vale muito mais que aquela propriedade. Deixe que vendam.

E o mais importante: Constance não sobreviveria ao casamento com Wadsworth. Ele espancaria seu espírito até matá-lo, e talvez fizesse o mesmo com seu corpo.

– Você não vê? – A dor tomou conta do rosto de Constance. – Eles venderiam o lago. O gazebo. A cabana de caça. Tudo.

– Que vendam! – Scarlett explodiu. – Aquele homem vai destruir você.

Ela segurou a mão de Jameson com mais força.

Constance ficou de pé, então empurrou a cadeira para longe da mesa.

– Eu sabia que você não entenderia. E não precisa. A decisão é minha.

Então ela saiu da cozinha, os ombros eretos e a cabeça erguida.

Scarlett correu atrás dela.

– Eu sei que você ama nossos pais e quer agradá-los, mas não deve sua vida a eles.

Constance parou com a mão na maçaneta.

– Não tenho mais uma vida para viver. Tudo o que tenho são lembranças.

Ela se virou devagar, perdendo a expressão polida e deixando a angústia transparecer.

O lago. O gazebo. A cabana de caça. Os olhos de Scarlett se fecharam durante o tempo de uma inspiração profunda.

– Boneca, ser dona daqueles lugares não vai trazer Edward de volta.

– Se você perdesse Jameson e tivesse a oportunidade de ficar com a primeira casa onde moraram em Kirton in Lindsey, nem que fosse só para andar pelos cômodos e conversar com o espírito dele, não faria isso?

Scarlett quis argumentar que não era a mesma coisa. Mas não conseguiu.

Jameson era seu marido, sua alma gêmea, o amor de sua vida. Mas fazia menos de um ano que ela o amava. Constance amava Edward desde que eram crianças, nadando naquele lago, brincando no gazebo, beijando-se às escondidas na cabana de caça.

– Não há garantia de que a propriedade esteja lá quando você se casar. – O que Scarlett esperava que não acontecesse naquele verão, que chegaria em semanas.

– Ele vai comprar as terras agora, como um ato de boa-fé… um presente de noivado. Foi tudo acertado neste fim de semana. Sei que está decepcionada comigo…

– Não, isso nunca. Estou com medo por você. Estou morrendo de medo que jogue sua vida fora e não…

– E não o quê? – gritou Constance. – Eu nunca mais vou amar outra pessoa. Perdi a chance de ser feliz, então o que importa?

Ela abriu a porta da frente e saiu pisando firme, e Scarlett correu atrás dela.

– Você não sabe disso! – berrou Scarlett da calçada, impedindo a irmã antes que ela chegasse à rua. – Você sabe o que ele vai fazer com você. Nós já vimos. Vai mesmo se entregar a um homem como ele? Você vale muito mais que isso.

– Eu sei, sim! – O rosto de Constance se contraiu. – Sei do mesmo jeito que você sabe. Vi sua cara ontem à noite. Se fosse Howie à sua porta, dizendo que tinham perdido Jameson, você ficaria destruída. Pode olhar nos meus olhos e dizer que vai amar de novo se ele morrer?

A bile subiu pela garganta de Scarlett.

– Por favor, não faça isso.

– Eu posso salvar nossa família, manter nossas terras, talvez ensinar meus filhos a nadar naquele mesmo lago. Nós somos diferentes, você e eu. Você tinha um motivo para lutar contra o casamento. Eu tenho um motivo para aceitar.

A boca de Scarlett se contorceu, e seu estômago convulsionou. Ela caiu de joelhos e botou para fora o café da manhã em um dos arbustos que emolduravam a entrada. Sentiu a mão de Jameson na nuca, segurando o cabelo solto enquanto ela vomitava, esvaziando o estômago.

– Meu amor – murmurou ele, traçando círculos nas costas dela.

A náusea desapareceu tão rápido quanto tinha surgido.

Ah, meu Deus. Sua mente acelerou, tentando traçar um calendário invisível. Ela não tinha um minuto de paz desde março. Eles se mudaram em abril... e já era maio.

Scarlett se levantou devagar, e seu olhar encontrou o de Constance, arregalado e compassivo.

– Ah, Scarlett – sussurrou ela. – Nenhuma de nós vai ser Líder de Seção antes do final do ano, não é?

– O que sua irmã quer dizer com isso? – perguntou Jameson, a mão firme quando Scarlett sentiu que a menor brisa poderia derrubá-la outra vez.

Scarlett olhou para ele, absorvendo aqueles lindos olhos verdes, o queixo forte e as linhas de preocupação ao redor de seus lábios.

Ele estava prestes a ficar ainda mais preocupado.

– Estou grávida.

CAPÍTULO 19

NOAH

Scarlett,
    Aqui estamos nós mais uma vez, separados por quilômetros que parecem longos demais à noite, esperando pela oportunidade de estarmos juntos de novo. Você abriu mão de tantas coisas por mim, e eu aqui pedindo mais, pedindo que venha comigo mais uma vez. Eu prometo, quando esta guerra acabar, jamais vou permitir que se arrependa de ter me escolhido. Nem por um minuto. Vou encher seus dias de alegria e suas noites de amor. Há tanta coisa esperando por nós se suportarmos...

– Trouxe almoço! – gritei para Georgia ao entrar pela porta da frente.

Eu tinha que admitir, ainda era um pouco estranho entrar na casa de Scarlett Stanton sem bater, mas, desde a última semana, quando começamos a passar as tardes juntos, o que ela chamara de Universidade Stanton, Georgia insistia que fosse assim.

– Graças a Deus, porque estou morrendo de fome – respondeu ela, do escritório.

Entrei pelo lado das portas envidraçadas que estava aberto e parei de repente, surpreso. Georgia estava sentada no chão em frente à mesa da bisavó, rodeada de álbuns de fotografia e caixas. Tinha até afastado as poltronas para abrir espaço.

– Uau.

Ela ergueu os olhos para mim e abriu um sorriso entusiasmado. *Caramba.*

E assim, sem mais nem menos, minha mente não estava mais concentrada na bisavó dela ou no livro pelo qual estava arriscando minha carreira, mas em Georgia, pura e simplesmente.

Alguma coisa mudou entre nós no dia em que fomos escalar. Não era só a impressão de que estávamos no mesmo time, mas agora havia também uma percepção aguçada, como se alguém tivesse iniciado uma contagem regressiva. Eu não seria capaz de escrever uma tensão sexual como aquela. Desde então, cada simples toque entre nós era calculado, cuidadoso, como se fôssemos fósforos em um depósito de fogos de artifício e soubéssemos que muita fricção poderia incendiar o lugar.

– Quer fazer um piquenique? – perguntou ela, apontando para um pedaço de chão mais ou menos aberto ao seu lado.

– Eu topo se você topar.

Abri caminho entre as memórias espalhadas para tomar meu lugar ao lado de Georgia.

– Desculpa – disse ela, com uma expressão tímida, o moletom largo escorregando do ombro e revelando a alça lilás do sutiã. – Eu estava procurando aquela foto de Middle Wallop de que falei e acabei me perdendo um pouco em tudo isso.

– Não precisa pedir desculpa.

Ela não só parecia melhor que o almoço que eu tinha trazido, mas também tinha aberto um verdadeiro tesouro de história familiar e estendido à minha frente.

Se isso não queria dizer que estava *se abrindo*, eu não sabia o que mais diria. Tínhamos avançado muito em comparação aos dias em que ela desligava o telefone na minha cara. Tudo na mulher sentada ao meu lado era brando, do cabelo preso em um coque no topo da cabeça às pernas nuas e quilométricas saindo cruzadas da bermuda. Não havia nada de glacial nela.

– Quando achei as fotos, não consegui mais me segurar. – Ela sorriu para o álbum de fotografias aberto em seu colo, e eu tirei uma das caixas de comida da sacola.

– Sem tomate – falei, entregando o dela.

Eu não conseguia lembrar se minha última namorada gostava de café preto ou com açúcar, mas estava memorizando cada detalhe de Georgia Stanton sem nem tentar. Estava mesmo enrascado.

– Obrigada – respondeu ela com um sorriso, pegando a caixa antes de apontar para uma mesa atrás de nós. – Chá gelado, sem açúcar.

– Obrigado. – Pelo jeito, eu não era o único memorizando detalhes.

– Ainda acho estranho você beber sem açúcar, mas cada um com suas esquisitices. – Ela deu de ombros e virou uma página do álbum.

– Essa é você?

Ignorei o comentário dela e me aproximei com delicadeza por cima de seu ombro. Fosse seu xampu ou o perfume, o aroma leve e cítrico que inalei foi direto para minha cabeça, além de outras partes do corpo que precisava manter sob controle quando estava perto de Georgia.

– Como você sabe? – Ela me lançou um olhar curioso. – Nem dá para ver meu rosto.

– Eu reconheço Scarlett, e duvido muito que houvesse outra garotinha vestida de princesa Darth Vader.

Na fotografia, Scarlett exibia um sorriso orgulhoso, como em todas as outras que eu tinha visto dela com Georgia.

– Justo – admitiu Georgia. – Acho que eu estava me sentindo atraída pelo lado sombrio da força naquele ano.

– Quantos anos você tinha?

– Sete. – Ela franziu o cenho. – Minha mãe tinha vindo nos visitar após o casamento número dois, se não me falha a memória.

– Quantos maridos ela teve? – Não que eu estivesse julgando, mas a cara de Georgia me deixou curioso.

– Cinco casamentos, quatro maridos. – Ela virou a página. – Ela se casou com o número três duas vezes, mas acho que estão se separando, porque ela voltou com o número quatro. Para falar a verdade, não me dou mais ao trabalho de acompanhar.

Demorei um pouco para ligar os pontos.

– Enfim, você precisa de fotos da década de 1940, e essas são quase todas minhas... – Ela fez menção de fechar o álbum.

– Eu adoraria dar uma olhada. – Qualquer coisa que me ajudasse a entendê-la melhor.

Ela olhou para mim como se eu tivesse perdido a cabeça de vez.

– Quer dizer, Scarlett também está nas fotos, né? – *Fraco*.

– Verdade. Está. Podemos ver as mais antigas depois. Não deixe esfriar. – Ela apontou para o hambúrguer à minha frente.

Comemos e folheamos o álbum. Páginas e mais páginas cheias de fotos da infância de Georgia e, embora algumas incluíssem Hazel ou Scarlett, anos se passaram – e meu almoço inteiro – antes que Ava voltasse a aparecer. Georgia parecia uma criança feliz na maioria das fotos: sorrisos largos no jardim, no campo, à beira do riacho. Sessões de autógrafos em Paris e Roma...

– E Londres? – perguntei, voltando a página para ter certeza de que não tinha pulado nenhuma. Não, só Scarlett e Georgia, sem os dois dentes da frente, no Coliseu.

– Ela nunca mais colocou os pés na Inglaterra – respondeu Georgia baixinho. – E essa foi a última turnê. Mas ela escreveu por mais dez anos. Jurava que a impedia de ficar senil. E você?

– Eu? Se eu corro o risco de ficar senil? – Ergui as sobrancelhas. – Quantos anos você acha que eu tenho?

Ela riu.

– Sei que tem 31. O que eu quis dizer foi: você acha que vai escrever até os 90 anos? – Ela reformulou a pergunta, me acotovelando de leve.

– Ah. – Passei a mão na nuca, tentando imaginar uma idade em que *não* escreveria. – Acho que vou escrever até morrer. Se vou querer publicar ou não, é outra questão.

Escrever um livro e passar pelo processo de publicação eram duas lutas completamente diferentes.

– Entendo.

Como alguém que havia sido criada naquele meio, ela com certeza entendia.

Mais uma página, mais uma foto, mais um ano. O sorriso de Georgia reluzente na frente de um bolo de aniversário (de 12 anos, pela decoração) com Ava ao seu lado.

Na foto seguinte, que parecia ter sido tirada algumas semanas depois, o brilho tinha desaparecido dos olhos de Georgia.

– Não vai perguntar por que minha mãe não me criou?

Ela me olhou de esguelha.

– Você não me deve uma explicação.

– Você acredita mesmo nisso, né? – perguntou ela com a voz branda.

– Acredito.

Eu sabia o bastante para juntar as peças. Ava fora mãe ainda no ensino médio, mas não tinha sido feita para isso.

– Ao contrário do que pode parecer por conta da sua experiência comigo por causa do nosso projeto – falei –, não tenho o hábito de arrancar informações de mulheres que não estão dispostas a oferecê-las.

Analisei o rosto dela enquanto Georgia evitava meu olhar.

– Mesmo que isso te ajudasse a entender a Bisa?

Ela virou a página, despreocupada, como se a resposta não importasse, mas eu sabia que importava.

– Prometo que nunca vou tirar de você nada que não queira me dar de bom grado, Georgia – falei em voz baixa.

Ela se virou para mim, e nossos olhos se encontraram a um sopro de distância. Se ela fosse qualquer outra mulher, eu a teria beijado. Teria agido com base na atração flagrante que ultrapassava qualquer analogia que eu poderia compor. Aquilo não era mais um simples zumbido de eletricidade, tinha evoluído para muito mais que uma onda de luxúria ou de desejo avassalador. Os centímetros que nos separavam estavam marcados pelo desejo, puro e primitivo. Não era mais questão de se, mas quando. Vi em seu olhar a batalha que me pareceu familiar demais, porque eu estava travando a mesma guerra contra o inevitável.

Os olhos dela viajaram até meus lábios.

– E se eu quiser te dar de bom grado? – sussurrou ela.

– Você quer?

Todos os músculos do meu corpo se contraíram, travando o impulso quase incontrolável de descobrir o sabor dela.

Georgia corou, e sua respiração travou quando desviou o olhar de volta para o álbum de fotografias.

– Eu te digo o que quiser saber.

Ela virou algumas páginas e caiu nas fotos de seu casamento, não formais, mas espontâneas.

– Você está linda.

Era mais que isso. A Georgia do dia do casamento parecia tão aberta e sinceramente apaixonada que uma pontada de ciúme irracional tomou conta de mim. Aquele babaca não era digno do coração dela, da confiança dela.

– Obrigada. – Ela passou para uma foto que era claramente da festa. – É engraçado, mas hoje, quando penso nesse dia, o que mais me lembro é do Damian tentando conversar com qualquer um que fosse do círculo da Bisa. – Ela falou com tranquilidade, como se fosse o desfecho de uma piada.

Franzi o cenho. Quanto tempo Ellsworth levou para apagar o brilho dela?

– O que foi? – perguntou ela, olhando na minha direção.

– Você não tem nada de Rainha do Gelo nessas fotos – falei, com a voz suave. – Não entendo como alguém pode achar que você é fria.

– Ah, naquela época eu era esperançosa e ingênua. – Ela inclinou a cabeça e virou a página, dessa vez revelando uma chuva de bolhas de sabão e os noivos indo para o carro. – O apelido só veio mais tarde, mas, na primeira vez que descobri que ele estava me traindo, alguma coisa... – Ela suspirou e virou a página mais uma vez. – Alguma coisa mudou.

– Paige Parker? – perguntei, tentando adivinhar.

Ela soltou uma risada pelo nariz.

– Meu Deus, não.

Minha atenção saltou para seu rosto quando ela virou um bloco de páginas: anos.

– Ele não era tão descuidado na época. Com atrizes, o cara é pego, mas com assistentes de 18 anos, não. – Ela deu de ombros.

– Quantas...

A pergunta começou a sair antes que pudesse me conter. Não era da minha conta o quanto Ellsworth a machucara. Se eu fosse casado com Georgia, estaria ocupado demais fazendo-a feliz na cama para sequer *pensar* em outra pessoa.

– Muitas – respondeu ela em voz baixa. – Mas eu não ia dizer à Bisa que não estava vivendo a mesma história épica de amor que ela... porque tudo o que ela queria era me ver feliz, e ainda por cima ela tinha acabado de sofrer o primeiro ataque cardíaco. E acho que admitir que cometi o mesmo erro que minha mãe era... difícil.

– Então você ficou. – Minha voz saiu baixa quando mais um pedaço do quebra-cabeça Georgia se encaixou. *Vontade indomável.*

– Eu me adaptei. Estava acostumada a ser abandonada.

Ela passou o polegar sobre uma foto, e baixei os olhos para ver uma árvore colorida no outono em um lugar que conhecia bem... o Central Park. Georgia estava entre Damian e Ava, abraçando os dois, o sorriso uma sombra daquele de poucos anos antes.

– Tem um aviso, um som que o coração emite quando se dá conta pela primeira vez de que não está mais seguro com a pessoa em quem confiava – declarou ela.

Minha mandíbula se retesou.

Ela virou mais uma página, outro evento formal.

– Não é tão direto ou impessoal como algo partido ou estilhaçado. Além do mais, isso é fácil de consertar se você encontrar todos os pedaços. Esmagar uma alma... *isso* requer um nível de... violência pessoal. Os ouvidos se enchem de um soluço... – Ela virou outra página. –... áspero... – E mais outra. –... e desesperado. Como se a gente estivesse lutando para respirar, sufocando à vista de todos. Estrangulada pela vida e pelas decisões egoístas de outra pessoa.

– Georgia – sussurrei enquanto meu estômago se revirava, meu peito apertando com a agonia e a raiva em suas palavras.

Ela parou em uma foto do tapete vermelho de *As asas do outono*. Com o sorriso reluzente, mas os olhos inexpressivos, ela posava ao lado de Damian como um troféu, as duas gerações das mulheres Stanton à sua direita. Ela foi congelando diante dos meus olhos, cada foto mais fria que a anterior.

– E, na verdade – continuou ela, balançando a cabeça de leve com mais um sorriso debochado –, a gente nem sempre reconhece aquele som úmido pelo que ele é... Um assassinato. A gente não registra o que está acontecendo enquanto o ar desaparece. A gente ouve o gorgolejo, e de algum jeito se convence de que vai voltar a respirar... de que nada se partiu. Dá para consertar, né? Então a gente luta e se agarra ao pouco ar que encontra. – Os olhos dela se encheram de lágrimas não derramadas, e ela ergueu o queixo e as conteve enquanto as páginas viravam a cada frase. – A gente luta e se debate porque aquela coisa predestinada e profunda que chamamos de amor se recusa a cair com um único tiro. Isso seria muita misericórdia.

O amor de verdade precisa ser sufocado, mantido embaixo d'água até parar de chutar. É o único jeito de matá-lo.

Ela foi virando uma página atrás da outra, o álbum um caleidoscópio colorido de fotos que claramente tinha escolhido com muito cuidado para mandar a Scarlett, construindo a mentira de um casamento feliz.

– E quando finalmente entendemos, finalmente paramos de lutar, estamos fundo demais para subir à superfície e nos salvarmos. E quem assiste diz que temos que continuar nadando, que é só um coração partido, mas a pequena centelha que resta da nossa alma não consegue nem flutuar, muito menos nadar. Então temos que escolher. Ou a gente se permite morrer enquanto nos acusam de sermos fracos ou aprendemos a respirar debaixo da droga da água, e aí dizem que a gente é um monstro por ter se tornado assim. A Rainha do Gelo, é isso.

Ela parou na última fotografia: uma da primeira estreia, tirada meses antes da morte de Scarlett. O restante das páginas do álbum estava em branco.

Cerrei os punhos. Nunca quis dar uma surra em alguém como em Damian Ellsworth.

– Juro, eu nunca te magoaria como ele fez. – Enfatizei cada palavra, na esperança de que ela percebesse minha convicção.

– Eu não disse que ele me magoou – sussurrou Georgia, duas linhas se formando entre as sobrancelhas quando ela me olhou, confusa.

A campainha tocou, dando um susto em nós dois.

– Eu atendo – ofereci, já me levantando.

– Pode deixar.

Ela se apressou, o álbum de fotos caindo de seu colo quando ficou de pé mais rápido que eu e logo correu até a porta, esquivando-se das pilhas de fotos com agilidade.

Fiquei olhando da porta enquanto Georgia assinava a entrega. Se não estivesse sentado ao lado dela, nunca teria imaginado que havia acabado de desabafar daquele jeito. O sorriso polido estava à toda enquanto ela jogava conversa fora com o entregador.

Ela pegou a caixa de tamanho considerável e se despediu, fechando a porta com o quadril e largando a caixa sobre a mesa do hall de entrada.

– É dos advogados – disse com um sorriso largo, e por um segundo me perguntei se ela tinha enlouquecido. Ninguém ficava *tão* feliz ao receber uma caixa dos advogados. – Espera um pouco, preciso de uma tesoura.

– Aqui. – Dei um passo à frente, tirando meu canivete do bolso e abrindo a faca. – Achei que ainda faltavam duas semanas para fechar o negócio do ateliê.

Eu estava ansioso para ver o que ela ia criar.

– Obrigada. – Ela pegou o canivete, então abriu a caixa com um sorriso infantil. – Não é do ateliê. Ela me manda uma coisa todo mês.

– Sua advogada?

– Não, a Bisa. – Eu nunca tinha visto Georgia com um sorriso tão grande. – Ela deixou orientações e presentes. Até agora tenho recebido uma vez por mês, mais ou menos, mas não sei até quando ela planejou.

– Essa deve ser a coisa mais incrível que já ouvi.

Peguei o canivete de volta, fechei a lâmina e guardei no bolso da calça cargo.

– É mesmo – concordou ela, abrindo um cartão. – Minha querida Georgia, agora que parti, cabe a você ser a bruxa da casa, onde quer que esteja. Eu te amo com todo o meu coração, Bisa.

Ergui as sobrancelhas ao ouvir a coisa da bruxa até que Georgia riu e tirou um chapéu de bruxa da caixa.

– Ela sempre se vestia de bruxa para distribuir doces para as crianças no Dia das Bruxas – explicou ela, colocando o chapéu na cabeça, bem em cima do coque, e então continuou a mexer na caixa.

Verdade. Faltavam duas semanas para o Dia das Bruxas. O tempo estava voando, meu prazo chegando ao fim, e eu seguia de mãos vazias. Pior que isso, só teria mais seis semanas com Georgia se entregasse o manuscrito no prazo, e ia fazer isso.

– Ela mandou um chapéu de bruxa e uma caixa tamanho família de Snickers? – perguntei, me sentindo estranhamente próximo de Scarlett Stanton ao espiar dentro da caixa.

Georgia assentiu.

– Quer um? – Ela tirou uma barra da caixa e balançou à minha frente.

– Com certeza.

Eu queria *Georgia*, mas me contentaria com o chocolate.

– Era o chocolate favorito da Bisa – disse ela, enquanto desembalávamos nossas barras. – Mas ela dizia que o nome na Inglaterra era Marathon. Nem sei dizer quantas páginas dos manuscritos dela tinham pequenas digitais de chocolate nas bordas.

Mordi a barra e segui Georgia de volta ao escritório, mastigando.

– Todos naquela máquina de escrever.

– É. – Ela me olhou com a cabeça inclinada, me analisando com atenção.

– Estou sujo de chocolate? – perguntei, dando mais uma mordida.

– Você deveria escrever o resto do livro aqui.

– Eu vou fazer isso, lembra? Eu me nego a voltar para Nova York sem um manuscrito finalizado. Tenho certeza de que Adam não me deixaria nem descer do avião.

Eu andava ignorando as ligações dele. Logo, logo, ele também estaria ali se eu continuasse não atendendo.

– Não… aqui, *aqui* – disse ela, apontando para a mesa de Scarlett. – No escritório da Bisa. Foi *aqui* que ela escreveu o manuscrito.

– Quer que eu termine o livro aqui? – As palavras saíram devagar, tropeçando na minha própria confusão.

Ela deu mais uma mordida e assentiu, olhando para o escritório.

– Uhum.

– Eu nem sempre escrevo em horários convencionais…

Mas estaria perto de Georgia todos os dias.

– E daí? Você tem a chave. Nem sempre vou estar aqui mesmo, preciso montar o ateliê. E se algum dia acabar ficando muito tarde, você pode dormir no quarto de hóspedes. – Ela deu de ombros e saltou sobre duas pilhas de fotografias a caminho da mesa. – Quanto mais penso nisso, mais faz sentido. – Ela deu a volta na mesa e afastou a cadeira. – Venha… veja se o tamanho é bom para você.

Terminei a barra de chocolate e joguei a embalagem na lixeira ao lado da enorme mesa de cerejeira, hesitante. Era a mesa de Scarlett. A máquina de escrever de Scarlett.

– Você protege essa coisa como se fosse a mesa do Salão Oval – falei –, com descanso de copo e tudo.

– Ah, você vai ter que continuar usando os descansos. Isso é inegociável. – Ela bateu no encosto alto da cadeira e riu. – Vamos, ela não morde.

– Tá.

Dei a volta e me joguei na cadeira de escritório, então me puxei para a frente e me acomodei à mesa. O notebook de Georgia estava fechado à minha direita, mas à minha esquerda estava a famosa máquina de escrever.

– Se estiver se sentindo ousado... – Georgia passou os dedos pelas teclas.

– Não, obrigado. Primeiro, é provável que eu quebre a máquina, segundo, faço correções demais para sequer pensar em usar uma máquina de escrever. Isso é demais até para mim. – Meus olhos pararam na caixa retangular à beira da mesa. Havia uma etiqueta escrito "INACABADO" com caneta grossa preta. – Isso é...

– O original? É. – Ela deslizou a caixa na minha direção. – Vá em frente, mas vou bater o pé: os originais ficam aqui.

– Combinado.

Abri a tampa e coloquei a pilha de papéis sobre a superfície polida da mesa. Ela mesma tinha datilografado aquelas páginas, e ali estava eu, me preparando para finalizá-las. *Surreal.*

O manuscrito era grosso, não apenas pela quantidade de palavras, mas pelas folhas em si. Folheei rapidamente.

– Isso é incrível.

– Tenho outras 73 caixas como essa – disse ela em tom de provocação, recostando-se na mesa.

– Dá para *ver* que ela escreveu e depois revisou. As páginas estão em estados diferentes de envelhecimento. Tá vendo? – Levantei duas páginas do Capítulo 2, quando Jameson se aproxima de Scarlett, que está com Constance. – Esta deve ser a original. Está mais envelhecida, e a qualidade do papel é inferior. Esta página – chacoalhei a página de leve, meus lábios se curvando quando percebi a mancha de chocolate na borda – não deve ter mais que uma década.

– Faz sentido. Ela gostava de revisar, e sempre acrescentava a contagem de palavras. – Ela apoiou as mãos na borda da mesa. – Acho que ela gostava de viver aí, entre as páginas com ele. Sempre acrescentando pequenas lembranças, mas nunca fechando a porta.

Eu compreendia isso. Finalizar um livro significava se despedir dos personagens. Mas não eram apenas personagens para Scarlett. Era sua irmã. Sua alma gêmea. Li algumas frases da primeira página, depois da segunda.

– Caramba, dá para ver a habilidade dela evoluir.

– Sério? – Georgia se ajeitou, virando a cabeça para olhar as páginas.

– Aham. Todo escritor tem um fluxo característico em sua estrutura frasal. Dá uma olhada aqui. – Apontei para uma passagem da primeira página. – Um pouco mais entrecortada. Aqui – selecionei outra passagem na segunda página – está mais suave.

Eu seria capaz de apostar que as primeiras páginas lembram mais o estilo dos primeiros livros dela.

Ergui a cabeça, e Georgia estava olhando para mim.

Ela não conseguiu conter um sorriso.

– O que foi? – perguntei, devolvendo as páginas ao manuscrito.

– Agora você está sujo de chocolate. – Ela riu com delicadeza.

– Que ótimo.

Passei a mão na barba, perto da boca.

– Aqui.

Ela deslizou pela mesa, a pele nua de suas pernas tocando a minha.

De repente, desejei estar de bermuda, e joguei o tronco de leve para trás, na esperança de que ela se aproximasse.

Ela preencheu o espaço entre meus joelhos, segurou a lateral do meu rosto e passou o polegar na pele logo abaixo dos meus lábios. Meus batimentos aceleraram um pouco, e meu corpo ficou tenso.

– Pronto – sussurrou ela, mas não tirou a mão.

– Obrigado.

O toque dela era quente, e tive que me esforçar muito para não me aproximar. Caramba, como eu a desejava, e não só seu corpo. Eu queria entrar na mente dela, atravessar a muralha da qual até mesmo George R. R. Martin teria orgulho. Queria sua confiança apenas para poder provar que era digno dela.

Ela passou a ponta da língua no lábio inferior.

Meu autocontrole estava por um fio, e o olhar dela foi esgarçando esse fio aos poucos.

Ainda assim, ela não se mexeu.

– Georgia… – O nome dela deixou meus lábios ao mesmo tempo como um apelo e um aviso.

Ela se aproximou. Não o bastante.

Minhas mãos encontraram as curvas de sua cintura, e eu a puxei, trazendo-a o mais perto que a cadeira permitia.

A respiração dela ficou presa em um arquejo discreto que mandou todo o meu sangue direto para o meu pau. *Relaxa, cara.* Ela deslizou a mão pelo meu queixo, enfiando-a em meu cabelo.

Segurei sua cintura com mais firmeza, através do tecido do moletom.

– Noah – sussurrou ela, levando a outra mão até minha nuca.

– Quer que eu te beije, Georgia? – Minha voz saiu rouca até mesmo para meus próprios ouvidos.

Não podia haver enganos. Nenhuma confusão. Havia muita coisa em jogo e, pela primeira vez, não era na minha carreira que eu estava pensando.

– Você quer me beijar? – perguntou ela num tom provocador.

– Mais do que quero respirar.

Meu olhar desceu até aqueles lábios incríveis, e eles se abriram de leve.

– Ótimo, porque...

O celular dela tocou.

Só pode ser brincadeira.

Ela mudou de posição, aproximando-se ainda mais.

Outro toque.

– Não... – comecei a dizer.

Com um gemido, ela tirou o celular do bolso de trás, então inspirou fundo e semicerrou os olhos para a tela. Deslizou o dedo na tela com violência, atendendo a ligação e levando o celular à orelha.

– ... atenda – concluí, com um suspiro, deixando a cabeça cair no encosto da cadeira.

– O que diabos você quer, Damian?

CAPÍTULO 20

JULHO DE 1941

North Weald, Inglaterra

– Tá melhor, né? – perguntou Scarlett, fazendo força para fechar os botões do paletó do uniforme.

Ela não ia conseguir esconder por muito tempo. Não sabia nem se estava mesmo conseguindo esconder *naquele momento*.

Jameson se escorou no batente da porta do quarto, os lábios pressionados em uma linha firme.

– Eu soltei o máximo que dava – murmurou Constance, puxando um pouco a barra. – E se a gente pedisse um número maior?

– De novo? – Scarlett ergueu as sobrancelhas ao observar seu reflexo no espelho oval sobre a cômoda.

Constance estremeceu.

– Verdade. Na primeira vez, a oficial de suprimentos me olhou como se eu estivesse roubando as rações dela.

O uniforme estava apertado, as costuras esgarçadas não só na barriga, mas também no quadril e no peito.

– Tive uma ideia – disse Jameson da porta, cruzando os braços.

– Vamos ouvir – respondeu Scarlett, unindo os lados do paletó perto da barra, onde não havia botões.

– Você podia contar que está grávida de cinco meses.

Ela o encarou pelo espelho com uma sobrancelha arqueada.

Ele não sorriu.

Constance olhou de um para o outro.

– Certo. Eu vou... para outro lugar!

Jameson abriu caminho para que ela passasse, então fechou a porta do quarto e se recostou nela.

– É sério.

– Eu sei – respondeu ela baixinho, passando a mão sobre a barriguinha inchada. – Mas você sabe o que eles vão fazer.

Ele inclinou a cabeça para trás, batendo-a de leve na porta.

– Scarlett, amor. Eu sei que seu trabalho é importante, mas vai mesmo me dizer que passar oito horas direto em pé não está te matando? O estresse? Os horários?

Jameson tinha razão. Ela já acordava exausta todos os dias. Não importava o quanto estivesse cansada; não havia tempo para descanso.

Mas, se abrisse o jogo – e entregasse o cargo –, o que ela seria?

– O que vou fazer o dia todo? – perguntou Scarlett, os dedos traçando os contornos em relevo da patente no ombro. – Nos últimos dois anos, eu tive uma direção. Tive uma intenção e um propósito. Tive conquistas e me dediquei ao esforço de guerra. Então, o que vou fazer? Nunca fui dona de casa. – Ela engoliu em seco, na esperança de deslocar o nó na garganta. – Nunca fui mãe. Não sei ser nenhuma dessas coisas.

Jameson atravessou o quarto, então sentou-se na beirada da cama, abraçou o quadril da esposa e puxou-a entre seus joelhos abertos.

– Vamos descobrir tudo isso juntos.

– Vamos – repetiu ela, baixinho, parecendo decepcionada. – Mas nada muda para você – sussurrou. – Você continua trabalhando, pilotando, lutando.

– Eu sei que não era isso que você queria... – Ele também parecia decepcionado.

– Não é isso – garantiu ela depressa, entrelaçando os dedos na nuca do marido. – Eu só queria estar preparada. Queria que a guerra tivesse acabado, que não tivéssemos que colocar uma criança neste mundo onde todas as noites me preocupo se você vai voltar para casa ou se uma bomba pode cair na nossa casa enquanto dormimos. – Ela pegou as mãos dele e cobriu a barriguinha com elas. – Eu quero este bebê, Jameson. Quero nossa família. Só queria estar pronta, e não estou.

As mãos de Jameson acariciaram a barriga dela, como faziam todos os dias quando ele se despedia do bebê ao sair para voar.

– Acho que ninguém jamais está preparado. E não, este mundo não é seguro para *ela*. Ainda não. Mas ela tem um pai e uma mãe que estão lutando muito para que isso mude. Para deixar o mundo seguro para ela. – Os cantos de seus lábios se curvaram de leve para cima quando ele olhou para a esposa. – Tenho muito orgulho de você, Scarlett. Você fez tudo o que podia. Não pode mudar as regras. Tudo o que pode fazer é trazer sua luta para dentro de casa. Sei que vai ser uma mãe maravilhosa. Sei que meu horário é imprevisível e que nunca sei quando vou chegar em casa. – *Se chegar*, pensou ela. – Sei que a maior parte disso tudo vai recair em você, mas também sei que vai dar conta do desafio.

Ela ergueu uma sobrancelha.

– Lá vem você de novo, achando que nosso bebê é uma menina. Seu filho não vai gostar nada disso quando nascer.

Jameson riu.

– E lá vem você de novo, achando que nossa filha é um menino. – Ele inclinou o tronco para a frente e posicionou a boca logo acima da barriga dela. – Tá ouvindo isso, amorzinho? A mamãe acha que você é um menino.

– A mamãe sabe que você é um menino – retrucou Scarlett.

Jameson beijou a barriga dela, então a puxou mais para perto para beijar seus lábios.

– Eu te amo, Scarlett Stanton. Amo tudo em você. Não vejo a hora de abraçar um pedacinho de nós dois, de ver esses olhos azuis maravilhosos no nosso bebê.

Ela passou as mãos no cabelo do marido.

– E se ele tiver os seus olhos?

Jameson sorriu.

– Olhando para você e para sua irmã, eu diria que vocês têm uma genética dominante no quesito olhos. – Ele lhe deu mais um beijo suave. – Você tem os olhos mais lindos que eu já vi. Seria uma pena se não fossem passados adiante. Podemos chamar de azul Wright.

– Azul Stanton – corrigiu ela, sentindo algo mudar por dentro, preparando-se para a mudança que não poderia mais evitar com a negação da realidade. – Continuo sem saber cozinhar. Mesmo depois de todos esses meses, você ainda é melhor que eu nisso. Tudo o que sei é como organizar uma festa incrível e traçar rotas de aeronaves para ataques futuros. Não quero falhar nisso.

– Não vai. Não vamos. A gente se ama tanto, já imaginou o quanto vamos amar essa criança? – Jameson abriu o sorriso mais reluzente que ela já vira, e tão contagiante quanto.

– Só mais alguns meses – sussurrou ela.

– Só mais alguns meses – repetiu ele. – E vamos ter uma nova aventura.

– Tudo vai mudar.

– Não meu amor por você.

– Promete? – perguntou ela, traçando com os dedos o contorno do colarinho dele. – Você se apaixonou por uma oficial da Força Aérea Auxiliar Feminina, o que, pelo caimento deste uniforme, não vai ser verdade na semana que vem. Não me parece que se deu bem desta vez.

Como ele poderia amá-la se ela não fosse mais a mesma?

Ele a puxou ainda mais para perto, para poder sentir todas as curvas do corpo dela contra o dele.

– Eu te amo não importa o papel que desempenhe. Não importa o uniforme que queira usar. Não importa quem você queira ser. Eu te amo e vou continuar amando.

Mais tarde, naquele mesmo dia, ela se agarrou a essa promessa ao enfrentar a Líder de Seção Robbins em seu escritório, segurando o quepe, inquieta, após o turno de trabalho.

– Eu estava mesmo me perguntando quando você viria falar comigo – disse Robbins, apontando a cadeira em frente à mesa.

Scarlett se sentou, ajustando a saia.

– Para falar a verdade, estou surpresa por ter demorado tanto. – Robbins abriu um sorriso compreensivo. – Achei que viria um mês antes.

– Você sabia? – As mãos de Scarlett voaram até a barriga.

Robbins ergueu uma sobrancelha.

– Você passou dois meses vomitando. Eu sabia. Mas achei melhor que chegasse a essa conclusão sozinha e, por egoísmo, não queria perder você. É uma das melhores. Dito isso, eu ia dar a você só mais duas semanas antes de dizer alguma coisa. – Ela abriu uma gaveta e tirou alguns papéis. – Já preparei sua dispensa. Você só precisar levar os documentos ao quartel-general.

– Não quero ser dispensada – admitiu Scarlett em voz baixa. – Quero continuar fazendo meu trabalho.

Robbins estudou Scarlett com atenção e soltou um suspiro.

– E eu queria que isso fosse possível.

– Não há nada que eu possa fazer? – Seu coração deu uma guinada. A sensação era a de que ela estava se partindo ao meio.

– Você pode ser uma mãe maravilhosa, Scarlett. A Grã-Bretanha precisa de bebês. – Ela deslizou os papéis pela mesa. – Vamos sentir muito a sua falta.

– Obrigada. – Scarlett endireitou os ombros e pegou os papéis.

Era o fim, simples assim.

Havia um zumbido constante em seus ouvidos quando ela entregou os documentos de dispensa. E continuou até parar em frente ao mesmo espelho oval em seu quarto, olhando para um reflexo que não era mais o que ela reconhecia.

Tirou primeiro o quepe e colocou-o sobre a cômoda. Os sapatos vieram na sequência. Então as meias.

Levou as mãos ao cinto do paletó duas vezes antes de conseguir abri-lo.

Aquele uniforme lhe dera a liberdade que jamais teria conhecido sem ele. Nunca teria enfrentado os pais sem a confiança conquistada ao longo dos dias e das noites de vigília. Nunca teria descoberto seu valor para além de ser uma bela peça de exibição.

Nunca teria conhecido Jameson.

Seus dedos tremeram ao alcançar o primeiro botão. Quando tirasse o uniforme, seria o fim. Não haveria mais turnos. Nem reuniões. Nem sorrisos ao caminhar pela rua, orgulhosa por estar fazendo sua parte. Não era só uma roupa: era a manifestação física da mulher que ela havia se tornado, da irmandade a que pertencia.

Ouviu um barulho e levou os olhos ao espelho, onde encontrou Jameson em pé, exatamente no mesmo lugar que ocupara naquela manhã, escorado no batente da porta, mas, no lugar do uniforme engomado, ele ainda vestia o traje de voo.

Suas mãos se contraíram com o desejo de abraçá-la, mas ele manteve os braços cruzados. Não disse nada enquanto observava Scarlett lutar contra os botões do paletó. Sentiu um aperto no peito ao perceber a dor, a perda nos olhos dela ao finalmente abrir todos os botões. Ela devia ter avisado a líder de seção. Não estava apenas se despindo; estava se desfazendo.

Por mais que quisesse atravessar o quarto para acalmá-la, era algo que ela mesma precisava fazer, sozinha. Além disso, ele já era o responsável por ter lhe tirado tantas coisas, não suportaria tirar isso dela também.

Lágrimas encheram os olhos de Scarlett quando ela tirou o paletó, dobrando-o com cuidado e colocando-o sobre a cômoda. Na sequência, tirou a gravata, a camisa e, por fim, a saia. As mãos estavam firmes ao colocar as peças sobre a pilha, vestindo apenas a roupa íntima civil que sempre insistiu em usar.

Ela engoliu em seco, então ergueu o queixo.

– É isso...

– Sinto muito. – As palavras saíram como se raspadas sobre garrafas quebradas.

Ela foi até ele, com suas curvas exuberantes e seus olhos tristonhos, mas, quando seus olhares se encontraram, o dela estava firme.

– Eu, não.

– Não sente? – Jameson levou a mão até o rosto dela. Precisava tocá-la.

– Não me arrependo de nada que tenha me levado até você.

Ele a carregou até a cama e com o corpo mostrou o quanto se sentia sortudo por tê-la encontrado.

Um mês depois, Scarlett se admirava com a liberdade que o vestido transpassado simples lhe proporcionava enquanto fazia compras com Jameson em uma lojinha de Londres especializada em roupas infantis.

Havia partes da vida de civil – como não derreter no uniforme no calor de agosto – que lhe caíam muito bem.

– Eu queria que tivéssemos feito isso há dois meses – resmungou Jameson enquanto observavam as escassas prateleiras de roupas infantis.

– Vai dar tudo certo – garantiu ela. – Ele não vai precisar de tantas coisas assim no início.

– Ela. – Jameson abriu um sorriso largo e se aproximou para beijar a testa de Scarlett.

Desde junho, as roupas eram racionadas, o que significava que em alguns meses ela teria que ser criativa... e passar mais tempo lavando roupa. Cobertores, macacões de bebê e fraldas; eles ainda precisavam comprar muita coisa até novembro.

– Ele – insistiu ela. – Vamos comprar esses para começar.

Scarlett entregou a Jameson dois macacões que serviriam tanto para uma menina quanto para um menino.

– Tá.

Ela franziu de leve o cenho ao olhar para a pequena seção de fraldas.

– O que foi? – perguntou ele.

– Eu nunca troquei uma fralda – respondeu ela. – Sei que preciso de alfinetes, mas não tenho a quem perguntar.

Scarlett continuava sem falar com os pais, e, de qualquer forma, a mãe não tinha cuidado ela mesma das filhas.

– Você pode contratar alguém para cuidar das fraldas – sugeriu uma jovem vendedora no fim do corredor. – Esse tipo de serviço está se popularizando bastante.

Jameson assentiu, pensando a respeito do assunto.

– Assim teríamos menos roupas para lavar, e talvez aliviasse um pouco o estresse de "nunca vamos conseguir comprar o bastante".

Scarlett revirou os olhos.

– Podemos falar sobre isso depois do jantar. Estou morrendo de fome.

– Sim, senhora. – Ele abriu um sorriso e levou os itens até o balcão.

De todos os assuntos a tratar durante as preciosas 48 horas de folga de Jameson, fraldas não estavam na lista de Scarlett.

Em instantes, eles estavam na rua movimentada, andando de mãos dadas. Os bombardeios tinham cessado... por enquanto, mas havia vestígios deles para onde quer que ela olhasse.

– Quer comer em algum lugar específico? – perguntou Jameson, arrumando o chapéu com uma das mãos.

Scarlett seria capaz de jurar que tinha visto pelo menos três mulheres suspirarem. Não que as culpasse por isso. O marido dela era incrível, da cabeça aos pés.

– Não. Eu não acharia nada mau voltar para o hotel e jantar você. – Ela manteve a expressão mais séria que conseguiu.

Jameson parou no meio da calçada, obrigando a multidão a dar a volta neles.

– Vou conseguir um táxi agora mesmo. – O sorriso dele era puro hedonismo.

– Scarlett?

Scarlett ficou paralisada ao ouvir a voz da mãe e apertou a mão de Jameson com mais força ao se virar na direção dela.

Ela não estava sozinha. O pai de Scarlett estava ao lado e, por uma fração de segundo, pareceu tão chocado quanto Scarlett, mas logo moldou a expressão para voltar a ser a pedra que ela conhecia tão bem.

– Jameson, estes são meus pais, Nigel e Margaret, mas tenho certeza de que eles preferem que os chame de barão e lady Wright.

Ela enfim encontrou um bom uso para todas as aulas de etiqueta que fora obrigada a fazer.

– Senhor.

Jameson deu um passo à frente, estendendo a mão para Nigel e perdendo a de Scarlett no processo. Então aquele era o infame pai pelo qual a esposa e a cunhada nutriam sentimentos tão contraditórios. Ele vestia um terno muito bem passado, o cabelo grisalho penteado para trás com discrição.

Ele olhou para a mão de Jameson e logo ergueu o olhar.

– Você é o ianque.

– Sou americano, sim.

Jameson ficou irritado, mas deu um jeito de sorrir enquanto abaixava a mão, voltando a segurar a de Scarlett. Ele não conseguia imaginar passar por um desentendimento como aquele com os próprios pais, e se pudesse aliviar a tensão, era o que faria. Era o mínimo que a mãe esperava dele.

– Madame, suas filhas falam muito bem da senhora.

Scarlett apertou os dedos dele ao ouvir a mentira.

Margaret tinha o mesmo cabelo escuro e os mesmos olhos azuis penetrantes das filhas. Na verdade, a semelhança era tanta que ele não conseguiu se livrar da sensação de que estava tendo um vislumbre de como Scarlett seria em trinta anos. Mas Scarlett não teria uma expressão tão fria. A esposa era carinhosa demais para isso.

– Você... vai ter um filho – disse a mãe baixinho, os olhos redondos arregalados e fixos na barriga de Scarlett.

O impulso irracional de se colocar em frente à esposa foi instantâneo.

– Vamos – respondeu Scarlett, a voz firme e o queixo erguido. Ele sempre se impressionava com o autocontrole dela, mas aquilo era demais. – Quer dizer que convenceram Constance a jogar a vida dela fora? – A pergunta saiu no mesmo tom que ela tinha usado para pedir a ele que passasse o leite pela manhã.

Jameson olhou para ela, aturdido, e se deu conta de que tinha entrado em um campo de guerra totalmente diferente, onde ele não era o especialista, e sim sua esposa.

– As escolhas de Constance são dela – rebateu Margaret com a mesma educação.

– É um menino? – perguntou Nigel, olhando para Scarlett com uma faísca no olhar que para Jameson parecia muito com desespero.

– Não tenho como saber, já que ainda estou grávida. – Scarlett inclinou a cabeça. – E se for, não é da sua conta.

Aquela era a família mais estranha que Jameson já tinha visto... e, de alguma forma, ele fazia parte dela.

Scarlett voltou a atenção para a mãe.

– As escolhas de Constance são dela, mas você se aproveitou do coração partido da minha irmã. E nós duas sabemos muito bem o que ele vai fazer com ela. Você mandou uma ovelha para o abate, de caso pensado, e eu vou fazer tudo o que estiver ao meu alcance para convencer minha irmã a não ir em frente com esse casamento.

Aquele foi um tiro certeiro.

– Até onde sei, você fez essa escolha por ela quando o recusou – respondeu a mãe sem emoção alguma.

Era um bombardeio completo.

Scarlett inspirou fundo o bastante para que Jameson soubesse que as palavras da mãe tinham acertado o alvo.

– Foi um prazer conhecer os senhores, mas agora precisamos ir – disse Jameson, tirando o chapéu.

– Se for um menino, pode ser meu herdeiro – afirmou Nigel.

Todos os músculos do corpo de Jameson se contraíram, preparando-se para o embate.

– Se nosso bebê for um menino, é *nosso* filho – rebateu ele.

– Ele não é nada seu – disse Scarlett ao pai com os dentes cerrados, levando a mão à barriga em sinal de proteção.

– Se Constance não se casar com Wadsworth, já que você está determinada a impedir isso – retrucou o pai com um brilho de soberba nos olhos –, e você tiver o único herdeiro, a linha é clara. Se ela se casar, e eles tiverem filhos, aí a questão é outra.

– Inacreditável. – Scarlett balançou a cabeça. – Eu assino a concessão agora mesmo. Aqui, no meio da rua. Eu não quero.

O olhar de Nigel saltou entre Scarlett e Jameson, então se concentrou em Scarlett.

– O que você vai fazer quando seu ianque acabar morto?

O corpo de Scarlett enrijeceu.

Jameson não tinha como argumentar contra aquela possibilidade. A expectativa de vida de um piloto não era de anos, nem mesmo de meses. A coisa não parecia boa para o seu lado, principalmente considerando o ritmo das missões do 71º. Desde a entrega dos Spitfires algumas semanas antes, eles eram um dos esquadrões que mais derrubavam inimigos.

Ele estava a uma batalha de se tornar um ás... ou de ser derrubado.

– Você vai ter que sustentar um bebê com uma pensão de viúva – continuou o pai de Scarlett –, pois imagino que não tenha mais cargo ou renda própria.

– Ela vai ficar bem – interveio Jameson.

A mudança em seu testamento já garantia que Scarlett herdaria todas as suas terras se Jameson não voltasse para casa, mas ele não ia dizer isso aos pais dela.

– Quando isso acontecer, você vai voltar para casa. – O pai dela ignorou Jameson por completo. – Pense. Você não tem nenhuma habilidade real. Vai me dizer que vai trabalhar em uma fábrica? O que faria com a criança?

– Nigel – Margaret o repreendeu de leve.

– Você vai voltar para casa. Não por si mesma... Ia preferir morrer de fome a nos dar essa satisfação. Mas pela criança?

A cor se esvaiu do rosto de Scarlett.

– Vamos embora. Agora. – Jameson deu as costas aos dois, passando bem na frente deles em vez de soltar a mão de Scarlett.

– Ela não tem nem nacionalidade! – gritou Nigel às costas deles.

– Ela vai ser americana em breve! – disse Jameson por cima do ombro enquanto eles se afastavam.

Scarlett manteve a cabeça erguida enquanto Jameson se dirigia à rua, fazendo sinal para um táxi. Um carro preto parou, e ele abriu a porta, deixando que ela entrasse primeiro. A raiva corria por suas veias, quente e espessa.

– Para onde? – perguntou o motorista.

– Para a Embaixada dos Estados Unidos – respondeu Jameson.

– O quê? – Scarlett se virou no assento enquanto o táxi avançava em meio ao trânsito.

– Você precisa de um visto. Não pode ficar aqui. Nosso bebê não pode ficar aqui. – Ele balançou a cabeça. – Você me disse que eles eram frios e monstruosos, mas isso foi... – Sua mandíbula se retesou. – Eu nem tenho palavras para descrever o que acabou de acontecer.

– Então vai me levar para a embaixada. – Ela ergueu uma sobrancelha.

– Vou!

– Amor, não estamos com a nossa certidão de casamento, nem com meus documentos pessoais. Eles não vão me dar um visto só porque você pediu – disse Scarlett, acariciando a mão dele.

– Inferno!

O motorista deu uma olhada rápida para eles, mas seguiu em frente.

– Sei que eles são... irritantes. Mas eles não têm mais poder nenhum sobre mim... sobre nós. Jameson, olha para mim.

– Se alguma coisa acontecer comigo, preciso saber que você vai conseguir ir para o Colorado. – Só de pensar em Scarlett voltando para a *família* dela, Jameson sentiu mais uma descarga de raiva. – Não somos pobres, não em terras, pelo menos, e já alterei meu testamento. Se eu morrer, você tem opções, mas voltar para aqueles dois não é uma delas.

– Eu sei. – Ela assentiu devagar. – Não vou fazer isso. Não vai acontecer nada com você...

– Você não tem como garantir isso.

– ... mas, se acontecer, eu não vou voltar para eles. Prometo.

Ele fitou os olhos dela.

– Prometa que vamos dar entrada no processo de visto.

– Eu não vou deixar você para trás!

– Prometa. Pelo menos você vai ter essa opção se eu morrer.

Ele não ia ceder daquela vez, não ia ser o marido sensível. Scarlett tinha que pertencer a *algum lugar* caso ele morresse.

– Tá. Tá bom. Vamos dar entrada no processo. Mas não podemos fazer nada hoje. Precisamos marcar um horário...

Ele a beijou depressa, mas com vontade, sem se importar com o fato de estarem em público ou talvez escandalizando o motorista.

– Obrigado – sussurrou, a testa encostada na dela.

– Podemos voltar para o hotel agora?

Ele indicou o novo destino ao motorista com um sorriso que não desapareceu durante todo o percurso até o hotel. Não sumiu nem quando subiram a escadaria larga até o quarto ou quando ele abriu a porta.

Mesmo que ele não sobrevivesse à guerra, ela sobreviveria... o bebê deles sobreviveria.

– O que é isso? – perguntou Scarlett, apontando para a caixa grande sobre a mesa quando os dois entraram no quarto.

Estava absolutamente exausta, não só da caminhada enquanto faziam compras, mas do encontro com os pais.

– Comprei um presente enquanto você dormia hoje de manhã e mandei que entregassem aqui. Vai, abre.

Ele a empurrou em direção à caixa.

– Um presente? – Ela colocou a sacola com as roupas de bebê na cama, então se virou para o marido, desconfiada. – O que você está aprontando?

– Abre logo.

Ele fechou a porta, então foi até Scarlett, escorando-se na mesa, de frente para ela.

– Não é meu aniversário. – Ela abriu uma das abas.

– Não, mas é o início de uma nova era para você.

Ela abriu a segunda aba, e mais uma, espiando dentro da caixa larga.

Então arquejou, sentindo o peito apertar ao ver o que era.

– Jameson – sussurrou.

– Gostou? – perguntou ele com um sorriso largo.

Ela passou os dedos com delicadeza sobre o metal gelado.

– É...

Incrível. Maravilhoso. Carinhoso. Demais.

– Achei que talvez você devesse escrever algumas dessas *histórias que está sempre inventando nessa sua cabecinha linda.*

Uma risada alegre irrompeu da garganta de Scarlett, e ela se jogou nos braços de Jameson em um abraço forte.

– Obrigada. Obrigada. Obrigada.

Ele tinha lhe comprado uma máquina de escrever.

CAPÍTULO 21
GEORGIA

Jameson,

Estou com saudade. Faz quanto tempo que não escrevemos cartas? Meses? Mesmo morando na mesma casa, por causa dos seus horários de voo e dos meus turnos, por minutos não nos encontramos. É a mais doce forma de tortura, dormir ao lado do seu travesseiro, seu cheiro preenchendo minha cabeça, sabendo que está lá em cima, voando no céu. Rezo para que esteja seguro, para que esteja lendo esta carta quando eu já estiver no trabalho, sorrindo ao adormecer ao lado do travesseiro com o meu cheiro, desejando estar comigo. Durma bem, meu amor, e talvez esta tarde eu chegue em casa antes que você saia para decolar. Eu te amo.

Scarlett

– Tem certeza? – perguntou Helen, o tom direto como sempre.

A agente da Bisa não dava abertura para enrolação, por isso Scarlett a escolhera após a morte da primeira, quando já tinha vinte anos de carreira.

– Absoluta – garanti, trocando o celular para a outra mão e indo até o hall de entrada. – Eu já falei isso quando Damian ligou algumas semanas atrás: ele não vai conseguir mais nenhum direito de adaptação das obras de Scarlett Stanton. E você sabe qual era a opinião da Bisa sobre o cinema. Não importa o que ele ofereça, a resposta é não.

Ela riu.

– Ah, eu sei, sim. Então tá. Nada de manuscrito para a Ellsworth Produções.

Senti uma dor no coração ao ouvir o nome da empresa que ajudei a construir, o que só me deixou ainda mais determinada a não dar mais nada a meu ex.

– Obrigada.

Fui até a tigela gigante de doces que estava na mesa da entrada e a enchi com mais um estoque de Snickers.

– Imagina – disse Helen. – E, para falar a verdade, não vejo a hora de mandar ele se danar. Acho que vou dar uma ligada assim que terminarmos. E como anda o manuscrito, falando nisso?

Parei em frente ao espelho do hall de entrada, arrumando o chapéu de bruxa e curtindo o bônus que era ver Noah no mesmo reflexo, escrevendo na mesa da Bisa atrás de mim. Meu Deus, aquele homem fazia até o ato de escrever parecer sensual. As mangas da sua camisa estavam arregaçadas, e ele estava com o cenho franzido, concentrado, enquanto os dedos voavam pelo teclado.

– Georgia? – chamou Helen.

– Está avançando.

Ao contrário de mim, que estava mantendo as mãos longe do escritor residente. Não passava um dia sem que eu pensasse naquele quase beijo ou em subir no colo dele para repetir a cena e realizar pelo menos um dos devaneios que envolviam os lábios dele nos meus.

A campainha tocou pela milionésima vez naquela noite.

– Preciso ir, Helen. Está uma loucura aqui hoje.

– Feliz Dia das Bruxas!

Desligamos, e abri a porta da frente, oferecendo um sorriso largo às crianças. O Dia das Bruxas é demais. Por uma noite, você pode ser quem quiser, o que quiser. Bruxas, caça-fantasmas, princesas, astronautas, o Cavaleiro Negro do Monty Python, nada é impossível.

– Doçuras ou travessuras! – exclamaram duas crianças em coro, os pais amontoados bem atrás.

Tempestades de neve eram frequentes no Dia das Bruxas em Poplar Grove.

– O que temos aqui? – perguntei, me abaixando para ficar na altura delas. – Uma bombeira e uma… – Ah, Deus, eu não fazia ideia. De quem era aquela fantasia?

– Ravena! – respondeu o garotinho com entusiasmo, um pouco abafado pelo lenço costurado à fantasia de um jeito estranho.

– É mesmo! – falei, colocando uma barra grande de Snickers em cada sacola.

– Uau, que fantasia legal de Fortnite! – disse Noah atrás de mim, e só o som de sua voz já me deu um arrepio no corpo. É claro que ele sabia.

– Obrigado! – O garotinho acenou.

– Obrigada – repetiu a irmã.

Os dois correram de volta até os pais, e todos eles foram se afastando, deixando pegadas na neve recém-caída.

– Não imaginava que você recebesse tantas crianças morando tão longe do centro. – Noah deu um passo para trás para que eu pudesse fechar a porta.

– Bisa sempre dava barras grandes. Conquistou um público considerável. – Coloquei os doces na mesa e me virei para ele. – Como está indo o trabalho?

– Terminei por hoje. – Ele ergueu a aba do meu chapéu, atraindo meu olhar para o dele. – E você? Está se sentindo uma heroína depois de ter fechado negócio no ateliê hoje? Porque é o que você é.

– Talvez um pouco. Também encomendei duas fornalhas e o forno de reaquecimento. – Não pude deixar de sorrir. Estava mesmo acontecendo. – Qual final você está escrevendo? – perguntei, torcendo para que meu corpo não esquentasse, meu rosto não corasse.

Não que isso tivesse importância; aqueles olhos castanho-escuros me diziam que Noah Morelli sabia muito bem o efeito que causava em mim. Eu reconhecia o mesmo desejo nele, dos olhares escaldantes aos toques inocentes que duravam apenas tempo suficiente para chamuscar minha pele e me deixar querendo mais.

– O meu – respondeu ele com um sorrisinho descarado.

– Hummm.

– Não se preocupe, vou escrever seu festival de lágrimas na sequência.

– Final comovente – relembrei.

– Pode chamar como quiser. Vou acabar te conquistando.

Ah, sim, aquilo com certeza era um sorrisinho malicioso.

– Vamos ver.

Depois de tantas semanas, essa continuava sendo minha resposta-padrão, embora eu tivesse mais certeza do que nunca quanto ao final. Mas e quanto a ele me conquistar na vida real? Tá, nessa ele me pegava.

Ele deu uma olhada ao redor, então entrou na sala.

– O que está procurando? – perguntei.

– Acabei de pensar numa coisa. Nunca vi o fonógrafo.

– Nem vai ver – falei, dando de ombros. – Bisa disse que quebrou, ou sei lá, no final dos anos 1950.

– Que pena. – O rosto dele foi tomado pela decepção.

A campainha tocou mais uma vez, e ele pegou a tigela de doces com um sorriso suave.

– Eu atendo dessa vez.

Ver Noah distribuindo doces para outro grupo de crianças me fez derreter por dentro. Talvez fosse algo biológico, ou o resultado de centenas de milhares de anos de evolução, mas saber lidar com crianças era... bom, atraente.

– Quer que eu te deixe em paz? – perguntou ele ao fechar a porta.

Não havia expectativa nenhuma na pergunta, o que só a tornava ainda mais sedutora. Ele era audacioso ao flertar, mas nunca insistia por algo mais, mesmo depois do quase beijo no escritório.

Você devia ter beijado Noah no escritório, sua masoquista. Olha só para ele.

– Não. – Esse era o problema, não importava quanto tempo eu passasse com Noah, sempre queria mais. – Por que não fica por aqui?

– Com prazer – disse ele em tom mais baixo.

Assenti e desviei o olhar antes que ele visse demais.

Eram oito e meia quando as últimas crianças passaram pedindo doces.

– Não vai vir mais ninguém – falei, ao badalar do relógio antigo.

– Você prevê o futuro? – perguntou Noah com um sorrisinho discreto.

– Bem que eu queria – zombei.

Se eu conseguisse prever o futuro, saberia o que fazer. E eu não tinha a menor ideia.

Eu sentia desejo por ele. Isso era fácil de entender. Mas aquilo... O que quer que fosse, estava muito além do desejo físico. Eu gostava dele, gostava de estar com ele, de conversar com ele, de descobrir o que o fazia rir. Pelo andar da carruagem, aquilo era muito mais perigoso que só química. Eu já tinha confiado minha vida e o livro da Bisa a ele. Estava perigosamente perto de confiar nele como amigo... talvez como namorado.

– É uma regra da cidade – expliquei, tirando o chapéu de bruxa. – Às oito e meia todos param de pedir doces.

– Vocês têm mesmo uma regra para isso? – Ele ergueu as sobrancelhas.

– Temos. – Assenti. – Tem mais ou menos o mesmo peso da regra das cores dos toldos, mas temos. Bem-vindo à vida numa cidade pequena.

– Fascinante – comentou ele, pensativo, e seu celular tocou. Ele tirou o aparelho do bolso e olhou para a tela. – Droga – resmungou. – É meu agente.

– Pode atender no escritório, se quiser – ofereci.

Ele franziu o cenho.

– Tem certeza? Não quero te prender se você tiver planos interessantes para o Dia das Bruxas.

– Talvez eu goste de ficar presa – falei, com a maior naturalidade que consegui.

Ele arqueou uma das sobrancelhas, e seus olhos pareceram ficar mais escuros.

– Vá atender sua ligação.

Sufoquei um sorrisinho. Pelo jeito, ele não era o único audacioso ali.

– Encrenca. Georgia Stanton, você é pura encrenca. – Ele inspirou fundo, então atendeu a ligação e entrou no escritório da Bisa. Eu precisava parar de pensar que o escritório era dela. – E aí, Lou. O que é tão importante para você me ligar do Havaí?

Ele não fechou a porta, mas me afastei para que tivesse privacidade.

Uma pontada de ansiedade atingiu meu peito. Eu sabia que Noah devia estar discutindo o futuro dele.

– Não seja ridícula – resmunguei para mim mesma.

Aquele certamente não era o único projeto de Noah. Fazia oito anos que ele lançava dois livros por ano. Uma hora, ia terminar o da Bisa. E ia começar o livro seguinte. E então iria embora.

Cada dia de trabalho nos deixava mais próximos da inevitável partida. Dois meses antes, eu teria sentido prazer ao pensar nisso, contado os dias até que Noah saísse da minha vida. Agora essa ideia lançava uma onda de pânico pelo meu corpo.

Eu não queria que ele fosse embora.

Larguei o chapéu e saí pela porta da frente, acolhendo a rajada de ar gelado, então apaguei as velas dentro das abóboras que tinha ganhado do Clube de Língua Inglesa da escola da cidade. Fazia dez anos que eles esculpiam abóboras para a Bisa. Uma olhada rápida na entrada coberta de neve me informou de que não havia nenhum retardatário atrás de doces, então voltei para dentro e fechei a porta.

– Ellsworth ofereceu *quanto*? Só para ver? – Ouvi a voz exaltada de Noah pela porta do escritório. – O manuscrito ainda nem está pronto.

Fiquei paralisada, o coração batendo na garganta, e quis desesperadamente me mexer, tapar os ouvidos, mas não consegui me obrigar a sair dali. Eu já tinha dito a Damian que não havia a menor possibilidade de ele colocar aquelas mãozinhas sujas no manuscrito e que o inferno congelaria antes que ele chegasse perto dos direitos de adaptação. Helen sem dúvida tinha reforçado a mensagem naquela noite.

Eu devia saber que ele iria atrás do Noah.

Não faça isso. O apelo permaneceu entre meus dentes. Se Noah ia me trair, era melhor saber logo.

– É mesmo? – O tom de Noah parecia quase jovial. – Não, você fez a coisa certa. Obrigado.

Fez a coisa certa? O que ele queria dizer com aquilo? Claro, Noah gostava de mim, mas uma coisa que eu tinha aprendido sobre aquele mundo era que o dinheiro sempre superava o afeto pessoal. E havia uma quantidade absurda de dinheiro a ganhar.

Noah riu sem pudor. Meus batimentos aceleraram.

– Então acho que foi bom eu nunca querer o nome dele associado a nenhum de meus livros. E que bom que a gente concorda, Lou. Não estou nem aí para o que ele disse… ela não quer que ele tenha acesso ao manuscrito. Nem para dar uma lida.

Segurei a respiração. *Quem sabe...*

– Porque eu estava junto quando ela mandou esse babaca se danar. Não que ela tenha usado essas palavras, mas foi essa a mensagem, e não a culpo.

Um sorriso lento foi se espalhando pelo meu rosto. Ele *me* escolheu.

Aquela ideia era tão louca que demorei um tempo para absorvê-la.

Ele. Me. Escolheu. Como se aquele conhecimento tivesse destravado meus pés, de repente comecei a andar em direção ao escritório, escancarando a porta e parando em frente a Noah.

Ele estava escorado na beirada da mesa, uma mão apoiada na superfície, a outra segurando o celular na orelha, e me encarou.

– Ele tem preferência?

– Não vou vender os direitos de adaptação. Não importa – falei, a eletricidade zumbindo sob minha pele como uma corrente viva.

As palavras de Noah fizeram o que semanas de flerte e tensão sexual não conseguiram fazer... derrubaram minhas últimas defesas. Eu estava cansada de lutar contra aquilo.

– Ouviu isso, Lou? – Noah sorriu ao ouvir a resposta do agente. – É, vou falar para ela. Aproveite o resto das férias. – Ele desligou e colocou o celular na mesa. – Ela deu para o Damian o direito de preferência para obras futuras? – Ele ergueu as sobrancelhas, descrente.

– Na época, ela deu o direito de preferência para *mim*. Eu comecei a produtora com o Damian, lembra? O que seu agente disse?

Menos de dois metros nos separavam. Se eu chegasse mais perto, ninguém mais falaria nada.

– Que ele é um babaca cheio de si. – Um dos cantos de seus lábios se curvou.

– Verdade. – Assenti. – O que ele ofereceu?

– Um contrato para um dos meus livros não adaptados, o que é engraçado, porque já recusei antes. – Noah deu de ombros. – E isso só para ler o manuscrito.

– E você não cedeu.

– O manuscrito não é meu. – Os músculos de seus braços se destacaram quando ele se agarrou à beirada da mesa. – E me recuso a dar qualquer coisa pra aquele homem, ainda mais algo que é seu.

Eu me aproximei, coloquei as mãos no rosto dele e o beijei. As linhas firmes de sua boca pareceram impossivelmente flexíveis quando nossos lábios colidiram, suavizaram, se afastaram.

– Georgia... – sussurrou ele, os lábios contra os meus, meu nome soando como alguma coisa entre um apelo e uma oração, e então se afastou um pouquinho, me encarando.

– Você me conquistou – sussurrei, deslizando as mãos em sua nuca.

Um sorriso surgiu em seu rosto, e os lábios dele voltaram a tocar os meus, as mãos agarrando minha cintura, me puxando contra seu corpo firme.

Arquejei, abrindo os lábios para recebê-lo.

Ele passou a mão no meu cabelo, aninhando minha nuca e aprofundando o beijo, dominando minha boca com movimentos amplos e seguros da língua que me fizeram pegar fogo. Um gemido que mal reconheci deixou meus lábios ao sentir o sabor do chocolate e de Noah.

Ele inclinou minha cabeça e me beijou com ainda mais intensidade, e eu arqueei o corpo contra o dele, ficando na ponta dos pés para chegar mais perto. Sua mão desceu até a minha lombar enquanto ele explorava os contornos da minha boca com determinação, como se não existisse nada além daquele beijo.

O desejo dentro de mim cresceu, feroz em sua demanda no decorrer daquele beijo. Noah me mantinha no limite, mudando o ritmo – forte e profundo, então suave e brincalhão –, mordiscando meu lábio inferior de leve, logo aliviando a ardência com um toque da língua.

Nunca me senti tão inebriada com um beijo.

Mais. Eu precisava de mais.

Deslizei as mãos por seu pescoço até alcançar a bainha da camisa e puxei.

– Georgia? – questionou ele, entre um beijo e outro.

– Eu quero você. – A confissão saiu em um sussurro, mas saiu.

Eu estava oferecendo minha verdade numa bandeja, e ele podia aceitá-la ou rejeitá-la.

– Tem certeza?

Os olhos escuros dele analisaram os meus com calor e preocupação, além de um toque de agitação, como se seu autocontrole estivesse tão tênue quanto o meu.

– Tenho. – Assenti, caso as palavras não bastassem, e passei a língua no lábio inferior, inchado pelo beijo, quando um pensamento indesejado surgiu na minha mente. – Você quer...

Aquele poderia ser um dos momentos mais vergonhosos da minha vida se eu estivesse confundindo os sinais.

– O que você acha?

Ele puxou meu quadril contra o dele, e senti que ele estava duro.

– Eu diria que sim. – *Obrigada, Senhor.*

– Só para deixar tudo bem claro. – Seus dedos traçaram o contorno do meu queixo. – Eu quis você desde o segundo em que te vi naquela livraria. Nunca houve um instante em que eu não te quis.

Se as palavras dele já não tivessem me feito derreter por dentro, aquele olhar teria.

– Ótimo. – Dei um sorrisinho e puxei sua camisa mais uma vez.

Ele estendeu a mão atrás da cabeça e tirou a camisa em um movimento suave, ficando nu da cintura para cima.

Minha boca ficou seca. Cada linha de seu torso parecia esculpida, e os músculos belamente definidos eram cobertos por pele suave, beijável e tatuada. Aquele homem era a realização de todas as minhas fantasias. Passei os dedos pelas curvas em seu peito e abdômen, minha respiração mais agitada a cada centímetro percorrido, travando ao vislumbrar aquele V profundo que desaparecia em sua calça jeans.

Quando finalmente voltei a encará-lo, o desejo que encontrei ali quase fez meus joelhos cederem.

Ele capturou minha boca em mais um beijo, roubando qualquer pensamento lógico com cada impulso e movimento de sua língua contra a minha.

Nós nos afastamos o suficiente apenas para que minha blusa caísse ao lado da dele, e nossos lábios voltaram a se fundir, como se não fosse só um beijo, mas oxigênio. Minhas mãos voaram até o zíper de sua calça.

Ele segurou minhas mãos.

– Podemos ir devagar. – Até a rouquidão de sua voz me deixava excitada.

– Claro. Devagar, depois. Rápido, aqui. Agora.

A urgência que tomava conta de mim não ficaria satisfeita com nada menos que quente e forte.

O som que escapou de seus lábios pareceu um rugido, então ele grudou a boca na minha e me beijou até que eu perdesse os sentidos. Éramos um emaranhado de mãos e bocas, tirando e chutando os sapatos, então Noah agarrou minha bunda e me levantou como se eu não pesasse nada.

Minhas pernas envolveram sua cintura, e cruzei os tornozelos em sua lombar enquanto ele me carregava para fora do escritório, subindo a escada sem nem ficar ofegante. A tensão irradiava de seus músculos quando ele atravessou o corredor e entrou no meu quarto, mas o beijo manteve o mesmo ritmo.

Senti a cama sob minhas costas, e Noah pairou acima de mim, as mãos deslizando para abrir meu sutiã. A peça também foi parar no chão, e logo minha calça jeans.

– Caramba, como você é linda – disse ele com reverência, ficando de joelhos e deslizando os dedos por meu pescoço, passando pelo vale entre meus seios e pela minha barriga até chegar às tiras finas da calcinha. Minha pele se arrepiou com seu toque.

Por dentro, me parabenizei por ter escolhido a calcinha de renda rosa naquela manhã, por puro capricho… e logo ela também foi para o chão, o tecido rendado substituído pela boca dele.

– Noah! – gritei, colocando uma mão em seu cabelo enquanto a outra se agarrava às cobertas para me manter ancorada.

Minha nossa, a língua do homem era *mágica*. Ele alternava entre carícias amplas, movimentos rápidos e até mesmo um roçar leve dos dentes, segurando meu quadril quando comecei a me contorcer embaixo dele. O prazer era intenso demais, arrebatador demais, e só cresceu quando ele deslizou um e logo dois dedos para dentro de mim. Meu corpo inteiro se contraiu, meus olhos se fecharam e meu pescoço se arqueou enquanto ele me acariciava. Nunca tinha sido desse jeito para mim. Nunca. Como pude viver sem aquele desejo desesperado que estava me fazendo desmanchar? Eu não apenas queria Noah, eu *precisava* dele.

O fogo que ele alimentou se concentrou na minha barriga, espiralando como uma mola, mais apertada a cada lambida, a cada toque de seus dedos, até minhas coxas tremerem e meus músculos travarem. Então ele sugou meu clitóris entre os lábios, e eu desabei, o orgasmo me invadindo em ondas compridas e poderosas que me fizeram gritar seu nome.

Ele beijou a parte interna da minha coxa, então pairou sobre mim com um sorriso satisfeito, como se *ele* tivesse acabado de sentir o maior orgasmo da vida, não eu.

– Eu poderia passar dias com você na minha língua e ainda querer mais.

Aquela chama de desejo voltou à vida, reluzente e faminta.

– Preciso de você.

Passei os dedos no cabelo dele e puxei seus lábios em direção aos meus, dando-lhe um beijo longo e forte.

Nós nos separamos apenas o bastante para que ele tirasse o resto da roupa, e fiquei olhando fixamente para sua bunda enquanto ele pegava uma camisinha, largando a carteira sobre a pilha de jeans a seus pés.

Eu me sentei e peguei a embalagem das mãos dele, abrindo-a com pressa e envolvendo-o nela, acariciando-o apenas uma vez, porque ele gemeu e segurou minhas mãos.

– Me diz que tem certeza. – Suas palavras saíram entrecortadas e baixas, e ele olhou bem nos meus olhos.

– Tenho certeza. – Puxei suas mãos de leve, incitando-o a vir na minha direção.

Ele entendeu a mensagem e deslizou sobre mim, se aninhando entre minhas coxas. Então me beijou profundamente, descobrindo minhas curvas com toques demorados e carinhosos das mãos, se demorando nos meus seios e roçando os polegares em meus mamilos, passando pela minha cintura e agarrando meu quadril.

– Incrível. É a única palavra capaz de descrever você.

Ele roubou qualquer resposta que eu pudesse dar com um beijo, e então balancei o quadril, sentindo-o grosso e duro em meu corpo.

– Noah – implorei, agarrando seus ombros.

Ele ergueu um pouco a cabeça, mantendo os olhos fixos nos meus e movimentando o quadril, me preenchendo centímetro a centímetro, bem devagar, até eu capturá-lo por completo, meu corpo se alongando com uma leve queimação que era mais prazer que dor.

– Você está bem? – perguntou ele, uma fina camada de suor fazendo sua pele brilhar à luz suave do abajur.

A contenção ficou clara em cada músculo rígido quando ele se apoiou nos cotovelos, me observando em busca de qualquer sinal de desconforto.

– Perfeita – garanti, acariciando seus ombros e ondulando o quadril, a queimação virando felicidade pura.

– É exatamente o que você é. – Ele se afastou um pouco, então entrou com um gemido. – Meu Deus, Georgia. Nunca vou me cansar de você.

– Mais.

Ele obedeceu. Meus dedos se curvaram, e gemi, erguendo os joelhos para que ele fosse mais fundo.

Então as palavras se tornaram obsoletas, e nossos corpos assumiram o controle, falando por nós. Ele me tomou sem pressa e com vontade, penetrando em mim com um ritmo incessante e urgente que fez com que eu me contorcesse e me arqueasse embaixo dele, minhas unhas penetrando sua pele enquanto me entregava às sensações avassaladoras que ele incitava.

Quando aquele prazer se acumulou mais uma vez, me surpreendendo com sua intensidade, ele ajustou o ângulo, penetrando ainda mais fundo, acariciando as partes mais sensíveis do meu corpo a cada impulso, me levando cada vez mais ao limite, até meu corpo ficar rígido, flutuando sobre aquele precipício.

– Noah – sussurrei, meu corpo travando.

– Isso – respondeu ele, movimentando os quadris mais rápido.

Eu me desintegrei, chamando seu nome ao gozar mais uma vez, agarrando-o com força e levando-o comigo quando ondas mais profundas e mais fortes percorreram meu corpo, me consumindo, me transformando em algo totalmente novo, totalmente *dele*.

– Georgia. – Noah gemeu em meu pescoço, e decidi que era exatamente assim que queria ouvi-lo dizer meu nome dali em diante.

Aquilo… aquilo era vida. Era daquele jeito que fazer amor deveria ser, e eu estava perdendo isso até então. Tinha me contentado com muito menos, sem saber que aquele tipo de desejo existia… que Noah existia.

Ele nos virou de lado, me abraçando forte enquanto eu me recuperava, nossa respiração tão agitada quanto nossos batimentos cardíacos, mas aqueles olhos estavam fixos nos meus, iluminados com a mesma alegria que corria pelas minhas veias.

– Uau – dei um jeito de dizer entre uma inspiração e outra, meus dedos deslizando de leve pelo rosto dele e pela barba por fazer.

Como aquele homem conseguia ficar cada vez mais lindo?

– Uau – repetiu ele, um sorriso se formando em seus lábios.

Meu coração batia descontrolado, e eu me sentia melhor do que... nunca. *Feliz*. Eu estava feliz. Não que fosse ingênua a ponto de pensar que aquilo poderia durar para sempre. Ele nem morava na cidade. Aquele brilho bobo pulsando em meu coração era resultado de dois orgasmos de amolecer os joelhos, não... *Nem pense nessa palavra*. Gostar de Noah era uma coisa; me apaixonar por ele era outra bem diferente.

Mas então meu cérebro reproduziu o som dele gemendo meu nome no meu pescoço, e eu me perdi, não apenas caindo, mas mergulhando de cabeça em uma emoção com a qual não estava preparada para lidar, muito menos nomear.

– A meu ver, temos duas opções – disse ele, colocando meu cabelo para trás com tanta ternura que um nó se formou na minha garganta. – Posso voltar para minha casa...

– Ou?

Percorri seu peito com o dedo. Eu gostava dele ali, bem onde estava.

– Ou podemos enfrentar a tempestade de neve juntos aqui nesta cama. – Ele deu um beijo tentador em meus lábios.

– Escolho a segunda opção – respondi, com um sorriso.

Para onde quer que aquilo acabasse me levando, eu tinha Noah naquele momento, e não ia desperdiçar nem mais um segundo.

CAPÍTULO 22

DEZEMBRO DE 1941

North Weald, Inglaterra

– Agora seria ótimo – disse Jameson para a barriga de Scarlett, de joelhos na frente dela com o uniforme completo. – Porque agora eu estou aqui. E sei que você quer que eu esteja aqui quando nascer, né?

Scarlett revirou os olhos, mas passou os dedos no cabelo de Jameson. Todos os dias ele tinha a mesma conversa unilateral com o bebê, que estava cerca de uma semana atrasado pelas estimativas da parteira.

– Mas, quando eu saio, é muito difícil voltar logo – explicou ele, as mãos suaves nas laterais da barriga dela. – E aí, o que me diz? Quer conhecer o mundo hoje?

Scarlett viu a esperança no rosto de Jameson ser substituída por frustração e reprimiu um sorriso.

– Definitivamente é uma menina – disse ele, erguendo os olhos para a esposa. – Teimosa como a mãe.

Ele deu um beijo na barriga dela e ficou de pé.

– É um menino que ama ficar dormindo até tarde, como o pai – rebateu Scarlett, colocando os braços em volta do pescoço do marido.

– Não quero ir hoje – admitiu ele, baixinho. – E se ela nascer e eu não estiver aqui?

Ele entrelaçou os dedos na lombar dela, o que não era tarefa fácil, considerando o tamanho com que ela estava.

– Você está dizendo a mesma coisa há um mês. Não tem nenhuma garantia de que vai acontecer hoje, e se acontecer, você vai voltar para casa e terá um filho. Ninguém vai roubar nosso bebê se você não estiver em casa quando ele chegar.

Jameson havia até exigido ficar no quarto com ela, mas isso certamente não ia acontecer, embora ela tivesse que admitir que a ideia de tê-lo ao seu lado trazia muito conforto.

– Isso não tem a menor graça – disse ele, inexpressivo.

– Vá trabalhar. Vamos estar aqui quando você voltar – insistiu ela, escondendo o medo de que ele tivesse razão. Jameson precisava de toda a sua concentração ao pilotar. Menos que isso e seria morto. – Estou falando sério. Vá.

Ele soltou um suspiro.

– Tá. Te amo.

– Também te amo – respondeu Scarlett, o olhar deslizando pelo rosto dele como fazia todos os dias, memorizando-o… só para garantir.

Ele a beijou lenta e profundamente, como se já não estivesse atrasado. Como se não estivesse prestes a voar para uma batalha ainda desconhecida, ou quem sabe escoltar bombardeiros em um ataque. Ele a beijou como se fosse repetir o beijo mil vezes, sem nenhum sinal de que aquele poderia ser o último.

Era como a beijava todas as manhãs – ou noites – antes de ir para o hangar.

Ela se desmanchou toda, segurando seu pescoço com mais força e puxando-o para perto, só mais um minuto. Era sempre assim com eles. Mais um minuto. Mais um beijo. Mais um toque. Mais um olhar demorado.

Fazia um ano que estavam casados, e ela continuava completamente apaixonada pelo marido.

– Eu queria que você me deixasse instalar um telefone – disse ele, interrompendo o beijo sem afastar os lábios.

– Você deve ser transferido de volta para Martlesham-Heath em duas semanas. Vai ter esse tipo de extravagância em todas as nossas casas? – Ela roçou os lábios nos dele.

– Talvez. – Jameson soltou um suspiro, mas endireitou a postura, entrelaçando os dedos nos cabelos de Scarlett, deixando as mechas passarem por entre eles até onde os fios terminavam, logo abaixo da clavícula. – Não esqueça o plano. Vá até a Sra. Tuttle que mora aqui ao lado, e ela…

Scarlett riu, empurrando o peito dele.

– Que tal eu me preocupar com o bebê, e você com pilotar o avião?

Ele semicerrou os olhos.

– Justo.

Jameson pegou o quepe que estava em cima da mesa da cozinha, e Scarlett foi com ele até a porta, onde o marido pegou o casaco que estava pendurado no cabide e o vestiu.

– Se cuide – exigiu ela.

Ele se aproximou para mais um beijo, dessa vez intenso, rápido e terminando com uma leve mordida no lábio inferior dela.

– Esteja grávida quando eu voltar para casa... se é que tem algum poder de decisão nisso.

– Prometo me esforçar. Agora vá. – Ela apontou para a porta.

– Eu te amo! – gritou ele ao sair.

– Eu te amo!

Ele só fechou a porta depois que ela respondeu.

Scarlett colocou uma das mãos na barriga.

– Pelo jeito somos só nos dois, meu amor.

Ela arqueou as costas na esperança de aliviar um pouco a dor interminável na coluna. Estava tão grande que até as roupas de gestante mal lhe serviam, e não conseguia se lembrar da última vez que tinha conseguido ver os próprios pés.

– Que tal escrevermos uma história hoje? – perguntou ao filho ao se acomodar atrás da máquina de escrever, que tinha um lugar permanente na mesa da cozinha, e erguer os pés na cadeira mais próxima.

Então olhou para os papéis que tinha começado a guardar em uma velha caixa de chapéu. Nos últimos três meses, havia iniciado dezenas de histórias, mas nunca conseguia passar dos primeiros capítulos porque outra coisa surgia em sua cabeça e ela precisava escrever para não esquecer a ideia.

O resultado era uma caixa de chapéu cheia de possibilidades, mas nenhum produto finalizado.

Toc, toc, toc.

Scarlett soltou um gemido. Tinha acabado de ficar um pouquinho confortável...

– Scarlett? – chamou Constance da porta da frente.

– Estou na cozinha! – respondeu Scarlett, aliviada por não ter que se levantar.

– Olá, pequena! – Constance deu a volta na mesa e abraçou a irmã.

– Pequena não é bem a palavra – rebateu Scarlett enquanto a irmã se sentava na cadeira ao lado.

– E por que acha que eu estava falando com você? – Ela sorriu e se aproximou da barriga de Scarlett. – Já pensou em se juntar a nós?

– Você é tão desaforada quanto Jameson – resmungou Scarlett, voltando a arquear as costas. Como era possível a dor estar piorando? – Não vai trabalhar hoje?

– Por sorte, estou de folga. – Ela franziu o cenho ao olhar para a porta da cozinha. – Não me lembro da última vez que tive folga no domingo. Imagino que Jameson não possa dizer o mesmo?

– Não. Ele acabou de sair.

– O que podemos fazer?

Constance tamborilou na mesa da cozinha, e Scarlett tentou não olhar para o anel que reluzia em seu dedo. Que ironia que algo tão lindo e brilhante pudesse ser o prenúncio de tanta destruição.

– Desde que não precise me mexer, eu topo qualquer coisa.

Constance sorriu, então pegou a caixa de chapéu.

– Me conte uma história.

– Essas não estão prontas! – Scarlett estendeu a mão para pegar a caixa, mas Constance foi muito rápida, ou Scarlett foi muito lenta.

– E quando foi que você me contou uma história que já estava pronta? – zombou Constance, vasculhando os papéis. – Deve ter pelo menos umas vinte aqui!

– Pelo menos – admitiu Scarlett, remexendo-se na cadeira de novo.

– Você está bem? – perguntou Constance ao perceber a tensão no rosto da irmã, claramente preocupada.

– Estou bem. Só desconfortável.

– Vou preparar um chá para você. – Constance se afastou da mesa e colocou a chaleira no fogo. – Está pensando em terminar alguma dessas histórias?

– Um dia.

Scarlett se esticou bastante para roubar a caixa enquanto a irmã estava no fogão.

– Por que não termina uma antes de começar a próxima? – questionou a irmã, pegando chá no armário.

Scarlett sempre se perguntava a mesma coisa.

– Tenho medo de esquecer a ideia, mas não consigo deixar de pensar que estou caçando borboletas, sempre achando que uma é mais bonita que a outra, sem nunca conseguir pegar uma de verdade porque não consigo me dedicar o suficiente.

Ela olhou para a caixa.

– Não precisa ter pressa. – A voz de Constance saiu mais suave. – Você pode datilografar um resumo das suas ideias para não esquecer, então voltar para a borboleta que escolheu.

– É uma ótima ideia. – Scarlett ergueu as sobrancelhas. – Às vezes me pergunto se só gosto do início das histórias e por isso não consigo avançar. O início é o que torna tudo romântico.

– Não a coisa toda de se apaixonar? – perguntou Constance em tom de provocação, voltando à cadeira.

– Bom, isso também. – Ela ergueu um dos ombros. – Mas talvez seja mais fácil se apaixonar de verdade pelas possibilidades. Olhar para qualquer situação, qualquer relacionamento, qualquer história, e ter a capacidade sublime de se perguntar aonde ela pode levar é um tanto inebriante, de verdade. Sinto uma espécie de descarga de adrenalina sempre que pego uma página em branco. É como o primeiro beijo do primeiro amor.

Constance olhou para o anel de noivado por uma fração de segundo, então escondeu a mão no colo, embaixo da mesa.

– Então você prefere pegar uma folha em branco a terminar a história?

– Talvez. – Scarlett massageou o ponto logo abaixo das costelas, onde o bebê costumava testar os limites de seu corpo. – Não sei se esse bebê é menino ou menina. Acho que é menino, mas não sei dizer por quê. Mas, neste momento, imagino um bebê com os olhos do Jameson e seu sorriso inconsequente, ou uma garota com nossos olhos azuis. Neste momento, estou apaixonada pelas duas imagens, desfrutando as possibilidades. Em alguns dias, pelo menos espero que sejam apenas alguns dias, ou juro que vou explodir, vou saber.

– E não quer saber? – Constance arqueou uma sobrancelha.

– É claro que quero. Vou amar meu filho ou minha filha com todo o meu coração. Já amo. Mas embora eu cogite as duas possibilidades, só uma delas é verdadeira. Quando o bebê nascer, essa parte da história vai acabar. Um dos cenários que passei os últimos seis meses imaginando não vai se realizar. Isso não faz com que o resultado seja menos doce, mas a verdade é que, quando uma história chega ao fim, qualquer que seja, as possibilidades se acabam. É o que é, ou foi o que foi.

– Então seja gentil com seus personagens e dê a todos eles um final feliz – sugeriu Constance. – É melhor do que qualquer coisa que teriam no mundo real.

Scarlett olhou para a caixa de chapéu.

– Talvez o mais gentil seja deixar as histórias inacabadas. Deixar que continuem com todas as possibilidades, todo o potencial, embora só existam na minha cabeça.

– Você deixa a carta fechada – disse Constance baixinho.

– Quem sabe.

Um sorriso triste curvou os lábios de Constance.

– E nesse mundo, talvez Edward só esteja de folga, a caminho de Kirton in Lindsey para me encontrar.

Scarlett assentiu, e seu corpo inteiro se retesou com uma emoção quase dolorosa.

A chaleira apitou, e Constance se levantou.

– Talvez seja um pouco difícil conseguir publicar alguma coisa – disse ela por cima do ombro, com um sorriso irônico. – Acho que a maioria das pessoas prefere livros com finais.

– Na verdade, não cheguei a pensar em publicar nada.

A dor nas costas aumentou, alcançando o abdômen em uma fisgada de tirar o fôlego.

– Pois deveria. Sempre amei ouvir suas histórias. Todos deveriam ter essa oportunidade.

Scarlett mudou de posição mais uma vez enquanto Constance preparava o chá.

– Acho melhor irmos para a sala. Esta cadeira não está muito confortável.

– Podemos ir.

O som da porcelana batendo preencheu a cozinha enquanto Scarlett tentava ficar de pé. Pouco a pouco, a dor foi se dissipando, e ela conseguiu inspirar fundo pela primeira vez.

– Scarlett? – perguntou Constance, a bandeja nas mãos.

– Estou bem. Só um pouco tensa.

Constance largou a bandeja sobre a mesa.

– Prefere dar uma caminhada? Será que pode ajudar?

– Não. Tenho certeza de que só preciso me esticar aqui um pouco.

Constance olhou para o relógio.

– Por que não ligamos para a parteira? Só para garantir.

Scarlett balançou a cabeça.

– O telefone mais próximo fica a três quarteirões daqui, e estou bem.

Ela estava, até que a dor voltou a se espalhar, travando todos os músculos de seu abdômen.

– Você não está nada bem.

Scarlett sentiu um estalo, então algo quente jorrando em suas coxas.

A bolsa tinha estourado. Um medo que ela nunca tinha sentido a dominou com mais força que a contração.

– Vou chamar a parteira. – Constance segurou-a pelo cotovelo e levou-a até a cadeira. – Fica sentada aí. Não tente andar até eu voltar para te levar para a cama.

– Eu quero Jameson.

– Claro – disse Constance, naquele seu tom suave, garantindo que Scarlett se sentasse.

– Constance! – Scarlett explodiu, então ficou parada até a irmã encarar seus olhos. – Eu. Quero. Jameson.

– Vou ligar para a parteira, e em seguida para o esquadrão, prometo. Primeiro a parteira, a não ser que seu marido tenha desenvolvido a habilidade de fazer um parto?

Scarlett olhou para ela de cara feia.

– Tá. Senta aí. Não se mexe – ordenou Constance. – Pela primeira vez na vida, me deixe estar no comando.

Ela saiu correndo antes que Scarlett pudesse responder.

Cinco minutos. Dez. Scarlett viu os minutos passando no relógio enquanto esperava por Constance.

A porta da frente se abriu doze minutos após ela ter saído.

— Cheguei! — gritou Constance lá da sala, e Scarlett ouviu a porta se fechar. A irmã estava com um sorriso forçado ao entrar na cozinha. — Boas notícias. A parteira vai chegar já, já. Ela disse para levar você para uma cama limpa lá em cima.

— E o Jameson? — perguntou Scarlett com os dentes cerrados quando mais uma contração se instalou.

— Quantas contrações você teve desde que eu saí? — perguntou Constance, pegando algumas toalhas em uma gaveta da cozinha e limpando a bagunça que tinha deixado.

— Duas... Esta é a terceira. — Scarlett enfrentou a contração inspirando fundo várias vezes; a dor era apenas a ponta do iceberg. — Onde. Está. Jameson?

Constance jogou as toalhas no cesto de roupa suja.

— Constance!

— Em algum lugar sobre o Mar do Norte.

— Ah, claro — disse ela entredentes.

Devia ter dito a ele que ficasse, mas não havia motivo para isso, nenhum motivo que seria aceitável para o comandante, pelo menos.

— Não vou sair do seu lado — prometeu Constance ao ajudar Scarlett a se levantar.

Ela não saiu.

Nove horas depois, Scarlett estava deitada entre lençóis limpos, absolutamente exausta e mais feliz do que nunca, olhando para um par de olhos azuis reluzentes.

— Não estou nem aí para o que as parteiras disseram. — Constance espiou por cima do ombro da irmã. — Esses olhos vão ficar assim, com esse azul perfeito.

— Mesmo que não fiquem, vão continuar perfeitos — declarou Scarlett, passando os dedos pelo menor nariz que já tinha visto.

— Concordo.

— Quer segurar? — perguntou Scarlett.

— Posso? — Constance abriu um sorriso radiante.

– É justo. Você foi enfermeira e criada hoje. Obrigada. – A voz dela ficou mais suave. – Eu não teria conseguido sem você.

Ela ergueu o filho, enrolado em um dos cobertores que a mãe de Jameson tinha feito e enviado para eles, até os braços de Constance.

– Eu não perderia isso por nada – disse Constance, acomodando o recém-nascido nos braços. – Ele é perfeito.

– Queremos que você seja a madrinha.

O olhar de Constance se voltou para ela.

– Sério?

Scarlett assentiu.

– Não consigo imaginar outra pessoa. Você vai cuidar dele, não vai? Se alguma coisa... acontecer.

Scarlett corria o mesmo perigo em relação a um bombardeio dormindo na própria cama do que quando estava na Força Aérea Auxiliar Feminina. Nada era certo.

– Com minha vida. – Os olhos de Constance ficaram embaçados quando ela voltou a olhar para o bebê em seus braços. – Oi, pequeno. Espero que seu pai volte logo para casa para podermos te chamar de um nome de verdade.

Constance lançou um olhar penetrante para Scarlett, que sorriu. Ela se recusava a discutir nomes enquanto Jameson não o pegasse nos braços.

– Sou sua tia Constance. Eu sei, eu sei, sou muito parecida com sua mamãe, mas ela é pelo menos um centímetro mais alta que eu, e o pé dela é um número maior. – Ela abaixou o rosto. – Quer saber um segredo? Vou ser sua madrinha. Isso quer dizer que vou amar e mimar você, e sempre, sempre te proteger. Até da comida horrível da sua mamãe.

Scarlett riu.

– Agora vou preparar alguma coisa para ela comer. – Constance sorriu para o bebê mais uma vez, então devolveu-o a Scarlett. – Precisa de alguma coisa antes que eu desça?

Ela se levantou da cama assim que a porta do quarto se abriu.

– Você está bem?

Os passos de Jameson consumiram a distância até a cama, e Constance passou por ele discretamente ao sair do quarto. O coração dele estava acelerado desde o pouso ou, mais especificamente, desde que o assistente correu até ele avisando que Constance tinha telefonado naquela manhã.

Naquela manhã. Ninguém comunicou nada pelo rádio – não que ele pudesse abandonar a missão e voltar, mas teria feito isso. De algum jeito.

– Estou bem – garantiu Scarlett, sorrindo para ele com uma mistura de esplendor e o que ele imaginava que fosse exaustão absoluta.

Scarlett parecia bem, mas ele não conseguia ver boa parte do corpo da esposa embaixo de todas aquelas cobertas.

– Este é seu filho. – O sorriso de Scarlett ficou ainda mais largo quando ergueu o pequeno embrulho.

Ele se sentou na beira da cama e embalou o bebezinho frágil nos braços, tomando o cuidado de apoiar sua cabecinha. A pele era rosada, a mecha de cabelo que ele conseguia ver, preta, e os olhos, azuis.

Ele era maravilhoso, e Jameson se apaixonou no mesmo instante.

– Nosso filho. – Jameson olhou para a esposa, que o encarava de volta, os olhos pesados com as lágrimas não derramadas. – Ele é incrível.

– É, sim. – Ela abriu um sorriso, e lágrimas gêmeas escorreram por seu rosto. – Estou tão feliz por você estar aqui.

– Eu também. – Ele se aproximou e secou suas lágrimas, tomando o cuidado de manter o filho protegido na dobra do braço. – Desculpe ter perdido o parto.

– Só perdeu a parte bagunçada – rebateu ela. – Faz só uma hora, mais ou menos.

– E você está bem mesmo? Como está se sentindo?

– Cansada. Feliz. Como se tivesse sido dividida em duas. Loucamente apaixonada.

Ela se aproximou um pouquinho para olhar o filho.

– Volta para a parte sobre ter sido dividida em duas – exigiu ele.

Scarlett riu.

– Estou bem. De verdade. Nada de anormal.

– Você me diria se algo tivesse dado errado? Se estivesse machucada?

Jameson a analisou com atenção, comparando as palavras com o olhar dela, o rosto, a postura dos ombros.

– Diria – prometeu ela. – Mas ele teria valido a pena.

Os olhos de Jameson repousaram sobre o filho, que olhou para ele com uma expectativa silenciosa. *Uma alma antiga, então.*

– Como quer chamar nosso filho?

Havia meses que eles vinham falando sobre nomes.

– Gosto de William.

Jameson sorriu, olhando para a esposa e assentindo.

– Oi, William. Bem-vindo à vida. A primeira coisa que você precisa saber é que sua mãe sempre tem razão, o que já deve saber, afinal, ela passou os últimos seis meses dizendo que você era um menino.

Scarlett riu, mas foi uma risada discreta. Suas pálpebras estavam pesadas.

– A segunda coisa é que sou seu pai, então é ótimo que você seja muito parecido com sua mãe. – Ele levou os lábios até a cabeça de William e a beijou com delicadeza. – Eu te amo.

Ele se aproximou e beijou os lábios de Scarlett.

– E amo você também. Obrigado por ele.

– Eu também te amo, e posso dizer o mesmo.

Ela inspirou mais fundo, então Jameson colocou o filho no berço ao lado da cama e acomodou a esposa.

– Quer que eu faça alguma coisa?

– Só fique aqui – sussurrou ela, adormecendo.

Aquela primeira noite foi um choque de realidade. William acordou quase de hora em hora, e Jameson fez o que podia para ajudar, mas não podia exatamente alimentá-lo.

Eles já estavam acordados às sete da manhã quando bateram à porta do quarto.

– Deve ser Constance – murmurou Scarlett, com William no ombro.

Jameson deu uma olhada para trás para se certificar de que ela estava coberta, então abriu a porta e encontrou Constance parada no corredor, bloqueando Howard.

– Você pode esperar lá embaixo – disse ela, ríspida.

– Isso não pode esperar.

– O que está acontecendo? – perguntou Jameson à porta.

Howard passou a mão no cabelo e olhou para Jameson por cima da cabeça de Constance.

– Imaginei que você não estivesse acompanhando o noticiário.

– Não. – O estômago de Jameson se revirou.

– Os japoneses atacaram Pearl Harbor. Milhares morreram. A frota se foi – disse ele com a voz falhando.

– Minha nossa.

Milhares morreram.

Jameson se escorou no batente da porta. Ele tinha passado os dois últimos anos tentando evitar que aquela guerra alcançasse solo americano, e outra atingiu seu país em cheio.

– É. Sabe o que significa? – A mandíbula de Howard se retesou.

Jameson assentiu, se virando para olhar a expressão horrorizada de Scarlett antes de voltar a encarar o amigo.

– Estamos do lado errado do globo.

CAPÍTULO 23

NOAH

Scarlett,
 Como você está, meu amor? Tão infeliz quanto eu? Encontrei uma casa para nós fora da base. Agora só falta você dar o sinal verde para estarmos juntos de novo. Vou te esperar para sempre, Scarlett. Para sempre...

Meus braços e minhas costas doeram quando endireitei os ombros e o pescoço atrás da mesa. A tempestade tinha despejado um metro de neve nos últimos dois dias, e levei quase duas horas limpando a entrada da casa de Georgia. Eu poderia ter chamado um profissional? Com certeza, mas o inverno do Colorado impossibilitava meu exercício favorito – a escalada –, então vi como uma oportunidade. Também subestimei muito o comprimento da entrada.

– Ocupado? – Georgia enfiou a cabeça pela porta do escritório, e esqueci todos os músculos doloridos. – Não quero interromper seu fluxo, mas não ouvi você digitando, então achei que poderia ser uma boa hora para o almoço.

O sorriso dela me lançaria no chão se eu já não estivesse sentado.

– Pode entrar sempre que quiser.

E eu estava sendo sincero. Ela teria tudo o que quisesse, incluindo eu mesmo.

– Bom, não é muita coisa, mas preparei um queijo-quente.

Ela abriu a porta com o quadril, trazendo um prato com dois sanduíches e um copo que eu sabia que continha chá gelado sem açúcar.

– Parece delicioso, obrigado.

Peguei o descanso de copo na primeira gaveta e o coloquei sobre a mesa enquanto ela entrava. Engraçado como tínhamos nos acostumado com tanta facilidade às necessidades um do outro durante aquelas semanas.

– De nada. Obrigada por liberar a entrada.

Ela colocou o prato ao lado do meu notebook e o chá no descanso enquanto eu afastava a cadeira da mesa alguns centímetros.

– Foi um prazer – respondi, então a agarrei pelo quadril e a puxei para o meu colo.

Meu Deus, como era bom poder fazer isso, tocá-la sempre que eu quisesse. Aqueles últimos dois dias nos isolaram de quase toda a civilização e permitiram que não fizéssemos nada além de dar prazer um ao outro.

Essa era a minha ideia de paraíso.

– Isso não vai te ajudar a terminar o livro. – Ela sorriu, passando os braços ao redor do meu pescoço.

– Não, mas vai me ajudar a saborear você.

Deslizei uma das mãos pela nuca e o cabelo dela, então a beijei até ficarmos os dois sem fôlego. Meu desejo por ela ainda não estava saciado; na verdade, só tinha crescido. Eu estava totalmente desnorteado com ela, com tudo que eu queria que acontecesse entre nós.

Eu soube desde o primeiro segundo que a vi, e cada vez que a beijava isso só ficava mais claro: ela era a pessoa certa para mim. Minha alma gêmea. Fim de jogo. Não importava que vivêssemos a mais de 1.600 quilômetros de distância um do outro, ou que ela ainda estivesse se curando do divórcio. Eu esperaria. Provaria meu valor. Faria exatamente o que prometi, a conquistaria, não só seu corpo, mas seu coração.

A língua dela dançou com a minha, e Georgia deu um gemidinho quando a suguei para dentro da minha boca. Não éramos apenas compatíveis na cama, éramos inflamáveis, sempre pegando fogo um pelo outro. Pela primeira vez na vida, eu sabia que nunca ia me cansar daquilo. Era inesgotável.

– Noah – disse ela, meio gemendo, e meu corpo estava *ali*, pronto. Eu era dela. Georgia podia fazer o que quisesse comigo, e eu sabia que ia gostar. – Você está me matando.

– É um belo jeito de morrer.

Fui descendo os lábios por seu pescoço, passando a língua pelos contornos sensíveis e inalando o aroma de tangerina e frutas cítricas. O cheiro dela era sempre tão bom.

Ela soltou um suspiro, inclinando a cabeça para trás, e beijei a cavidade de seu pescoço.

– O que estamos fazendo? – perguntou ela, os dedos agarrando minha nuca.

– O que a gente quiser – respondi, sem afastar os lábios de sua pele.

– Estou falando sério – sussurrou ela.

Isso chamou minha atenção. Ergui a cabeça e recuei um pouco, analisando sua expressão. Metade do que Georgia dizia não saía de sua boca. Estava nos olhos dela, na expressão dos lábios, na tensão nos ombros. Posso ter demorado alguns meses para entender os sinais, mas estava começando a aprender a interpretá-los, e ela estava preocupada.

– Estamos fazendo o que queremos – repeti, descendo as mãos até sua cintura e ignorando o latejar quase doloroso embaixo do cinto.

– Você mora em Nova York.

– Verdade. – Não era algo que eu pudesse negar. – Você também morava lá. – Passei a falar em um tom mais suave, deixando transparecer a esperança que costumava guardar para mim.

– Nunca mais. – Ela baixou o olhar. – Eu fui para lá por causa do Damian. Nunca fui feliz naquela cidade. Já você… você ama aquele lugar.

– Amo. É meu lar.

Era mesmo? Poderia ser meu lar se Georgia não estivesse lá? Se tivesse que deixá-la naquelas montanhas que ela amava?

– Sua família está lá.

Ela acariciou meu rosto com os nós dos dedos. Eu não fazia a barba havia mais de uma semana, e os pelos espetados estavam começando a crescer e se avolumar.

– Está.

Ela engoliu em seco, franzindo o cenho.

– Me diga o que está pensando, Georgia. Não me obrigue a adivinhar. – Eu a abracei mais forte, como se pudesse evitar que ela escapasse de mim.

Mas ela continuou em silêncio, os pensamentos turbulentos se manifestando em uma leve tensão na mandíbula.

Talvez ela precise que você fale primeiro. Certo. Era hora de dizer a ela o quanto eu estava envolvido, o quanto estava disposto a fazer dar certo e o quanto não estava disposto a deixá-la ir embora.

– Olha só, Georgia, eu sou louco por...

– Acho que a gente devia encarar nossa situação como ela é de fato – Georgia deixou escapar.

Falamos ao mesmo tempo, as palavras dela interrompendo as minhas.

– E o que ela é? – perguntei, devagar.

– Uma aventura – respondeu ela, assentindo.

Minha boca se fechou, os dentes batendo com força. *Uma aventura?* Como assim? Eu já tinha vivido algumas aventuras. Aquilo *não* era uma aventura.

– Sentimos atração um pelo outro, estamos trabalhando tão pertinho... Ia acontecer. E não me leve a mal. Estou feliz por ter acontecido. – Ela ergueu as sobrancelhas, e seu rosto corou. – Muito, muito feliz.

– Eu também...

– Ótimo. Eu odiaria pensar que é algo unilateral – murmurou ela.

– Acredite, não é.

E, se fosse, eu é que estava investindo pesado naquela relação, pela primeira vez na vida.

– Então tá. Vamos manter as coisas simples. Não estou pronta para nada muito complexo. Não posso pular de um relacionamento sério para outro. Não quero ser essa pessoa. – Ela franziu o nariz. – Mesmo que eu tenha mergulhado da cama do Damian para a sua... que é muito melhor, aliás. Tudo em você é melhor. – O olhar dela percorreu meu rosto. – Tão melhor que é meio assustador.

– Não precisa ter medo. – Não me dei ao trabalho de destacar que fazia mais de um ano que ela não estava na cama de Ellsworth, porque não era essa a questão. *A mãe.* Ela não queria ser como a mãe. – Podemos manter tão simples quanto você precisar.

Naquele instante, admirando aqueles olhos azuis cristalinos, me dei conta de que estava perdidamente apaixonado por Georgia Stanton. Sua mente, compaixão, força, elegância e coragem: eu amava tudo nela. Mas também sabia que ela não estava pronta para o meu amor.

– Simples – repetiu ela, se ajeitando no meu colo, mas se agarrando a meus ombros enquanto um sorriso hesitante curvava os cantos de seus lábios. – Simples é bom.

– Então simples vai ser. – *Por enquanto.* Eu só precisava de tempo.

– Tá. Ótimo. Então concordamos. – Ela me deu um beijo rápido, então se levantou. – Ah, você tinha perguntado sobre o manuscrito de *A filha do diplomata*, né?

– É.

Assenti, me sentindo um pouco perdido. Concordamos que seria simples? Ou havia mais questões envolvidas?

– Peguei no armário do andar de cima – disse ela, trazendo uma caixa das prateleiras do escritório e colocando-a em um canto vazio da mesa. – Todos os originais ficam lá.

– Obrigado.

Eu estava ciente da confiança que ela estava depositando em mim, e se fosse qualquer outro dia, ficaria em êxtase por poder mergulhar no quebra-cabeça literário mais peculiar que já tinha encontrado, mas não estava conseguindo me concentrar muito bem no trabalho.

– Tenho uma reunião com os advogados para finalizar a fundação da Bisa em alguns minutos, então vou deixar você trabalhar.

Ela deu a volta na mesa e me deu um beijo, rápido e intenso, antes de seguir em direção à porta.

– Georgia? – chamei antes que ela saísse.

– Humm? – Ela se virou e ergueu as sobrancelhas, tão linda que meu coração chegou a doer.

– Com o que exatamente acabamos de concordar? – perguntei. – Em relação à gente?

– Uma aventura do livro – respondeu ela com um sorriso, como se fosse óbvio. – Simples, sem compromisso e até você terminar o livro. – Ela deu de ombros. – Certo?

Até eu terminar o livro.

Cerrei os punhos sobre os braços da poltrona.
– Certo. Tá.
O celular dela tocou, e Georgia tirou o aparelho do bolso de trás.
– A gente se vê quando você atingir a cota de palavras de hoje.
Ela abriu um sorriso, atendeu a ligação e fechou a porta, tudo em um movimento suave.
Agora nosso relacionamento tinha o mesmo prazo que o livro, e, claro, eu estava mesmo planejando ir embora quando terminasse, mas estar com Georgia tinha mudado as coisas... pelo menos para mim.
Droga. A única coisa de que eu precisava para conquistá-la era tempo, e estava mais próximo de terminar o livro do que ela imaginava. Mais próximo do que gostaria de admitir.

Terminei o livro – as duas versões – quatro semanas depois. Então fiquei sentado no escritório olhando para os dois arquivos na área de trabalho.
Meu tempo tinha acabado.
O prazo de entrega era em dois dias.
Eu tinha conseguido. De algum jeito, tinha correspondido às exigências de Georgia e às minhas, tudo isso sem furar o prazo previsto em contrato, mas não havia nenhum sentimento de orgulho ou realização, só o mais puro medo de não conseguir segurar a mulher por quem tinha me apaixonado.
Eu tinha passado apenas quatro semanas com ela, e não era o bastante. Georgia estava se abrindo, mas as partes dela que eu precisava que confiassem em mim seguiam bem fechadas. Eu ainda era apenas uma aventura para ela. Quando pensei que ela pudesse estar mudando de ideia, Georgia disse que precisávamos aproveitar ao máximo o tempo que tínhamos, e agora esse tempo tinha chegado ao fim.
Meu celular tocou e atendi no viva-voz.
– Oi, Adrienne.
– Quer dizer que você não vem passar o Natal em casa? – perguntou minha irmã, e ouvi o tom de crítica em sua voz.
– É complicado.

Fechei e empurrei o notebook para o canto da mesa. Eu lidaria com minha crise existencial mais tarde.

– Não é não. Ou você vai estar em Nova York no dia 25 de dezembro ou não vai.

– Ainda não tenho certeza.

Fiquei de pé e organizei quatro das caixas que tinha pegado emprestadas na mesa à minha frente, então abri e acomodei cada uma dentro da própria tampa. Estava deixando passar alguma coisa. Alguma coisa que estava na minha cara e me deixando maluco. Os manuscritos pertenciam a diferentes momentos da carreira de Scarlett. Os livros editados e publicados eram mais polidos, claro, mas não pude deixar de ficar fascinado com as diferenças estilísticas entre os primeiros livros e os últimos, não pude deixar de imaginar se perder Jameson não tinha apenas partido seu coração, mas mudado a própria essência de Scarlett.

Não pude deixar de imaginar se o mesmo poderia acontecer comigo caso eu perdesse Georgia.

– Faltam só três semanas – disse Adrienne.

– Três semanas e – fiz a conta de cabeça – quatro dias.

– Isso mesmo. Você não acha que já vai ter terminado o livro até lá?

Minha mandíbula se retesou só de pensar em mentir para minha irmã. Para qualquer pessoa, na verdade.

– A questão não é o livro.

– Não é? Espera, eu estou no viva-voz? Cadê a Georgia?

Dei uma risadinha.

– Qual pergunta você quer que eu responda primeiro?

– A última.

– Ela está na cidade, arrumando o ateliê.

Georgia vinha dando um show no último mês. Trabalhava sem cansar, supervisionando a construção da fachada do ateliê e finalizando peças que não me deixava ver – nem eu nem ninguém. Tinha marcado a inauguração para o dia do seu aniversário, 20 de janeiro, e eu não sabia se estaria lá para ver, o que era um soco no estômago.

– Legal. Aposto que está amando a vida longe das revistas de fofoca.

– Está, sim.

Mais um motivo para ela não querer voltar para Nova York.

– Ela ainda não te deu um gelo?

Ouvi um tom de provocação na voz da minha irmã, e ela sabia bem do terreno instável em que Georgia e eu andávamos pisando.

– Você devia vir para cá para vocês se conhecerem. Ela vai fazer uma festa de inauguração do ateliê mês que vem. Ela não tem nada a ver com o que você lê nas revistas de fofoca, Adrienne. – Soltei um suspiro, passando as mãos no cabelo e levando o celular comigo ao andar de um lado para o outro em frente às prateleiras. – Ela é gentil, inteligente, muito engraçada, ajuda os outros sempre que pode. Nunca se contenta em ficar parada, é ótima com os filhos da melhor amiga e não tem nenhuma dificuldade em me colocar no meu lugar... você ia gostar. – Fui observando as fotos que decoravam as prateleiras de Scarlett e parei no álbum que Georgia tinha deixado para fora. – Ela é... – Eu nem sabia que palavras usar para descrevê-la.

– Caramba, Noah. Você está apaixonado por ela, não está?

– Ela não está pronta para nada disso – respondi baixinho, folheando o álbum.

– E você está! – Ela quase gritou de tanto entusiasmo.

– Para com isso.

A última coisa de que eu precisava naquele momento era minha irmã enchendo a cabeça da minha mãe.

Adrienne riu.

– Ah, tá. Você *por acaso* me conhece?

– Tem razão. – Massageei a testa. – Assim que eu for embora, acabou, e não quero que acabe, mas Ellsworth deixou uma cicatriz e tanto.

– Então não venha embora – retrucou Adrienne, como se fosse a resposta mais simples do mundo.

– É, como se fosse fácil desse jeito. Ela mesma disse: é uma aventura. Vai acabar quando o livro estiver pronto. – E estava, só esperando para ser anexado a um e-mail destinado a Adam.

– Tá, então não termine o livro...? – sugeriu ela, a voz ficando mais aguda aos poucos.

– Boa.

Abri o álbum nas fotos do casamento e cobri Ellsworth com a mão, deixando apenas Georgia sorrindo para mim, então olhei com mais atenção. Ela estava feliz, mas aquele sorriso não era tão reluzente quanto os que eu recebia.

– Estou falando sério. Fique. Adie o prazo uma vez na vida. Eu trago a mamãe para cá no Natal, você pode ligar para a gente. Acredite, se você acabar se casando...

– Adrienne – alertei.

– Um dia – corrigiu ela. – A mamãe vai achar ótimo. A gente só quer que você seja feliz, Noah. Se Georgia Stanton te faz feliz, lute por ela. Finja que é um dos seus personagens e ajude a consertar o que quer que Ellsworth tenha destruído.

– Já terminou o discurso motivacional? – provoquei, desanimado.

– Você precisa que eu fale sobre como é raro encontrar alguém para amar de verdade?

– Meu Deus, não. – Olhei para o notebook. – Não conte com minha presença no Natal. Mas eu te amo.

– Eu te amo e te perdoo por não vir se me der uma cunhada!

– Tchau, Adrienne.

Desliguei, balançando a cabeça e rindo. Se fosse tão fácil assim curar Georgia, eu já teria feito isso.

Ergui a mão e fiquei olhando para a foto do casamento de Georgia, ouvindo as palavras que ela disse naquele dia.

Tem um aviso, um som que o coração emite quando se dá conta pela primeira vez de que não está mais seguro com a pessoa em quem confiava.

Com Georgia, tudo se resumia a confiança. Ellsworth havia traído tanto a dela que não restara nada a ela. Mas Georgia havia me entregado a história de Scarlett. Tinha escalado. Aberto sua casa. Oferecido seu corpo sem reservas. Ela confiava em mim para tudo, mas não para me dar seu coração, porque tinha sido abandonada.

Quando se dá conta pela primeira vez...

– Ah, droga – resmunguei assim que me dei conta.

Eu não disse que ele me magoou.

Fui voltando as páginas do álbum quando as palavras dela me atingiram de um jeito que não tinha acontecido quando as ouvi. Passei pela formatura da escola, pelo aniversário em que Ava reapareceu, e fui virando mais devagar ao me aproximar do primeiro dia no jardim de infância.

As fotos anteriores eram de Georgia morando com Ava, os olhos reluzentes, o sorriso uma versão mais jovem do sorriso deslumbrante que dirigia a mim nos últimos dias. *O amor de verdade precisa ser sufocado, mantido embaixo d'água até parar de chutar.* E era exatamente isso que as fotos mostravam, ano após ano. O sufocamento lento do amor.

Não fora Ellsworth quem havia magoado Georgia... fora Ava.

Ava, que desaparecia e voltava sempre que lhe convinha.

Sempre que precisava de alguma coisa.

– Se isso fosse um livro, o que você faria? – perguntei a mim mesmo, folheando as páginas e parando naquela foto do aniversário de 12 anos. – Usaria o passado para curar o presente.

A inauguração do ateliê. Eu poderia trazer Ava. *Se ainda estiver aqui daqui a sete semanas.* Georgia já tinha lhe dado tudo o que a mãe queria, e sem segundas intenções... Poderia dar certo. Eu poderia começar a reparar aos poucos os cânions que Ava tinha aberto em Georgia se começasse pelas bordas. Só precisava garantir que Ava estivesse presente apenas em nome da felicidade de Georgia.

Fechei o álbum com força, então me sentei à mesa, afastando as caixas de manuscritos para puxar o notebook à minha frente e abri-lo. Como é que eu ia convencê-la a me deixar ficar mais sete semanas?

Dei uma boa olhada de soslaio para a foto de Jameson e Scarlett que ficava do lado esquerdo da mesa.

– Algum conselho? – perguntei. – Eu não tenho como levar Georgia para voar no pôr do sol e, vamos falar a verdade, Constance foi uma ajuda e tanto no seu caso.

E também tinha o fato de eles terem vivido em uma época na qual ser inconsequente era um uso inteligente do tempo que se tinha.

Tamborilei na mesa, olhando para os dois arquivos finalizados na minha área de trabalho.

Se Jameson tinha conquistado Scarlett burlando as regras... quem sabe isso também funcionasse para conquistar sua bisneta.

Peguei o celular e liguei para Adam.

– Por favor, me diga que está mandando o manuscrito finalizado.

– Bom, oi para você também – respondi, com a fala arrastada. – Ainda faltam dois dias.

– Você sabe que o prazo da gráfica é mais apertado que a cinta da minha sogra. – Ouvi sua cadeira ranger.

– É, quanto a isso… – Eu me encolhi.

– Não me diga que pela primeira vez na sua carreira você vai furar um prazo. Não com *este* livro. Você sabe o quanto vai ser difícil editar essa obra? Ficar me perguntando o tempo todo se estou violando a escrita da lendária Scarlett Stanton? – Sua voz foi ficando cada vez mais aguda.

– Você parece estressado. Tem ido correr desde que eu vim para cá?

– É por sua causa que minha pressão está alta, para começo de conversa.

E o que eu estava prestes a pedir a faria subir ainda mais, tudo para que eu tivesse a chance de conquistar Georgia. Que tipo de babaca egoísta fazia isso com o melhor amigo? *Você, pelo jeito.*

– Noah, o que está acontecendo? – O tom de Adam ficou mais suave.

– Em uma escala de um a dez, o quanto você diria que somos amigos? Porque eu diria…

– Você foi meu padrinho de casamento. Você é meu melhor amigo. Agora está falando comigo como seu editor? Ou como padrinho do meu filho?

– Ambos.

– Droga. – Eu conseguia imaginá-lo massageando as têmporas. – De que você precisa?

– Tempo.

– Você não tem tempo.

– Não o meu tempo. O seu. O que acha de trabalhar dobrado sem receber dobrado?

Segurei a respiração, esperando por uma resposta.

– Explique.

Foi o que fiz. Contei tudo para a pessoa que era o eixo tanto da minha vida pessoal quanto da profissional. Mal tinha terminado quando ouvi o portão da garagem. Georgia estava em casa.

– Georgia voltou. Você aceita?

– Caramba – resmungou ele. – Aceito, você sabe que sim.

– Obrigado.

Todos os músculos do meu corpo relaxaram, aliviados.

– Não me agradeça! – gritou ele no viva-voz. – Vou começar com o que já temos, mas você me deve um final, Noah.

A porta do escritório se abriu, e Georgia enfiou a cabeça pela fresta.

– Péssima hora? – sussurrou ela.

Balancei a cabeça, fazendo sinal para que ela entrasse.

– Sei que é complicado, mas eu prometi.

– Tá, mas vai ser apertado com a gráfica. Pode usar o tempo que precisar, mas se prepare para uma edição corrida.

Georgia franziu o cenho, preocupada, abrindo o casaco.

– Eu aguento.

Aguentaria qualquer coisa que me desse o tempo de que precisava com Georgia.

– É bom mesmo. Ah, e a Carmen me pediu para avisar que os presentes de Chanucá chegaram. Você sabe que não precisava, mas obrigado. Vamos sentir sua falta este ano, Noah.

– Não pare de correr, Adam. Não quero deixar você comendo poeira quando eu voltar.

Se eu voltar.

Desligamos, e puxei Georgia para meu colo, deslizando a mão por baixo do casaco e da blusa dela para sentir o calor de sua pele.

– O que foi isso? – perguntou ela, tirando o cabelo dos meus olhos.

Meu Deus, como eu amava aquela mulher.

– Briga por tempo – respondi, dando-lhe um beijo suave.

Agora tudo o que me restava era rezar para que fosse tempo suficiente.

Ela arregalou os olhos.

– Ah, meu Deus, seu prazo. Acaba essa semana, né? O livro está pronto?

Havia uma pitada de pânico em sua voz? Ou eu estava ouvindo o que queria ouvir?

– Ainda não. – O livro não estava pronto. Pelo menos era o que eu dizia a mim mesmo para ter mais tempo com ela. Claro, estava *escrito*, mas só estaria *pronto* depois da edição. – Não se preocupe. É só a entrega em si. Adam vai fazer uns malabarismos com umas datas e começar com o que já temos para não furar o prazo da gráfica enquanto eu acerto os dois finais. Acha que consegue me aguentar mais um tempinho?

Questão de semântica, mas ainda assim parecia uma mentira.

Porque era.

Mas o sorriso que ela me deu? Fez valer a pena.

CAPÍTULO 24

JANEIRO DE 1942

North Weald, Inglaterra

Scarlett olhou da caixinha de presente sobre a mesa para a máquina de escrever e então para os pratos empilhados na pia. Não tivera um minuto de descanso desde o café da manhã. William passara a manhã toda agitado, e estava finalmente tirando o cochilo da tarde, o que com sorte lhe daria pelo menos 45 minutos para fazer alguma coisa... mas tudo o que ela queria era cochilar ao lado do filho.

Os dias e as noites se confundiam, o que uma das outras esposas dissera ser normal ao cuidar de um recém-nascido. Estava tão cansada que, na noite anterior, acabara dormindo à mesa de jantar.

E falando em jantar...

Soltou um suspiro, desculpando-se em silêncio com a caixa de chapéu cheia de histórias enquanto ia até a pia, ignorando a caixinha de presente endereçada com a letra da mãe. Era sua terceira cozinha em um ano e, embora gostasse do jardim considerável, ainda que congelado, que via da janela, queria mesmo era ver Constance.

Fazia mais de um mês que estavam em Martlesham-Heath, e ela só tinha encontrado a irmã duas vezes. Nunca tinham passado tanto tempo separadas desde o nascimento de Constance. A saudade que tinha dela era incomensurável e, embora estivessem a uma hora de distância uma da outra, pareciam estar separadas por anos naquela nova fase da vida.

Constance continuava alojada com as outras mulheres, cobrindo seus turnos, comendo no refeitório das oficiais... e planejando um casamento. O confidente mais íntimo de Scarlett agora era um bebê de seis semanas que não era de muita conversa. Ela precisava mesmo sair e fazer novas amizades.

Foi uma surpresa agradável perceber que a casa continuava silenciosa após ter lavado a louça. Ouviu com atenção por um instante, e William ainda não tinha acordado; talvez tivesse mais alguns minutos.

Parecia um capricho, mas ela se sentou à máquina assim mesmo. Levou alguns segundos para colocar a primeira folha em branco. Ficou olhando para o papel por um tempo, imaginando o que ele viria a ser, que história guardaria.

Talvez devesse fazer o que Constance sugeriu, terminar uma história. Quem sabe publicá-la.

Aquela caixa de chapéu já estava pela metade, com enredos semiformados, trechos de diálogos e ideias que precisavam ser executadas. Continha histórias que ela escreveria para outras pessoas, finais que deveria distorcer e adoçar para fazer os outros felizes. Finais como o que Constance deveria ter tido.

Finais como o que ela queria para si mesma, e para Jameson e William, mas não era capaz de garantir. Não podia nem mesmo assegurar que não haveria um bombardeio naquela noite, que ela mesma não estaria entre as vítimas.

Mas podia deixar o máximo possível de sua história para William... só para garantir.

Começou pelo dia quente em Middle Wallop, quando Mary se esqueceu de ir buscá-las na estação de trem. Relembrou tudo o que pôde, registrando os menores detalhes do momento em que conheceu Jameson. Um sorriso se abriu em seu rosto. Se ela pudesse voltar e contar a si mesma aonde aquilo ia dar... nunca teria acreditado. Ainda não sabia ao certo se acreditava. Seu romance fora um turbilhão que se transformara em um casamento apaixonado e, por vezes, complicado.

Jameson não mudara muito naqueles dezoito meses... mas ela, sim. A mulher que tomava decisões rápidas no quadro de controle, que era uma oficial firme e valiosa da Força Aérea Auxiliar Feminina, agora... não era nada disso, na verdade. Não era mais responsável pelas vidas de centenas de pilotos, apenas pela de William. Não que estivesse sozinha nessa missão.

Quando estava em casa, Jameson era um pai participativo. Pegava

William no colo, embalava o filho, trocava fraldas. Não havia nada que Jameson não fizesse por ele, o que só fazia com que Scarlett o amasse ainda mais. Terem se tornado pais não lhes destituíra de suas personalidades, só lhes dera novas facetas, mais profundas.

Ela foi escrevendo até chegar ao momento em que Jameson a convidou para sair pela primeira vez, então William acordou, exigindo sua atenção com alguma estridência. Ao ouvir aquele primeiro choro, ela tirou o papel da máquina e guardou-o na caixa, acrescentando-o à pilha, mas tomou o cuidado de deixar a nova por cima, para que não se misturasse às demais. Em seguida, guardou a caixa e foi buscar seu amorzinho.

Horas mais tarde, William estava alimentado, trocado e limpo, e trocado e alimentado mais uma vez, enxugado após mais uma golfada, alimentado uma última vez e colocado para arrotar antes de voltar a dormir.

Ela foi para a cozinha para pensar no jantar, tirando um peixe para fritar e, como se tivessem combinado, Jameson entrou pela porta da frente.

– Scarlett?
– Na cozinha!

O alívio fez seu corpo estremecer, como acontecia sempre que ele voltava para casa.

– Oi.

Os passos dele eram suaves, mas seu humor preencheu o ambiente como uma tempestade, escuro e ameaçador.

– O que foi? – perguntou ela, abandonando o peixe que planejava fritar.

Ele atravessou a cozinha, segurou seu rosto e a beijou. Um beijo suave, o que, considerando seu humor, foi ainda mais doce. Jameson era sempre delicado com ela. Seus lábios se movimentaram juntos em uma dança suave que logo ficou mais profunda, mais intensa. Fazia seis semanas que William tinha nascido. Seis semanas que o marido compartilhara o corpo dela pela última vez, não apenas a cama. De acordo com a parteira, seis semanas eram o bastante, e Scarlett certamente concordava.

Jameson ergueu a cabeça devagar, se esforçando para manter o controle. Scarlett era tão linda que era quase impossível manter as mãos longe dela. Suas curvas eram exuberantes, seu quadril, um convite, e seus seios, cheios e pesados; ela era todas as suas fantasias, todas as pinups pintadas nos aviões, e era *dele*.

Ele sabia que ela precisava de um tempo para se curar, e nunca a pressionaria para acelerar esse tempo. Não era tão babaca assim. Mas sentia falta de seu corpo, da sensação de deslizar para dentro dela, de como o resto do mundo desaparecia quando eram apenas os dois, balançando juntos. Desejava sentir seu sabor na boca, o quadril dela oscilando, o cabelo sedoso caindo sobre o rosto dele quando ela o beijava estando por cima. Ansiava por ouvir o arquejo em sua garganta logo antes de ela gozar, sentia falta de ver seus olhos vidrados, a respiração presa, os músculos travados, de ouvi-la dizer seu nome quando finalmente relaxava. Sentia falta do doce esquecimento que encontrava no corpo dela, mas ansiava principalmente por um instante de sua atenção total.

Não tinha ciúmes do filho, mas admitia que a transição tinha seus solavancos e suas dores.

– Senti sua falta hoje – disse ele, aninhando o rosto dela nas mãos e deslizando os polegares pela pele macia.

– Eu sinto sua falta todos os dias – respondeu ela com um sorriso. – Mas vi sua cara assim que entrou. Me conta, o que aconteceu?

A mandíbula de Jameson se retesou.

– Onde está William? – perguntou ele, desviando do assunto ao perceber que o carinha não estava no berço.

– Dormindo lá em cima. – Ela inclinou a cabeça. – Me conta, Jameson.

– Não nos deram permissão para ir para a frente do Pacífico – admitiu ele baixinho.

A coluna de Scarlett se enrijeceu contra o balcão, e ele se arrependeu das palavras na mesma hora.

– Você pediu permissão para ir para a frente do Pacífico? – perguntou Scarlett, magoada e desviando de seu abraço.

– O esquadrão pediu. Mas eu fui a favor. – Ele sentiu no mesmo instante o vazio em seus braços. – Nosso país foi atacado, e estamos aqui, longe. Era justo que pedíssemos. É justo irmos para lá, se formos necessários.

Aquele fora um debate controverso no esquadrão, mas a maioria exigiu que pedissem transferência.

Ela ergueu o queixo, portanto uma briga se aproximava.

– E em que momento ia discutir essa sugestão comigo? – perguntou, cruzando os braços.

– Quando fosse uma possibilidade real – respondeu ele. – Ou agora, que não é.

– Resposta errada. – Uma chama reluziu em seus olhos.

– Não posso ficar aqui parado enquanto meu país entra em guerra.

Ele se afastou, apoiando-se na mesa da cozinha, agarrado às bordas.

– Você não está *aqui parado* – retrucou ela. – Em quantas missões já voou? Quantas patrulhas? Quantos bombardeios interceptou? Você já é um ás. Como pode dizer que está *aqui parado*? E, pelo que sei, seu país também está em guerra contra a Alemanha. Você já está onde é necessário.

Ele balançou a cabeça.

– Quem sabe quanto tempo vai levar até que os soldados americanos cheguem? Até que os Estados Unidos façam alguma coisa contra a ameaça alemã? Eu entrei na Força Aérea Real para manter a guerra longe da minha casa, para manter minha família a salvo, para que parasse por aqui antes que meu país fosse bombardeado ou minha mãe fosse mais uma vítima. Vim para cá para defender meu país dos lobos, e enquanto eu cuidava da porta da frente, eles entraram pela dos fundos.

– E não foi culpa sua! – respondeu ela, ríspida.

– Eu sei disso. Ninguém previu Pearl Harbor, mas aconteceu, e isso não muda o fato de que precisam de mim lá. Caso exista algum plano, quero fazer parte dele. Não posso arriscar minha vida defendendo seu país e não fazer o mesmo pelo meu. Não me peça isso.

Cada músculo do corpo dele se enrijeceu, esperando que ela compreendesse.

– Pelo jeito, eu não posso pedir nada, já que você sabia que o 71º tinha feito o requerimento e não me contou. – A voz dela saiu estridente, até falhar. – Pensei que fôssemos parceiros.

– William tinha acabado de nascer, e você estava ocupada com tantas coisas...

– Que você não quis me preocupar? – Ela semicerrou os olhos. – Porque eu tenho um péssimo histórico de lidar com estresse?

Ele passou a mão no rosto. Queria poder retirar cada uma das palavras que havia dito desde que entrara pela porta – ou voltar algumas semanas no tempo e contar tudo a ela.

– Eu devia ter te contado.

– Sim. Devia. Parou para pensar no que faríamos aqui se você fosse mandado para o Pacífico? – Ela fez um gesto indicando o quarto lá em cima, onde William dormia.

– Eles bombardearam americanos!

– E você acha que eu não sei o que é ter meu país despedaçado por bombas? – Ela bateu no peito. – Ver meus amigos de infância morrerem?

– Por isso achei que você entenderia. Quando a Inglaterra entrou na guerra, você vestiu o uniforme e foi para a batalha, porque ama *seu* país tanto quanto amo o meu.

– Eu não tenho um país! – gritou ela, e se virou para a janela.

Jameson viu o rosto dela desmoronar pelo reflexo no vidro, e seu estômago embrulhou. *Droga*.

– Scarlett...

– Eu não tenho um país – repetiu ela, baixinho, virando-se de frente para ele – porque abri mão dele por você. Eu te amava mais. Não sou britânica. Não sou americana. Sou apenas uma cidadã deste casamento, que achava que fosse uma democracia. Então, perdoe minha surpresa quando descubro se tratar de uma ditadura. Benevolente, sim, mas ainda assim uma ditadura. Eu não lutei para me libertar do controle do meu pai para que você assumisse o lugar dele. – Ela deu um sorrisinho sarcástico e amargo.

– Amor... – Ele balançou a cabeça, pensando no que poderia dizer para melhorar aquela situação.

– Não é mais só você, Jameson. Não somos só *nós*. Você pode ser inconsequente o quanto quiser na cabine... sei bem com quem me casei. Mas tem um garotinho lá em cima que não sabe que tem uma guerra acontecendo, menos ainda que agora ela se espalhou pelo globo. Somos responsáveis por *ele*. E entendo querer lutar pelo seu país... também abri mão disso por nós. Por favor, não me trate como se eu fosse menos igual porque escolhi esta família *duas vezes*. Se queria uma esposa para não fazer nada mais que preparar suas refeições, esquentar sua cama e ter seus filhos, escolheu a mulher errada. Não confunda meus sacrifícios com obediência sorridente. Aliás, como *eu* não guardo segredos, William recebeu um presente hoje.

Ela apontou para a caixinha sobre a mesa e saiu da cozinha, passando por ele sem lhe dirigir o olhar, e em alguns segundos ele ouviu seus passos na escada.

Jameson massageou a ponte do nariz e juntou os cacos de seu ego do chão, onde Scarlett o esmagara. Estava tentando protegê-la, mantê-la calma, afastar dela mais uma preocupação, e ao fazer isso a excluíra por completo. Desde o momento em que se conheceram, ele vinha tirando pedacinhos dela. Não importava que essa nunca tivesse sido sua intenção, o resultado era o mesmo.

Scarlett tinha pedido transferência por ele, deixado a primeira base, onde tinha amigos. Arrastara a irmã junto para manter a promessa que também tinha lhe feito. Havia se casado com ele, perdido a cidadania britânica por isso, então teve que mexer os pauzinhos da família mais uma vez para conseguir uma transferência e acompanhá-lo. Quando engravidou, abriu mão do trabalho que amava – o trabalho em que baseava seu valor – e, quando deu à luz, ele foi transferido mais uma vez, e ela perdera o contato diário com Constance... com qualquer pessoa que não morasse naquela casa, na verdade.

Ela havia aberto mão de tudo, e ele não protestou porque a amava demais para abrir mão dela.

Jameson olhou para a caixinha que estava perto de sua mão direita e a pegou, arrancando o bilhete de cima.

Minha querida Scarlett,

Parabéns pelo nascimento de seu filho. Ficamos muito felizes com a notícia.

Por favor, dê a ele este sinal de nosso carinho e saiba que não vemos a hora de conhecer o mais novo Wright.

Com amor,

Sua mãe

Jameson balançou a cabeça, cheio de desgosto, e olhou dentro da caixa. Um pequeno chocalho de prata repousava sobre uma cama de veludo. Ele ergueu o brinquedo ridículo para ver a gravação no cabo. Um *W* grande, mais um *W* e um *V*.

Jameson colocou o chocalho de volta na caixa antes que fizesse algo *inconsequente* e colocasse fogo naquela coisa.

O nome de seu filho era William Vernon *Stanton*. Ele não era um Wright. Eles não tinham o direito de reivindicá-lo.

Ele se afastou da mesa e pendurou o paletó em uma das cadeiras, então soltou a gravata, subindo a escada. A luz brilhava por baixo da porta de seu quarto, não da do quarto de William. Jameson encostou a orelha na porta e, ouvindo um farfalhar suave e um protesto descontente, entrou e se inclinou sobre o pequeno berço.

William olhou para ele, enrolado no cobertor que a avó enviara do Colorado, e abriu um bocejo, estalando o queixo e logo franzindo o cenho.

– É, eu sei o que isso quer dizer – disse Jameson baixinho, pegando o filho e aninhando-o contra o peito. Era irônico que alguém tão pequeno fosse capaz de mudar a gravidade de seu mundo. Beijou-lhe a cabeça, sentindo seu cheirinho. – Seu dia foi bom?

William grunhiu e abriu a boca na camisa de Jameson.

– Vou tomar isso como um sim. – Ele massageou as costas de William, fazendo pequenos círculos, mas sabia que não tinha o que o filho queria. – É bom você esperar um pouco, garoto. Eu deixei sua mãe muito magoada.

Ele se balançava de um lado ao outro, tentando não apenas dar alguns minutos a Scarlett, mas também a si mesmo, para pensar no que fazer ou dizer. Queria mesmo deixá-los ali, em um país que não era seu de direito, sabendo que não poderiam entrar no país que de fato *era o dele*, enquanto atravessava meio mundo para enfrentar outro inimigo?

Não.

A ideia de deixá-los para trás era uma facada em seu peito.

William só tinha seis semanas, e já havia mudado tanto. Ele não conseguia imaginar não vê-lo crescer, passar um ano – ou mais – distante e não reconhecer o próprio filho ao retornar. E a ideia de não ver Scarlett? Insuportável.

– Eu pego ele – disse ela à porta.

Jameson se virou e viu a esposa iluminada pela luz do corredor, os braços já estendidos.

– Eu gosto de ficar com ele no colo – respondeu ele baixinho.

O gelo no olhar dela derreteu um pouco.

– Espero mesmo que goste, mas, a não ser que possa dar de mamar, não vai gostar por muito tempo.

Scarlett atravessou o quarto, e Jameson lhe entregou o filho, relutante. Ela se acomodou na cadeira de balanço em um canto com a luz baixa e olhou para ele, aflita.

– Não precisa ficar.

Ele se escorou na parede e cruzou os tornozelos.

– Também não preciso sair. Já vi seus seios antes. Não sei se disse nos últimos dias o quanto são magníficos.

Ela revirou os olhos, mas ele seria capaz de jurar que seu rosto ficou levemente corado. Ela acomodou o filho para alimentá-lo com uma facilidade que tinha conquistado com a prática e acariciou seus cabelinhos pretos e macios com as pontas dos dedos.

– Me desculpe – disse Jameson baixinho.

Os dedos dela pararam.

– Eu devia ter conversado com você enquanto a coisa toda acontecia. Posso dar todas as desculpas do mundo, dizendo que não quero preocupar você, mas elas não importam. Errei ao deixar você no escuro.

Devagar, ela ergueu o olhar até o dele.

– Se tivéssemos ido para o Pacífico – continuou Jameson –, eu teria feito de tudo para mandar vocês para o Colorado até que eu pudesse voltar para casa. Jamais teria deixado vocês sem a certeza de que estariam seguros, não só fisicamente. Não vou mais cometer o erro de deixá-la de fora.

– Obrigada.

– Eu… – Ele engoliu o nó espinhoso de raiva que subiu por sua garganta. – Eu gostaria muito de jogar aquele chocalho no lixo.

– Tá.

Ele ergueu as sobrancelhas.

– Você não se importa?

– Nem um pouco. Eu mesma teria jogado, mas queria que você soubesse o que estava acontecendo. – Não havia nenhuma alfinetada naquela declaração, apenas fatos.

– Obrigado. – Ele ficou observando Scarlett em silêncio por um instante, escolhendo as palavras com cuidado. – Seu horário para conseguir o visto é daqui a alguns meses, né?

Ela assentiu.

– Em maio. – Quase um ano após eles terem dado a entrada no processo.

– Quero que me prometa uma coisa – pediu ele baixinho.

– O quê?

– Prometa que, se alguma coisa acontecer comigo, você vai levar o William para os Estados Unidos.

Scarlett olhou para ele, aturdida.

– Não diga esse tipo de coisa.

Ele atravessou o quarto, então se abaixou para encarar a esposa nos olhos, colocando as mãos nos braços da cadeira de balanço.

– Não tem nada mais importante para mim que vocês dois... você e William. Você tem razão... não somos mais só nós dois. Vocês estarão seguros no Colorado. Seguros da guerra, da pobreza, dos seus pais terríveis. Então, por favor, prometa que vai levar William para lá.

Ela franziu o cenho, levando aquele pedido em consideração.

– Se alguma coisa acontecer com você – esclareceu.

Ele assentiu.

– Tá. Eu prometo que, se alguma coisa acontecer com você, vou levar William para o Colorado.

Ele se aproximou devagar e deu um beijo recatado nos lábios dela.

– Obrigado.

– Isso não significa que estou te dando permissão para morrer. – O olhar dela ficou sério.

– Combinado. – Ele beijou a cabeça de William e ficou de pé. – Como você está alimentando nosso filho, vou dar um jeito de alimentar você. Eu te amo, Scarlett.

– Eu também te amo.

Ele deixou a esposa e o filho no quarto e desceu até a cozinha... e jogou o chocalho no lixo, onde era seu lugar.

Scarlett e William eram Stantons.

Eram a família dele.

CAPÍTULO 25

GEORGIA

Meu querido Jameson,

Faz só alguns dias que você se foi, mas sinto sua falta como se fizesse anos. Isto é muito mais difícil do que quando você estava em Middle Wallop. Agora sei como é ser sua esposa, deitar ao seu lado à noite e acordar com seu sorriso pela manhã. Esta manhã, perguntei mais uma vez sobre a transferência, mas ainda não tive notícias. Espero que cheguem amanhã. Não suporto ficar tão longe assim de você, ciente de que você voa em direção ao perigo e de que não posso fazer nada além de esperar. Não posso nem te dar as boas-vindas quando você volta para casa. Eu te amo, Jameson. Se cuide. Nossos destinos estão entrelaçados, pois não posso existir em um mundo onde você não exista.

Com amor,
Scarlett

– Tá preparada? – perguntou Noah com um sorriso entusiasmado, arrumando a gravata.

Nós dois estávamos dentro do carro, em frente ao ateliê, com a neve de janeiro caindo.

– E se eu não estiver? – Arqueei as sobrancelhas.

– Vai parecer estranho quando todo mundo chegar, mas podemos trancar a porta, apagar as luzes e fingir que não tem ninguém.

Ele pegou minha mão e beijou a parte interna do meu punho, disparando uma onda de desejo pelo meu corpo. Noah tinha passado quase todas as noites na minha cama naqueles dois meses, e o desejo seguia o mesmo. Era só ele olhar para mim, e eu ficava inebriada.

– Mas estou disposto a oferecer qualquer suborno que você queira só para ver o que anda criando aí dentro – disse ele.

– Estou bem orgulhosa da minha pequena coleção.

Eu tinha quase perdido os dedos de tanto trabalhar, me preparando para aquela noite. Havia uma dúzia de peças menores prontas para venda, e algumas maiores que fiz principalmente para exibição. Os convites tinham sido enviados, as confirmações recebidas, e agora só me restava abrir as portas e rezar para não ter desperdiçado o que restava na minha conta no banco.

– E eu estou orgulhoso de *você*.

Ele me beijou, sugando de leve meu lábio inferior antes de se afastar. Eu estava completamente viciada naquele homem. Era para ser só uma aventura… esse era o combinado. Ele iria embora assim que finalizasse o livro, e ver os dias passando só me lembrava de que nosso tempo juntos já durava mais que o esperado. Todos os dias, eu esperava que ele dissesse que tinha terminado, mas isso não acontecia. Se não tomasse cuidado, ele logo, logo perderia o prazo da gráfica.

– Sei que esta noite vai ser tão maravilhosa quanto você – garantiu ele.

– Que bom que um de nós tem essa certeza.

Inspirei fundo e lembrei a mim mesma que estava em Poplar Grove, Colorado, não em Nova York. Ali não havia paparazzi, estrelas ou executivos de cinema, colunistas de fofocas ou pessoas que fingiam estar interessadas em mim só para conseguir cinco minutos com Damian. Aquilo era meu, só meu, e Noah ia ser a primeira pessoa com quem eu ia compartilhar.

Ele segurou minha mão ao caminharmos até a entrada e me protegeu do vento enquanto eu pegava as chaves para abrir a pesada porta de vidro. Então o levei para dentro do espaço escuro.

– Espere bem aqui. Feche os olhos.

Eu queria ver a cara dele quando as luzes se acendessem.

– Até parece que é meu aniversário, e não o seu – disse ele, me provocando.

Eu ri, então, quando tive certeza de que seus olhos estavam bem fechados, fui até o interruptor. O espaço já era tão familiar para mim quanto meu próprio quarto. Eu saberia caminhar ali com os olhos vendados se precisasse.

Acionei o interruptor, e a galeria se acendeu em uma dúzia de lugares. Havia vasos e pequenas esculturas nas prateleiras de vidro nas paredes, duas torres maiores em cada saliência da janela e, no meio, num pedestal destacado com iluminação própria, minha peça favorita.

– Pode abrir os olhos – falei baixinho, e segurei a respiração quando os olhos escuros de Noah perscrutaram a galeria com satisfação, o sorriso largo ao absorver tudo, fixando-se, por fim, no pedestal.

– Georgia – sussurrou ele, balançando a cabeça. – Meu Deus.

– Gostou?

Parei ao seu lado, e ele abraçou minha cintura, me puxando mais para perto.

– Ficou magnífico.

Minha peça favorita da coleção era uma coroa feita de sincelos de vidro, variando entre 15 e 25 centímetros de comprimento.

– Entendeu? – Dei um sorrisinho.

– É digno de uma Rainha do Gelo – respondeu ele, com uma risada. – Embora você não tenha nada de fria. É incrível.

– Obrigada. Nunca comentei sobre essas alfinetadas porque vejo poder no silêncio e em manter a cabeça erguida, mas pensei: "Por que não me apropriar disso?" Sou a única pessoa que pode me definir, além disso, talvez eu faça uma coroa de chamas da próxima vez.

Eu até já imaginava a peça tomando forma na minha cabeça.

– Você é incrível, Georgia Stanton. – Ele se virou e segurou meu rosto, então me beijou profundamente. – Obrigado por compartilhar isso comigo, e, caso eu não consiga dizer de novo antes de voltarmos para casa, feliz aniversário.

– Obrigada – falei, com os lábios nos dele, saboreando nossos últimos momentos de privacidade antes que a empresa que contratei para cuidar da comida chegasse.

Em uma hora, as portas se abriram, e a galeria ficou cheia de convidados da minha cidadezinha. Cumprimentei a primeira dúzia de pessoas, mostrando-lhes o espaço com Noah ao meu lado. Lydia, nossa empregada, e a filha dela chegaram, depois Hazel e Owen, Cecilia Cochran da biblioteca, minha mãe...

Arquejei, levando a mão à boca. O braço de Noah envolveu minha cintura, me ancorando quando minha mãe atravessou a pequena multidão, com um vestido rosa-claro e um sorriso trêmulo.

– Feliz aniversário, Georgia – disse ela baixinho, me abraçando com delicadeza e me soltando com os dois tapinhas de sempre.

– Mãe? – A palavra "choque" não era capaz de descrever o que eu estava sentindo.

. Ela engoliu em seco, nervosa, olhando depressa para Noah e de volta para mim.

– Noah me convidou. Espero que não se importe. Eu só queria estar aqui para te desejar um feliz aniversário e dar os parabéns. É uma conquista e tanto.

Aquele era mesmo o único motivo para ela ter vindo?

– Você e Ian? – perguntei, hesitante.

Será que não tinha dado certo? Será que ela só estava ali para juntar os próprios cacos enquanto fingia cuidar de mim?

– Ah, ele está bem. Nós estamos bem – garantiu ela. – Mandou lembranças. Tenho certeza de que você entende por que ele não veio comigo.

Porque eu não o suportava, e ele sabia disso, o que era bem atencioso da parte dele, pensando bem.

– Como foi o voo? – perguntou Noah, dissipando a tensão com aquele seu jeito leve.

– Foi bom. Obrigada. – Minha mãe inspirou fundo. – Para que tudo fique bem claro, Noah comprou minha passagem.

– Ah. – Bem claro? Será que ela e Ian estavam bem? – Foi muito gentil da sua parte – falei para Noah, me aproximando dele.

– Foi um prazer. – A mão dele segurou firme minha cintura. – Mas não é meu presente. Meu presente está esperando na sua casa.

– Eu disse para não gastar dinheiro comigo! – falei, repreendendo-o, mas sentindo uma pitadinha de curiosidade tamborilar no peito.

– Não gastei, prometo. – Ali estava aquele sorriso de volta. Noah estava aprontando alguma.

– Não posso monopolizar a aniversariante a noite toda. Vá falar com seus convidados – disse minha mãe com um sorriso choroso. – Obrigada por me permitir estar aqui. Seus aniversários sempre foram... – O sorriso dela diminuiu. – Estou feliz, só isso. – Seu olhar percorreu a galeria. – Isso é fenomenal. Estou muito orgulhosa de você, Georgia.

– Obrigada por ter vindo – falei, e havia sinceridade em cada palavra. – Significa muito para mim.

O adiantamento já tinha caído, e quaisquer outros direitos autorais do livro iriam direto para a conta dela. Ela estava feliz com Ian. Parecia que sua vida também estava indo bem, o que queria dizer que não estava lá porque precisava de algo de mim; estava lá porque queria estar. E, claro, era só uma noite em uma vida inteira, mas era o bastante.

Eu era toda sorrisos caminhando pela galeria, vendo as peças pequenas desaparecerem ao serem compradas.

– Isso é incrível! – Hazel me envolveu em um abraço apertado. – E é a filha da Lydia no balcão?

Assenti.

– Acho que a noite está indo bem – falei.

– Está. Acredite. – Ela semicerrou os olhos ao espiar por cima do meu ombro. – Uau. Com quem Noah... – As sobrancelhas dela se ergueram.

Eu me virei e fiquei confusa ao ver Noah abraçando uma mulher lindíssima perto da porta. Ele vasculhou o lugar e sorriu ao me encontrar. Disse alguma coisa para a mulher e a conduziu até onde eu estava com Hazel, passando pela coroa de gelo.

Os cabelos e os olhos da mulher eram tão escuros quanto os de Noah, e sua pele tinha o mesmo bronzeado de sol. Um homem com cabelos loiros, olhos verdes e um terno bem cortado surgiu ao lado dela.

– Espero que não se importe, também convidei uma das minhas melhores amigas – disse Noah com um sorriso. – Georgia, esta é minha irmã mais nova, Adrienne, e seu refém, Mason.

Irmã? Homens não convidam a irmã para conhecer uma mulher com quem estão tendo uma aventura, não é? Senti um calor no peito, e meu coração ansiou pela possibilidade de que aquilo fosse mais que uma aventura para ele, de que nós de fato poderíamos *ser* mais, mesmo depois que ele terminasse o livro. Talvez não precisássemos daquela data-limite autoimposta.

Adrienne arqueou a sobrancelha, perfeitamente delineada, para o irmão, mas abriu um sorriso instantâneo e reluzente ao me abraçar com força.

– E eu estou muito feliz por conhecer você, Georgia. Noah fala de você o tempo todo. E ele quis dizer meu *marido* Mason – corrigiu ela ao me soltar.

– Será mesmo? – perguntou Noah, provocando-a. – Que bom ver você, cara. – Ele abraçou Mason e na sequência abraçou a irmã tão forte que a ergueu do chão. – Você também, pirralha. Fizeram um bom voo?

– Você sabe que sim. Pare de comprar primeira classe. É um desperdício de dinheiro.

– Eu gasto meu dinheiro como eu quiser. – Noah deu de ombros.

– Espero que goste de discutir, porque eles fazem muito isso – disse Mason, estendendo a mão e abrindo um sorriso simpático.

– Vou ser sincera… estou um pouco perplexa. – Apertei a mão dele, e o sorriso de Mason se alargou, revelando uma covinha.

– Não te culpo nem um pouco, e sua galeria é incrível! – exclamou Adrienne. – Ah, e feliz aniversário. Sem pressa, tem bastante gente aqui, mas depois preciso ouvir tudo sobre como você fez meu irmão cair de quatro naquela livraria.

Dei risada e prometi detalhes, então ela e Mason saíram para dar uma olhada na galeria, levando Hazel e Owen com eles.

– Eu já te disse o quanto você está linda hoje? – Os lábios de Noah roçaram minha orelha, e um arrepio percorreu meu corpo.

– Umas vinte vezes – respondi. – E eu já falei que vou fazer coisas imorais com você com essa gravata que está usando hoje? – Olhei para ele com um sorrisinho.

– Vai, é? – Seu olhar ficou mais malicioso. – E eu aqui fazendo meus próprios planos.

Ele me roubou um beijo antes que eu fosse levada para longe mais uma vez.

A noite passou voando e, antes mesmo que eu me desse conta, todas as peças que estavam à venda foram compradas. As que estavam apenas em exposição, a coroa e as torres, ficaram exatamente onde eu queria que permanecessem: comigo. Aos poucos, a galeria foi esvaziando até restarem só meus amigos mais chegados e a equipe de limpeza.

– Ele ganha *muitos* pontos por isto – comentou Hazel, já se preparando para ir embora.

– Ei – falei, dando-lhe um abraço de despedida. – Time Georgia, lembra?

– Eu sou time Georgia – prometeu ela. – O homem trouxe a família para conhecer você. E a sua mãe também – concluiu ela baixinho, enquanto Noah se despedia da irmã.

Adrienne já tinha prometido almoçar conosco no dia seguinte. Ela recusou o quarto de hóspedes, mas minha mãe aceitou passar a noite na casa da Bisa. Ela até já tinha ido à pousada com o carro alugado para buscar suas coisas.

– Eu sei. Ele… – Soltei um suspiro, olhando para Noah.

– Ele está tão apaixonado por você quanto você por ele – sussurrou Hazel.

– Não comece. – Balancei a cabeça, me recusando a arriscar uma decepção.

– Nunca vi você tão feliz como nesta noite, como nos últimos meses, na verdade. – Ela pegou minha mão. – Você já passou por muita coisa ruim, Gê. Tem que deixar as coisas boas virem também.

Ela me abraçou mais uma vez antes que eu pudesse formular uma resposta, então Owen a levou pela porta, resmungando alguma coisa sobre ainda terem uma hora antes de liberar a babá.

A casa estava escura e silenciosa quando Noah e eu chegamos, mas minha mãe apareceu logo após termos pendurado nossos casacos. Os olhos de Noah passearam até minhas pernas, nuas sob o vestidinho preto que escolhi da pilha que tinha desencaixotado havia pouco tempo.

– Vou subir e ligar para o Ian antes de dormir – anunciou minha mãe com um sorrisinho, carregando a pequena mala mesmo após Noah ter se oferecido para levar para ela. – Não se divirtam demais, vocês dois. Feliz aniversário, Gigi.

– Boa noite, mãe.

Eu nem estremeci ao ouvir o apelido, olhando para as 29 rosas que a Bisa tinha enviado com a primeira edição autografada de *O sol também se levanta*.

– É hora do presente – disse Noah, aproximando-se por trás de mim e me abraçando pela cintura. – Pode não ser Hemingway, mas você me deixou com um orçamento limitado.

Soltei um gemido.

– Você já me deu o bastante.

– Acredite, vai querer isso.

Eu me virei em seus braços.

– Eu quero é *você*.

Se ele soubesse quanto, provavelmente sairia da minha casa correndo.

Ele beijou minha testa e pegou minha mão, me levando para a sala de estar, onde meses antes defendera suas habilidades de escrita. Os móveis estavam afastados, abrindo o espaço, e ele tinha colocado ali a mesa alta da entrada, onde havia uma caixa de tamanho médio ao lado da lareira, que ele acendeu apertando um botão.

– Bisa acrescentou esse detalhe quando reformou a casa. – Indiquei a lareira com a cabeça. – Disse que era um gasto bobo e exagerado, mas que não se importava.

– Bom, obrigado, Bisa.

Noah tirou o paletó e pendurou-o na poltrona em frente à caixa.

– Agora abra seu presente, Georgia. – Ele apoiou o ombro na cornija da lareira e cruzou um tornozelo sobre o outro.

– O presente que não te custou nada. – Arqueei uma sobrancelha.

– Nem um centavo. – Ele semicerrou os olhos de leve. – Bom, eu comprei a caixa. E o laço. Na verdade, é só uma coisa que acabei encontrando enquanto procurava meus sapatos.

Revirei os olhos, mas fui até a caixa, investigando como abri-la.

– Você fechou com fita adesiva? – perguntei, provocando-o.

– Não. É só erguer.

Havia tanto entusiasmo nos olhos dele que não pude deixar de me contagiar.

Peguei as laterais da caixa e ergui. Meu coração saltou até a garganta e lágrimas arderam em meus olhos.

– Ah, Noah.

Ele se aproximou e tirou a tampa das minhas mãos trêmulas, mas eu estava ocupada demais olhando para meu presente para ver onde a largou. Então Noah ressurgiu ao meu lado.

– É… – Quase tive medo de pronunciar as palavras, me contentando em deixar que aquilo fosse real, mesmo que só na minha cabeça.

– É. – Assentiu ele, com um sorriso delicado.

– Mas como?

Estendi a mão trêmula em direção ao toca-discos antigo, passando os dedos pela borda desgastada da carcaça aberta à minha frente.

– Encontrei um painel solto no fundo do meu armário no Chalé Grantham algumas semanas atrás – explicou ele, erguendo o braço do fonógrafo e deixando-o pairar sobre um disco sem uma poeira sequer. – O mesmo armário onde as alturas marcadas na porta não haviam sido pintadas como o restante da casa.

Meu olhar voou até o dele, e de algum jeito eu já sabia o que Noah diria em seguida.

– Eram do vovô William, né? – adivinhei.

Ele assentiu.

– Imagino que foi por isso que ela nunca vendeu o chalé. Fui até a cidade e pesquisei os registros de propriedade. O chalé era de Grantham Stanton, pai do Jameson. Seu trisavô.

– Foi onde eles moraram nos primeiros anos – sussurrei, somando dois mais dois. – Mas a Bisa disse que o toca-discos tinha sido destruído.

– Não sei o que foi destruído, mas não foi isso. Scarlett deve ter escondido na parede.

– Mas ela nunca voltou lá para buscar? – Franzi o cenho. – Pensando bem, não sei se algum dia ouvi falar que ela foi até lá. Ela sempre teve alguém para administrar o chalé.

– O luto é uma emoção poderosa e sem nenhuma lógica, e algumas memórias ficam mais seguras escondidas e intocadas.

Ele acionou o botão do toca-discos, e, para minha surpresa, o aparelho ligou.

– Você achou o fonógrafo de Jameson – sussurrei.

– Eu achei o fonógrafo de Jameson.

Ele abaixou o braço do toca-discos e a agulha estabeleceu contato, preenchendo o cômodo com a voz de Billie Holiday.

Meus olhos se fecharam, imaginando os dois naquele campo, dando início ao caso de amor que levou à minha existência, o amor que assombrou a Bisa pelo resto da vida, embora ela tivesse se casado de novo.

– Ei – chamou Noah baixinho, recuando até o meio da sala e estendendo a mão. – Venha dançar comigo, Georgia.

Mergulhei em seus braços, sentindo a última das minhas barreiras ceder.

– Obrigada – falei, descansando o rosto em seu peito enquanto nos movimentávamos juntos, balançando com a música. – Não acredito que fez tudo isso por mim. O jantar, e sua irmã, e minha mãe, e o fonógrafo. É demais.

– Está longe de ser o suficiente. – Ele passou a falar mais baixo e ergueu meu queixo para olhar em meus olhos. – Estou loucamente apaixonado por você, Georgia Constance Stanton.

A intensidade daquelas palavras ecoou em seus olhos.

– Noah.

Senti um aperto no peito, e o anseio doce que eu tentava tanto sufocar se libertou e preencheu cada célula ressequida e faminta do meu corpo quando me permiti acreditar, me permiti retribuir seu amor.

– Não é uma aventura para mim. Nunca foi. Eu te quis desde o segundo em que te vi naquela livraria e soube que era você no instante em que abriu a boca para dizer que odiava meus livros. – Ele assentiu devagar, um sorrisinho torto brincando em seus lábios. – É verdade. E não preciso que responda. Não agora. Na verdade, por favor, não responda. Quero que faça isso no seu tempo, quando estiver preparada. E se não me amar ainda, não se preocupe. Eu vou conquistar você.

Ele encostou a testa na minha enquanto dançávamos.

Ah, meu Deus. Eu o amava. Talvez fosse inconsequente e tolo, e cedo demais, mas não conseguia evitar. Meu coração era dele. Ele tinha me conquistado tão completamente que eu não conseguia imaginar um único dia sem ele.

– Noah, eu...

Ele me calou com um beijo, interrompendo minha declaração. Então me carregou pela escada e fez amor comigo tão profundamente que nem um centímetro sequer da minha pele ficou sem ser tocada por suas mãos, seus lábios, sua língua.

Quando o sol nasceu, famintos, bêbados do coquetel de orgasmos e privação de sono, descemos a escada como dois adolescentes, tentando fazer silêncio para não acordar minha mãe.

Éramos um clichê absoluto: Noah com a calça social da noite anterior e eu com a camisa dele, que abotoei às pressas, em cima de uma calcinha e nada mais. Eu não estava nem aí. Estava apaixonada por Noah Morelli e ia preparar panquecas para ele... ou ovos. O que fosse mais rápido, para que pudéssemos voltar logo para a cama.

Ele me deu um beijo longo e profundo no hall de entrada, me empurrando em direção à cozinha.

– O que foi isso? – Recuei ao ouvir o farfalhar de papéis vindo do escritório.

Noah ergueu a cabeça, semicerrando os olhos ao ver a fresta aberta nas portas do escritório.

– Eu fechei essas portas ontem antes da festa. Espere aqui. – Ele me empurrou para trás de si e caminhou em silêncio até lá, abrindo uma delas com cuidado para espiar o escritório. – O que é que você está fazendo? – rosnou, desaparecendo dentro do cômodo.

Fui atrás dele, passando pela porta com pressa.

Demorei um pouco para entender. Minha mãe estava sentada na poltrona da Bisa, o celular pairando sobre a mesa, uma caixa aberta à sua esquerda e uma pequena pilha de papéis à sua frente.

Ela estava fotografando o manuscrito.

CAPÍTULO 26

MAIO DE 1942

Ipswich, Inglaterra

William chorou, e Scarlett o embalou devagar, balançando-o de um lado para o outro enquanto as sirenes indicando um ataque aéreo soavam lá em cima. O abrigo estava cheio e mal iluminado, mas ela imaginou que sua expressão refletia a das pessoas ao seu redor. Havia algumas crianças amontadas em um canto, brincando; para os mais jovens, aquilo tinha virado rotina, só mais um fato da vida.

Os adultos distribuíam sorrisos que tinham a intenção de tranquilizar, mas não eram muito eficientes. Os ataques aéreos vinham aumentando naquela semana, os alemães bombardeando várias cidades em retaliação aos bombardeios em Colônia. Ainda que os ataques nunca tivessem parado por completo, Scarlett havia se tranquilizado nos últimos meses, e embora não fosse sua primeira vez em um abrigo, esperando para sobreviver, ou não, era a primeira vez para William.

Ela já conhecia o medo. Havia sentido medo no momento em que o hangar explodira em Middle Wallop e sempre que Jameson voltava para casa tarde ou passava dias sem voltar, quando escoltavam bombardeiros britânicos. Mas aquele medo, aquele terror que lhe apertava a garganta como um punho de gelo era de outro nível, uma nova tortura naquela guerra. Não era mais apenas sua vida em jogo, ou a de Jameson, mas a de seu filho.

William completaria seis meses em alguns dias. Seis meses, e tudo o que ele conhecia era a guerra.

– Tenho certeza de que logo vamos poder sair – disse uma mulher mais velha com um sorriso gentil.

– Com certeza – respondeu Scarlett, reacomodando William do outro lado do quadril e beijando sua cabeça por cima do gorrinho que o filho usava.

Ipswich era um alvo natural, Scarlett sabia disso. Mas até então eles vinham tendo sorte.

As sirenes pararam, e um murmúrio de alívio coletivo ressoou no extenso metrô que servia de abrigo subterrâneo.

O chão não havia tremido, mas isso nem sempre dava a certeza de que não tinham sido atingidos, só de que não acontecera por perto.

– Não tem tantas crianças quanto eu esperava – disse Scarlett à mulher mais velha, mais para se distrair.

– Eles construíram abrigos na escola – explicou a mulher, assentindo, orgulhosa. – Não cabem todas as crianças, claro, mas agora elas vão à escola em turnos, e eles recebem apenas a quantidade de crianças que cabem no abrigo. Isso causou uma reviravolta nos horários, mas... – Ela parou de falar.

– Mas as crianças estão mais seguras – concluiu Scarlett.

A mulher mais velha assentiu, olhando para o rosto de William.

– Que bom – comentou Scarlett, abraçando o filho um pouquinho mais forte.

Seis meses antes, evacuar as crianças de Londres e de outros alvos parecera muito lógico para ela. Se as crianças estavam em perigo, é claro que deveriam ser evacuadas para áreas mais seguras. Porém, com William nos braços, não conseguia imaginar a força que aquelas mães precisaram ter para colocar os filhos em um trem, sem saber exatamente para onde seriam levados. Ela não conseguia não pensar, como por instinto, que William estava mais seguro com ela. No entanto, com a necessidade que sentia de ficar perto de Jameson, será que estava arriscando ainda mais a vida de William?

A resposta era um sim categórico, e ela não podia negar, não agora que estava com ele em um abrigo antiaéreo subterrâneo, esperando e rezando.

O aviso de que estavam em segurança soou, e a multidão começou a sair. O sol continuava brilhando quando ela deixou o abrigo. Pareceram dias, mas foram apenas horas.

– Passaram direto por nós. – Ela ouviu um homem mais velho dizer.

– Nossos garotos devem ter espantado os bombardeiros – acrescentou outro com orgulho.

Scarlett sabia que não era necessariamente verdade, mas não disse nada. No tempo que passou acompanhando os ataques, aprendeu que os caças nem sempre eram um impedimento. Eles não eram o alvo daquele ataque. Simples assim.

Ela voltou para casa caminhando, cerca de 800 metros, balbuciando para William o tempo todo enquanto mantinha os olhos no céu. Só porque tinham ido embora por ora não significava que não voltariam.

– Talvez sejamos só nós dois esta noite, pequeno – disse para William ao abrir a porta.

Com o aumento dos ataques, Jameson não conseguia permissão para dormir fora da base havia mais de uma semana. A casa ficava a apenas quinze minutos de Martlesham-Heath, mas quinze minutos eram uma vida quando os bombardeiros se aproximavam.

Ela alimentou William, deu banho nele, alimentou-o mais uma vez e colocou-o para dormir antes de pensar em comer alguma coisa.

Não conseguia comer muito, principalmente quando não sabia onde Jameson estava. Era assustador movimentar seu marcador naquele quadro, saber que ele estava enfrentando o inimigo e quando membros de seu esquadrão caíam, mas era ainda pior não saber.

Scarlett sentou-se à máquina, abriu a caixa menor que tinha acrescentado à coleção nos últimos meses, pegou a última página e continuou a escrever. Aquela caixa continha a história deles; ela não podia simplesmente juntá-la aos outros resumos, capítulos parciais e pensamentos inacabados. Se havia uma história que precisava ser atualizada, era aquela, caso acabasse sendo tudo o que lhe restasse para dar a William.

Talvez ela tivesse romantizado um ou outro detalhe, mas não era isso que o amor fazia? Suavizava os momentos mais amargos e feios da vida? Ela já estava no capítulo dez, o que os aproximava do nascimento de William.

Assim que terminou o capítulo, devolveu o último papel à caixa menor, então pegou uma folha em branco. Finalmente tinha chegado à metade, ou ao que acreditava que fosse a metade, de um manuscrito. Ela se perdia naquele mundo, o barulho das teclas preenchendo a casa.

Então se assustou com a batida à porta, os dedos congelando sobre as teclas e a cabeça virando de repente em direção ao som indesejado.

Ele não está morto. Ele não está morto. Ele não está morto. Repetiu a frase em um sussurro enquanto ficava de pé e percorria o caminho angustiante, passando pela sala de jantar até a porta da frente.

– Ele não está morto – sussurrou uma última vez antes de colocar a mão na maçaneta.

Havia muitos motivos para uma visita àquela hora... Ela só não conseguia pensar em nenhum no momento.

Ergueu o queixo e abriu a porta com tudo, pronta para encarar qualquer que fosse o destino do outro lado.

– Constance! – Scarlett levou a mão ao peito, esperando conter os batimentos acelerados.

– Desculpe vir tão tarde! – Constance abraçou Scarlett. – Eu tinha acabado de voltar para as cabanas, e uma das garotas disse que Ipswich teve uma ameaça de ataque aéreo. Eu precisava ver com meus próprios olhos se vocês estavam bem.

A irmã a abraçou com força.

– Estamos bem – garantiu Scarlett, acalmando-a. – Não posso dizer o mesmo de Jameson, porque faz alguns dias que não nos vemos.

Constance recuou.

– Eles cancelaram a licença dele para dormir fora da base?

Scarlett assentiu.

– Ele veio para casa duas vezes desde que os ataques começaram, mas só para pegar um uniforme limpo e nos dar mais um beijo.

– Sinto muito – disse Constance, balançando a cabeça e baixando o olhar, o chapéu encobrindo sua expressão. – Eu devia ter passado minha folga aqui com você em vez de ir a Londres para mais uma sessão de preparativos para o casamento.

Scarlett pegou a mão da irmã.

– Pare com isso. Você tem sua vida. Por que não entra, vamos...

– Não, eu tenho que voltar – respondeu Constance com uma rápida sacudida da cabeça.

– Bobagem – rebateu Scarlett, olhando por cima do ombro de Constance e vendo o carro novo estacionado. – Já está tão tarde, e se não pode dormir aqui, pelo menos me deixe preparar um chá antes de você voltar. – Ela semicerrou os olhos ao ver que não havia nenhuma insígnia no para--choque. – Que carro bonito.

– Obrigada – disse Constance, sem alegria. – Henry exigiu que eu ficasse com ele. Disse que noiva dele não depende de transporte público.

Constance deu de ombros levemente ao olhar para o automóvel elegante.

Uma sensação de mal-estar atingiu o estômago de Scarlett ao perceber que Constance ainda não tinha olhado em seus olhos.

– Vamos, boneca, só uma xícara. – Ela estendeu a mão e ergueu o queixo de Constance.

A raiva invadiu seu coração. Ela ia matar aquele maldito.

Quando a luz da sala iluminou o rosto de Constance, Scarlett viu o hematoma no olho da irmã. A pele ao redor estava inchada, vermelha em alguns lugares e azul-clara em outros, indicando o roxo que certamente se formaria durante a noite.

– Não é nada – disse Constance, afastando a cabeça da mão de Scarlett.

– Entre.

Scarlett puxou Constance para dentro e fechou a porta, então levou a irmã até a cozinha e colocou a chaleira no fogo.

– Não é mesmo...

– Se me disser mais uma vez que não é nada, eu vou gritar – ameaçou Scarlett, se escorando no balcão da cozinha.

Constance soltou um suspiro e tirou o chapéu, colocando-o na mesa ao lado da máquina de escrever de Scarlett.

– O que quer que eu diga?

– A verdade – respondeu Scarlett.

– Existem graus de verdade – retrucou Constance, constrangida.

– Não entre a gente. – Scarlett cruzou os braços.

– Eu deixei ele irritado – explicou Constance, olhando para as mãos. – Pelo jeito, ele não gosta de ficar esperando, ou de ouvir não.

Scarlett sentiu o peito doer.

– Você não pode se casar com ele. Se ele faz isso antes do casamento, imagine o que vai acontecer depois.

– Você acha que eu não sei?

– Se sabe, então por que seguir em frente com isso? Sei que ama aquela propriedade, e sei que acha que é o último pedacinho de Edward, mas Edward não ia querer que você apanhasse para ficar com ela.

Scarlett foi até a irmã e se ajoelhou diante dela, pegando suas mãos.

– Por favor, Constance, por favor, não faça isso.

– Já não depende mais de mim – sussurrou Constance, o lábio inferior tremendo. – Anúncios foram feitos. Convites foram enviados. A esta altura, mês que vem estaremos casados.

Scarlett sentiu lágrimas ardendo em seus olhos, mas não deixou que caíssem. Não era sua culpa que Henry fosse um babaca abusivo, mas não pôde deixar de pensar que a irmã tinha tomado seu lugar na guilhotina.

– Ainda temos tempo – insistiu Scarlett.

O olhar de Constance se enrijeceu.

– Eu te amo, mas essa discussão acabou. Fico mais uma ou duas horas com prazer, mas só se prometer deixar isso para lá.

Todos os músculos do corpo de Scarlett se contraíram, mas ela assentiu.

– Eu perguntaria se não precisa ligar para sua seção, mas percebi a patente nova – disse com um sorriso forçado, indicando com a cabeça a insígnia no ombro de Constance.

– Ah. – Os cantos dos lábios de Constance se curvaram. – Foi semana passada, mas não tive tempo de vir ver você.

Scarlett se sentou ao lado da irmã.

– Você já merecia muito antes.

– É engraçado, na verdade – disse Constance, franzindo o cenho de leve. – Robbins veio até mim no fim do turno, me entregou e apenas disse que meus novos deveres teriam início no dia seguinte. Foi meio frustrante, de fato.

Scarlett abriu um sorriso sincero dessa vez.

– Ele vai deixar você ficar? – perguntou, incapaz de evitar a pergunta.

O sorriso de Constance se desfez.

– Acho que sim. Parece que não tem como interferir como civil, já que não está fisicamente apto a servir. Mas nós duas sabemos que se eu engravidar, bom...

– É, sabemos bem disso. – Ela apertou a mão da irmã. – Já que seu futuro imediato não está aberto a discussão, o que quer fazer?

O olhar de Constance pousou na máquina de escrever.

– Eu interrompi sua escrita?

O calor invadiu o rosto de Scarlett.

– Não é nada.

As irmãs se olharam; as duas sabiam que o que chamavam de nada na verdade era tudo.

– Não quero interromper sua obra-prima – disse Constance, erguendo as sobrancelhas.

– Está longe de ser uma – respondeu Scarlett, e a chaleira apitou.

– Que tal você terminar o chá e eu datilografar para você, como uma secretária particular?

Scarlett abriu um sorriso ao ver a expressão travessa da irmã.

– Você só quer espiar o que estou escrevendo.

Ainda assim, ela foi até o fogão.

– Pega no flagra – admitiu Constance, tirando o paletó e pendurando-o nas costas da cadeira antes de se sentar em frente à máquina. – Bom – disse, lançando um olhar penetrante à irmã. – Vá em frente.

Scarlett olhou para a irmã, então voltou a preparar o chá. Ela não podia evitar aquele casamento. Não podia tirar os hematomas do rosto de Constance, nunca seria capaz disso. Mas podia ajudá-la a esquecer aquilo tudo, ainda que por pouco tempo.

– Tá – concordou. – Leia a última frase para mim.

Jameson aterrissou o Spitfire com perfeição, embora não estivesse se sentindo em seus melhores dias. A retaliação dos alemães fora rápida, e os bombardeios aumentaram dez vezes, se não mais.

Agora havia três Esquadrões Águia, cheios de americanos prontos para arriscar suas vidas. Corria à boca pequena que, no outono, todos estariam vestindo os uniformes dos Estados Unidos, mas fazia muito tempo que Jameson não dava atenção a boatos.

Ele taxiou e entregou o caça à equipe de solo. Seria capaz de jurar que seus músculos rangeram em protesto ao descer da cabine. A quantidade de horas que passava no céu ultimamente parecia exceder as horas em terra, e seu corpo estava sentindo os efeitos. Fazia semanas que não tinha permissão para dormir ao lado de Scarlett.

As poucas horas que conseguiu passar com ela não chegaram nem perto de serem suficientes. A saudade que sentia da família era uma dor tão aguda que ameaçava parti-lo ao meio, mas a cada dia ficava mais claro que ele deveria estar sentindo ainda mais saudade... que Scarlett e William deveriam estar o mais longe possível dali.

– Terminamos por hoje – disse Howard, com os braços erguidos em sinal de vitória. – O que me diz, Stanton?

– Sobre...? – perguntou Jameson, tirando o capacete.

– Vamos sair daqui e aliviar um pouco a pressão – sugeriu Howard enquanto se dirigiam ao hangar.

– Se tivermos mesmo terminado por hoje – respondeu Jameson –, o único lugar aonde quero ir é minha casa.

Só de pensar nisso seus lábios se curvaram.

– Ah, vamos. – Boston entrou na conversa, caminhando ao lado de Howard com um cigarro aceso nos lábios. – Tire só uma noite de folga do casamento.

Howard riu, e Jameson balançou a cabeça.

– O que você não entende, Boston – disse Howard com um sorrisinho –, é que Stanton acha melhor ir para casa, para aquela esposa linda que ele tem, do que passar a noite com os caras.

– As duas últimas semanas foram uma noite com os caras – rebateu Jameson. – E se qualquer um de vocês tivesse uma mulher que chegasse aos pés de Scarlett, não iam querer folga de casamento nenhuma.

Além disso, ele não voltaria só para os braços de Scarlett. William tinha começado a engatinhar; as mudanças no garotinho aconteciam tão rápido que Jameson mal conseguia acompanhar.

– Fiquei sabendo que ela tem uma irmã – comentou Boston em tom de brincadeira.

– Uma irmã que está noiva – respondeu Howard.

Jameson rangeu os dentes. Não só era abominável que Constance se casasse com um ogro, como ele também sabia que a culpa corroía Scarlett por dentro todos os dias.

– Oficial de voo Stanton – chamou um aviador, acenando, caso Jameson não tivesse ouvido.

– Deus do céu, se eles não me deixarem ir para casa hoje, vou descontar em um caça.

– Só acredito vendo – disse Howard, dando-lhe um tapinha nas costas.

Tudo bem, ele não ia estragar um caça de propósito, mas a ideia tinha seu apelo se isso lhe garantisse alguns dias em casa com a família. Ele fez sinal para que o aviador se aproximasse. O garoto não devia ter mais que 19 anos, ou talvez Jameson é que se sentisse décadas mais velho que a idade que tinha, 24.

– Oficial de voo Stanton – disse o garoto, ofegante.

– Como posso ajudar? – perguntou Jameson, já se preparando para a possibilidade de mais uma noite sem Scarlett.

– Tem uma pessoa aqui para ver o senhor – anunciou o garoto.

– Essa pessoa tem nome? – perguntou Jameson.

– Eu não consegui ouvir – admitiu o garoto. – Mas ele está esperando pelo senhor na sala de descanso dos pilotos. Insistiu bastante.

Jameson soltou um suspiro e passou a mão no cabelo suado. Ele tinha acabado de passar as últimas horas dentro de um caça, e seu cheiro o denunciava.

– Tá, vou só tomar um banho...

– Não! Ele disse que precisava ver o senhor assim que pousasse.

– Ah, que ótimo. – Jameson se despediu com tristeza da ideia de se limpar. – Vou até lá agora mesmo.

Dizer que ele estava de mau humor quando entrou na sala de descanso seria um eufemismo. Ele queria um banho, e Scarlett, e William, e uma refeição quente, não uma reunião secreta na...

– Minha nossa! Tio Vernon?

Jameson ficou de queixo caído, olhando para o homem que encontrou sentado em uma das poltronas de couro encostadas na parede da sala de descanso.

– Finalmente! – O tio se levantou com um sorriso largo e o envolveu em um abraço forte. – Quase tive que desistir de ver você. Tenho que ir em meia hora.

– O que está fazendo aqui? – perguntou Jameson, dando um passo para trás e percebendo que o tio usava um uniforme americano.

– Sua mãe não te disse? – perguntou tio Vernon, com um sorrisinho.

Jameson ergueu as sobrancelhas ao reconhecer a insígnia.

– O senhor se juntou ao Comando de Transporte Aéreo?

– Bom, eu não poderia ficar em casa enquanto você estava aqui arriscando a vida, não é? – O olhar do tio analisou Jameson naquele tom crítico de sempre. – Sente-se, Jameson. Você está péssimo.

– Faz dois anos que estou péssimo – retrucou Jameson, mas se sentou, afundando no couro gasto. – Há quanto tempo está voando pelo CTA?

– Quase um ano – respondeu tio Vernon. – Comecei como civil, mas acabei cedendo à pressão – admitiu ele, apontando para a patente na gola de seu traje de voo.

– Pelo menos eles te nomearam tenente-coronel – observou Jameson.

O tio fez uma careta.

– Tem seus privilégios, como poder atrasar um voo por três horas quando seu sobrinho está no meio de um combate. Um sobrinho que fiquei sabendo que é um ás.

– De quem será que herdei minhas habilidades de piloto?

– Você superou tudo o que eu podia ter ensinado. É muito bom te ver, garoto. Embora eu deva admitir que você seja um homem agora.

Jameson esfregou a nuca.

– Eu diria que teria descido antes se soubesse, mas a verdade é que não teria.

Ele jamais abandonaria o esquadrão no céu.

– Eu já estou feliz de ver você. Queria poder conhecer sua Scarlett e meu sobrinho-neto, mas quem sabe a gente convença os alemães a não atacarem quando eu voltar mês que vem. – O tio de Jameson abriu um sorriso que lembrava muito o de Jameson.

– Vou resolver isso imediatamente – disse ele, o mais sério que conseguiu, antes de abrir um sorriso. – Para onde está indo?

O tio arqueou a sobrancelha.

– Você não sabe que essa informação é confidencial?

– Você não sabe que batizei meu filho de William Vernon? – Jameson também ergueu a sobrancelha em resposta.

Como era fácil estar com ele de novo. Era como se os últimos dois anos e meio não tivessem acontecido. Como se estivessem na varanda de casa, olhando as estrelas surgirem no céu do Colorado.

– Ouvi falar. – O tio abriu um sorriso largo. – Vou encontrar os outros pilotos do CTA no norte, e vamos voltar hoje à noite. É difícil acreditar que a diferença entre a Inglaterra e a Costa Leste seja de dezesseis horas.

Dezesseis horas, pensou Jameson. *O mundo inteiro pode mudar em dezesseis horas.*

– Agradecemos muito – disse, fitando os olhos do tio. – Cada bombardeiro que vocês trazem dos Estados Unidos para cá é necessário.

– Eu sei – respondeu o tio, sério de repente. – Estou orgulhoso de você, Jameson, mas gostaria que não tivesse que estar aqui. E definitivamente que não estivesse criando meu sobrinho-neto onde bombas caem em bebês enquanto eles dormem.

Jameson deixou a cabeça cair no encosto de couro e fechou bem os olhos.

– Estou tentando muito tirar os dois daqui. Scarlett já passou pelos exames médicos, já organizamos todos os documentos, e eles têm direito à cidadania… desde que o governo não tenha revogado a minha.

A entrevista de Scarlett para conseguir o visto estava marcada para a semana seguinte. Já era maio, e ele sabia que as cotas provavelmente já haviam sido preenchidas, mas não podia deixar de ter esperança.

– Eles não revogaram sua cidadania – garantiu o tio. – Os Estados Unidos estão na guerra agora, para o bem ou para o mal. Não vão punir aqueles que foram corajosos a ponto de lutar antes que fôssemos provocados.

– Já reservamos a passagem dela. Scarlett precisa ter viagem marcada para que eles concedam o visto, mas isso não quer dizer que vá estar naquele navio.

Scarlett tinha deixado bem claro o que achava de deixá-lo para trás, mas isso foi antes dos últimos bombardeios.

– Conheço algumas pessoas no Departamento de Estado – disse o tio em voz baixa. – Vou ver o que consigo fazer para ajudar, mas enfiar sua família em um navio com todos aqueles submarinos rondando o Atlântico pode ser um risco maior do que deixar que durmam na própria cama.

– Eu sei – murmurou Jameson, passando a mão no rosto. – Eu amo Scarlett mais que a mim mesmo. Ela é tudo para mim, e William é tudo o que há de melhor em nós dois. Se eu não puder nem salvar meu próprio filho, o que foi que vim fazer aqui? Qual o sentido disso tudo?

Os dois homens ficaram um bom tempo em silêncio; ambos sabiam que nenhuma das opções era segura. Então Jameson pensou em uma que seria.

– Preciso de um favor – disse, virando-se na cadeira para ficar de frente para o tio.

– Qualquer coisa. Você sabe que amo você como se fosse meu filho.

Jameson assentiu.

– Estou contando com isso.

O tio semicerrou os olhos, que tinham o mesmo tom verde-musgo dos de Jameson.

– O que tem em mente, Jameson?

– Quero que me ajude a tirar minha família daqui.

– Graças a Deus! – exclamou Scarlett, correndo para os braços de Jameson.

Ele a beijou antes de dizer qualquer coisa, erguendo-a nos braços no meio da sala. Beijou-a sem parar, despejando seu alívio, seu amor e sua esperança naquele beijo, até ela se desmanchar em seus braços.

– Lavei a roupa e tem um uniforme limpo no nosso quarto – disse ela, as mãos segurando seu rosto.

– Eu visto de manhã – respondeu ele com um sorriso.

O olhar de Scarlett se iluminou.

– Vai poder passar a noite com a gente?

– Vou poder passar a noite com vocês.

Ele ficaria todas as noites possíveis daquele dia até a data acordada com o tio.

Scarlett abriu o sorriso mais reluzente que ele já tinha visto e deu-lhe um beijo profundo em resposta.

– Senti tanto a sua falta.

– E eu a sua – sussurrou ele, e a beijou mais uma vez. – Eu só quero te carregar lá para cima e fazer amor com você até nós dois ficarmos descadeirados – sussurrou ele sem afastar os lábios dos dela.

– Esse plano é brilhante – respondeu ela com um sorriso. – Só tem uma coisinha.

A coisinha veio engatinhando até eles, com baba escorrendo do canto dos lábios.

– Os dentes estão nascendo – explicou Scarlett, com uma careta.

Jameson soltou a esposa e pegou o filho, abraçando-o com força.

– Seus dentes estão nascendo? – perguntou, e deu beijos estalados no pescoço de William.

– É claro que ele é só sorrisos para você. – Scarlett revirou os olhos.

O jeito como Jameson olhava para o filho fazia seu coração parar. Era um olhar de amor e admiração e só deixava o marido ainda mais atraente.

Jameson ficou sério, e o estômago de Scarlett se embrulhou.

– Isso vai acabar em um minuto – disse ele com a voz suave.

– Do que está falando? – perguntou ela.

– Precisamos conversar – respondeu ele baixinho, e se obrigou a encarar a esposa.

– Pode falar– exigiu ela, cruzando os braços.

– Sua entrevista é semana que vem, né?

Ela sentiu um aperto no peito, mas assentiu.

– Sei que só aceitou ir para os Estados Unidos se alguma coisa acontecesse comigo, mas o que acha de ir antes?

Ele reacomodou William nos braços com cuidado, lutando contra as próprias palavras.

– Antes? Por quê? – sussurrou ela, o coração se partindo.

Uma coisa era saber que William não estava seguro ali, outra era Jameson mandá-los para longe.

– É perigoso demais – insistiu Jameson. – Os ataques, os bombardeios, as mortes. Não vou suportar se tiver que enterrar qualquer um de vocês dois. – A voz dele saiu como se estivesse raspando em estilhaços.

– Não é certo que eu vá conseguir um visto – rebateu ela, o coração lutando contra o que a mente já dizia ser o melhor. – E já falamos sobre viajar.

Quase todos os navios comerciais estavam obrigados a prestar serviço militar e, embora eles tivessem conseguido, por muito pouco, reservar uma passagem para atravessar o Atlântico, ainda havia riscos. Ela já tinha perdido as contas de quantos civis haviam morrido em navios afundados por submarinos.

– Eu te amo, Scarlett. Não tem nada que eu não faria para manter você em segurança. – Ele olhou para o filho cheio de carinho. – Para manter vocês dois em segurança. Então estou pedindo a você que vá para os Estados Unidos. Consegui um jeito que acho que é mais seguro.

– Você quer que eu vá?

Milhares de emoções atingiram Scarlett de uma vez: raiva, frustração, arrependimento. E tudo isso pareceu formar uma bola e se alojar em sua garganta.

– Não, mas você acha mesmo que ficar aqui é seguro para William? – A voz dele cedeu ao dizer o nome do filho.

– Não quero deixar você – sussurrou ela.

Scarlett abraçou o próprio corpo com força, com medo de se despedaçar aos pés dele se soltasse um pouco que fosse. Ele tinha razão, não era seguro. Ela também tinha chegado à mesma conclusão um dia antes naquele abrigo antiaéreo, mas a ideia de deixar Jameson para trás era um golpe em sua alma.

Ele a puxou para si, aconchegando-a com firmeza contra o corpo e segurando o filho com o outro braço.

– E eu não quero que você vá – admitiu ele em um sussurro gutural. – Mas se eu puder salvar vocês, é o que vou fazer. Exeter, Bath, Norwich, York, a lista só cresce. Mais de mil civis morreram apenas na última semana.

– Eu sei.

Scarlett se agarrou ao uniforme dele, como se fosse possível ficar se segurasse um pouco mais forte, mas aquilo tudo não envolvia mais só os dois. Envolvia o filho, a vida que tinham criado juntos. Milhares de mães britânicas tinham confiado os filhos a estranhos para mantê-los em segurança, e ela tinha a oportunidade de livrar o filho do perigo e ainda ficar ao lado dele.

– Quer que a gente pegue o navio para os Estados Unidos? – perguntou devagar, sentindo o gosto agridoce das palavras na língua.

– Não exatamente...

Ela olhou para Jameson e arqueou uma sobrancelha.

– Vi meu tio hoje – disse ele.

Ela arregalou os olhos.

– Como é que é?

– Tio Vernon. Ele está aqui com o CTA. E vai voltar em pouco menos de um mês.

Scarlett engoliu em seco.

– E aí ele vem jantar com a gente? – adivinhou ela, cheia de esperança, sabendo que não era isso que ele queria dizer.

Jameson balançou a cabeça.

– E aí vocês vão poder ir embora.

Como? Como ele podia ter certeza de que ela conseguiria um visto? Como podia ter certeza de que conseguiria tirá-los de lá? Como? As perguntas surgiram tão rápido que passaram direto por Scarlett, porque tudo nela, no cerne de seu ser, estava focado na outra peça daquele quebra-cabeça.

– Menos de um mês? – Sua voz era menos que um sussurro.

– Menos de um mês. – A agonia nos olhos de Jameson era algo de que ela jamais se esqueceria, mas ele assentiu uma vez. – Se você concordar.

A escolha era dela, mas na verdade não havia escolha a fazer.

– Tá – concordou Scarlett, lágrimas ardendo nos olhos. – Mas só por causa do William.

Ela arriscaria a própria vida para ficar com Jameson, mas não podia arriscar a do filho quando havia outra opção.

Jameson forçou um sorriso e lhe deu um beijo na testa.

– Pelo William.

CAPÍTULO 27

GEORGIA

Meu querido Jameson,
   Estou com saudade. Eu te amo. Não suporto mais ficar longe de você. Sei que vou chegar antes desta carta, mas estou indo, meu amor. Não vejo a hora de estar em seus braços de novo...

Fiquei olhando, chocada e boquiaberta, minha mãe colocar o celular bem devagar no bolso, o rosto ficando vermelho.

– Vou perguntar mais uma vez: o que é que você está fazendo? – repetiu Noah, marchando até a mesa.

– Ela está fotografando o manuscrito – sussurrei, me agarrando às costas de uma cadeira para me manter em pé.

– Cacete – praguejou Noah.

Ele alcançou o outro lado da mesa, arrancando a pilha de papéis do alcance da minha mãe com uma das mãos e pegando a caixa com a outra. Folheou a pilha com pressa, sem olhar para ela.

– Ela fotografou um terço – disse para mim, guardando o manuscrito na caixa e fechando a tampa.

– Por que você fez isso? – perguntei, a voz falhando como a de uma criança.

– Eu só queria ler. A vovó nunca deixou, e nós duas não estávamos nos dando muito bem da última vez que estive aqui.

Minha mãe engoliu em seco.

Inclinei a cabeça, tentando entender.

– Estávamos ótimas até você ir embora depois de conseguir o que queria. – Balancei a cabeça. – Eu teria te deixado ler se quisesse. Não precisava fazer isso pelas minhas costas. Não precisava... – Fechei o rosto e senti o corpo estremecer. – As fotos não eram para você.

– Ele tem todo o direito de ler, Georgia. – Ava ergueu o queixo. – Você sabe que ele tem direito de preferência e negou isso a ele. Você tinha que ouvir a voz dele no telefone, todo magoado por você estar usando os negócios para se vingar.

Damian. Minha mãe estava fotografando o manuscrito para Damian. Meu estômago deu um nó e pareceu despencar.

– Ela não vai vender os direitos! – A voz de Noah se ergueu, a tensão ecoando em cada músculo de seu corpo. – É difícil ter direito de preferência em uma negociação que não existe.

– Você não vai vender os direitos de adaptação? – Minha mãe me encarou, incrédula.

– Não, mãe. – Balancei a cabeça. – Ele enganou você.

Damian sempre foi um conquistador barato, mas eu nunca tinha visto alguém enganar minha mãe.

– E por que não? – rebateu ela, e eu fiquei em silêncio, chocada.

– Como é que é? – vociferou Noah, dando um passo para trás para ficar ao meu lado, a caixa segura embaixo do braço.

– Por que você não vai vender os direitos de adaptação? – gritou ela. – Não sabe quanto valem? Eu te digo. Milhões, Georgia. Valem milhões. E ele... – Ela apontou para Noah. – Ele não tem direito a *nada*. Só nós duas, Gigi. Você e eu.

– Então a questão é o dinheiro – sussurrei.

Minha mãe piscou várias vezes, então se conteve, suavizando a expressão.

– Não no que diz respeito à sua festa, meu bem. Mas eu estava aqui. Acho mesmo que assim você pode reconquistar Damian, e ele prometeu adaptar palavra por palavra. Você não acredita nele?

– Eu não quero Damian de volta e com certeza não acredito em uma palavra que sai da boca daquele homem! – gaguejei, o fogo correndo por minhas veias conforme a raiva superava o choque. – Você achou mesmo que ia forçar a barra desse jeito? Me *obrigar* a vender os direitos?

Minha mãe olhou de mim para Noah.

– Bom, nem posso fazer isso, já que esse não é o manuscrito finalizado. – Ela semicerrou os olhos para Noah. – Onde está o final?

Ele retesou a mandíbula.

– Ainda não está pronto – rebati. – E, mesmo que estivesse, você não pode me obrigar a nada.

– Milhões, meu bem. Pensa só no que esse dinheiro todo poderia fazer por nós – implorou ela, dando a volta na mesa.

– Você quer dizer o que esse dinheiro todo poderia fazer por *você*. – Eu me coloquei entre ela e Noah. – Tudo sempre gira em torno de você.

– E por que você se importa tanto? – gritou minha mãe.

– A Bisa detestava ver as histórias dela no cinema, e você acha mesmo que, de todos os livros que ela escreveu, eu vou vender justo *esse* para qualquer produtor, para o homem que dormia com qualquer rabo de saia?

– Não estou nem aí para o que Scarlett queria – sibilou ela. – Ela nunca se importou comigo.

– Isso não é verdade. – Balancei a cabeça. – Ela te amava mais que tudo. Só te excluiu do testamento quando você decidiu se casar com um viciado em jogo endividado, para que você deixasse de parecer uma presa fácil para qualquer cara que cruzasse seu caminho. Ela te excluiu para te dar uma chance de encontrar alguém que te amasse de verdade!

– Ela me excluiu como punição por ter sido obrigada a criar você! – gritou ela, apontando o dedo na minha direção. – Porque foi por minha causa que meus pais estavam na estrada naquela noite, indo assistir ao meu recital!

– Ela nunca culpou você, mãe.

Meu coração se inflamou, ardendo por tudo o que ela tinha entendido errado.

– A mulher que você tanto adora não existe para mim, Georgia. – Ela olhou para Noah atrás de mim. – Me dê os finais. Os dois.

– Eu já disse, ainda não estão prontos!

Como é que ela sabia que havia dois finais?

Ela olhou para mim devagar, suas feições se transformando em uma expressão de tanta pena que recuei, dando um passo em direção a Noah.

– Ah, mas que garotinha ingênua. Você não aprendeu nada com o último homem que mentiu para você?

– Já chega. Vá embora.

Eu me empertiguei. Não era mais a garotinha que ela abandonava durante a soneca da tarde ou a pré-adolescente chorosa que passava horas olhando pela janela quando ela desaparecia mais uma vez.

– Você não faz ideia mesmo, né? – O tom dela transbordava piedade.

– Georgia pediu para você ir embora. – A voz de Noah ressoou às minhas costas.

– É claro que *você* quer que eu vá embora. Por que não contou para ela que já terminou? O que ganha escondendo isso dela?

Minha mãe inclinou a cabeça do mesmo jeito que eu tinha feito, e detestei isso. Detestava ser tão parecida com ela. Detestava ter qualquer coisa em comum com ela.

Eu precisava que ela fosse embora. Naquele instante. De uma vez por todas.

– Noah não terminou o maldito livro! – disparei. – Ele fica aqui trabalhando o dia todo, todo dia! Eu nunca vou vender os direitos de adaptação, e pode mandar o Damian à merda, porque ele jamais vai colocar as mãos nessa história. Nunca. Agora você pode ir embora sozinha, ou posso te botar para fora... De qualquer forma, você vai embora.

– Vai precisar de mim quando se der conta do quanto foi ingênua. Por que ele mentiria assim para você?

Ela estudou Noah como se tivesse encontrado um adversário à altura.

Isso me irritou profundamente.

– Faz muito tempo que aprendi a não precisar de você, mais ou menos na época em que percebi que as outras mães não iam embora. Que as outras mães iam aos jogos de futebol e ajudavam as filhas a se arrumarem para os bailes. As outras mães escolhiam fantasias para o Dia das Bruxas e compravam litros de sorvete para remendar o coração partido das filhas adolescentes. Talvez eu tenha precisado de você em algum momento, mas isso passou.

Ela recuou como se eu tivesse lhe dado um tapa.

– E o que você sabe sobre ser mãe? Pelo que li, foi por isso que perdeu o marido.

– Isso foi desnecessário. – Noah quis avançar, mas eu me escorei nele.

Balancei a cabeça com uma risadinha. Ela não fazia ideia.

– Tudo o que eu sei sobre ser mãe aprendi com a minha. Até pouco tempo atrás, eu não entendia. Mas agora entendo. Você não soube como me criar, tudo bem. Tudo bem mesmo. Não te culpo por ser uma criança com uma criança para criar. Você me deu uma mãe incrível. Uma mãe que ia aos jogos, que me ajudava a escolher vestidos para os bailes, que me ouvia tagarelar por *horas* sem pestanejar e nunca fez com que eu me sentisse um fardo, nunca pediu nada em troca. Você me ensinou que nem todas as mães são chamadas de *mãe*. A minha eu chamava de Bisa. – Inspirei fundo, trêmula. – Eu aceito isso.

Minha mãe me olhou com um rancor que eu nunca tinha visto. Então cruzou os braços.

– Tudo bem. Se não quer vender os direitos de adaptação… se não tem bom senso para ganhar dinheiro, ou compaixão suficiente por *mim*, para que eu ganhe dinheiro, nada que eu diga vai fazer diferença.

– Que bom que concordamos.

Meu corpo ficou tenso, reconhecendo aquele preâmbulo, o momento que levava ao golpe final.

– Mas eu seria negligente se não te contasse que ele terminou o livro. Os dois finais. Se não acredita em mim, liga para Helen, como eu fiz. Liga para o editor dele. Caramba, liga para o assistente da editora. Todo mundo sabe que o livro está pronto, só esperando que você escolha um final. – Ela se virou para Noah. – Você é uma peça, Noah Harrison. Pelo menos eu só queria dinheiro. Damian queria os direitos pela obra de Scarlett. O que você queria?

Ela passou por nós, parando para pegar a mala que eu não tinha visto pronta na porta do escritório.

– Ah, e manda uma boa garrafa de uísque para o seu editor, porque aquele homem é um cão de guarda. Ninguém além dele viu o manuscrito – finalizou ela, então pegou a mala e saiu do escritório.

A porta da frente se fechou alguns segundos depois.

– Georgia… – A voz de Noah exalava algo que eu nunca tinha ouvido ali antes… desespero.

Minha mãe tinha ligado para Helen. Helen não mentiria. Não tinha motivo, não ganharia nada com isso. Perdi o chão, mas dei um jeito de ir até a janela antes de encarar Noah; queria ficar longe dele se aquilo fosse verdade.

– É verdade?

Abracei minha cintura e encarei o homem por quem eu, estúpida, me permiti me apaixonar.

– Eu posso explicar.

Ele colocou a caixa sobre a mesa e deu um passo à frente, mas algo em meu olhar devia tê-lo alertado, porque ele não se aproximou nem mais um passo.

– Você terminou o livro? – Minha voz saiu mais fraca.

A mandíbula dele se contraiu uma, duas vezes.

– Terminei.

Ouvi no fundo da minha mente... o suspiro, o murmúrio, o amor que me consumia menos de uma hora antes se contorcendo, se transformando em algo feio e venenoso.

– Georgia, não é o que você está pensando.

Os olhos dele imploravam que eu ouvisse, mas minhas perguntas ainda não tinham terminado.

– Quando?

Ele murmurou um palavrão, entrelaçando os dedos no topo da cabeça.

– Quando você terminou o livro, Noah? – disparei, me agarrando à raiva para não me afogar na maré de agonia que subia em minha alma.

– No início de dezembro.

Meus olhos se arregalaram. *Seis semanas.* Fazia seis semanas que ele estava mentindo para mim. Sobre o que mais ele tinha mentido? Será que tinha uma namorada em Nova York? Será que algum dia me amou de verdade? Ou era tudo mentira?

– Eu sei que parece ruim...

– Vá embora. – Não havia emoção nas minhas palavras, não restava sentimento no meu corpo.

– Você tinha acabado de dizer que queria só uma aventura comigo, e eu já estava apaixonado por você. Não podia ir embora. Eu errei, e peço desculpas. Eu só precisava de tempo...

– Para quê? Para brincar com os meus sentimentos? É disso que você gosta? – Balancei a cabeça.

– Não! Eu estou apaixonado por você! Eu sabia que, se tivesse tempo, você também se apaixonaria por mim.

Ele deixou os braços caírem ao lado do corpo.

– Você me ama.

– Você sabe que sim.

– A gente não mente e manipula para fazer com que a pessoa se apaixone, Noah. Não é assim que o amor funciona!

– Tudo o que eu fiz foi garantir que a gente tivesse o tempo de que precisava.

– O que aconteceu com *eu sempre cumpro minhas promessas*? – rebati.

– Eu cumpri! A primeira versão está pronta? Tá. Mas o livro não. Passo todos os dias neste escritório editando as duas versões, garantindo que a gente tenha todo o tempo possível antes que você tenha que escolher um dos finais. Antes que coloque um fim nisso tudo porque está com medo.

– Você mentiu. Pelo que parece, meu medo é justificado. Pegue seu notebook e suas mentiras e vá embora. Eu mando pelo correio o resto, mas suma de perto de mim.

Eu havia cometido o erro de ficar com Damian depois da primeira mentira, e como agradecimento ele sugou oito anos da minha vida. Nunca mais.

– Georgia… – Ele veio na minha direção, estendendo a mão.

– Vá embora! – A exigência saiu como um apelo gutural que arranhou minha garganta.

A mão dele caiu, e seus olhos se fecharam.

Meu coração bateu uma, duas vezes. Quando ele abriu os olhos, uma dúzia de batidas já tinham se passado, o suficiente para que eu soubesse que aquele momento não ia me matar. Que eu continuaria respirando apesar da dor.

Ele também enxergou isso, assentindo devagar e me encarando.

– Tudo bem. Eu vou. Mas você não pode me impedir de te amar. Sim, eu fiz uma besteira, mas tudo que eu disse é verdade.

– Questão de semântica – sussurrei, buscando no fundo o gelo que cultivei nas veias durante o casamento, mas Noah tinha derretido até o último pedacinho, me deixando sem defesas.

Ele se encolheu. Inspirou fundo e se afastou devagar, dando a volta na mesa pelo outro lado e abrindo uma das gavetas. Com movimentos trêmulos, colocou uma pilha de papéis à esquerda do manuscrito e outra à direita.

Os finais estavam ali o tempo todo. Eu nunca nem havia pensado em procurar ou questioná-lo.

Ele pegou o notebook e parou em frente às poltronas para olhar na minha direção. Noah não tinha nenhum direito à agonia que vi em seus olhos, não depois de mentir para conquistar meu coração.

– Os dois estão aí. É só me avisar qual você escolheu. Vou respeitar sua escolha.

Eu me abracei um pouco mais forte, implorando às rachaduras na minha alma que aguentassem firme só mais um pouco. Eu poderia desmoronar quando ele fosse embora, mas não lhe daria a satisfação de assistir.

– Por algumas coisas a gente tem que lutar, Georgia. Não podemos simplesmente nos afastar e deixar tudo inacabado quando fica complicado demais. Se eu pudesse sair voando enfrentando nazistas para conquistar seu amor, faria isso. Mas só tenho seus demônios a enfrentar, e eles estão acabando comigo. Pense nisso enquanto estiver lendo os finais, o bom e o… comovente. A história de amor rara e épica aqui não é a da Scarlett e do Jameson. É a nossa.

Mais um olhar demorado, e ele se foi.

E eu desabei.

CAPÍTULO 28

MAIO DE 1942

Ipswich, Inglaterra

Scarlett se agarrou a Jameson, as unhas arranhando suas costas enquanto ele se movimentava dentro dela com impulsos certeiros e profundos. Não havia nada no mundo que se comparasse à sensação do peso dele sobre ela naqueles momentos em que não havia guerra nem perigo, ou um prazo iminente para a separação. Naquela cama, só havia os dois, se comunicando com o corpo quando as palavras faltavam.

Ela gemeu ao sentir o prazer indescritível que se acumulou em seu interior, e ele a beijou profundamente, engolindo aquele som. Eles vinham aperfeiçoando a arte do sexo silencioso nos últimos meses.

– Eu não me canso de você – sussurrou ele sem afastar os lábios dos dela.

Ela soltou mais um gemido em resposta e arqueou o quadril com mais força contra o dele, enganchando um tornozelo em sua lombar e incitando-o a continuar. Quase. Estava quase.

Ele segurou sua coxa e levou o joelho dela em direção ao peito, indo mais fundo, então moveu o quadril em círculos enlouquecedores a cada impulso, mantendo-a no limite do prazer, pairando sem cair.

– Jameson... – implorou ela, enterrando as mãos no cabelo dele.

– Diga – exigiu ele com um sorriso e mais um impulso.

– Eu te amo. – Ela ergueu a cabeça e levou os lábios aos dele. – Meu coração, minha alma, meu corpo... é tudo seu.

Era sempre o *eu te amo* que desafiava o controle de Jameson.

– Eu te amo – sussurrou ele, deslizando a mão entre os dois e usando os dedos para levá-la além daquele limite.

As coxas dela travaram, os músculos tremeram e, quando o orgasmo surgiu em ondas, ela ouviu Jameson sussurrar:

– Scarlett, minha Scarlett.

Quando ela gritou, Jameson cobriu os lábios da esposa com os dele e, com mais alguns movimentos, juntou-se a ela, se contraindo também ao chegar ao clímax.

Quando ele os fez se virarem de lado, os dois eram um emaranhado de membros suados e sorrisos.

– Nunca mais quero levantar desta cama – disse ele, tirando uma mecha de cabelo do rosto de Scarlett e colocando-a atrás da orelha.

– Um plano excelente – concordou ela, passando as pontas dos dedos em seu peito esculpido. – Você acha que vai ser sempre assim?

Jameson levou a mão até a bunda dela.

– Essa necessidade insaciável de arrancar nossas roupas?

– Algo do tipo. – Ela abriu um sorriso largo.

– Meu Deus, espero que sim. Não consigo pensar em nada melhor que a honra de tirar sua roupa pelo resto da minha vida.

Ele mexeu as sobrancelhas com uma expressão brincalhona, e ela riu.

– Mesmo quando estivermos velhos?

Ela passou as costas da mão no rosto dele, áspero por causa da barba por fazer.

– Principalmente quando estivermos velhos. Não vamos precisar fazer silêncio por causa dos filhos no final do corredor.

Então os dois ficaram em silêncio, ambos atentos ao chamado iminente de William, mas ele ainda estava dormindo... ou pelo menos quietinho.

Scarlett sentiu um aperto no peito. Três dias. Era tudo o que tinham antes que ela fosse embora. Jameson tinha recebido a mensagem do tio no dia anterior. Quanto tempo ficariam longe um do outro? Quanto tempo aquela guerra duraria? E se aqueles fossem os últimos três dias que passaria com ele? Cada pergunta apertava mais seu coração, a ponto de cada inspiração ser dolorosa.

– Não pense nisso – sussurrou ele, o olhar passeando pelo rosto dela como se precisasse memorizar cada traço.

– Como você sabe no que estou pensando? – Ela tentou sorrir, mas não conseguiu.

– Porque não paro de pensar na mesma coisa – admitiu ele. – Eu queria que houvesse uma maneira de manter vocês comigo, em segurança.

Ela assentiu, mordendo os lábios para manter o tremor sob controle.

– Eu sei.

– Você vai amar o Colorado – prometeu ele, com um brilho nos olhos. – O ar é mais rarefeito, e pode ser que demore um pouco para se acostumar, mas as montanhas são tão altas que parece que estão tentando alcançar o céu. É lindo e, para falar a verdade, a única coisa mais azul que o céu do Colorado são seus olhos. Minha mãe sabe que vocês estão a caminho e preparou a casa para vocês. Tio Vernon vai ajudar com a imigração e, quem sabe, talvez você já tenha até terminado aquele seu livro quando eu chegar.

Não importava quanto Jameson tentasse embelezar a paisagem, porque ele não estaria nela, pelo menos não num futuro próximo. Mas ela jamais lhe diria isso. Faltavam poucos dias para a despedida, e ela sabia que precisava ser forte, não só por Jameson, mas também por William. Não adiantaria lamentar ou choramingar. Fazia duas semanas que o visto tinha sido aprovado, o caminho estava traçado, e agora ela tinha trabalho a fazer: duas vidas a colocar em malas.

– Não vou levar o fonógrafo – disse ela.

Essa era a única discórdia entre os dois.

– Toca-discos, e minha mãe me pediu para levar de volta.

Ela arqueou uma sobrancelha.

– Acho que sua mãe quis dizer para *você* levar de volta, vivo.

Scarlett passou os dedos pelo cabelo dele, memorizando aquela sensação.

– Diga a ela que mandei o toca-discos com minha vida, porque é isso que você e William são. Vocês são minha vida. – Ele colocou as mãos no rosto dela e a encarou com tanta intensidade que Scarlett sentiu como se fosse um toque. – Quando olharmos para trás, isso não vai passar de um bipe na nossa linha do tempo.

O estômago de Scarlett se revirou. Os únicos bipes que ela conhecia eram os que mostravam bombardeios se aproximando.

– Eu te amo, Jameson – sussurrou ela com fervor. – Só estou disposta a ir pelo bem de William.

– Eu também te amo. E você estar disposta a ir para manter William em segurança só me faz te amar ainda mais.

– Três dias – sussurrou ela, já rompendo seu lema de se manter forte.

– Três dias – repetiu ele, forçando um sorriso. – A cavalaria está chegando, meu amor. As forças dos Estados Unidos estão a caminho, e pode ser que a esta altura ano que vem tudo isso já esteja acabado.

– E se não estiver?

– Ora, Scarlett Stanton – disse ele, em tom de provocação –, está dizendo que não vai esperar por mim? – O canto de seus lábios se curvou em um sorrisinho quase malicioso.

– Vou esperar para sempre – prometeu ela. – Você vai ficar bem aqui sem mim?

– Não. Não vou ficar bem enquanto não estiver ao seu lado de novo. Mas vou sobreviver – jurou ele, encostando a testa na dela. – Vou pilotar. Vou lutar. Vou escrever para você todos os dias e sonhar com você todas as noites.

Ela tentou impedir que a dor a dominasse, afastando-a com um lembrete de que ainda restavam três dias.

– Isso vai te deixar pouco tempo para conseguir outra garota – disse ela, brincando.

– Nunca vai existir outra garota para mim. Só você, Scarlett. Só isso aqui. – Ele a puxou mais para perto. – Tudo o que eu queria era ter conseguido uma folga hoje.

– Eles te deram o último fim de semana para o casamento de Constance e o dia em que vamos embora. Não tenho muito do que reclamar.

– Você chama aquilo de casamento? – perguntou ele. – Pareceu mais um velório.

Ele fez uma careta.

– Foram as duas coisas.

Constance tinha seguido em frente e se casado com Henry Wadsworth (como se houvesse alguma dúvida de que faria isso) no fim de semana anterior. O Lorde Escalador tinha entrado oficialmente para a sociedade britânica, Constance havia protegido a terra que tanto amava, e o futuro financeiro dos pais delas estava garantido.

– Foi a celebração superfaturada de um acordo comercial – disse Scarlett baixinho.

Eles ficaram ali mais um pouco enquanto o sol ficava mais alto, a luz no quarto passando de um rosa-pálido a um tom mais luminoso. Não podiam mais adiar o início da manhã, mas Jameson conseguiu convencê-la a tomar um banho com ele.

Vinte minutos e mais um orgasmo depois, ele a enrolou em uma toalha, amarrou outra na cintura e começou a fazer a barba. Ela se escorou no batente da porta e ficou observando. Era uma rotina da qual nunca se cansava, principalmente porque Jameson costumava ficar sem camisa. Quando ele terminou, ela foi até o quarto se vestir para o dia, e William soltou o primeiro choro da manhã.

– Eu pego ele – disse Jameson, já indo em direção ao quarto de William.

Scarlett se vestiu, ouvindo o som doce de Jameson cantando para o filho, preparando-o para o dia.

Com o casamento de Constance no fim de semana anterior e a viagem que se aproximava, fez sentido acostumar William à mamadeira, o que para Scarlett trazia ainda a vantagem de ver Jameson alimentar o filho, o que ela foi fazer uns dez minutos depois. O laço entre os dois era inegável. Jameson ganhava os maiores sorrisos de William quando chegava em casa e era o preferido do filho quando estava agitado. Naquele mesmo instante, William segurava a mamadeira com uma das mãos e puxava os botões do uniforme de Jameson com a outra. Ela não se incomodava com o favoritismo flagrante, principalmente por saber que talvez se passasse um ano ou mais sem que os dois voltassem a se encontrar.

Será que William teria alguma lembrança de Jameson? Será que eles teriam que começar tudo de novo? Era difícil acreditar que um vínculo tão fundamental pudesse ser enfraquecido por algo tão indefinido quanto o tempo.

– Quer que eu prepare um café? – perguntou Scarlett enquanto Jameson embalava o filho em uma das cadeiras da cozinha.

– Eu como alguma coisa na base, obrigado – respondeu Jameson com um sorriso, olhando para ela e logo voltando o olhar apaixonado para o filho. – Ele puxou mesmo o melhor de nós dois, não é?

Scarlett colocou o cabelo para trás e olhou para William.

– Eu diria que seus olhos são muito mais bonitos que os meus, mas, sim, acho que nosso filho puxou o melhor de nós.

William tinha o cabelo escuro de Scarlett, mas a pele mais escura de

Jameson. Ele tinha as maçãs do rosto salientes como as dela, mas o queixo e o nariz fortes de Jameson.

– Azul Stanton – disse Jameson com um sorriso largo. – Espero que todos os nossos filhos tenham seus olhos.

– Ah! Está planejando mais filhos? – retrucou ela em tom de provocação quando ele a puxou para o joelho que estava livre.

– Fazemos bebês tão lindos que seria uma pena não termos mais – argumentou ele, dando-lhe um beijo rápido e delicado.

– Acho que vamos ter que decidir isso quando estivermos todos no Colorado.

Ela queria uma garotinha com os olhos e a inconsequência de Jameson. Também queria que William conhecesse a alegria de ter um irmão.

– Vou levar você para pescar – prometeu Jameson a William. – E vou te ensinar a acampar sob as estrelas brilhantes que iluminam o céu da meia-noite. Vou te mostrar os lugares mais seguros para atravessar o riacho e, quando tiver idade, também vou te ensinar a pilotar. Você só precisa tomar cuidado com os ursos até eu chegar.

– Ursos! – Scarlett ficou de queixo caído.

– Não se preocupe. – Jameson riu ao abraçar a cintura de Scarlett. – A maioria dos ursos tem medo da sua avó… Os leões-da-montanha também. Mas ela vai amar você. – Ele olhou para Scarlett. – Ela vai amar vocês dois tanto quanto eu.

Relutante, Jameson entregou William a Scarlett, e os dois ficaram de pé.

– Volto assim que puder – disse ele, abraçando a mulher e o filho.

– Ótimo. – Ela ergueu o rosto para um beijo. – Não terminamos a discussão sobre o fonógrafo.

Jameson a beijou profundamente, então riu.

– O toca-discos vai.

– Como eu disse – respondeu ela com uma sobrancelha arqueada –, não terminamos essa discussão.

Scarlett não era supersticiosa, mas a maioria dos pilotos era, e levar o toca-discos de volta para a mãe de Jameson parecia um convite ao azar.

– Falamos sobre isso quando eu voltar – prometeu ele.

Então deu-lhe mais um beijo, intenso e rápido, beijou também William e saiu pela porta.

– *Falamos sobre isso quando eu voltar* quer dizer que a mamãe vai ganhar – disse ela a William, fazendo cosquinha nele.

O bebê deu uma gargalhada, e ela não pôde deixar de retribuir.

Jameson endireitou os ombros, tentando aliviar a dor que tinha se tornado permanente nos músculos. O objetivo, um alvo na fronteira alemã, tinha sido atingido, e embora os três bombardeiros que escoltavam tivessem sido atacados, agora estavam sobrevoando os Países Baixos, sãos e salvos. Isso era o que ele chamava de um bom dia.

Ele olhou para a fotografia que ainda mantinha no painel e sorriu. Era a mesma foto de Scarlett que Constance tinha lhe dado quase dois anos antes. Sabia que ela achava que levar o toca-discos para casa daria azar, mas ele tinha toda a sorte de que precisava naquela foto bem ali. Além disso, não queria dançar com mais ninguém além de Scarlett, e eles teriam muito tempo para dançar depois que a guerra acabasse.

– Estamos avançando bem – disse Howard pelo rádio, usando o canal designado para o esquadrão.

– Não comemore antes da hora... – respondeu Jameson, olhando para a direita, cerca de 180 metros distante, onde Howard voava como líder do pelotão azul.

A única coisa de que gostava na formação em linhas paralelas era liderar ao lado de Howard. Naquele dia, ele era o líder vermelho.

Mas Howard tinha razão, estavam avançando bem. Naquele ritmo, ele não conseguiria chegar em casa antes do jantar, mas talvez chegasse a tempo de colocar William para dormir.

Então levaria a esposa para a cama. E faria valer cada segundo que ainda tinham juntos.

– Líder azul, aqui é o azul quatro, câmbio – disse uma voz pelo rádio.

– Aqui é o líder azul, prossiga – respondeu Howard.

O que Jameson detestava naquela formação era que os pilotos mais novos, com menos experiência de combate, ficavam na retaguarda.

– Acho que vi alguma coisa acima da gente. – A voz trêmula falhou no fim da frase. Devia ser o novato, que chegara na semana anterior.

– Você acha? Ou sabe? – perguntou Howard.

Jameson olhou para cima através do vidro da cabine, mas a única coisa que viu na camada de nuvens foi a sombra do próprio grupo produzida pelo sol poente.

– Eu acho…

– Líder vermelho, aqui é o vermelho três, câmbio – disse Boston pelo rádio.

– Aqui é o líder vermelho, prossiga – respondeu Jameson, ainda observando o céu acima.

– Também vi alguma coisa.

Jameson sentiu um arrepio na nuca.

– Acima, às duas horas! – gritou Boston.

Ele mal tinha acabado de falar quando uma formação de caças alemães atravessou a cobertura de nuvens, disparando contra eles.

– Abram a formação! – gritou Jameson pelo rádio.

Em sua visão periférica, viu Howard se inclinar para a direita, e Cooper, que era o líder branco à sua esquerda, também.

Jameson puxou o manche de uma vez só, levando seus homens mais para o alto numa subida íngreme. Em um combate aéreo, quem tem mais altitude leva vantagem. Desviando do esquadrão azul, Jameson ficou de frente para o inimigo, travou a mira no primeiro caça, e o mundo desapareceu diante de seus olhos.

Jameson atirou ao mesmo tempo que o alemão, e o vidro atrás dele se estilhaçou quando os dois quase se chocaram em pleno voo.

– Fui atingido! – gritou Jameson, verificando os medidores.

O vento açoitava a cabine, mas a nave se manteve firme. A pressão do óleo estava boa. Altitude, estável. Nível de combustível, estável.

– Stanton! – A voz de Howard falhou.

– Acho que estou bem – respondeu Jameson.

O esquadrão agora estava abaixo deles, e Jameson deu uma guinada para a esquerda, voltando para o combate.

O mergulho trouxe uma nova rajada de vento à cabine, arrancando a foto de Scarlett do painel. Ela desapareceu antes que Jameson pudesse tentar agarrá-la.

O rádio era uma cacofonia de chamados, e os caças alemães se dirigiam para os bombardeiros britânicos. Os óculos protegiam os olhos de Jameson, mas ele sentiu um fio quente descendo pelo lado esquerdo do rosto e ergueu depressa a mão enluvada.

A luva ficou vermelha.

– Tudo bem – disse a si mesmo.

Devia ter sido o vidro. Ele estaria morto se tivesse levado um tiro direto.

Atravessando a cobertura de nuvens, manteve o dedo no gatilho e acelerou atrás do próximo caça, que por acaso tinha um Spitfire em sua mira.

A adrenalina inundou seu organismo, aguçando seus sentidos, quando ele mergulhou em velocidade.

O alemão errou o primeiro tiro.

Jameson não.

O caça alemão caiu do céu numa nuvem de fumaça preta, desaparecendo na neblina espessa de nuvens abaixo.

– Acertei um! – gritou Jameson, mas sua vitória teve vida curta, pois mais um caça... não... mais dois caças surgiram atrás dele.

Ele puxou o manche com força, subindo em uma guinada à direita, desviando por pouco do que considerou um encontro marcado com a morte quando os tiros passaram zunindo.

– Essa foi por pouco, amor – disse baixinho, como se Scarlett pudesse ouvi-lo do outro lado do Mar do Norte.

Morrer não era uma opção, e ele não tinha intenção alguma de fazer isso.

– Tem um na minha cola! – gritou o novato pelo rádio ao passar por baixo de Jameson, o caça alemão logo atrás.

– Estou indo – respondeu Jameson.

Ele sentiu o tiro como se alguém tivesse atingido a base de seu assento com uma marreta, antes mesmo de ver o outro caça.

A aeronave continuava respondendo, mas o medidor de combustível começou uma queda contínua que só podia significar uma coisa.

– Aqui é o líder vermelho – disse ele pelo rádio, o mais calmo possível. – Fui atingido e estou perdendo combustível.

Ele já tinha pousado sem motor antes. Não era uma cena bonita, mas seria capaz de repeti-la. A única questão era se continuavam sobrevoando a terra ou o mar. A terra seria melhor. Da terra, ele daria conta.

Claro, corria o risco de ser levado como prisioneiro de guerra, mas tinha sido criado nas montanhas e tinha talento para a fuga.

– Líder vermelho, cadê você? – chamou Howard pelo rádio.

O medidor de combustível indicou tanque vazio, e o motor engasgou, morrendo.

O mundo ficou terrivelmente silencioso quando Jameson caiu do combate em direção às nuvens, o som do vento substituindo o rugido do motor.

Calmo. Fique calmo, disse a si mesmo enquanto o belo Spitfire se transformava em um planador. Descendo, descendo, descendo. Agora tudo o que ele podia fazer era direcionar a aeronave e acompanhar a queda.

– Líder azul, estou nas nuvens. – Ele sentiu um frio na barriga quando perdeu a visibilidade. – Descendo.

– Jameson! – gritou Howard.

Jameson olhou para o espaço vazio onde antes ficava a foto. *Scarlett*. O amor de sua vida. A razão de sua existência. Por Scarlett, ele sobreviveria, não importava o que houvesse sob aquelas nuvens.

Ele sobreviveria por eles: Scarlett e William.

Jameson se preparou.

– Howard, diga a Scarlett que a amo.

CAPÍTULO 29

NOAH

Scarlett, minha Scarlett,
  Case comigo. Por favor, tenha piedade de mim e seja minha esposa. Os dias aqui são longos, mas as noites são mais longas ainda. É quando não consigo parar de pensar em você. É estranho estar cercado de americanos agora, ouvir frases e sotaques familiares quando tudo o que quero é ouvir sua voz. Me diga que logo vai conseguir uma folga. Preciso te ver. Por favor, me encontre em Londres mês que vem. Ficamos em quartos separados. Não me importa onde vamos dormir, desde que eu possa te ver. Estou morrendo aqui, Scarlett. Preciso de você.

Era uma coincidência? Uma prova? Isso importava? Abri os documentos que os advogados tinham enviado havia mais de uma hora. Três certidões de óbito. Uma de casamento.

Meu celular vibrou sobre a mesa e meu olhar saltou para a tela. *Adrienne*. Recusei a chamada e xinguei minha esperança ridícula por disparar a cada ligação. É claro que não era Georgia, mas eu não deixava de ter esperança.

Senti uma pontada no peito ao pensar nela e massageei a área como se isso fosse ajudar a aliviar a dor. Não ajudou. Eu sentia falta de tudo nela. E não só das coisas físicas, como abraçá-la ou vê-la sorrir. Sentia falta de conversar com ela, ouvir seu ponto de vista – que era sempre diferente do meu. Sentia falta de ouvir sua voz cheia de entusiasmo quando ela falava do trabalho com a fundação, do modo como seus olhos voltaram a brilhar quando se reergueu e começou a reconstruir sua vida.

Eu queria ser parte daquela vida mais do que queria vender meus dois próximos livros.

Adrienne ligou mais uma vez.

Recusei.

Minha irmã mais nova ficara ao meu lado enquanto eu fazia as malas no pequeno quarto do Chalé Grantham. Pegamos o mesmo voo de volta a Nova York, não que eu tivesse muitas lembranças disso tudo em meio à névoa de um coração partido e ao ódio a mim mesmo gritando nos meus ouvidos. Embora ela quisesse me levar até em casa, nos despedimos no aeroporto, e desde então eu vinha ignorando o resto do mundo.

Infelizmente, o mundo não estava me ignorando.

O nome de Adrienne apareceu na tela mais uma vez, e uma pontada de preocupação me atingiu. *E se ela estiver com algum problema?* Atendi à ligação, que foi transferida para meus fones automaticamente.

– Aconteceu alguma coisa com a mãe? – Minha voz saiu rouca, grossa pela falta de uso.

– Não – respondeu ela.

– Com as crianças?

– Não. Se você...

– Com o Mason?

– Tá todo mundo bem, fora você, Noah – disse ela com um suspiro.

Desliguei e voltei a olhar para a tela do computador. As imagens anexadas ao e-mail estavam granuladas – claramente cópias escaneadas dos originais – e foram necessários seis dias e uma ligação para os advogados para que eu as recebesse.

Adrienne ligou mais uma vez.

Por que é que as pessoas não podiam só me deixar em paz? Não queria ninguém assistindo enquanto eu lambia minhas feridas.

– O que foi? – resmunguei ao atender, embora minha vontade fosse jogar aquele treco pela janela.

– Abra a porta, babaca – retrucou ela, e desligou.

Tamborilei os dedos na mesa, desejando que fosse de cerejeira polida, não vidro contemporâneo, e eu estivesse a uns 3 mil metros a mais de altitude e a uns 3 mil quilômetros de distância dali. Então inspirei fundo, afastei a cadeira e abri a porta, irritado.

Adrienne estava na soleira, o casaco abotoado até o queixo, tentando equilibrar uma bandeja com dois cafés numa mão e o celular na outra, os lábios se mexendo rápido ao me empurrar e entrar no apartamento.

Tirei os fones, deixando-os pendurados no pescoço e fechando a porta.

– ... o mínimo que você podia fazer era me dizer que está vivo! – Peguei o fim do sermão.

– Estou vivo.

– É o que parece. Faz dez minutos que estou batendo, Noah. – Ela arqueou uma sobrancelha.

– Desculpa. Cancelamento de ruído. – Apontei para os fones pendurados no meu pescoço enquanto fazia o percurso de volta em direção ao escritório. – Estou no meio de uma pesquisa.

– Você está é se afundando – rebateu ela, vindo atrás de mim. – Uau... – murmurou quando afundei na cadeira do escritório. – Achei que o livro da Stanton estivesse pronto.

Ela apontou para a pilha de livros de Scarlett que cobria a mesinha de centro em frente ao sofá.

– Está. Como você bem sabe.

Por isso eu estava no meio de Manhattan, e não em Poplar Grove.

– Você está péssimo. – Ela empurrou duas pastas para o lado e colocou a bandeja com os cafés no espaço que tinha liberado. – Beba um pouco de cafeína.

– Café não vai dar um jeito nisso. – Joguei os fones em uma pilha de materiais de pesquisa e me recostei na cadeira. – Mas obrigado.

– Faz oito dias, Noah.

Ela abriu e tirou o casaco, sacudindo os ombros, e pendurou-o na cadeira que havia tomado para si em frente à mesa.

– E?

Oito dias lancinantes e noites sem dormir. Eu não conseguia nem pensar direito, não conseguia comer, não conseguia parar de imaginar o que estaria se passando na cabeça de Georgia.

– E chega de se afundar! – Ela pegou um copo de café da bandeja e se recostou, a postura tão parecida com a minha que era quase engraçado. – Esse não é você.

– Não estou nos meus melhores dias. – Semicerrei os olhos. – E você não devia ser a compreensiva da família?

– Só porque o papel de babaca teimoso já foi ocupado. – Ela bebeu um gole do café.

Dei um sorrisinho.

– Olha só, ele está vivo. – Ela me cumprimentou com o copo.

– Não sem ela – falei baixinho, olhando para o horizonte de Manhattan.

O que quer que eu estivesse fazendo, não era viver. Existir, talvez, mas viver, não.

– Sabe, eu achava que *cair* de amores era um paradoxo. Devia ser algo como voar, não devia? O amor deveria fazer a gente se sentir no topo do mundo. Mas talvez a frase seja tão popular porque fazer um relacionamento dar certo é raro. Quase todo mundo acaba só se esborrachando no final.

– Não acabou, Noah. – A expressão de Adrienne ficou mais suave. – Eu vi vocês dois juntos. O jeito como ela olhava para você… Não tem como acabar desse jeito.

– Se você tivesse visto o jeito como ela me olhou naquele escritório, talvez pensasse diferente. Eu magoei muito a Georgia – respondi baixinho. – E prometi que não faria isso.

– Todo mundo erra. Até você. Mas se esconder em seu apartamento e se enterrar no que quer que isso seja… – Ela fez um gesto indicando o desastre que era minha mesa. – … não vai reconquistar Georgia.

Cruzei os braços.

– Por favor, fale mais sobre o que eu deveria estar fazendo para reconquistar a mulher para quem menti deliberadamente por semanas.

– Bom, quando você coloca a coisa nesses termos… – Ela franziu o nariz. – Pelo menos você não traiu a Georgia, como o ex dela…?

– Não sei se defender que um mentiroso é melhor que um traidor é a abordagem certa aqui. – Massageei a ponte do nariz. – Usei as melhores armas que tinha, as palavras, e brinquei com a semântica para conseguir o que queria, e me ferrei, simples assim. Não tenho como convencer Georgia a voltar atrás depois disso.

– Então o que você está dizendo é que ela é uma Darcy? – Adrienne inclinou a cabeça, pensativa.

– Como?

– Sabe... Quando você cai no conceito dela é para sempre e tal? – Ela deu de ombros. – *Orgulho e preconceito*? Jane Austen?

– Eu sei quem escreveu *Orgulho e preconceito*, e diria que Georgia é uma das pessoas mais compreensivas que conheço.

Afinal, ela deu várias chances à mãe.

– Meu Deus, então dá um jeito nisso. – Ela assentiu. – Você tem razão, o amor, o amor bom, o real, o que muda nossa vida, é raro. Você tem que lutar por ele, Noah. Eu sei que nunca teve que fazer isso antes, que as mulheres caem fácil na sua, mas só porque você nunca se importou a ponto de tentar manter uma delas na sua vida.

– Faz sentido.

Aquilo tudo era novidade para mim.

– Você vive num mundo onde pode roteirizar tudo o que as pessoas dizem, e um gesto grandioso deixa tudo melhor num instante, mas a verdade é que os relacionamentos *dão trabalho* no mundo real. Todos nós fazemos besteira. Todo mundo diz coisas de que se arrepende depois ou faz a coisa errada pelos motivos certos. Você não é o primeiro cara que vai ter que dar uma boa rastejada.

– Diz a verdade: faz muito tempo que você está guardando esse discurso? Estendi a mão e peguei meu café na bandeja.

– *Anos* – admitiu ela, com um sorriso largo. – Como me saí?

– Cinco estrelas. – Fiz um joinha para ela, então engoli a cafeína ofertada.

– Excelente. É hora de voltar à humanidade, Noah. Corte o cabelo, faça a barba e, por favor, pelo amor de *Deus*, tome um banho, porque esta casa está fedendo a tristeza e comida de delivery.

Dei uma fungada discreta na minha axila e não pude discordar. Em vez disso, olhei para o convite que Adam tinha enviado alguns dias antes. Por mais que eu detestasse aquilo, tinha mais uma pessoa que talvez pudesse responder à pergunta que estava me consumindo naqueles últimos meses. A pergunta que Georgia nunca fez a Scarlett.

– Minha missão está cumprida. – Adrienne ficou de pé e vestiu o casaco.

– Voltar à humanidade, é?

– É. – Ela assentiu, fechando os botões.

– Quer ir comigo? – Peguei o convite e entreguei a ela.

– Essas coisas são tão chatas – resmungou ela, mas leu o convite.

– Esta não vai ser. Paige Parker é uma das principais doadoras. – Ergui as sobrancelhas. – Aposto o que quiser que Damian Ellsworth vai estar lá.

A expressão de Adrienne se encheu de surpresa, seus olhos saltando para os meus e logo me encarando com desconfiança.

– Alguém tem que garantir que você não entre numa encrenca. Estou livre nesse dia. Vá me buscar às seis.

– Você sempre gostou mesmo de um bom show. – Dei risada.

Ela também riu e saiu do escritório.

Ouvi a porta da frente se fechar ao mesmo tempo que a mensagem chegou no meu celular.

GEORGIA: Li os dois finais.

Meu coração parou enquanto eu observava os três pontinhos que surgiram no rodapé da mensagem, indicando que ela não tinha terminado.

GEORGIA: Vamos com o verdadeiro. Você fez um ótimo trabalho retratando a dor dela, a luta para chegar até aqui e a felicidade no fim, ao se casar com Brian.

Meus olhos se fecharam quando a onda de dor me atingiu. *Droga*. Não só pela perda do meu final preferido, o final que Scarlett e Jameson mereciam, mas por saber que eu não tinha conseguido convencer Georgia de que ela podia ter a mesma felicidade na vida dela. Inspirei fundo para encarar a dor e dei um jeito de digitar uma mensagem que não fossem mil pedidos de desculpas e um apelo para que ela me aceitasse de volta.

NOAH: Tem certeza? O final feliz está mais bem escrito.

Porque era o que eu tinha escrito de todo o coração e alma. Era o final certo.

GEORGIA: Tenho certeza. Este final é sua marca registrada. Não duvide da sua capacidade de estraçalhar o coração de alguém.

Ai. Ela estava voltando a congelar. Não que eu a culpasse por isso.

Caramba, eu tinha causado isso.

NOAH: Eu te amo, Georgia.

Ela não respondeu. Eu não esperava que respondesse.

– E vou provar – falei para mim mesmo, para ela, para o mundo.

CAPÍTULO 30

MAIO DE 1942

Ipswich, Inglaterra

Tec. Tec. Tec. O som da máquina preencheu a cozinha quando Scarlett partiu o coração da filha do diplomata.

Ela sentiu um aperto no peito, como se pudesse sentir a dor que infligia à personagem. Lembrou a si mesma de que reuniria os dois assim que tivessem crescido o bastante para merecerem um ao outro. Não era uma mágoa permanente. Era uma lição.

As batidas à porta quase se misturaram aos cliques monótonos da máquina de escrever.

Quase.

Ela olhou para o relógio. Já passava das onze, mas também era a noite em que Constance estaria de volta da lua de mel.

Scarlett se afastou da mesa e foi até a porta, descalça, preparando o coração para o que quer que estivesse do outro lado. Vai saber o que aquele monstro podia ter feito com sua irmã na semana que havia passado.

Scarlett estampou um sorriso no rosto e abriu a porta.

E ficou encarando a pessoa à porta, confusa.

Howard estava ali, de uniforme, o rosto cansado e pálido.

Não era o único. Atrás dele estavam outros rostos que ela reconhecia, todos de uniforme com águias nos ombros.

Seu estômago embrulhou, e ela se agarrou à porta a ponto de ficar com os nós dos dedos brancos. *Quantos?* Quantos estavam ali?

– Scarlett – disse Howie, pigarreando ao ouvir a própria voz falhar. Quantos?

Os olhos dela saltaram de um quepe para o outro, contando.

Onze. Havia onze pilotos à sua porta.

– Scarlett. – Howie tentou falar mais uma vez, mas ela mal conseguia ouvir.

Jameson costumava voar em uma formação de doze pilotos. Três esquadrões de quatro.

Onze deles estavam ali.

Não. Não. Não. Aquilo não estava acontecendo. Não era possível.

– Não fale nada – sussurrou ela, perdendo o chão.

Só havia um motivo para eles estarem ali.

Howie tirou o quepe, e os demais o acompanharam.

Ah, meu Deus. Estava mesmo acontecendo.

Ela sentiu uma vontade instantânea e avassaladora de fechar a porta na cara deles, de não abrir a carta, mas as palavras já estavam escritas, não estavam? Não havia nada que pudesse fazer para evitar que aquilo se tornasse o que já era.

Fechou bem os olhos e se escorou na madeira firme do batente da porta enquanto o coração absorvia o que o cérebro já sabia. Jameson não tinha voltado para casa.

– Scarlett, sinto muito – disse Howie, baixinho.

Ela inspirou fundo, buscando forças, então endireitou a coluna, ergueu o queixo e abriu os olhos.

– Ele está morto?

Havia palavras que ela tinha perguntado a si mesma centenas de vezes nos últimos dois anos. Palavras que assombravam seu cérebro, amplificando seu maior medo sempre que ele se atrasava. Palavras que ameaçavam sua sanidade quando era controladora de voo. Palavras que nunca tinha falado em voz alta.

– Não sabemos. – Howard balançou a cabeça.

– Não sabem?

Os joelhos de Scarlett tremeram, mas ela se manteve em pé. Talvez ele não estivesse morto. Talvez ainda houvesse esperança.

– Ele caiu em algum lugar na costa dos Países Baixos. Pelo que disse no rádio, e pelo que alguns de nós vimos, foi atingido no tanque de combustível.

Cabeças assentiram, mas poucos eram os olhos dispostos a encarar os dela.

– Então ele pode estar vivo.

Não foi uma pergunta, mas uma afirmação, e o que lhe restava de autocontrole se agarrou àquela possibilidade com uma ferocidade de que ela não sabia que era capaz.

– A cobertura de nuvens era espessa – disse Howard.

Houve um murmúrio de concordância entre os pilotos.

– Nenhum de vocês viu Jameson cair? – perguntou ela, um rugido surdo enchendo seus ouvidos.

Todos balançaram a cabeça.

– Ele disse que estava caindo. – O rosto de Howie se contraiu por um instante, mas ele inspirou fundo e se recompôs. – Pediu que eu dissesse que ama você. Foi a última coisa que disse antes de desaparecer – finalizou o piloto com um sussurro.

A respiração de Scarlett foi ficando cada vez mais rápida, e ela teve que se esforçar para manter o pânico sob controle. Ele não estava morto. Não podia estar.

Simplesmente não era possível que ela vivesse em um mundo onde Jameson não existisse, portanto, ele não podia estar morto.

– Então o que está me dizendo é que meu marido está desaparecido. – Sua voz parecia vir de algum ponto fora do corpo, como se não fosse ela falando.

Naquele momento, ela se sentiu dividida em duas. Existia uma Scarlett falando, parada à porta de casa, buscando qualquer racionalização para acreditar que Jameson pudesse estar vivo. A outra Scarlett, que estava ganhando espaço, gritava em silêncio das profundezas de sua alma.

– Scarlett? – chamou uma voz mais aguda, familiar.

O grupo de pilotos se abriu enquanto Constance se aproximava pela calçada.

– O que está acontecendo? – perguntou ela a Scarlett primeiro, mas, como a irmã não conseguiu responder, Constance se colocou ao lado dela à porta e olhou bem para Howie. – O. Que. Está. Acontecendo?

– Jameson desapareceu. – A voz de Howard não falhou dessa vez, como se tivesse ficado mais fácil pronunciar aquelas palavras.

Como se ele estivesse aceitando a situação.

– Onde? – perguntou Constance, o braço envolvendo a cintura da irmã para estabilizá-la.

Aquilo não estava certo. Era a função de Scarlett consolar Constance, não o contrário.

– Não temos certeza absoluta – admitiu Howie. – Foi ao longo da costa dos Países Baixos. Então não sabemos ao certo se ele conseguiu pousar ou...

Ou se caiu no mar, concluiu Scarlett em sua mente.

A probabilidade de sobreviver ao impacto com o solo, e até mesmo a de ter sido levado como prisioneiro, era muito maior do que a de suportar o frio do mar.

– Vocês vão procurar por ele, não é? – perguntou Scarlett, a respiração entrecortada. – Me diga que vão procurar por ele.

Não era um pedido.

Howard assentiu uma vez, mas não havia esperança em seus olhos.

– Assim que amanhecer – confirmou. – Temos as coordenadas de onde fomos atacados.

Mais um fio de esperança a que se agarrar. Mais uma luz. Ele não estava morto. Não podia estar.

– E vão me informar o que descobrirem. – Mais uma exigência. – Não importa o que for, Howie. Destroços... Ou nada. Vocês vão me informar.

– Te dou minha palavra. – Howie virou o quepe nas mãos. – Scarlett, sinto muito. Eu nunca quis...

– Ele ainda não está morto – interrompeu Scarlett. – Está desaparecido. E vocês vão encontrá-lo.

Os pilotos assentiram e se despediram, todos voltando à pequena fila de carros que tinham usado para sair do aeródromo. Howie foi o último a sair e parecia estar numa batalha consigo mesmo, lutando para encontrar as palavras certas, mas, como elas não vieram, ele também se foi.

Scarlett ficou à porta. O braço de Constance envolvia sua cintura enquanto os carros desapareciam de vista. Ela precisava entrar. Precisava fechar a porta. Ainda estavam sob blecaute. Mas não conseguia fazer os pés se mexerem. Era uma estátua, congelada naquele momento, se mantendo em pé apenas pela força da negação e pela fachada de determinação, que ameaçava ruir.

– Vamos, meu amor – disse Constance com a voz suave enquanto a conduzia para dentro.

– Ele não está morto. Ele não está morto. Ele não está morto. – Scarlett sussurrava o mantra, o coração fazendo o impossível para convencer a mente a não desmoronar.

Ela saberia, não? Se seu coração ainda estava batendo, o de Jameson também tinha que estar. E William... *Não. Não vá por esse caminho.*

Constance sustentou boa parte do peso de Scarlett ao levá-la até o sofá.

– Vai ficar tudo bem – prometeu a irmã, exatamente como Scarlett fizera no chão daquele almoxarifado.

Ela se sentiu abençoadamente entorpecida ao fitar os olhos de Constance.

– Eu não teria lido a carta – falou Scarlett.

Constance afundou no sofá ao seu lado, então agarrou a mão de Scarlett. Agora tudo o que podiam fazer era esperar.

CAPÍTULO 31

NOAH

Jameson,

Juro que senti meu coração se partir em milhões de pedaços quando vi você indo embora, e ainda assim cada um dos pedacinhos deste coração partido ama você. Não consigo assimilar que esteja tão longe, porque você está em todos os lugares para onde olho aqui. Está embaixo da árvore, me convidando para voar. Está sentado no canto do pub, segurando minha mão embaixo da mesa. Está de pé na calçada, esperando meu turno terminar. Sinto você em todos os lugares. Sei que está treinando os pilotos novos no Esquadrão Águia, que não está saindo em missões de combate, mas, por favor, se cuide. Fique em segurança por mim, meu amor. Vamos dar um jeito nisso tudo. Temos que dar.

Todo o meu amor,
Scarlett

– Eu achava que você não vinha – disse Adam.

Nós dois estávamos em um canto do evento de caridade, afastados da multidão.

– Quase não vim mesmo – admiti, assentindo para um conhecido do outro lado do salão. Meu cenho se franziu de leve, pensando na festa pequena e íntima de Georgia em comparação a todo aquele evento para "ver e ser visto". – Você não respondeu a meu e-mail.

Adam soltou um suspiro.

– Você passou um mês evitando os meus. Considere uma vingança. – Ele deu uma torcida no pescoço e uma puxada na gravata-borboleta.

– Ela não vai mudar de ideia.

Meus olhos continuaram analisando a multidão, procurando pela pessoa que eu queria encontrar.

– Faça com que mude. – Adam ergueu as sobrancelhas.

– Não. – Semicerrei os olhos ao ver o pessoal dos filmes independentes à minha esquerda. – Além do mais, ela não atende quando eu ligo. Faz duas semanas, então a esta altura deve ser intencional – falei, com um sorrisinho autodepreciativo.

– Você quer mesmo ficar conhecido como o cara que deixou o próprio ego impedir o final feliz de Scarlett Stanton?

– Não foi isso que aconteceu.

Não foi, e ele não estava lá. Eu me virei para Adam, mas olhei por cima do ombro dele, continuando minha procura.

– Bom, é o que parece que aconteceu e o que todas as críticas vão dizer. – Ele soltou mais um suspiro.

– Tá mal escrito? – perguntei, em tom de desafio.

– É claro que não, é você. – Ele balançou a cabeça, frustrado.

– Então está decidido. Deve voltar da preparação de texto em alguns dias, certo? – Cruzei os braços.

– É. E você não sabe o quanto a preparadora ficou feliz por ter que fazer as *duas* versões porque você não tinha escolhido uma. Eu te digo, ela ficou furiosa.

– Obrigado mais uma vez por aceitar minhas condições. – Eu estava sendo sincero.

– Ela também disse que o final feliz é melhor – rebateu ele.

– Nisso concordamos.

Algo vermelho chamou minha atenção, e sorri. Paige Parker. Isso queria dizer que Damian estava ali em algum lugar.

– Então por que foi que você...

– Noah Harrison! – chamou alguém atrás de mim.

Eu me virei. *Bingo.*

– Damian Ellsworth – falei, cumprimentando-o.

Seja civilizado. Você precisa de informações. Não era bem algo que eu pudesse perguntar a Georgia... não depois de tudo o que tinha acontecido.

– Nunca imaginei que encontraria você aqui. – Ele deu um tapinha no meu ombro e se juntou a nós.

O ex de Georgia tinha pouco menos que 1,80 metro, o que me dava uns bons 10 centímetros de vantagem, e sorria para mim com dentes tão brancos que eram quase azuis.

– Eu poderia dizer o mesmo de você, já que tem um bebê recém-nascido em casa. – Forcei um sorriso quando a bile subiu pela minha garganta.

Aquele era o homem que havia destruído a mulher que eu amava, que dissera mais de uma vez que ela não era o bastante para mantê-lo satisfeito.

Que babaca.

– É para isso que servem as babás – respondeu ele, dando de ombros. – E como vai minha mulher? – Ele ergueu o copo e deu um bom gole.

Tive que me segurar para não enfiar aquele copo goela dele abaixo. Foi por pouco.

– Eu não sabia que você tinha uma. – Eu o encarei, fingindo estar confuso.

Adam quase cuspiu na própria bebida.

– Rá. Touché. – Ele olhou para mim, claramente me avaliando. – Me diz uma coisa: aquele relógio antigo continua funcionando? O que fica na sala de estar?

– Claro. – Ergui uma sobrancelha ao ouvir aquele lembrete de seu antigo papel na vida de Georgia. – Sabe, isso me lembra uma coisa. Você conhecia Scarlett muito bem, não?

Os olhos de Adam saltavam de mim para Damian como se ele estivesse assistindo a uma partida de pingue-pongue, mas meu editor se manteve em silêncio.

– Com certeza. Por isso adaptei dez livros dela. – Ele abriu um sorrisinho torto.

– É mesmo – respondi, como se realmente tivesse me esquecido disso. O que Georgia tinha visto naquele arremedo de Nick Nolte? – Então chegou bem na hora, porque meu editor e eu estávamos falando sobre o final do livro novo.

– O livro sobre o qual ninguém deveria saber? – Ele deu uma piscadela, o que foi estranho.

– Esse mesmo.

– Gente. Segura a onda. A gente quer que o anúncio seja surpresa, lembram? – alertou Adam.

– É verdade. Claro. – Eu seria capaz de beijar aquele homem por ter entrado na brincadeira. – Enfim, Adam e eu estávamos falando sobre o final da... história de Scarlett, e tem uma peça do quebra-cabeça que eu não consegui arrancar de Georgia enquanto estive no Colorado. – Dei uma piscadinha exagerada. – Bom, você sabe melhor que ninguém que ela não é nada aberta.

Damian riu, e eu cerrei os punhos, mas mantive os braços cruzados.

– É, ela é mesmo arisca, a minha Georgia. – Ele deu um sorriso melancólico.

Minha Georgia. Babaca.

Adam ergueu as sobrancelhas e bebeu um gole e tanto.

– É. Enfim, eu estava aqui pensando... pelo bem da história... Scarlett alguma vez te contou por que demorou tanto para declarar Jameson como...

A palavra morreu na minha língua. Na minha cabeça, os dois tinham continuado juntos, loucamente felizes.

– Morto? – sugeriu ele, bebendo mais um gole.

– É.

– Não é óbvio? – Ele olhou para mim como se eu fosse burro. – Ela nunca deixou de ter esperança. Nunca. Aquela mulher era dura na queda, mas, cara, como era romântica. Ela olhava a caixinha de correio todo dia no mesmo horário, esperando alguma notícia, alguma descoberta, isso muito tempo depois da morte de Brian.

– Brian. Certo. – Assenti. – Acho que conhecer Brian foi o empurrão de que ela precisava para superar e viver a própria vida. Faz sentido. Eu devia ter pensado nisso.

Meus lábios se curvaram, formando o que torci para que fosse um sorriso grato.

Adam se engasgou com a bebida, então pigarreou para encobrir o som. Era exatamente como eu tinha escrito o final, encaixando as peças com o pouco que Georgia sabia sobre essa parte da vida de Scarlett.

– Eu não diria *conhecer*. Na verdade, fazia anos que Scarlett conhecia Brian. – Os olhinhos redondos de Damian se estreitaram um pouco ao pensar nisso. – Eles nunca falavam sobre isso, mas ele se mudou para o pequeno chalé em meados da década de 1950. Agora que você comentou, lembrei aqui que ela me disse um dia que não poderia se casar com Brian naqueles primeiros dez anos porque parecia que seu primeiro casamento não tinha chegado ao fim. – Ele deu de ombros. – Acho que ela finalmente se deu conta de que tinha. Quer dizer, acho que esperar quarenta anos é o bastante, não acha?

Senti um frio no estômago.

– Oi, amor. – Paige Parker entrelaçou o braço no dele. – Já podemos ir sentar?

– Estou falando de negócios – respondeu ele, e se aproximou para sussurrar no ouvido dela quando Paige fez um biquinho, emburrada.

A mulher loira era bonita, mas não era Georgia. Também não tinha os olhos de Georgia, ou sua inteligência, ou sua força. Na verdade, Paige não chegava aos pés de Georgia.

– Tá pensando o mesmo que eu? – perguntou Adam, baixinho.

– Depende do que você está pensando – respondi, vendo minha irmã e Carmen voltando do banheiro.

Bem na hora. Eu já tinha conseguido o que queria.

– De algum jeito, em 1973 Scarlett tinha certeza de que Jameson não ia voltar para casa – sussurrou ele. – Ela sabia, e não contou para ninguém.

– Vamos manter esse raciocínio só entre a gente.

A mera insinuação dessa ideia destruiria Georgia.

Adam assentiu enquanto Paige se afastava sem nem ao menos ter sido apresentada pelo marido. *Quanta classe, Ellsworth.*

– Falando… da vida de Scarlett – continuou Damian. – Quando vou poder ler o manuscrito? – Ele bebeu um gole, despreocupado.

– O lançamento é em março.

Eu estava cansado de me fazer de bonzinho.

– Vocês vão mesmo me fazer esperar o lançamento? – Ele riu. – Imagine se anunciássemos o filme junto com o livro. As vendas seriam astronômicas.

– Georgia nunca vai deixar você fazer esse filme. – Abri um sorriso.

– É claro que vai. Ela só está irritada por causa da Paige. Vai mudar de ideia. Confia em mim.

– Confiar em você. Engraçado. – Acenei com a cabeça para Adrienne, e ela acelerou o passo ao ver quem estava ao meu lado. – Confia em *mim*, Ellsworth. Não vai acontecer.

A expressão dele mudou, abandonando qualquer humor fingido.

– O que faria você liberar esse manuscrito? Quem sabe pender para o meu lado para que Georgia também se convença? Pelo que a Ava diz, vocês são… próximos.

– Estou apaixonado por ela – corrigi.

– E? – Ele inclinou a cabeça. Não havia nenhuma emoção em seus olhos. – Minha oferta continua de pé. Posso retribuir de alguma forma, com prazer.

– Prefiro morrer. – Estendi a mão para Adrienne. – Quer ir embora?

– Se você quiser – respondeu ela.

– Quero, sim. Damian Ellsworth, esta é minha irmã, Adrienne. Adrienne, este é o babaca do ex da Georgia. – Dei as costas para o rosto vermelho dele. – Adam. Carmen. Foi ótimo encontrar vocês.

Virando-me com um sorriso, me afastei com Adrienne ao meu lado.

– Não deve misturar amor e trabalho, Harrison – avisou Damian em tom de deboche. – Uma hora Ava vai convencer Georgia. Ela sempre convence. Como acha que consegui as dez adaptações?

Parei. Ele tinha feito cinco filmes, ainda faltavam cinco. Eu já tinha visto o quanto ela era determinada a honrar os desejos de Scarlett, então por que abriu mão… Às vezes, o único jeito de manter aquilo de que precisamos é abrindo mão do que queremos. Palavras dela, naquele dia no riacho.

– Você sabe qual é a resposta para essa pergunta?

Meu sorriso se alargou.

E se ela na verdade estivesse falando de outra coisa? *Mulher inteligente.*

– O que você quer dizer com isso? – perguntou ele, ríspido.

– Quero dizer que conheço Georgia melhor que você. – Nem me dei ao trabalho de esperar uma resposta. – Sinto muito por não ficarmos para o jantar – falei para Adrienne, levando-a até a porta.

– Só vim pelo show – disse ela, dando de ombros. – Conseguiu o que queria?

Assenti, avançando com ela em meio à multidão.

– Você não parece satisfeito.

– Georgia não consegue confiar nos outros.

Cumprimentei mais um conhecido quando nos aproximamos do guarda-volumes.

– Isso é óbvio.

Adrienne me encarou, esperando.

– O que você faria se soubesse que a única pessoa no mundo em quem Georgia confiava plenamente mentiu para ela a vida inteira?

– Você tem certeza? – Ela ficou pálida, os olhos arregalados.

– Quase absoluta.

Era pegar ou largar.

– Primeiro precisa ter certeza absoluta, depois tem que contar para ela.

Soltei um palavrão.

– Foi o que pensei.

Reconquistar Georgia tinha acabado de ficar muito mais complicado.

CAPÍTULO 32

JUNHO DE 1942

Ipswich, Inglaterra

– O que você está fazendo? – perguntou Scarlett ao entrar na sala.

– Arrumando suas coisas – respondeu Constance sem olhar para ela. – O que parece que estou fazendo?

Todos os músculos do corpo de Scarlett se contraíram. Constance estava com um baú e duas malas abertas entre o sofá e a janela.

– Pare – ordenou Scarlett, o tom estridente a ponto de assustar William, que estava sentado no chão.

Constance fez uma pausa breve, mas terminou de dobrar uma das roupas de William, colocando-a em uma das malas.

– Você tem que ir – disse ela baixinho, virando-se para a irmã.

Os olhos de Scarlett ardiam, mas ela segurou as lágrimas, como vinha fazendo nos últimos dois dias.

– Não vou abandoná-lo.

– É claro que não. Vai levar ele com você. – Constance olhou bem para William.

– Você sabe muito bem que estou falando de Jameson.

Constance ergueu o queixo e, naquele momento, se pareceu muito mais com Scarlett do que a própria Scarlett se parecia consigo mesma.

– Eles procuraram duas vezes...

– Duas vezes não é nada! – Scarlett cruzou os braços, lutando para se manter firme. – Só porque procuraram naquele pedaço da costa não quer dizer que ele não tenha pousado em outro lugar. Demora semanas até que cheguem as primeiras confirmações caso ele tenha sido levado como prisioneiro. Talvez mais se ele estiver escondido.

Mais um dia. Mais uma busca. Mais duas semanas. O coração dela adiava o prazo a cada dia, atiçando a brasa da esperança que a lógica negava.

Constance massageou a testa e a aliança de casamento brilhou à luz do sol que entrava pela janela da sala.

– Você não precisa ficar – lembrou Scarlett. – Você tem a sua vida.

– Até parece que vou embora.

– Você tem um marido. Um marido que tenho certeza de que está irritado de saber que está usando sua folga para ficar aqui.

– É licença por falecimento. Não conta. E ele vai sobreviver. Além do mais, ele é só meu marido. Você é minha irmã. – Constance manteve o olhar firme para que Scarlett visse sua determinação. – Vou ficar. Vou arrumar suas coisas. E amanhã vou levar você e William até o aeródromo para que encontrem o tio de Jameson.

– Não vou embora – insistiu Scarlett.

Como ela poderia abandonar Jameson quando ele mais precisava dela? Constance segurou as mãos da irmã.

– Você tem que ir.

Scarlett arrancou as mãos.

– Não tenho, não.

– Eu vi seu visto. Sei que a cota de imigrantes dos americanos está acabando e vi a data de validade. Se não aproveitar esta oportunidade, talvez ela não volte a acontecer.

Scarlett balançou a cabeça.

– Ele vai precisar de mim.

A expressão de Constance se suavizou, cheia de compaixão.

– Não me olhe assim – sussurrou Scarlett, recuando. – Ele pode estar vivo. Ele está vivo.

O olhar de Constance se voltou para William, que mastigava a ponta do cobertor que a mãe de Jameson tinha feito.

– Ele queria que você fosse. Organizou tudo para que você e William pudessem estar em segurança.

Scarlett sentiu um aperto no peito.

– Isso foi antes.

– Consegue mesmo me dizer que ele não ia querer que você fosse?

Scarlett evitou olhar para a irmã e tentou, sem sucesso, se agarrar a uma emoção, uma certeza. É claro que Jameson ia querer que ela fosse, mas isso não queria dizer que era a coisa certa a fazer.

– Não tire isso de mim – sussurrou Scarlett, a garganta doendo pelas palavras que não se permitia dizer.

– O quê?

– Minha esperança. – Sua voz falhou e a visão embaçou. – É tudo o que eu tenho. Se fizer as malas, se entrar no avião, estarei abandonando Jameson. Não pode me pedir para fazer isso. Não vou fazer isso.

Uma coisa era levar William para os Estados Unidos sabendo que Jameson se juntaria a eles quando a guerra terminasse. Mas a ideia de não estar lá quando o encontrassem, de deixá-lo sozinho, qualquer que fosse a condição em que estivesse, isso ela não podia suportar. E, caso se rendesse, só por um segundo, à possibilidade de que talvez ele não voltasse para casa, Scarlett desmoronaria.

– Você pode muito bem esperar por Jameson nos Estados Unidos. O lugar onde você está não muda o lugar onde ele está – argumentou Constance.

– Se tivesse alguma chance de Edward ter sobrevivido, você teria ido embora? – perguntou Scarlett, desafiando-a.

– Isso não é justo.

Constance se encolheu, e a primeira lágrima se libertou, escorrendo pelo rosto de Scarlett.

– Teria?

– Se eu tivesse William, então sim, eu teria ido embora. – Constance desviou o olhar, engolindo em seco. – Jameson sabe que você o ama. O que ele ia querer que você fizesse?

Mais uma lágrima caiu, e mais uma, como se a represa tivesse se rompido, e o coração de Scarlett gritou em uma agonia silenciosa ao se dar conta da verdade que era obrigada a reconhecer.

Ela pegou o filho nos braços e deu um beijo na pele macia de seu rostinho. Por William.

– Ele me fez prometer que, se alguma coisa acontecesse com ele, eu levaria William para o Colorado.

As lágrimas agora caíam em um fluxo constante, e William descansou a cabeça no pescoço dela, como se entendesse o que estava acontecendo. Meu Deus, será que ele teria alguma lembrança do pai?

– Então você tem que ir. – Constance deu um passo à frente e fez carinho no rosto do sobrinho. – Não sei o que vai acontecer com seu visto se Jameson estiver morto.

Os ombros de Scarlett se curvaram enquanto ela lutava contra o soluço que tentava subir por sua garganta.

– Também não sei.

Ela só precisava ir até o consulado para conseguir uma resposta, mas e se o visto fosse cancelado? E se William pudesse ir, mas ela, não?

– Se você ficar... – Constance precisou pigarrear e tentar de novo. – Se ficar, o papai pode mandar declarar você como histérica. Sabe que ele faria isso para colocar as mãos em William.

As lágrimas de Scarlett pararam.

– Ele não faria isso...

As irmãs se encararam, porque ambas sabiam que ele faria.

Scarlett abraçou William um pouco mais forte, embalando-o devagar quando o filho começou a ficar agitado.

– Jameson ia querer que você fosse – repetiu Constance. – Onde quer que esteja agora, ele quer que você vá. Ficar aqui não vai mantê-lo vivo. – As palavras de Constance foram se transformando em um sussurro.

Se é que ele estava vivo.

– Você não pode ajudar Jameson. Mas pode salvar seu filho... o filho dele. – Constance segurou o braço da irmã com delicadeza. – Não significa que vai deixar de ter esperança.

Scarlett fechou os olhos. Quando se esforçava, conseguia sentir o abraço de Jameson. Tinha que acreditar que voltaria a sentir aquele abraço. Era a única maneira de seguir respirando, de seguir em frente.

– Se Jameson... – Ela não conseguia dizer aquilo. – Se o pior se comprovar, tudo o que eu teria neste mundo seria William... e você. Como posso te deixar?

– Fácil. – Constance apertou seu braço. – Me deixe terminar de guardar suas coisas. Me deixe cuidar de você para variar um pouco. E amanhã, se não tivermos novidades, me deixe ajudar você a ir embora. Leve meu afilhado para onde ele possa dormir sem o medo de que o mundo desabe ao seu redor. Você não pode salvar William do que quer que venha a acontecer no que diz respeito a Jameson, mas pode salvá-lo desta guerra.

O coração de Scarlett cambaleou com o apelo nos olhos da irmã.

O rosto de Constance estava pálido, e a pele sob seus olhos escura da óbvia exaustão. Ela não irradiava aquele brilho de uma mulher recém-casada e, embora não houvesse hematomas evidentes, Scarlett não deixou de perceber que a irmã estremecia e parecia agitada.

– Vem comigo – sussurrou Scarlett.

Constance riu pelo nariz.

– Mesmo que eu pudesse, bom, eu não posso. Sou casada agora, na alegria... – Ela baixou o olhar. – E na tristeza. – Exibiu um sorriso claramente falso. – Além do mais, o que você faria? Me levaria escondida?

– Você cabe no baú. – Scarlett tentou brincar, mas a frase saiu sem nenhuma graça.

Ela não tinha mais forças para brincadeiras. Estava vazia, mas o vazio era melhor do que constatar a verdade. Ela sabia que, assim que absorvesse tudo aquilo, não poderia voltar àquele estado, qualquer que fosse.

– Rá. – Constance arqueou uma sobrancelha. – Quando eu terminar de guardar suas coisas, não vai sobrar muito espaço. Tem certeza de que só pode levar isso?

Scarlett assentiu.

– O tio de Jameson disse um baú e duas malas. – Ela tinha contado o plano a Constance um dia antes do casamento.

– Bom, então tá. – Constance conseguiu abrir um sorriso tranquilizador. – É melhor a gente arrumar tudo.

William puxou uma mecha do cabelo de Scarlett, que ela trocou por um brinquedo. O garoto era pior que Jameson quando tinha que abrir mão de algo que queria. Eles eram farinha do mesmo saco de teimosia.

– Eles podiam encontrar Jameson hoje – sussurrou Scarlett, olhando para o relógio. Ainda faltavam algumas horas até que elas recebessem qualquer notícia, a julgar pelos últimos dois dias. – Ou amanhã de manhã – concluiu.

Por favor, Deus, que o encontrem.

Talvez a única coisa pior que saber que Jameson tinha mesmo morrido fosse não saber. A esperança era uma faca de dois gumes: mantinha Scarlett respirando, mas talvez apenas adiasse o inevitável.

– E, se encontrarem, Jameson pode levar vocês ao aeródromo pessoalmente amanhã. – Constance se voltou para a pilha de roupas de William que estava guardando e pegou outra peça. – Tem alguma coisa específica que você precisa levar que eu deva saber?

Scarlett inspirou fundo, sentindo o doce perfume do filho. *Você e William são minha vida agora.* Ela ouviu as palavras na memória com clareza, como se Jameson estivesse ao seu lado.

– O toca-discos.

Scarlett arrumou o cabelo com os olhos inchados e doloridos. Tentou muito lutar contra as lágrimas, mas elas caíram mesmo assim.

Seus dedos tocaram o cabo da navalha de Jameson. Parecia errado deixar tudo ali, mas ele precisaria das próprias coisas quando voltasse. Ela atravessou o corredor e olhou para o quarto de William pela última vez, o coração sangrando ao imaginar Jameson na cadeira de balanço com o filho. Fechou a porta com delicadeza e foi até seu quarto.

A bolsa estava em cima da cama, já com todos os documentos de que precisaria no dia seguinte. Era surreal pensar que estaria nos Estados Unidos em menos de 24 horas se tudo corresse conforme planejado. Eles estariam a um mundo de distância, deixando Jameson e Constance para trás. O vazio disso era quase maior do que ela podia suportar, mas Scarlett manteria sua promessa. Por William.

Sentou-se na beirada da cama, estendendo a mão em direção ao travesseiro de Jameson e levando-o ao peito. Ainda tinha o cheiro dele. Ela inspirou fundo enquanto incontáveis memórias a inundavam, afogando-a.

A risada de Jameson. Os olhos dele quando dizia que a amava. Os braços a envolvendo enquanto dormiam. As mãos no corpo dela quando faziam amor. O sorriso dele. O som do nome dela nos lábios dele, convidando-a para dançar.

Ele a trouxera à vida em tudo o que era mais extraordinário e lhe dera a vida que mais importava: William.

Era bobo, e um desperdício, mas ela pegou a fronha dele, tirando-a do travesseiro e dobrando-a em um quadrado. Já tinha guardado na mala duas camisas dele; sabia que Jameson não se importaria.

– Ele fica com a minha – sussurrou para si mesma.

Não havia palavras para descrever a agonia que contorcia seu coração, torcendo-o até secar com mãos duras e obstinadas. Não era para ser assim.

– Aqui está você – disse Constance à porta com William apoiado no quadril. – Tá na hora.

– Não podemos dar só mais uns minutinhos para eles?

Não podemos me dar só mais uns minutinhos? Era isso que ela queria dizer de verdade.

Aquele seria o último dia em que o 71º procuraria por Jameson. A partir do dia seguinte, as missões seriam retomadas e, claro, eles ficariam de olho quando sobrevoassem a área, mas a unidade seguiria em frente.

Jameson seria mais um desaparecido em combate.

– Não se quisermos chegar ao aeródromo a tempo – respondeu Constance baixinho.

Scarlett olhou para a cômoda e o guarda-roupa que ainda guardavam os uniformes de Jameson.

– Uma vez, você me perguntou o que eu daria para andar pela primeira casa em que moramos em Kirton in Lindsey.

– Eu não sabia… Nunca teria perguntado se achasse que isso poderia acontecer – sussurrou Constance, os olhos pesados de arrependimento. – Nunca quis que você sentisse isso.

– Eu sei. – Scarlett passou os dedos pela fronha dobrada. – Esta foi a terceira casa em que moramos desde que nos casamos. – Ela apertou os lábios. – Jameson deve desocupar esta casa semana que vem, agora que o esquadrão finalizou a mudança para Debden. Talvez, de certa forma, o momento seja adequado. A próxima casa onde vamos morar juntos é no Colorado.

William balbuciou, e Constance o mudou de posição.

– E você estará no Colorado esperando por ele. Não se preocupe com nada aqui. Vou mandar Howie e os rapazes guardarem o restante das coisas para quando Jameson voltar.

Scarlett sentiu uma ardência familiar no nariz, mas lutou contra mais uma rodada de lágrimas inúteis.

– Obrigada.

– Fazer as malas não é nenhum incômodo. – A irmã deu de ombros.

– Não – disse Scarlett ao reunir forças para ficar de pé, colocando a fronha na bolsa. – Obrigada por dizer *quando*, não *se*.

– Um amor como o de vocês não morre fácil assim – disse Constance, entregando-lhe William. – Eu me recuso a acreditar que vai terminar desse jeito.

Scarlett olhou para o rosto doce de William.

– Não vai – sussurrou, e olhou mais uma vez para a irmã. – Sempre romântica, né?

– Falando em romance, guardei as duas caixas de chapéu com a máquina de escrever. Aquele baú pesa uma tonelada, mas está no carro.

Howie tinha ido até lá e ajudado com a bagagem antes de ir para o aeródromo.

– Obrigada.

Ela tinha passado a noite anterior sentada à máquina até Constance insistir em guardá-la, mas não tinha conseguido atualizar a história até ali. Chegou até o último dia que passaram juntos, mas não conseguiu se dedicar ao que veio depois, em parte porque não aceitava os acontecimentos dos últimos três dias, mas também porque não sabia como aquilo tudo terminaria. Porém, durante aquelas horas, deixou que a dor se esvaísse e se jogou em um mundo onde Jameson ainda estava em seus braços.

Era ali que queria viver, onde aquele dia era sua pequena eternidade.

Segurando William na dobra do braço, conseguiu abrir a bolsa e tirar a carta que tinha escrito quando acordou naquela manhã.

– Não sei onde deixar isso – admitiu baixinho, mostrando o envelope com o nome de Jameson para a irmã.

Constance estendeu a mão, pegando o envelope das mãos de Scarlett com delicadeza.

– Eu entrego quando ele voltar – prometeu, então guardou o envelope no bolso do vestido.

Ambas sem o uniforme, Scarlett à força e Constance por escolha, uma vez que estava de licença, era fácil acreditar que nunca tinham servido. Que a guerra não tinha acontecido. Mas tinha, e embora os vestidos fossem mais macios que os uniformes da Força Aérea Auxiliar Feminina que ambas vestiram durante tanto tempo, elas estavam mais duras por fora.

Scarlett arrumou a touquinha na cabeça de William e puxou as mangas do macacão dele. Já era junho, mas ainda fazia frio para o pequeno, e estaria ainda mais frio no lugar para onde estavam indo. Olhando para o quarto pela última vez, melancólica, Scarlett fez mais uma oração para que Deus trouxesse Jameson de volta para ela, e saiu.

Ela se manteve firme enquanto caminhavam até o carro, com a cabeça erguida, como Jameson ia querer.

Scarlett se sentou no banco do passageiro e abraçou William com força enquanto Constance assumia o volante. O motor rugiu, ganhando vida, e antes que o coração de Scarlett pudesse se sobrepor à sua mente, elas se afastaram da casa, em direção a Martlesham-Heath.

Fazia apenas alguns minutos que tinham saído quando as sirenes de ataque aéreo soaram.

O olhar de Scarlett se voltou para o céu, onde conseguiu ver o contorno dos bombardeiros lá no alto.

Ela sentiu um frio na barriga.

– Onde fica o abrigo mais próximo? – perguntou Constance, a voz firme.

Scarlett olhou ao redor.

– Vire à direita.

William chorou, e seu rostinho foi ficando avermelhado enquanto as sirenes berravam o alerta.

As calçadas se encheram de civis, todos correndo em direção ao abrigo.

– Encoste – ordenou Scarlett. – Não vamos chegar a tempo com as ruas cheias assim. Temos que ir andando.

Constance assentiu, parando o carro imediatamente do lado esquerdo da rua. Elas saíram do carro, correndo em direção ao abrigo ao som das primeiras explosões.

Não havia tempo.

Levando William agarrado ao peito e correndo com Constance a seu lado, o coração de Scarlett disparou.

Faltava uma quadra.

– Mais rápido! – gritou Scarlett quando mais um estrondo estremeceu o mundo atrás delas.

A palavra mal tinha deixado seus lábios quando um assovio agudo e revelador encheu seus ouvidos, e o mundo explodiu.

O zumbido persistente em seus ouvidos só foi interrompido pelo choro de William.

Scarlett abriu os olhos à força, superando a dor que gritava através de suas costelas.

Levou alguns segundos até se orientar, lembrar o que tinha acontecido.

Um bombardeio.

Minutos. Horas? Quanto tempo tinha se passado? *William!*

Ele voltou a chorar, e Scarlett se virou de lado, quase gritando de alívio ao ver o rostinho lacrimejante ao seu lado.

Ela limpou a sujeira e a poeira das bochechas do filho, mas as lágrimas as transformaram em manchas.

– Tudo bem, amorzinho. A mamãe está aqui – garantiu, pegando-o nos braços enquanto seus olhos varriam a destruição ao redor.

A explosão os jogara em um canteiro, que por milagre acabou protegendo William. As costelas dela doíam e o tornozelo protestou, mas, tirando essas pequenas inconveniências, Scarlett estava bem. Tentou se sentar, abraçando William contra o peito, e se assustou ao ver o sangue que escorria devagar de um corte na canela, mas dirigiu apenas um olhar superficial ao ferimento, pois o pavor preencheu seu peito, substituindo a dor em suas costelas.

Onde estava Constance?

O prédio pelo qual passavam no momento da explosão agora era apenas um monte de escombros, e ela tossiu quando seus pulmões inalaram mais poeira que ar.

– Constance! – gritou, o pânico tomando conta.

A cerca de ferro do quintal onde tinham caído estava partida, e através dos vãos entre as barras Scarlett enxergou algo vermelho.

Constance.

Scarlett se esforçou para ficar de pé, os pulmões e as costelas protestando com veemência quando cambaleou em direção ao pedaço de tecido que reconhecera como o vestido de Constance. Seu braço ficou preso em alguma coisa, e ela olhou para baixo, confusa. Ainda estava com a bolsa pendurada no braço, e ficou presa em uma das barras de ferro. Puxou o braço com força, se libertando, e cambaleou mais alguns metros antes de cair de joelhos ao lado de Constance, com o cuidado de manter William distante dos blocos de pedra caídos ao redor da tia... caídos *em cima* dela.

Não. Não. Não.

Deus não podia ser tão cruel, podia? Um grito foi crescendo na garganta de Scarlett, e logo se libertou quando ela usou um dos braços e toda a sua força para tirar o pedaço feio e ofensivo de alvenaria de cima do peito da irmã.

O calor se esvaiu de seu corpo, de sua alma, quando viu o rosto de Constance coberto de poeira e sangue.

– Não! – gritou.

Não podia terminar assim. Aquele não podia ser o destino de Constance.

William começou a chorar ainda mais alto, como se também tivesse sentido o mundo perder um pouco de sua luz.

Ela pegou a mão da irmã, mas não houve resposta.

Constance estava morta.

CAPÍTULO 33

GEORGIA

Querida Scarlett,

Case comigo. Sim, estou falando sério. Sim, vou continuar pedindo até que você seja minha esposa. Faz só dois dias que deixei Middle Wallop, e mal consigo respirar de tanto que sinto sua falta. Eu te amo, Scarlett, e não é o tipo de amor que diminui com o tempo ou com a distância. Sou seu desde a primeira vez que olhei em seus olhos. Serei seu não importa quanto tempo passe até que eu veja seus olhos mais uma vez. Para sempre.

Jameson

– Você acha que 50 mil cobririam tudo? – perguntei, segurando o celular entre a orelha e um ombro bem dolorido enquanto fazia anotações.

Eu tinha exagerado na academia, mas pelo menos não sucumbira.

– É mais que suficiente! Obrigado! – exclamou o bibliotecário, Sr. Bell.

– É um prazer. – Abri um sorriso largo. Aquela era a melhor parte do meu trabalho. – Vou enviar o cheque hoje.

– Obrigado! – repetiu o Sr. Bell.

Desligamos, e abri o talão de cheques corporativo na próxima folha em branco. *Fundação de Alfabetização Scarlett Stanton*. Passei o dedo na lombada, abrindo bem o talão, e preenchi o cheque, dessa vez para um distrito escolar em Idaho.

As diretrizes eram simples: escolas que precisavam de livros recebiam dinheiro para comprar livros.

A Bisa ia amar.

Datei o cheque de 1º de março, selei o envelope e agendei a coleta com o serviço de entrega. *Pronto.* Agora eu podia ir para o estúdio.

Uma caneta com o logo dos New York Mets rolou quando abri a primeira gaveta, e meu coração murchou de novo, como acontecia todos os dias. A caneta de Noah.

Porque durante quase três meses aquela não tinha sido só a mesa da Bisa, a minha mesa, mas a de Noah também. E, como jogar aquela caneta fora não mudaria isso, guardei o talão e fechei a gaveta.

Além do mais, a caneta era o menor dos lembretes.

Ele estava em todos os lugares para onde eu olhava. Eu via nós dois dançando na sala sempre que olhava para o fonógrafo, ouvia o timbre grave da voz dele toda vez que entrava na estufa. Ele estava na cozinha, preparando um chá para mim. Na entrada, me beijando até eu ficar sem ar. No meu quarto, fazendo amor comigo. Estava ali mesmo, naquele escritório, admitindo que tinha mentido.

Inspirei fundo, mas isso não afastou a dor. Senti-la era a única maneira de superá-la. Do contrário, eu acabaria como a mesma casca oca que era após o relacionamento com Damian.

A campainha tocou, e levei o envelope até a entrada, mas não foi o rapaz da entrega que vi do outro lado quando abri a porta.

Fiquei olhando, sem acreditar, boquiaberta.

– Não vai me convidar para entrar? – perguntou Damian, estendendo um vaso de flores. – Feliz aniversário de 7 anos, meu amor.

Pensei em fechar a porta na cara dele com a satisfação de saber *exatamente* por que ele estava ali, mas acabei escolhendo a outra opção, dando um passo para trás para deixá-lo entrar e fechando a porta quando uma brisa gelada percorreu minha pele.

– Obrigado, eu tinha esquecido como aqui é frio – disse ele, ainda segurando as flores, rosas de cor rosa-claro, cheio de expectativa.

– O que você quer, Damian?

Deixei o envelope no aparador da entrada. Que estratégia ele tentaria para conseguir o que queria? Culpa? Suborno? Chantagem emocional?

– Eu queria falar de negócios. – Ele franziu o cenho ao perceber que eu não ia pegar as flores e as colocou ao lado do envelope.

– Então a coisa lógica a fazer foi pegar um avião e vir até o Colorado em vez de ligar? – Cruzei os braços.

– Eu estava emotivo – respondeu ele com aquele tom suave que guardava para pedidos de desculpas, enquanto seus olhos me percorriam de cima a baixo. – Você parece ótima, Georgia. Muito bem... mais branda, se isso faz algum sentido.

O relógio antigo soou.

– Nem se dê ao trabalho de tirar o casaco. Você vai embora antes mesmo que o relógio volte a soar.

– Quinze minutos? É esse mesmo meu valor depois de tudo o que passamos? – Ele inclinou a cabeça e abriu um sorriso, bem-humorado.

Então vamos de chantagem emocional.

– Contando o tempo de namoro, já te dei oito anos da minha vida. Acredite, estou sendo generosa com esses quinze minutos.

Tentei evitar a comparação durante todo o tempo que passei com Noah, mas com Damian ali na minha frente era impossível não perceber as diferenças. Noah era mais alto, tinha músculos definidos e demonstrava a consciência constante de um corpo desenvolvido por anos de escalada. Damian não era nada disso.

Parecia desbotado, e o que um dia considerei tão angelical de repente me parecia... *nhé*, meia-boca. O azul de seus olhos nem se comparava aos olhos castanho-escuros de Noah. Será que já tinha mesmo me sentido atraída por Damian? Ou fora o interesse dele em mim que me atraíra?

– Gostei do que fez com a casa – observou Damian, olhando ao redor.

– Obrigada.

Eu tinha pintado a entrada, optando por uma combinação de branco e cinza, aos poucos transformando a casa da Bisa na minha. A suíte era o próximo – e último – item da lista.

– Está perdendo seu tempo – declarei.

Os olhos dele saltaram para os meus, levemente semicerrados. *Aí está você.*

– Eu queria conversar com você sobre *Tudo que deixamos inacabado*.

– E o que é que tem?

– Quero fazer uma proposta, e antes de dizer não, me escute. – Ele ergueu as mãos, então pegou um envelope do bolso de dentro do casaco. – Pelos velhos tempos.

– Velhos tempos... – Refleti. – Quando você dormia com sua assistente? Ou com a maquiadora? Ou quem sabe quando engravidou Paige e não teve coragem de me contar, e eu li sobre a mãe do filho do meu marido em 16 bilhões de mensagens de texto no meio do velório da Bisa? – Inclinei a cabeça. – De qual desses *velhos tempos* você está falando?

As veias em seu pescoço saltaram, e ele teve a decência de ficar vermelho.

– São lembranças lamentáveis. Mas também temos lembranças boas. Estou aqui para ajudar, não para causar sofrimento, e trouxe um contrato pronto para você assinar. Sei que o dinheiro de Scarlett está todo investido em obras de caridade, então, se precisar de mais, posso até considerar a adaptação de outras das obras dela. Não quero ver você sofrer.

– Como você é generoso – falei, com ironia. – Mas não precisa mais se preocupar comigo. Minha galeria está indo muito bem desde que voltei a criar a arte que eu amo. Sabe, quando não estou fazendo todas aquelas *obras de caridade*.

Ele riu pelo nariz.

– Você não pode estar falando sério.

– Ah, estou, sim – respondi, inexpressiva. – Eu nunca quis o dinheiro. Foi você que sempre quis isso. E, deixa eu ver se adivinho, esse contrato que está oferecendo com tanta generosidade não só te concede os direitos de adaptação de *Tudo que deixamos inacabado*, mas também confirma a propriedade de cinco outras obras que você ainda não adaptou, já que não sou mais coproprietária da Ellsworth Produções? – perguntei, com a voz doce.

– Você sabe. – Ele estava perplexo.

– Eu sempre soube. – Passei a falar num tom mais grave. – Por que acha que fui embora sem lutar? Não tem *nada* seu que eu quisesse guardar.

– Isso não vai se sustentar no tribunal – disse ele, blefando.

– Vai, sim. Meus advogados sempre foram melhores que os seus. A Bisa garantiu isso quando fez com que os mesmos advogados incluíssem a frase *"desde que Georgia Constance Stanton permaneça como coproprietária da Ellsworth Produções"*. Ela não confiava em você, Damian.

Confiava em *mim*. Você estava ocupado demais contando dinheiro para ler a droga do contrato.

Ouvi o ronco de um motor parando na entrada.

Os olhos dele reluziram, em pânico.

– Gigi, vamos conversar. Você sabe o quanto eu gostava de Scarlett. Acha mesmo que ela ia querer isso? Ela morreria se soubesse que você se separou de mim. Que desistiu da gente.

A expressão dele mudou mais uma vez. *Ah, sim, culpa.*

– Desisti de você? Para começar, ela nunca gostou de você, e esse assunto foi encerrado no instante em que os papéis do divórcio saíram. Mas eu tenho uma pergunta para você.

Troquei o pé de apoio, agitada. Detestava me colocar naquela posição de precisar de alguma coisa dele.

– O que quiser. – Ele engoliu em seco. – Sabe que não me casei ainda, né? – Ele deu um passo à frente, e o cheiro familiar daquele perfume forte me atingiu como leite azedando na geladeira: tudo o que era bom antes agora se tornara rançoso. – Podemos resolver isso tudo. Vá em frente, me pergunte o que quiser.

Não, obrigada.

– Você sabia quem eu era quando nos conhecemos na faculdade? – indaguei.

Ele pareceu se assustar.

– Sabia?

Naquele momento, eu me vi pelos olhos dele. Uma caloura de 19 anos, desesperada por amor e reconhecimento. Um alvo fácil.

– Sim – admitiu ele, passando a mão no cabelo. – E sei quem você é agora, Gigi. Sim, fiz escolhas erradas, mas sempre amei você.

– Claro. Porque dormir com outras mulheres, *muitas* outras, com certeza é uma forma de demonstrar o quanto você ama sua esposa. – Fiz uma pausa, me preparando para a dor, mas ela não veio. – O estranho foi que minha mãe me avisou.

A porta da frente se abriu, e Hazel entrou cambaleando, descabelada e com os olhos arregalados.

– Meu Deus, você precisa ver isso! – Ela parou de repente, as sobrancelhas se arqueando ao ver Damian. – Que. Merda. É. Essa?

– Hazel. – Ele deu um sorriso irônico e um aceno de cabeça.

– Babaca. – Ela semicerrou os olhos e parou ao meu lado.

– Damian já estava de saída – falei, com um sorrisinho rápido, e o relógio tocou. – O tempo dele acabou.

– Gigi – implorou ele.

– Tchau. – Fui até a porta, que segurei aberta. – Mande lembranças à Paige e... Qual é o nome do seu filho?

– Damian Jr.

– Claro. – Apontei para o lado de fora. – Dirija com cuidado. A estrada fica escorregadia nesta época do ano.

O barulho da porta fechando foi mais satisfatório do que no dia em que fui embora do apartamento de Nova York.

– Você contou para ele? – perguntou Hazel, abrindo o casaco e o pendurando no armário da entrada.

– Sobre as adaptações? Contei. Foi divertido. – Abri um sorriso e coloquei o cabelo atrás das orelhas. – E você, por que entrou aqui toda esbaforida?

– Ah! – Ela arregalou os olhos. – Você precisa dar uma olhada numa coisa na internet agora mesmo.

Ela pegou minha mão e me puxou até o escritório, praticamente me empurrando na cadeira ao abrir o YouTube e digitar o nome de Noah.

– Hazel – alertei, baixinho.

A última coisa de que eu precisava era ver um vídeo de Noah passeando por Nova York como se não tivesse partido meu coração em um milhão de pedacinhos.

– Não é o que você está pensando. – Ela abriu o vídeo de um programa matinal famoso, e bati o pé, impaciente, durante os cinco segundos de anúncios. – Espera, só começa lá pela metade, e eu quase cuspi o café quando vi.

Ela clicou na metade do vídeo, pulando os primeiros dez minutos.

– ... ele acha que é? – perguntou a âncora ao colega, que balançava a cabeça. – Não se faz isso com Scarlett Stanton. Não.

– Sou obrigado a comentar que a editora deveria saber qual seria o resultado quando contratou Noah Harrison para concluir a obra – respondeu o colega.

– Ah, meu Deus – sussurrei.

Meu estômago pareceu saltar para fora do corpo e desaparecer da face da Terra. Saber que Noah talvez recebesse críticas negativas da imprensa por conta da minha escolha e ver isso acontecer eram duas coisas diferentes.

– Espera que piora – murmurou Hazel.

– Muito?

Eu não sabia se seria capaz de suportar.

– Só assiste.

– Não sou a única que está reclamando – disse a âncora, erguendo as mãos. – As primeiras críticas já saíram e, vou te contar, não são nada boas. A *Publication Quarterly* chamou de, abre aspas, "uma tentativa egoísta de ofuscar a principal autora de romances de sua época".

A plateia vaiou, e minhas mãos voaram até meus lábios.

– Isso não é justo! – falei.

– Espera que piora – repetiu Hazel.

– Como? Eles vão colocar fogo em um Noah de papelão? – perguntei.

– Você ficaria incomodada se eles fizessem isso? – perguntou ela com uma inocência fingida.

Olhei para minha amiga e revirei os olhos.

– O *New York Daily* foi além, dizendo que "Scarlett Stanton está se revirando no túmulo. Embora incrivelmente bem escrito e comovente, o desprezo de Harrison pela marca de sucesso que são os finais felizes de Stanton é um tapa na cara dos fãs de romance do mundo inteiro". E não tenho como discordar.

– Faça isso parar.

Minhas mãos deslizaram dos lábios em direção aos olhos quando uma foto de Noah apareceu no vídeo.

– Mais um minutinho. – Hazel tirou o mouse do meu alcance.

– O *Chicago Tribune* disse que, "desde Jane Austen, não tínhamos uma escritora de romances tão amada internacionalmente e tão desprezada pelos homens. O fim doloroso e emocionalmente sádico de Noah Harrison para a história de amor da própria Scarlett Stanton é imperdoável".

– Ah, Noah... – resmunguei, apoiando a testa nas mãos.

– Mas a melhor crítica, como sempre, talvez tenha vindo da própria

Scarlett Stanton, que disse: "Ninguém escreve uma ficção tão dolorosa e deprimente disfarçada de história de amor como Noah Harrison." – A âncora soltou um suspiro. – Falando sério, o que a editora estava pensando? Não se dá a um homem acesso a um cantinho da indústria que as mulheres tiveram que agarrar à unha em meio a piadas de estigma e censura moral deixando que ele pisoteie a própria definição do gênero. Não. Que vergonha, Noah Harrison. Que vergonha.

A âncora apontou para a câmera, e o quadro chegou ao fim.

– Pelo menos não colocaram fogo nele – resmunguei, olhando para a tela do computador, horrorizada.

– Colocaram sua bisavó para fazer isso – pontuou Hazel.

– Não estão sendo justos com ele. É um final lindo e comovente. – Eu me recostei na cadeira e cruzei os braços. – É uma homenagem respeitosa ao que ela passou na vida real. E ele não teve *nada* a ver com o desprezo ao gênero. Fui eu!

– Tenho uma novidade para você, Gê. Ninguém lê romances em busca da vida real. – Ela soltou um suspiro. – Além do mais, aquele homem está tão apaixonado por você que eu não consigo nem… nada. Não consigo.

Ela se empoleirou na beirada da mesa e olhou para mim.

– Não começa – sussurrei, meu coração se dilacerando, as feridas se abrindo novamente.

– Ah, vou começar, sim. – Ela se posicionou de modo que eu não pudesse desviar o olhar. – Aquele homem destruiu a própria carreira num palco para o mundo todo ver por sua causa.

– Ele destruiu a própria carreira por obrigação contratual – retruquei, mas o estrago estava feito.

Meu corpo inteiro doía de saudade dele, como acontecia todos os dias. Acrescentando a isso o ódio que ele estava sofrendo por causa de uma escolha minha, eu estava pronta para me enterrar num pote de sorvete.

– Pode repetir isso o quanto quiser. – Ela balançou a cabeça. – Ele é Noah Harrison. Se quisesse rescindir o contrato, teria rescindindo o contrato. Ele fez isso por você. Para provar que manteria a palavra dele.

– Ele mentiu sem motivo nenhum. – A frustração foi crescendo, fazendo o possível para ser mais forte que a dor. – Eu não teria mandado Noah embora em dezembro se soubesse que ele tinha terminado o livro. Já estava apaixonada por ele!

Levei minha mão à boca na mesma hora.

– Rá! – Hazel apontou o dedo para mim. – Eu te disse!

– Não importa! – Meus braços caíram ao lado do corpo. – A tinta ainda nem secou nos papéis do meu divórcio. Não faz nem um ano! – Meu corpo se retesou. – Não tem uma regra que diz que a gente precisa de um tempo sozinha antes de jogar toda a bagagem em cima de outro homem?

– Tá, primeiro: não tem regra nenhuma. Segundo: já vi os braços do Noah. Ele pode carregar toda a sua bagagem e mais um pouco. – Ela contraiu o rosto.

– Cala a boca – falei, mas Hazel não estava errada.

– Terceiro: você não é sua mãe, Gê. Você *nunca* vai ser. E, sendo bem sincera, você passou os seis anos daquele casamento horroroso praticamente sozinha. Teve *bastante* tempo para se concentrar em si mesma, mas, se precisa de mais, tudo bem. Só faça um favor ao mundo e diga isso para aquele homem.

Eu me joguei no encosto da cadeira.

– Não tem como. Moramos do outro lado do país. Além do mais, faz três semanas que ele tentou ligar. Já deve ter superado. A taxa de recuperação dele é astronômica.

– Se com isso você quer dizer que ele só foi visto em público com a irmã, eu concordo. – Hazel arqueou uma das sobrancelhas. – Eu te amo, mas você precisa parar de ser tão teimosa. Ele te ama. Fez besteira. Acontece. Owen faz besteira uma vez a cada três dias, pede desculpa, se redime e faz alguma outra besteira três dias depois. A gente vai se ajeitando com o passar do tempo.

Ela olhou para a aliança e sorriu.

– Que tipo de besteira você faz? – perguntei.

– Eu sou perfeita. Além do mais, não estamos falando de mim. – O celular dela tocou, e Hazel ficou de pé para poder tirá-lo do bolso. – Oi, amor. Espera. Como é que é? Colin fez *o que* com a tesoura enquanto você estava no banheiro? Curto *quanto*? – A voz dela foi ficando cada vez mais estridente.

Eita. Fiquei de pé num salto e corri até o armário do corredor, arrancando o casaco dela do cabide e enfiando em suas mãos enquanto ela saía pela porta.

– Não, não tenta arrumar! – Ela me deu um tchau frenético e abriu a porta do carro. – Não, não tô brava, podia ter acontecido comigo. Vai crescer... – A voz dela sumiu quando Hazel entrou no carro.

– Boa sorte! – gritei quando ela saiu, seu carro substituído pelo da transportadora. – Só um segundo! – falei, correndo de volta para dentro para pegar o envelope e as rosas também. – Toma isso aqui também, Tom. Pode levar as flores para sua esposa.

– Tem certeza? – perguntou ele, olhando para o arranjo.

– Absoluta.

– Espera, tenho uma entrega para você – disse ele, trocando o envelope e as rosas por uma caixa de tamanho médio.

Assinei a entrega e vi que o remetente era o advogado da Bisa.

Ah, é. Meu aniversário de 7 anos de casada. Pelo menos ela não estava ali para ver a zona que aquilo tinha se tornado.

O fim doloroso e emocionalmente sádico de Noah Harrison para a história de amor da própria Scarlett Stanton é imperdoável. Soltei um suspiro e fiquei olhando para a caixa, torcendo para que houvesse uma resposta fácil para tudo aquilo. Ou, quem sabe, até existisse e Hazel tivesse razão: eu só precisava vencer minha teimosia.

Peguei o celular do bolso do colete, abri as mensagens e escrevi: Sinto muito pelas críticas.

Sentia mesmo, mas meu coração não parava de gritar de alegria por ele ter mantido a promessa.

A mensagem foi entregue, mas não foi lida. Quando será que ele ia ler? Talvez nem abrisse.

– De Rainha do Gelo a Zona Absoluta. Não sei se foi um avanço – resmunguei, pegando a caixa da Bisa.

A fita cedeu fácil, o que foi conveniente, uma vez que eu não tinha mais Noah... ou o canivete dele.

Dentro da caixa havia três envelopes pardos. O que dizia *Segundo, nesta ordem* era mais grosso. Coloquei-o de lado com o terceiro, então abri o primeiro e tirei uma carta. Meu coração bateu forte, com um sentimento agridoce ao ver a letra da Bisa.

Minha querida Georgia,

Hoje é seu aniversário de casamento. Se estou certa quanto ao declínio da minha saúde, é o sétimo. O sétimo ano foi um baque para seu bisavô Brian e eu. Ele tinha acabado de ser diagnosticado, tudo saiu dos trilhos, e só o que pudemos fazer foi nos agarrarmos um ao outro.

Espero que seu sétimo ano seja mais tranquilo.

Mas, caso não seja, acho que é hora de você entender de verdade a profundidade do amor que te gerou. Você, minha querida, é produto de gerações de amor, não só da paixão que alguns vivem, mas amor verdadeiro, profundo, que tem o poder de curar a alma e que nem o tempo é capaz de separar.

Espero que a esta altura já tenha limpado meu armário – não, não esse, o outro. Sim, o outro, onde todas as roupas foram substituídas por folhas de papel, cortesia daquela pequena máquina de escrever que foi minha companhia constante na alegria e na tristeza. Espero que tenha encontrado o pequeno nicho atrás da segunda prateleira. Se não encontrou, vá olhar... Eu espero bem aqui.

Encontrou? Ótimo. Essa foi a obra que nunca consegui terminar. A obra que comecei a escrever para meu querido William. Me desculpe por nunca ter deixado que você lesse enquanto estávamos juntas. Minhas desculpas são intermináveis, mas a verdade é que tive medo de que você me enxergasse por dentro.

Você vai ver que o livro termina naquele que foi, até então, o dia mais difícil da minha vida. O dia em que perdi minha irmã, minha melhor amiga, enquanto ainda lidava com a perda do amor da minha vida. Aquele dia só foi ofuscado pela noite de neve que levou William e Hannah. Nossa família nunca deixou de ter sua cota de tragédia, não é mesmo?

Essa história agora é sua, Georgia. Não se apresse. Eu me aventurei com ela ao longo dos anos, acrescentando detalhes de memória, depois a deixei de lado. Quando chegar ao fim, quando estiver ali comigo naquela rua de Ipswich devastada pela guerra, coberta de poeira, quero que leia as cartas empilhadas sobre o manuscrito.

Elas são a prova do amor que gerou você, o fato por trás dos momentos de ficção ornamentada. Quando sentir esse amor, sentir o sabor da *fumaça acre do último ataque aéreo na língua e estiver pronta para o que veio na sequência, abra o próximo envelope. Vai se dar conta de que sempre soube qual foi o final... o meio é que era confuso.*

Quando terminar, espero que leia o terceiro, e último, envelope.

Por favor, me perdoe por ter mentido.

Todo o meu amor,

Bisa

A Bisa nunca mentia. Do que ela estava falando? Meus dedos tremeram quando abri o envelope mais grosso. Eu já tinha lido o manuscrito e as cartas e chorado em meio a soluços angustiados quando Scarlett recebe a notícia do desaparecimento de Jameson e mais uma vez quando se dá conta de que Constance está morta.

Tirei o maço de papel do envelope e passei os dedos pelos golpes firmes e familiares da máquina de escrever da Bisa.

E li.

CAPÍTULO 34

JUNHO DE 1942

Ipswich, Inglaterra

Scarlett já não estava mais gelada. O frio se transformara em um torpor bem-vindo quando olhou para a irmã sem vida.

Aquele era o preço pela vida de William? Pela sua? Será que Deus tinha levado Jameson e Constance como uma espécie de pagamento divino?

– Shh – sussurrou no ouvido de William, enquanto os seus zumbiam, tentando acalmar o filho.

Não havia mais ninguém no mundo que pudesse acalmá-la. Todos que amava, com exceção de William, estavam mortos.

O bebê levou uma mão grudenta ao rosto dela, e Scarlett olhou aturdida para o sangue em sua palma, sentindo o coração parar. Usando a barra do vestido, limpou a pele de William e soluçou, aliviada. O sangue não era dele.

Aquilo não estava acontecendo. Não era verdade. Não podia ser. Ela se recusava a aceitar.

Agarrou o ombro de Constance e a chacoalhou com fúria, tentando trazer a irmã de volta à vida.

– Acorde! – exigiu, gritando como uma carpideira. – Constance! – chamou, chorando. – Você não pode morrer! Não vou deixar!

Para sua surpresa, Constance acordou com uma tosse pesada, se esforçando para respirar. Não estava morta, só inconsciente.

– Constance! – gritou, arfando e soluçando de alívio, inclinando o corpo sobre a irmã e segurando William com cuidado. – Consegue se mexer?

Constance olhou para ela, confusa, os olhos vidrados.

– Acho que sim – respondeu, a voz coaxada como a de um sapo.

– Devagar – disse Scarlett, ajudando a irmã a se levantar.

O rosto de Constance estava machucado, o sangue escorrendo de um corte acima do olho esquerdo, o nariz claramente quebrado.

– Pensei que tivesse morrido – disse Scarlett, chorando e abraçando a irmã mais forte do que nunca.

Constance levou a mão às costas de Scarlett, envolvendo também William no abraço.

– Estou bem – garantiu à irmã. – William está…

– Ele parece bem – respondeu Scarlett, olhando para William e Constance.

O frio tinha voltado, e sua cabeça parecia estar embaixo d'água.

– Acabou? – perguntou Constance, olhando para a destruição que os rodeava.

– Acho que sim – respondeu Scarlett ao perceber que não havia sirenes tocando.

– Graças a Deus.

Constance abraçou a irmã mais uma vez antes de recuar, chocada. Sua expressão fez os pelos da nuca de Scarlett se arrepiarem.

– O que foi? – perguntou.

Constance ficou olhando fixamente para a mão ensopada de sangue. Ajeitando William no quadril, Scarlett limpou o sangue com um pedaço mais limpo do vestido. O ar jorrou de seus pulmões de tanto alívio. Sorte. Elas tiveram tanta sorte.

– Tá tudo bem – garantiu Scarlett à irmã, com um sorriso trêmulo. – Não é seu.

Os olhos arregalados de Constance percorreram o corpo da irmã.

– É seu – sussurrou ela.

Como se as palavras de Constance tivessem acordado o corpo de Scarlett, derrubando as defesas erguidas pelo choque, a agonia a dominou e uma dor lancinante explodiu em suas costelas. Scarlett arquejou quando a dor tomou conta, seu olhar percorrendo a mancha de sangue que se espalhava pelo vestido xadrez azul, o mesmo que tinha usado no primeiro encontro com Jameson.

Tudo passou a fazer sentido: o frio, a dor, a tontura. Estava perdendo sangue. Seu equilíbrio cedeu, e ela caiu de lado; mal conseguiu evitar que a cabeça de William batesse na calçada.

– Scarlett! – gritou Constance, e o som teve que atravessar a névoa na cabeça da irmã.

Scarlett se concentrou no filho.

– Eu te amo mais que todas as estrelas do céu – sussurrou para William, que tinha parado de chorar e estava deitado em seu braço, olhando para ela com os olhos da mesma cor dos seus. – Meu William.

Naquele momento de caos e sirenes estridentes, tudo ficou tão claro, como se ela conseguisse enxergar os fios do destino que teciam aquela tapeçaria. Sair de casa. Servir ao lado da irmã. Conhecer Jameson naquela estrada empoeirada. Apaixonar-se loucamente. Não era a trajetória deles que estava em perigo; ela já estava definida. Apenas a de William estava em aberto.

– Foi tudo por você, William – sussurrou ela, a garganta se fechando, forçando um balbucio. – Você é muito amado. Nunca duvide disso.

Constance pairou sobre eles, desesperada, analisando as costas de Scarlett. Seu lábio inferior tremeu quando ela se aproximou, ajoelhada.

– Você tem que se levantar. Precisamos ir ao hospital!

– Estou bem. – Scarlett sorriu quando a dor aliviou mais uma vez. – Você precisa ir – ela deu um jeito de dizer, entre inspirações úmidas e ofegantes.

– Não vou a lugar nenhum!

O pânico no rosto de Constance rasgou o coração de Scarlett ao meio. Ela não podia salvar a irmã daquilo. Não podia nem salvar a si mesma.

– Vai, sim. – Scarlett voltou o olhar para William. – Ele precisa aprender a acampar – disse, sem desviar o olhar do rosto do filho, do rosto de Jameson. – E pescar, e voar.

Era o que Jameson queria. Que o filho crescesse a salvo das bombas que tinham levado àquele momento.

– E você pode ensinar tudo isso a ele! – gritou Constance. – Mas precisamos ir ao hospital. Está ouvindo as sirenes? Estão perto.

– Eu queria mais tempo com você – disse Scarlett a William, as palavras saindo com dificuldade. – Nós dois queríamos.

– Scarlett, escute! – gritou Constance.

– Não, escute você – disse Scarlett, e uma tosse assolou seu corpo, o sangue borbulhando em seus lábios. Ela se esforçou para inspirar fundo em meio ao sangue e encarou a irmã. – Você jurou que ia proteger William.

– Com minha vida. – Constance repetiu o juramento.

– Tire ele daqui – ordenou Scarlett, reunindo todas as suas forças. – Leve William até Vernon.

Os olhos de Constance demonstraram compreender o que a irmã queria dizer, e lágrimas escorreram pela terra em seu rosto.

– Não sem você.

– Prometa que vai cuidar dele. – Scarlett usou a energia que lhe restava para virar a cabeça para o filho lindo, perfeito.

– Prometo – disse Constance, a voz embargada pelas lágrimas.

– Obrigada – sussurrou Scarlett, olhando para William. – Nós te amamos.

– Scarlett – implorou Constance, soluçando, segurando a nuca da irmã quando seus olhos perderam o foco.

– Jameson... – sussurrou Scarlett com um sorriso fraco.

E se foi.

– Não! – gritou Constance, mais alto que o lamento estridente das sirenes.

O rosto de William se contraiu quando o menino soltou um grito que ecoou o dela.

Onde estava a ambulância? Eles com certeza podiam fazer alguma coisa. Não era assim que acabava... Não podia ser.

Pedaços de destroços se cravaram em seus joelhos quando ela se inclinou sobre Scarlett e pegou William nos braços, aninhando a cabeça do sobrinho no peito, sem piscar, entorpecida, o mundo girando ao seu redor.

– Senhora? – perguntou uma voz quando alguém se agachou ao seu lado. – A senhora e seu bebê estão bem?

Constance franziu o cenho, tentando entender as palavras do homem.

– Minha irmã – disse ela, como se fosse uma explicação.

O homem olhou para ela com pena, seu olhar saltando entre o corpo caído de Scarlett e os olhos de Constance.

– Ela se foi – disse o homem, com a maior gentileza possível.

– Eu sei – sussurrou ela, os lábios tremendo.

– Alguém pode me ajudar aqui? – gritou o homem por cima do ombro. Outros dois homens apareceram e se agacharam ao lado dela. – Vamos cuidar dela. Você precisa ir para o hospital. Está sangrando.

– Estou de carro – disse Constance, os olhos arregalados e desfocados.

Quando os homens pediram um documento de identificação, ela entregou a bolsa. Sua mente parecia ter se desligado, como se tivesse atingido o limite do trauma, do sofrimento.

Edward.

Jameson.

Scarlett.

Era demais. Como era possível sentir tanta dor e não morrer? Por que ela estava ajoelhada, quase ilesa, em meio aos escombros que tinham levado sua irmã?

Constance ficou de pé, cambaleando e segurando William contra o peito enquanto os homens colocavam Scarlett em uma ambulância.

Prometa que vai cuidar dele. Ela ouviu as palavras de Scarlett sussurradas em meio à cacofonia da rua, consumindo todo o seu ser.

Abraçou William com mais força, aninhando a cabeça do sobrinho sob o queixo.

Aquilo tudo acabaria ali.

O sofrimento, os bombardeios, as perdas. William viveria.

Ignorando os chamados dos homens ao seu redor, Constance pegou a bolsa aos seus pés e foi avançando pela calçada, escorregando duas vezes em estilhaços, conforme as pessoas ressurgiam, saindo dos abrigos.

Ela tinha que levar William até Vernon. Tinha que colocá-lo naquele avião.

Atordoada, mas determinada, voltou para o carro, o choro de William se misturando ao zumbido em seus ouvidos e aos gritos do próprio coração.

Ela se sentou ao volante e viu que tinha deixado a chave na ignição. Prendeu William no assento ao seu lado e partiu em direção ao aeródromo, piscando sem parar para vencer a névoa em seus olhos.

Sem lembrar muito bem do trajeto até lá, chegou ao aeródromo e mostrou a autorização que mantinha no painel. O guarda a deixou passar, e ela seguiu em direção ao hangar, desconcertada, embriagada de choque e dor.

Estacionou o carro de qualquer jeito, então envolveu William no cobertor e saiu. Prendeu o pé na alça de sua bolsa... Não, era a bolsa de Scarlett.

Então estava com os documentos de William, mas onde estavam os dela?

Com Scarlett. Lidaria com isso depois. Abraçou William e foi cambaleando em direção à frente do carro, onde um homem alto de uniforme correu em sua direção. Era parecido demais com Jameson para não ser tio dele.

– Vernon? – perguntou ela, agarrada a William como por reflexo.

– Meu Deus, você está bem?

Os olhos do homem eram verdes como os de Jameson e reluziram cheios de surpresa e choque quando ele parou diante dela.

– Você é Vernon, não é? – Nada mais importava. – Tio de Jameson?

O homem assentiu, analisando seu rosto com atenção.

– Scarlett?

O coração dela se partiu ao meio, a dor lancinante cortando a névoa.

– Minha irmã morreu – sussurrou. – Ela estava bem ali, nos meus braços, e morreu.

– Vocês foram pegas pelo bombardeio? – Ele franziu o cenho.

Ela assentiu.

– Minha irmã morreu – repetiu ela. – Eu trouxe William.

– Sinto muito. Tem um corte bem feio na sua testa.

Ele segurou o ombro de Constance com uma das mãos e limpou sua testa com um lenço.

– Senhor, não temos muito tempo. Não podemos adiar a decolagem mais uma vez! – gritou alguém.

Vernon soltou um palavrão baixinho.

– Trouxe tudo de que precisa? – perguntou ele.

– Está tudo no carro. Um baú e duas malas, como Jameson disse... – Sua voz falhou. – Eu mesma arrumei tudo.

O rosto de Vernon se fechou.

– Eles vão encontrar Jameson – jurou ele. – Têm que encontrar. Até lá, isso era o que ele queria.

A tristeza em seus olhos refletia a dela.

Ela assentiu. *Não vão encontrá-lo, não vivo.* Esse sentimento se instalou bem no fundo do seu coração, que lhe dizia que Jameson estava com Scarlett.

William estava sozinho. O que aconteceria com ele?

– Peguem as malas – ordenou Vernon aos homens que estavam em pé atrás dele, então passou o polegar no rosto de William e no cobertor que o envolvia. – Eu reconheceria a obra da minha irmã em qualquer lugar – resmungou, com um sorriso discreto, enquanto as malas eram levadas para a pista. Ele a observou mais uma vez, e sua expressão se suavizou. – Seus olhos são tão azuis quanto ele descreveu – disse baixinho, voltando o olhar para William. – Estou vendo que os dele também.

– São de família – murmurou Constance.

Família. Ela ia mesmo entregar o sobrinho, o filho de Scarlett, a um completo estranho só porque eram parentes?

Prometa que vai cuidar dele. A voz de Scarlett soou em seus ouvidos. Constance podia fazer aquilo... por ela.

– O corte na sua cabeça parece mais sério do que é de verdade – observou Vernon, examinando o rosto dela ao afastar o lenço. – Mas tenho quase certeza de que seu nariz está quebrado.

– Não importa – respondeu ela, apenas. Nada importava.

Ele franziu o cenho.

– Vamos entrar no avião. Os médicos podem dar uma olhada em você antes de decolarmos para os Estados Unidos. Sinto muito pela sua irmã – disse ele baixinho, colocando as mãos nas costas de Constance e levando-a em direção à pista. – Jameson me contou o quanto vocês eram próximas.

Tudo em Constance se contraiu ao ouvir aquela frase no passado, mas ela seguiu em frente, continuou caminhando, e eles logo chegaram à pista, onde giravam as hélices de um bombardeiro que ela sabia que o Comando de Transporte Aéreo usava para levar os pilotos de volta aos Estados Unidos.

Alguns oficiais uniformizados aguardavam em frente à porta. Certamente estavam na lista de passageiros.

– Minha nossa – resmungou um deles, olhando para ela.

– Algum problema, O'Connor? – perguntou Vernon, ríspido. – Nunca viu uma mulher que foi pega em um bombardeio?

– Desculpe – resmungou o homem, desviando o olhar.

– Não me diga que esse bebê vai chorar durante todo o percurso até o Maine – comentou um dos ianques em tom de brincadeira, em uma tentativa óbvia de disfarçar o constrangimento.

– *Esse bebê* – disse Vernon, apontando para William – é William Vernon Stanton, meu sobrinho-neto, e pode chorar o tempo todo se quiser.

– Sim, senhor.

O homem cumprimentou Constance, tocando a ponta do quepe, e entrou no avião.

– Está com seus documentos?

Vernon olhou para a bolsa de Constance... Não, a bolsa de *Scarlett*.

– Estou – sussurrou ela, o estômago se revirando e a gravidade parecendo pesar sobre ela.

Seus olhos são tão azuis quanto ele descreveu. Vernon achava que ela era Scarlett. Todos achavam. Ela abriu a boca para corrigi-lo, mas não saiu nada.

– Ótimo!

O último oficial ergueu a prancheta e olhou para Constance e Vernon.

– Tenente-coronel Stanton – disse, com um aceno de cabeça, marcando o nome na lista. – Eu não esperava que William Stanton fosse tão jovem, mas ele está na lista. – Ele a checou mais uma vez. – E você é...

Prometa que vai cuidar dele.

Com minha vida. Ela prometera a Scarlett, e era exatamente isso que daria... sua vida pela de William. Somente Scarlett poderia ir com ele, protegê-lo.

Ela ergueu o queixo, equilibrou William no quadril e abriu a bolsa com os dedos trêmulos para pegar o visto que tinha guardado naquela manhã. O ferimento em seu rosto era, de certa forma, uma bênção. Ela entregou os documentos ao oficial, mostrando a cicatriz na palma da mão, conforme a descrição. Então beijou a testa de William e implorou seu perdão em silêncio.

– Scarlett Stanton.

CAPÍTULO 35

GEORGIA

– Ah, meu Deus – sussurrei, a última página caindo aos meus pés.

Minha respiração ficou ofegante, e duas lágrimas respingaram no papel. Bisa não era Scarlett... era Constance.

Havia um rugido em meus ouvidos, como se as engrenagens da minha mente estivessem girando quatro vezes mais rápido, tentando processar aquilo tudo, dar um sentido ao que ela escrevera.

Todos aqueles anos, e ela nunca disse uma palavra. Nem uma só palavra. Levou o segredo para o túmulo, sustentou-o sozinha. Ou será que o biso Brian sabia?

Peguei a página caída, acrescentando-a ao final do capítulo, e enfiei tudo de volta no envelope. Por que ela não me contou? Por que agora, quando eu não podia mais perguntar?

O selo do terceiro envelope cedeu fácil, e na pressa de ler quase rasguei os papéis.

Minha querida Georgia,

Você me odeia? Eu não poderia culpá-la. Houve dias em que eu mesma me odiei, em que assinei o nome dela e senti cada centímetro da fraude que eu era. Mas esta carta não é para mim; é para você. Então me permita responder às perguntas óbvias.

Enquanto sobrevoávamos o Atlântico, William pegou no sono, quen-

tinho no colo de Vernon. Foi quando a realidade do que eu tinha feito me atingiu. Havia tantas formas de aquilo tudo dar errado, mas eu não podia abrir o jogo, não com William envolvido. Era questão de tempo até que a verdade fosse revelada e eu fosse obrigada a voltar para a Inglaterra. Eu só precisava de tempo suficiente para conhecer a família de Jameson, para ter certeza de que William estaria em boas mãos. Precisava seguir com a encenação.

Peguei papel e caneta dentro da bolsa e dei adeus a Constance, sabendo que enviar aquela carta só ajudaria a convencer minha família de que William estava fora do alcance deles.

Dois dias depois de chegarmos aos Estados Unidos, mandei a carta e dei de cara com um jornal britânico no saguão do hotel. Listava as últimas mortes dos bombardeios de junho. Meu coração parou quando li Constance Wadsworth listada entre os mortos. Foi quando me lembrei de que foi a minha bolsa que os atendentes da ambulância levaram com minha irmã.

Por Deus, foi quando percebi que poderia ficar com William, não só até ele estar bem instalado, mas para sempre. Para minha mãe, meu pai e Henry, Constance estava morta. Ninguém questionaria isso. Eu estava livre, mas só como Scarlett. A mentira temporária se tornou minha vida.

Vernon me levou até a imigração, onde me deram um novo documento de identidade, dessa vez com a *minha* foto. Meu rosto continuava inchado do bombardeio, o nariz coberto pelo curativo até o momento em que o fotógrafo pegou a câmera. As demais características de identificação – a cicatriz e a pinta – se equivaliam de maneira perfeita, como sempre.

A família de Jameson foi tão amorosa e acolhedora, mesmo em meio à dor insuportável. Vi a luz se apagar aos poucos nos olhos da mãe dele com o passar dos meses e dos anos, sem nenhuma notícia do filho. E não precisei fingir o sofrimento; minha dor pela perda de Jameson e Edward era muito real, e mais ainda pela perda da minha irmã.

Desde que nasci, ela esteve ao meu lado. Fomos educadas juntas, juramos passar pela guerra juntas, e ali estava eu, criando o filho dela em um país estrangeiro que agora era meu, praticando a assinatura dela sem parar e depois queimando as páginas para ninguém desconfiar.

O primeiro desafio de verdade surgiu no dia em que Beatrice perguntou quando eu ia voltar a escrever. Ah, eu parecia minha irmã, sim, até na voz. Conhecia os detalhes mais íntimos da vida dela, mas escrever... nunca foi meu talento. Talvez eu devesse ter contado a eles naquele momento, mas o medo de que me separassem de William era maior do que eu era capaz de suportar. Então fingia escrever quando ninguém estava olhando. Datilografei de novo *A filha do diplomata* página a página, corrigindo erros gramaticais e alterando algumas passagens para poder dizer com sinceridade que tinha escrito *algo* ali. Me dei conta de que as mentiras saíam com mais facilidade quando baseadas em alguma verdade, então injetei verdades em todas as situações possíveis.

Não enviei *A filha do diplomata* para nenhuma editora. Beatrice fez isso no ano em que a guerra acabou. No ano em que terminamos o gazebo na curva do riacho onde Jameson pediu a Scarlett que esperasse por ele. Foi naquele ano que Beatrice aceitou o que eu já sabia. Jameson não ia voltar. Eu ajudei a construir o gazebo para um futuro que só existia na minha imaginação, um futuro em que o amor e a tragédia não andassem de mãos dadas.

O problema de assinar o primeiro contrato de publicação foi o pedido pelo segundo, pelo terceiro, pelo quarto. Revirei a caixa de chapéu, usei os capítulos parciais de Scarlett, suas anotações de enredo e, quando meu coração falhou, simplesmente imaginei que ela estava ao meu lado, nós duas escondidas na casa dos nossos pais, caminhando pelas estradas compridas, sentadas à mesa da cozinha, ela me contando o que aconteceria na sequência. Assim, ela viveu em cada livro que datilografei, e nos que escrevi após esvaziar a caixa de chapéu.

Mandei construir uma casa grande o bastante para a família de Jameson, e nos mudamos.

Então Brian surgiu. Ah, Georgia, eu me apaixonei por aqueles olhos amorosos e o sorriso suave dele logo no primeiro ano em que ele alugou o chalé. Não era o mesmo que sentia por Edward – aquele tipo de amor só acontece uma vez na vida –, mas era constante, caloroso e suave como o degelo na primavera. Depois de Henry... Bom, eu precisava de gentileza.

Beatrice viu. Ela percebeu.

William também notou. Nunca expressou reprovação. Nunca fez com que eu me sentisse culpada. Porém, no ano em que completou 16 anos, encontrou Brian e eu dançando no gazebo. O fonógrafo desapareceu no dia seguinte. Ele tinha o sorriso e a paixão pela vida do pai, e os olhos e a determinação da mãe. Ele foi a melhor coisa que fiz, e no dia em que se casou com Hannah - o amor da vida dele -, William me disse que estava na hora de eu me casar com o meu.

Eu disse a ele que a guerra tinha levado o amor da minha vida - isso era verdade.

Ele me disse que Jameson ia querer que eu fosse feliz - isso também era verdade.

Todo ano Brian fazia o pedido. Todo ano eu recusava.

Georgia, existe dentro de mim um lugar cinzento e sombrio onde sou ao mesmo tempo a garota que fui... e a mulher que me tornei aquele dia, ao mesmo tempo Constance e Scarlett. E, nesse lugar cinzento, ainda estou casada com Henry Wadsworth - embora ele tenha se casado de novo e ido morar com a nova família nas terras que me destruí para proteger. As terras onde ele enterrou minha irmã, em seu único gesto romântico. E pode ser que a garota que foi abusada de forma tão flagrante tenha sentido um prazer perverso ao saber que tinha o poder de destruir a vida dele simplesmente admitindo que estava viva.

A mulher que eu era se recusava a permitir que a sombra apagasse a luz de Brian - se recusava a envolvê-lo em um casamento que acabaria se revelando tão fraudulento quanto eu era -, mas nunca poderia lhe dizer a verdade, pois isso o tornaria cúmplice dos meus crimes. Ele parou de pedir em 1968.

No dia em que li que Henry Wadsworth tinha morrido em consequência de um derrame, corri até a clínica veterinária onde Brian trabalhava e implorei a ele que pedisse mais uma vez. Só depois de receber a bênção de William eu disse aos advogados que dessem início à papelada de Jameson.

Eu me casei com Brian dezessete anos depois que nos conhecemos, e a década que passamos casados foi a mais feliz da minha vida. Encontrei meu "felizes para sempre". Nunca duvide disso. William e Hannah passaram tanto tempo tentando engravidar, e Ava era a menina dos olhos deles – e a minha também. Eu queria que você a tivesse conhecido antes do acidente, Georgia. A tragédia despedaça as gentilezas e solda os pedaços de maneiras que não conseguimos controlar. Alguns acabam se tornando criaturas mais fortes e resilientes. Em outros, os pedaços se fundem antes que cicatrizem, deixando apenas pontas afiadas. Não tenho como oferecer outra razão que explique o modo como ela te feriu ao longo dos anos.

Você, minha querida, foi a luz da minha vida tão longa.

Você foi o motivo pelo qual desacelerei, passei a viver com mais propósito e menos medo.

Você, Georgia, que me lembra tanto minha irmã.

Você tem a determinação indomável dela, o coração forte, o espírito feroz, os olhos dela... os meus olhos.

Espero que esta entrega encontre uma Georgia feliz e loucamente apaixonada pelo homem que achar digno de seu coração. Também espero que a esta altura tenha se dado conta de que esse homem não é Damian – a menos que ele tenha tido uma epifania entre o que agora é seu sexto ano de casada e o sétimo, quando abrir esta carta. E, sim, posso dizer isso porque estou morta. Quando eu estava viva, você estava determinada, e Deus ajude aquele que tentar fazer com que mude de ideia, sua teimosa. Algumas lições temos que aprender por nós mesmas.

Então por que te contar tudo isso agora que não estou mais aí? Por que despejar esta verdade em você se eu não a confiava a mais ninguém? Porque você, mais que qualquer outra Stanton, precisa saber que foi o amor que te trouxe até aqui. Eu nunca vi um amor como o de Scarlett e Jameson. Era como um relâmpago cruzando o céu, algo milagroso de se ver de perto, sentir a energia entre eles quando estavam perto um do outro. Esse é o amor que corre por suas veias.

Nunca vi um amor como o que senti por Edward; éramos como duas chamas gêmeas.

Mas também nunca vi um amor como o que senti por Brian: profundo, tranquilo e verdadeiro.

Ou um amor como o de William por Hannah, dolorosamente doce.

Mas já vi o mesmo amor que sentia por William no dia em que entrei naquele avião. Ele vive em você. Você é o resultado de todos os relâmpagos e todas as reviravoltas do destino.

Não se contente com um amor que afia suas arestas e te deixa quebradiça e fria, Georgia. Não quando existem tantos outros tipos de amor esperando por você. E não espere como eu fiz, desperdiçando dezessete anos porque tinha deixado um pé amargo no passado.

Todos temos o direito de errar. Quando reconhecer seus próprios erros, não fique morando neles. A vida é curta demais para deixar o relâmpago passar e longa demais para viver sozinha. É aqui que minha história acaba. Estarei de olho para ver aonde a sua vai te levar.

Todo o meu amor,

Bisa

Lágrimas escorreram por meu rosto quando terminei a última página, e não eram belas e silenciosas. Ah, não, foram uma zona total, com direito a muito ranho.

Ela viveu 78 anos da vida como Scarlett, sem nunca ser chamada pelo próprio nome. Sem nunca permitir que alguém a ajudasse a carregar aquele fardo. Suportou a morte de Edward, Jameson, Scarlett, Brian... depois William e Hannah, e não se deixou endurecer pelo luto.

Deixei a carta na escada, então peguei o celular e cambaleei até o escritório. Peguei o porta-retratos com a foto de Scarlett e Jameson que ficava sobre a mesa, caí de joelhos em frente à estante de livros e vasculhei tudo para encontrar os álbuns que tinha mostrado a Noah meses antes.

William. William. William. A primeira foto da Bisa datava de 1950, tempo suficiente após o bombardeio de Ipswich para que ninguém questionasse diferenças físicas. Ela não apenas se esquivava das câmeras, mas as evitava cuidadosamente.

Analisei as duas fotos, precisava ver com os próprios olhos.

O queixo de Scarlett era levemente mais pontudo, o lábio inferior de Constance um pouco mais cheio. Mesmo nariz. Mesmos olhos. Mesma pinta. Mas não eram a mesma mulher.

As pessoas veem o que querem ver. Quantas vezes ela me disse isso ao longo dos anos? Todos simplesmente aceitaram que Constance era Scarlett porque não tinham motivo para questionar isso. Por que questionariam se ela tinha William?

A jardinagem. As pequenas diferenças de estilo que Noah percebera. A dedicação à cozinha... tudo fazia sentido.

Folheei o álbum até encontrar a foto do casamento com o biso Brian. Havia um amor verdadeiro nos olhos dela. O final que Noah escreveu era mais verdadeiro do que ele podia imaginar... mas não era o final de Scarlett, era o de Constance.

Scarlett tinha morrido em uma rua em ruínas havia quase oitenta anos. Jameson não podia estar muito longe. Eles não ficaram tanto tempo separados. Estavam juntos esse tempo todo.

Inspirei fundo, trêmula, e enxuguei as lágrimas com a manga, mexendo no celular.

Se a Bisa tinha vivido uma mentira para me dar a vida, eu devia a ela viver de forma plena.

Noah ainda não tinha lido minha mensagem, mas liguei mesmo assim. Chamou quatro vezes. Correio de voz. O cara nem tinha uma mensagem personalizada, e eu é que não ia abrir o coração numa mensagem de voz. Além do mais, depois das críticas, não era de admirar que ele não atendesse o celular.

Arquejei. As críticas. Fiquei de pé, cambaleando, e me sentei à mesa, então abri meus e-mails e procurei pelo número de Adam.

– Adam Feinhold – disse ele ao atender.

– Adam, é Georgia – deixei escapar. – Stanton.

– Bem que imaginei que o estado da Geórgia não me telefonaria – respondeu ele, irônico. – Como posso ajudar, Srta. Stanton? As coisas estão um pouco... pesadas por aqui hoje.

– Tá, eu mereço isso – admiti, me encolhendo como se ele pudesse me ver. – Olha só, tentei ligar para o Noah...

– Não faço a menor ideia de onde ele está. Ele deixou uma mensagem dizendo que ia viajar para fazer uma pesquisa e que voltaria a tempo para qualquer ação de lançamento.

Fiquei aturdida.

– Noah... desapareceu?

– Não. Está fazendo pesquisa. Não se preocupe, ele faz isso com todos os livros, só com o seu que não, porque, sabe, a pesquisa já estava feita.

– Ah.

Senti um aperto no peito. Lá se ia a oportunidade de curtir o relâmpago.

– Você sabe que o cara está praticamente morrendo por sua causa, não sabe? – disse Adam baixinho. – E digo isso como melhor amigo dele, não como editor. Ele está péssimo. Ou pelo menos *estava*. Hoje de manhã ele parecia fulo, mas isso foi depois das críticas. Christopher está ainda mais. Como ele é diretor editorial, isso é plenamente possível, acredite.

Eu tinha chegado 24 horas atrasada para dizer a ele que estava errada, muito errada. Mas talvez pudesse mostrar. Eu podia pelo menos tentar.

– Noah editou mesmo as duas versões?

– Sim. Com revisões e tudo. Eu te disse, ele está maluco por você.

– Ótimo.

Abri um sorriso, estava feliz demais para explicar.

– Ótimo?

– É. Ótimo. Agora chame o Christopher.

CAPÍTULO 36

NOAH

A única instituição mais lenta que o mercado editorial é o governo dos Estados Unidos. Principalmente quando têm que trabalhar em conjunto com outro país e não conseguem chegar a um acordo quanto a quem é responsável pelo quê. Mas, depois de seis semanas e uns 200 dólares, eu tinha a resposta para uma das minhas perguntas.

Estava começando a achar que era melhor deixar a outra sem resposta.

Soltei um palavrão ao queimar a língua com o café recém-passado e, com os olhos semicerrados, olhei para o sol entrando pelas janelas do apartamento.

O jet lag estava acabando comigo, e eu já não vinha mantendo muito bem minha rotina de trabalho quando estava fora.

Levei a xícara de lava para o sofá, onde liguei o notebook e passei os olhos pelo bilhão de e-mails que tinha recebido. Ignorar o mundo real por seis semanas tinha trazido algumas complicações sérias à minha caixa de entrada, com as quais eu ainda não estava a fim de lidar.

Então fui para o celular. Como sempre, percorri as mensagens até encontrar a última que tinha recebido de Georgia: Sinto muito pelas críticas.

Foi a mensagem que recebi ao pousar um dia depois de todos do mercado literário decidirem que eu era um babaca – e era verdade. Não só pelos motivos que eles gritavam em todas as plataformas. Li o restante da conversa, o que, àquela altura, já era tão rotineiro quanto o café.

NOAH: Mantive minha palavra.

GEORGIA: Eu sei. Preciso de um tempo, mas me ligue quando voltar.

NOAH: Pode deixar.

E foi isso. Foi assim que deixamos as coisas. Ela *precisava de um tempo*, o que queria dizer *me deixe em paz, caramba*, então deixei. Durante seis semanas.

De quanto tempo aquela mulher ainda precisava?

Além disso, esse tempo incluía aquele dia? Será que eu devia ligar agora que estava em casa? Ou devia dar mais tempo a ela?

Fazia três meses que ela tinha erguido aquele queixo teimoso e estoico e me expulsado da casa dela pela mentira que fui ridículo o suficiente para inventar. Três meses que aqueles olhos tinham se enchido de lágrimas, lágrimas que eu coloquei ali. Três meses, e eu ainda a amava tanto que doía. Jamais teria sido capaz de criar um personagem mais doente de amor, e tinha as olheiras para provar.

Minha mãe ligou, e atendi.

– Oi, mãe. Voltei ontem à noite. Você recebeu seu exemplar?

Eu mesmo sempre levava uma cópia do meu último livro para ela, mas dessa vez não sabia se conseguiria suportar sua expressão ao ver o que eu tinha feito com a última obra de Scarlett Stanton.

– Chegou ontem à noite! Estou tão orgulhosa de você!

Saco, se ela parecia tão feliz, era porque ainda não tinha lido o final.

– Obrigado, mãe.

Meu notebook começou a apitar ao meu lado com os alertas do Google avisando sobre novas críticas. Eu precisava desativar aquela coisa.

– Eu amei, Noah. Você se superou. Nem consigo dizer onde as palavras de Scarlett terminam e as suas começam.

– Bom, tenho certeza de que vai perceber quando chegar ao final. É bem óbvio – resmunguei, me afundando no sofá. Deve ter um lugar especial no inferno para pessoas que decepcionam as mães. – E preciso te pedir desculpa.

– Desculpa? Pelo quê?

– Espera só. Você vai ver.

Eu deveria ter ficado no exterior, mas mesmo a distância não seria suficiente para me salvar da ira da minha mãe.

– Noah Antonio Morelli, quer parar de me enrolar? – disse ela, ríspida. – Fiquei acordada a noite toda e li do início ao fim.

Senti um frio na barriga.

– E ainda estou convidado para o próximo feriado?

– Por que não estaria? – perguntou ela, desconfiada.

– Porque eu detonei o final? – Massageei a testa, esperando pela bomba.

– Ah, pode parar com essa humildade. Noah, foi lindo! Aquele momento no bosque de álamos quando Jameson vê...

– O quê? – Eu me endireitei no sofá, e o notebook caiu no chão. – Jameson... – Não era isso que acontecia. Pelo menos, não na versão publicada. *Adam.* – Mãe, você está com o livro aí?

– Estou. Noah, o que está acontecendo?

– Não tenho certeza, para ser sincero. Faz um favor para mim e abre na primeira página, a dos créditos.

Adam talvez tivesse mandado imprimir uma edição especial para ela. Caramba, eu ia ficar devendo uma para ele.

– Abri.

– É uma edição especial?

– Bom, só se primeiras edições forem especiais...

Mas que...? Peguei o notebook no chão e abri o primeiro alerta do Google. Era do *Times,* e a primeira frase quase me fez cair de costas.

HARRISON MESCLA PERFEITAMENTE A VISÃO DE STANTON...

– Mãe, eu te amo, mas tenho que desligar.

Percorri a lista de alertas. Todos pareciam ser variações da mesma opinião.

– Tá bom. Eu te amo, Noah. Você precisa dormir um pouco mais – disse ela com aquele jeito autoritário e gentil de sempre.

– Pode deixar. Também te amo.

Desliguei e liguei para Adam.

Ele atendeu no primeiro toque.

– Bem-vindo de volta! Como foi a viagem? Animado para começar o lançamento do ano que vem?

Por que todo mundo estava tão contente?

– "Harrison mescla perfeitamente a visão de Stanton à própria abordagem do romance clássico. Imperdível." *Times...* – Li para ele.

– Muito bom!

– *Tá falando sério? E essa aqui?* – continuei, agitado. – "Caímos direitinho. Como a isca e a guinada da década deixaram os fãs surpresos... e
aliviados." *Tribune...* – Cerrei os punhos.

– Nada mal. Quase parece que foi de propósito, né?

– Adam – praticamente rosnei.

– Noah.

– O que foi que você fez com o meu livro? – rugi.

Estava tudo arruinado. Tudo o que eu tinha arriscado por ela. Ela nunca
me perdoaria por isso... nunca confiaria em mim, por mais *tempo* que eu
lhe desse.

– Exatamente o que a pessoa que tinha esse *direito contratual* me disse
para fazer – respondeu ele, bem devagar.

Só havia uma pessoa que podia aprovar mudanças sem minha anuência,
e o tempo dela tinha acabado.

CAPÍTULO 37

GEORGIA

– Isso que é paixão – disse Hazel, suspirando.

– É, essa parte foi boa.

Troquei o celular de orelha e terminei de lavar a sujeira das mãos. As mudas estavam pegando, e em algumas semanas estariam fortes para serem transplantadas para o jardim, bem quando o clima estaria suave o bastante para permitir a mudança.

– E santa noite de núpcias, Batman. Preciso saber, foi a sua bisa? Ou tem um pouco de Noah ali? Porque é tão picante que tive que ir até o escritório do Owen e...

– Pode parar, não preciso dessa imagem mental na próxima vez que for ao dentista.

Sequei as mãos e tentei *não* pensar no quanto havia de Noah naquela cena. Acho que ele estava disposto a provar que eu me enganara quando fiz o comentário *insatisfatório* naquele dia na livraria.

– Tá, mas sério. Picante.

– Tá bom, tá bom – falei, e a campainha tocou.

– Tem certeza de que não quer jantar com a gente? – perguntou ela enquanto eu atravessava o corredor até a entrada. – Detesto pensar que você vai comer pizza numa noite como esta. Devia estar comemorando. A Bisa teria amado esse livro.

– Eu não ligo, e sim, ela teria amado. Espera. Minha pizza chegou.

Abri a porta.

Meu coração parou, e na sequência acelerou a galope.

– Georgia.

Noah estava ali, olhando para mim com um fogo que transformou meus lábios em cinzas na mesma hora.

– Hazel, tenho que desligar.

– Sério? Não vai mudar de ideia mesmo? Porque a gente ia amar ter você aqui.

– É, eu sei. Noah está aqui – falei, me esforçando muito para parecer despreocupada embora não conseguisse nem respirar.

Três meses de saudade me atingiram com força.

– Ah, ótimo. Pergunte sobre a cena de sexo – disse ela, brincalhona.

Ele arqueou uma sobrancelha, claramente tinha ouvido.

– É, acho que essa conversa vai ter que esperar. Ele parece um pouco perturbado.

Segurei a maçaneta com mais força para me manter em pé. A autopreservação exigia que eu evitasse aqueles olhos castanhos, mas as leis do magnetismo não me permitiam fazer isso.

– Espera, você não está brincando, né? – A voz dela perdeu todo o humor de antes.

– Não.

– Tchau!

Ela desligou, me deixando ali, sozinha, olhando para um Noah bastante irritado.

– Vai me deixar entrar? – perguntou ele, enfiando os polegares nos bolsos. Deveria ser um crime ser tão lindo.

– Vai gritar comigo? – perguntei.

– Vou.

– Então tá.

Dei um passo para trás, e ele entrou. Fechei a porta e me escorei nela.

Ele deu meia-volta, deixando apenas alguns passos entre nós. A distância era ao mesmo tempo demais e insuficiente.

– Achei que você fosse ligar quando voltasse – falei, baixinho.

Eu estava preparada para muitas coisas naquele dia, mas ver Noah não era uma delas… Não que eu estivesse reclamando.

Ele semicerrou os olhos, então colocou a mão no bolso de trás da calça e pegou o celular. Apertou dois botões.

Meu celular tocou.

– Tá de brincadeira? – perguntei ao ver o nome dele na tela.

Ele levou o celular à orelha, claramente me desafiando.

Revirei os olhos, mas atendi.

– Oi, Georgia – disse ele, a voz grave me fazendo derreter por dentro. – Voltei.

– Quando foi isso? – perguntei.

Meu rosto ficou quente quando me dei conta de que estava falando com ele pelo telefone no hall da minha casa.

Ele deu um sorrisinho malicioso.

– Argh! – Soltei um grunhido, e nós dois guardamos os celulares. – Responda à pergunta.

– Há dezoito horas – respondeu ele, arregaçando as mangas da camisa. – Seis delas passei dormindo, uma tentando entender o que você tinha feito e um total de onze comprando uma passagem, indo até o aeroporto, voando, alugando um carro e vindo de Denver até aqui.

– Tá bom.

– Foi *tempo* suficiente para você? – Ele voltou a enfiar os polegares nos bolsos. – Ou ainda quer que eu te deixe em paz?

– Eu? – Minha voz saiu estridente. – Foi você que desapareceu. Achei que voltaria em uma semana, talvez duas, não *seis*. Podia ter ligado. Mandado notícias, um pombo-correio. *Alguma coisa*.

– Você disse que precisava de um tempo, pediu que eu ligasse quando voltasse. São instruções bem específicas, Georgia, e seguir essas instruções quase me *matou*.

– Ah.

– Por que você mudou o final do livro? – perguntou ele, brusco.

Lá vamos nós.

– Ah, é. Isso.

Cruzei os braços, pensando que podia ter escolhido uma roupa melhor que uma calça jeans e uma camiseta de manga comprida. Aquela conversa exigia uma armadura... ou uma lingerie.

– É. Isso. – Ele ergueu as sobrancelhas. – Por que você mudou o final?

– Porque eu te amo!

Ele arregalou os olhos.

– Porque eu te amo – repeti, dessa vez sem gritar. – E você tinha razão sobre o final. Eu estava errada. E não quis jogar sua carreira no lixo porque estava sendo amarga e fria e mordaz...

Antes mesmo que eu conseguisse terminar a frase, ele já estava em cima de mim, seu corpo pressionando o meu contra a porta, as mãos no meu cabelo, os lábios me beijando até eu esquecer tudo.

Meu Deus, como eu tinha sentido falta disso... dele. Retribuí o beijo com tudo de mim, entrelaçando os braços em sua nuca quando ele me ergueu, uma mão em cada coxa. Cruzei os tornozelos em suas costas. Mais perto. Precisava ficar mais perto dele.

Ele explorou minha boca com golpes profundos e serpenteantes da língua, me incendiando como um fósforo lançado numa poça de gasolina... como um relâmpago acendendo um pavio.

– Espera – disse ele sem afastar os lábios dos meus, então recuou como se eu o tivesse mordido. – Ainda não podemos fazer isso.

Seu peito subia e descia.

– O quê? – Meus pés encontraram o chão, e de repente ele estava no meio do hall, com as mãos entrelaçadas no topo da cabeça. – O que você está fazendo?

– Tudo foi pelos ares porque eu escondi algo de você.

– Momento estranho para falar disso, mas tá. – Voltei a me escorar na porta, me esforçando para recuperar o fôlego. Ele não tinha sido o único que guardara segredo. – Acho que, para que fique tudo às claras, devo te dizer que eu posso ter filhos.

– Eu achava... – Ele franziu o cenho, duas linhas finas surgindo em sua testa. – Não que importe, mas isso nunca foi um problema para mim. A biologia não é o único jeito de ter filhos.

– Bom, obrigada. Mas eu posso. Eu só... não queria ter filhos com Damian, então não parei com o método contraceptivo. Não quis descobrir que tipo de mãe eu seria naquela situação. E também não quis dizer isso para ele.

– Hum. Tá. Bom, passei as últimas seis semanas entre a Inglaterra e os Países Baixos.

Ele tirou um pequeno envelope branco do bolso da frente.

– Fazendo pesquisa. O Adam me falou.

Foi para isso que ele interrompeu a gente? Já podíamos estar sem roupa àquela altura, e ele queria falar sobre a pesquisa para um livro?

– Não é bem isso. Contratei uma empresa que explora águas profundas para tentar localizar o avião de Jameson com base nas últimas coordenadas das chamadas de rádio daquele dia.

– Você o quê?

– Acho que encontrei o avião semana passada, e com *acho* quero dizer que tenho quase certeza, mas tem canais oficiais e muita burocracia envolvidos. Os Águias só foram transferidos para a Aeronáutica dos Estados Unidos em setembro, e ele caiu em junho, então ainda era da Força Aérea Real, mas cidadão americano. Não há um consenso sobre a jurisdição.

Ele virou o envelope entre os dedos.

– Mas você acha que o encontrou? – perguntei, baixinho.

– Sim… e não. – Ele estremeceu. – É um Spitfire, mas a identificação da cauda desapareceu e os destroços estão espalhados.

– Onde?

– Na costa dos Países Baixos. É… – Ele soltou um suspiro. – É profundo demais para recuperar todos os destroços, mas mandamos um submarino de operação remota. – Ele veio em minha direção devagar. – Encontramos um painel de alumínio da fuselagem e o que acreditamos ser a cabine, mas sem… restos mortais.

– Ah. – Eu não sabia se deveria me sentir aliviada ou arrasada. Chegar tão perto e ficar sem saber. – Então por que você acha…

Noah pegou minha mão, com a palma para cima, e despejou o conteúdo do envelope nela. Uma aliança de ouro caiu. Ainda estava quente de ter ficado no bolso de Noah.

– Leia a inscrição.

– J Com amor, S. – Senti a garganta se fechar. – É dele – sussurrei.

– Também acho – concordou Noah, e sua voz saiu rouca. – E eu mando colocar de volta se você quiser. Estávamos procurando qualquer coisa que pudesse identificar o avião, e estava ali… como se estivesse esperando ser encontrada, com a gravação e tudo. A equipe que contratei disse que nunca viu nada igual.

Meus dedos se fecharam em volta da aliança.

– Obrigada.

– De nada. Tenho certeza de que vai receber uma ligação esta semana. Dos americanos. Dos britânicos. A esta altura, não tenho mais certeza. – Ele engoliu em seco. – Esse não foi o único motivo pelo qual fui à Inglaterra. Sei que talvez fique irritada, e não tenho nenhuma prova, mas não acho... – Ele balançou a cabeça, inspirou fundo e começou de novo. – Acho que o livro, o nosso livro, foi escrito por duas pessoas diferentes.

– Foi, sim. – Comecei a abrir um sorriso devagar, sentindo o metal pesado da aliança de casamento na minha mão.

Os olhos de Noah se arregalaram, e seus lábios se abriram.

– As páginas mais antigas, as originais, sem edição, foram escritas por Scarlett durante a guerra. – Engoli em seco. – E as mais novas, as edições e os acréscimos... foram feitos por...

– Constance – sugeriu ele.

Assenti.

– Como você sabia? – perguntei. – Faz só seis semanas que eu fiquei sabendo.

O que ele tinha visto que eu não tinha?

– O livro me deu uma pista. Eu não teria descoberto se o nosso livro fosse o último que ela escreveu... não o primeiro. Depois, a certidão de casamento. Ela disse a Damian que demorou anos para se casar de novo porque tinha a sensação de que seu primeiro casamento não tinha chegado ao fim, o que podia ser interpretado como se ela ainda estivesse apaixonada por Jameson... mas aí encontrei a certidão de óbito de Henry Wadsworth, e os anos batiam. Ainda não era o bastante... só um palpite, e eu não queria estilhaçar sua confiança nela sem um bom motivo, mas decidi parar de fuçar antes que alguém percebesse.

– A Bisa... Constance me contou. Ela escreveu sobre tudo isso antes de morrer e mandou me entregar. Quando li, eu te liguei, mas você já estava fora. Então liguei para o Adam.

– E mudou o fim do livro.

Assenti.

– Porque você me ama.

Os olhos dele buscaram os meus.

– Porque eu te amo, Noah. E porque a Bisa teve seu final feliz em vida. Ela lutou por ele. Não precisava que você criasse um para ela... ela já tinha conquistado, já tinha vivido esse final feliz. Você deu a Scarlett e Jameson a história que eles mereciam. A queda, a fuga, a Resistência Holandesa... tudo. Você finalizou uma história que o destino interrompeu injustamente. A Bisa... ela não pôde fazer isso. Ela deixou a história inacabada porque não conseguia abrir mão deles... não conseguia abrir mão de Scarlett. Você os libertou.

Ele colocou as mãos no meu rosto.

– Eu teria feito tudo por você. Teria te dado o que quisesse, sem me importar com o que os outros pensariam.

– Eu sei – sussurrei. – Porque você me ama.

– Porque eu te amo, Georgia, e estou cansado de viver sem você. Por favor, não me obrigue a fazer isso.

Entrelacei os braços em sua nuca e me arqueei para tocar meus lábios nos dele.

– Colorado ou Nova York?

– Outono em Nova York. Agosto e setembro, pelo menos. – Ele sorriu sem afastar os lábios dos meus. – Inverno, primavera e verão no Colorado.

– Por causa das folhas? – Tentei adivinhar, mordendo de leve seu lábio inferior.

– Por causa dos Mets.

– Combinado.

CAPÍTULO 38

AGOSTO DE 1944

Poplar Grove, Colorado

– Cuidado com os degraus, meu amor – disse Scarlett a William enquanto ele caminhava na beirada do gazebo recém-finalizado, as mãos agarradas aos troncos do parapeito.

Ele se virou para trás, sorriu para a mãe e continuou.

Scarlett largou o disco que tinha escolhido e correu atrás dele, pegando-o no instante em que ia alcançar os degraus.

– Você vai ser o meu fim, William Stanton.

William deu uma risadinha, e ela beijou seu pescoço, então equilibrou-o no quadril, voltando até o fonógrafo.

A brisa de outono ondulou seu vestido, e ela puxou o cabelo para o lado para tirá-lo do alcance de William. Os fios estavam mais compridos agora e caíam até a metade de suas costas, seu calendário pessoal para contar o tempo desde que tinha se despedido de Jameson em Ipswich.

Dois anos sem nenhuma notícia... mas também sem restos mortais, então ela mantinha a esperança e a centelha de confiança que ganhava vida em seu peito sempre que pensava nele. Ele estava vivo. Ela sabia disso. Não sabia ao certo onde ou como, mas estava. Tinha que estar.

– Qual a gente ouve, boneco? – perguntou ao filho, colocando-o em frente à pequena coleção de discos sobre a mesa. Ele escolheu um ao acaso, e ela colocou para tocar. – Glenn Miller. Excelente escolha.

– Maçãs!

– Sim.

O som da The Glenn Miller Orchestra preencheu o espaço enquanto ela levava William até o cobertor que tinha estendido no canto do gazebo. Eles lancharam maçãs e queijo; ela não sabia se algum dia ia se acostumar com a quantidade de comida disponível nos Estados Unidos, mas também não ia reclamar. Eles tiveram sorte.

Ali não havia sirenes de ataque aéreo. Bombardeios. Quadros para acompanhar. Não havia blecautes. Estavam seguros. William estava seguro.

Ela rezava todas as noites pedindo que Jameson e Constance também estivessem. Seus dedos roçaram a pequena cicatriz na palma da mão, pensando na que ficara na Inglaterra. Será que o corte acima do olho da irmã também tinha deixado uma cicatriz? Ela estava sangrando quando os obrigou a entrar no avião no dia em que as bombas explodiram sobre eles na rua em Ipswich, quase levando os três.

Tinha embalado e enviado dois vestidos novos para a irmã no dia anterior. Fazia quase um ano que Henry escorregara na escada e quebrara o pescoço e, de acordo com a última carta de Constance, ela tinha conhecido um belo soldado americano que servia no Corpo Veterinário do Exército.

William se deitou no cobertor, e Scarlett passou as mãos no cabelo espesso e escuro do filho enquanto ele caía no soninho da tarde, os lábios entreabertos como os de Jameson. Quando teve certeza de que ele já tinha dormido, ela se desvencilhou com delicadeza e foi até o toca-discos.

Sabia que pagaria por isso depois, que sentiria ainda mais saudade, mas trocou o disco por Ella Fitzgerald. Seu coração cambaleou quando a música familiar começou a tocar e, naquele momento, ela não estava mais no meio das Rochosas do Colorado, e não eram folhas douradas de álamo balançando à brisa das montanhas ao seu redor... Não, eram as pontas da grama alta de verão em um campo coberto de mato nos arredores de Middle Wallop.

Fechou os olhos e se balançou, permitindo-se imaginar por um momento que ele estava ali, estendendo a mão e convidando-a para dançar.

– Precisa de um parceiro?

Scarlett arquejou, os olhos se arregalando ao ouvir aquela voz que reconheceria em qualquer lugar. A voz que nos últimos dois anos só ouvia em seus sonhos. Mas apenas havia o fonógrafo à sua frente, William dormindo no chão ao seu lado e o riacho fazendo a curva ao seu redor.

– Scarlett. – A voz voltou a soar.
Atrás dela.

Ela se virou, o vestido batendo em suas pernas à brisa, e logo tirou o cabelo da frente dos olhos para ver com clareza.

Jameson estava na entrada do gazebo, escorado em uma das vigas, o chapéu embaixo do braço, o uniforme novo mas amassado da viagem, não mais da Força Aérea Real, mas da Força Aérea dos Estados Unidos. O sorriso dele se alargou quando os olhares dos dois se encontraram.

– Jameson – sussurrou ela, levando as mãos à boca.

Estava sonhando? Acordaria antes que ele a tocasse? Lágrimas arderam em seus olhos enquanto o coração lutava contra a lógica.

– Não, amor, não. – Jameson atravessou o gazebo, o chapéu caindo no chão. – Meu Deus, não chore.

Ele tocou seu rosto, enxugando as lágrimas com os polegares.

As mãos dele eram quentes. Sólidas. Reais.

– Você está mesmo aqui – disse ela, chorando, os dedos tremendo ao acariciar seu peito, seu pescoço, seu rosto. – Eu te amo. Achava que nunca mais ia poder te dizer isso.

– Meu Deus, como eu te amo, Scarlett. Estou aqui – prometeu ele, o olhar percorrendo o rosto dela, cheio de desejo, ávido por vê-la, por sentir seu corpo contra o dela. Anos e quilômetros, batalhas e pousos forçados não tinham mudado nada, não tinham diminuído seu amor por ela. – Estou aqui – repetiu, porque também precisava ouvir.

Precisava saber que tinham conseguido, apesar de todas as intempéries.

Ele inclinou o rosto dela em direção ao seu e deu-lhe um beijo longo e lento, inspirando seu cheiro, sentindo o sabor de maçãs, de casa, de Scarlett. Sua Scarlett.

– Como? – perguntou ela, entrelaçando os dedos na nuca dele.

– Muita sorte. – Ele descansou a testa na dela e abraçou sua cintura com um dos braços, puxando-a mais para perto. – E uma história bem comprida que envolve uma perna quebrada, um agente da Resistência que teve pena de mim e umas vacas muito hospitaleiras que não se incomodaram de ter um hóspede escondido durante três meses enquanto aquela perna sarava.

Ela abafou uma risada, balançando a cabeça.

– Mas você está bem?

– Agora estou. – Ele beijou sua testa e espalmou a mão na lombar dela. – Senti sua falta todos os dias. Tudo o que fiz foi para voltar para você.

Os ombros de Scarlett se curvaram quando um soluço escapou dos lábios dela, e o coração de Jameson se apertou no instante em que ele a viu balançando com a brisa, esperando onde o rio fazia a curva ao redor do bosque de álamos.

– Está tudo bem. Conseguimos.

– Você tem que voltar? – perguntou ela, a voz embargada.

– Não. – Ele ergueu seu queixo e mergulhou de cabeça naqueles olhos azuis. Meu Deus, por mais detalhadas que fossem suas lembranças, por mais perfeitos que fossem seus sonhos, nada chegava perto da beleza daquela mulher. – Eu não podia ir embora enquanto Maastricht não fosse libertada. Passei um ano lutando com a Resistência Holandesa em segredo, e sei demais para que corram o risco de eu ser capturado, o que quer dizer que só vou pilotar os aviões do meu tio, bem aqui.

– Então acabou? – perguntou ela, a voz cheia do mesmo desespero que ele sentia.

– Acabou. Estou em casa. – Ele a beijou mais uma vez, mergulhando em seus lábios, enquanto ela se agarrava às lapelas do uniforme dele, puxando--o mais para perto.

– Você está em casa.

Ela abriu um sorriso largo e reluzente.

Ele se abaixou, segurou suas coxas e a levantou até o nível dos olhos. Então a beijou até se familiarizar de novo com cada linha e curva da boca dela.

Um farfalhar chamou a atenção de Jameson, e sua respiração ficou presa quando viu William dormindo no cobertor, a mão embaixo da cabeça. Devagar, colocou Scarlett no chão.

– Ele está tão grande.

Ela assentiu.

– Ele é perfeito. Quer acordá-lo? – Os olhos dela pareciam dançar.

Jameson engoliu em seco, a garganta e o peito apertados, olhando do filho que sonhava para o amor de sua vida. Perfeito. Era tudo perfeito, e melhor do que qualquer coisa que ele podia ter imaginado durante as longas noites vazias e os dias devastados pela batalha. Ele enfiou as mãos na seda que eram os cabelos de Scarlett e abriu um sorriso para a esposa.

– Daqui a pouco.

Ela também sorriu e se aproximou para mais um beijo.

– Daqui a pouco – concordou.

Ele estava em casa.

CAPÍTULO 39

GEORGIA

TRÊS ANOS DEPOIS

Com um suspiro de felicidade, li a última página mais uma vez antes de sussurrar um adeus a Jameson e Scarlett. Então fechei o livro e voltei ao mundo de verdade, onde meu marido de verdade se preparava para lançar seu novo livro a quatro corredores dali.

Meu polegar traçou os nomes na capa. Um deles eu conhecia desde que nasci, sem nunca ter encontrado a pessoa, o outro encontrei pela primeira vez bem ali, naquele corredor, e conheceria pelo resto da vida.

– Posso te contar como termina – disse Noah no meu ouvido ao se aproximar, a voz baixa e os braços calorosos.

– Pode mesmo? – Eu me inclinei para trás e beijei seu queixo. – Fiquei sabendo que o final foi uma surpresa até mesmo para o autor no dia do lançamento. – Abri um sorriso largo, ousado.

– Hum. Imagine só uma coisa dessas.

– Aliás, tem muito mais sexo *satisfatório* que nos outros livros dele. – Dei de ombros.

Ele deu uma risada pelo nariz.

– Já leu o último? Tenho quase certeza de que ele teve uma inspiração e tanto.

– Humm. Vou ter que dar uma olhada.

– Posso oferecer uma leitura particular com o maior prazer.

Ri tanto que quase me engasguei.

– Tá. Isso foi péssimo.

– É – admitiu ele. – Não foi minha melhor cantada mesmo. Que tal "Georgia, me dê um beijo, tenho que ir autografar uns livros"?

– Isso eu posso fazer.

Inclinei a cabeça e dei-lhe um beijo, mantendo a cena apropriada para maiores de 13 anos. Foi um pouco difícil. Aquele homem era viciante demais para consumo em público.

Ele me abraçou mais forte e mordiscou meu lábio inferior.

– Eu te amo.

– Eu te amo. Agora vá fazer sua arte. Eu vou até a loja ao lado fazer a minha.

Abri um sorriso, e ele me roubou mais um beijo antes de desaparecer no corredor seguinte, me deixando atordoada por um instante, olhando fixamente para as costas dele enquanto uma mulher surgia na seção de romances ao meu lado.

– Esse livro é tão bom... – disse ela, apontando com entusiasmo para o livro nas minhas mãos, segurando o mais recente de Noah. – Se ainda não leu, tem que ler. Confie em mim, você não vai se arrepender. É incrível.

– Obrigada. Gosto de boas recomendações. Está aqui para a sessão de autógrafos?

Troquei de posição. A gravidez estava prejudicando meu equilíbrio, e eu ainda estava exausta por causa do jet lag.

– Vim lá de Cheyenne, Wyoming – disse ela, animada. – Minha irmã está guardando meu lugar na fila. Você já viu Noah Harrison? Ele é maravilhoso. – Ela ergueu as sobrancelhas. – Sério.

– Eu com certeza não o expulsaria da minha cama – concordei.

Eu nunca o expulsava. Aliás, passava o máximo de tempo possível deixando que ele *me levasse* para a cama. O fato de que Noah ficava mais lindo a cada dia não passava despercebido... longe disso.

– Né? Nem eu. Ah, vai começar! – Ela acenou e desapareceu no corredor ao lado.

Abri um sorriso e devolvi o volume para a prateleira, ao lado das obras de Scarlett Stanton, onde era seu lugar. Continuava sendo meu favorito dos livros da Bisa – e do Noah também. Naquelas páginas, Scarlett e Jameson amavam, lutavam e, o mais importante, viviam.

No mundo real, tínhamos enterrado a aliança de Jameson na semana anterior sob uma árvore grande e frondosa perto de um lago tranquilo no meio da Inglaterra, ao lado de uma lápide de mármore que dizia Constance Wadsworth. Não pude deixar de pensar que todos eles estavam finalmente em paz.

Fui em direção à porta, trocando um olhar com Noah ao passar pela mesa. O amor reluziu em seu olhar, e sorrimos um para o outro como os bobos apaixonados que éramos. Era nossa vez de viver uma história épica de amor, e eu valorizava cada minuto.

Nós dois valorizávamos.

AGRADECIMENTOS

Em primeiro lugar, agradeço a meu Pai Celestial por me abençoar muito mais do que eu ousaria sonhar.

Agradeço a meu marido, Jason, por ter me ajudado neste ano tão difícil. Por segurar minha mão nos momentos mais sombrios e me fazer rir quando eu tinha certeza de que nunca mais acharia nada engraçado. Agradeço a meus filhos, que lidaram com a quarentena e o distanciamento social com elegância e amor, tudo pelo irmão que pertencia ao grupo de risco. Nunca duvidem de que são essenciais para minha existência. A minha irmã, Kate, por sempre atender ao telefone. A meus pais, que me trazem café com chantilly de muito longe. A minha melhor amiga, Emily Byer, por nunca se abalar quando passo meses trabalhando para cumprir os prazos.

Agradeço a minha equipe na Entangled. A minha editora, Stacy Abrams, por assumir este livro. Você é simplesmente incrível. A Liz Pelletier, Heather e Jessica por responderem a fluxos intermináveis de e-mails. A minha agente fenomenal, Louise Fury, que deixa minha vida mais fácil simplesmente por estar ao meu lado.

Agradeço a minhas esposinhas, nossa trindade nada santa, Gina Maxwell e Cindi Madsen; eu estaria perdida sem vocês. A Jay Crownover, por ser a melhor vizinha de todos os tempos. A Shelby e Mel, por me manterem nos trilhos. Agradeço a Linda Russell, por sempre trazer grampos de cabelo. A Cassie Schlenk, por sempre ser a garota da moda. A cada blogueiro e leitor que se arriscou a ler meus livros. A meu grupo de leitura, The Flygirls, por me proporcionar alegria todos os dias.

Por último, porque você é meu início e meu fim, obrigada mais uma vez, Jason. Se você está lendo isto, é 2021. O que já diz o bastante.

Para saber mais sobre os títulos e autores da Editora Arqueiro,
visite o nosso site e siga as nossas redes sociais.
Além de informações sobre os próximos lançamentos,
você terá acesso a conteúdos exclusivos
e poderá participar de promoções e sorteios.

editoraarqueiro.com.br